Despertar os leões

Ayelet Gundar-Goshen

Despertar os leões

tradução
Paulo Geiger

todavia

Para Ioav

E exatamente no momento em que atingiu aquele homem, pensou consigo mesmo que aquela era a lua mais bela que vira em sua vida. E logo depois de atingi-lo, ainda estava pensando na lua, e continuou a pensar na lua, e então parou de pensar de uma só vez, como uma vela que tivesse sido soprada. Ele ouve a porta do jipe se abrir e sabe que foi ele mesmo quem a abriu, e é ele mesmo quem está saindo do veículo agora. Mas essa constatação só está vinculada a seu corpo muito tenuamente, como a sensação da língua ao passar na gengiva após a anestesia: tudo está lá, mas diferente. Seus pés pisam o cascalho do deserto, ele ouve *kachchat, kachchat* a cada passo, e esse ruído é uma prova de que está mesmo caminhando. E em algum lugar na extremidade do próximo passo o espera o homem que ele atropelou, dali é impossível vê-lo mas ele está lá, mais um passo e estará lá. O pé já está no ar, mas ele retarda o movimento, tenta postergar o próximo passo, o final, aquele depois do qual não haverá alternativa senão olhar para o homem estendido à margem da estrada. Se ao menos fosse possível congelar esse passo, mas isso é obviamente impossível, assim como é impossível congelar o momento que o antecedeu, o momento exato em que o jipe atingiu o homem, isto é, o instante preciso em que o homem que dirigia o jipe atingiu o homem que caminhava. E só o próximo passo revelará se esse homem, o pedestre, ainda é um homem ou já é alguma outra coisa, uma palavra que só de pensar nela o pé já se imobiliza no ar, no meio do passo, pois existe a possibilidade de que o passo se complete e descubra que o pedestre não é mais um pedestre, nem mesmo um homem, apenas a casca de um homem, uma casca rachada, sem um homem lá. E se o homem estendido não for mais um homem, ficará difícil imaginar o que será do homem que ali está, de pé, tremendo, sem conseguir completar um simples passo. O que será dele.

I

Havia poeira por toda parte. Uma camada branca, fina, como a cobertura de um bolo de aniversário que ninguém quer. Ela se acumulava nas folhas das palmeiras na praça principal, nas árvores adultas que tinham sido trazidas de caminhão e fincadas no solo, já que ninguém confiava que mudas jovens conseguissem vingar aqui. Cobria os cartazes remanescentes das eleições municipais, que três meses depois ainda estavam pendurados nas varandas das casas; homens calvos e bigodudos debaixo da poeira olhando para o público de potenciais eleitores. Parte deles ostentando um sorriso autoritário e parte com um olhar severo, tudo de acordo com a orientação do marqueteiro de plantão. Poeira nos cartazes de propaganda; poeira nas paradas de ônibus; poeira nas buganvílias ao longo da beirada das calçadas, que desmaiavam de sede; poeira em toda parte.

Mesmo assim, parece que ninguém dava atenção a isso. Os habitantes de Beer Sheva tinham se acostumado com a poeira como se acostumaram com todo o resto — desemprego, crime, jardins públicos semeados de garrafas quebradas. As pessoas da cidade continuavam a despertar para sair às ruas cheias de poeira, iam para seus trabalhos empoeirados, faziam sexo debaixo de um manto de poeira e geravam filhos em cujos olhos a poeira se refletia. Às vezes ficava pensando o que ele odiava mais — a poeira ou os habitantes de Beer Sheva. Aparentemente, a poeira. Os habitantes de Beer Sheva não ficavam grudados em seu jipe toda manhã. A poeira, sim. Uma camada branca, fina, que borrava o vermelho vivo do jipe e o fazia ficar de um rosa desbotado, uma paródia dele mesmo. Furioso, Eitan estendeu um dedo sobre o para-brisa e apagou um pouco daquela vergonha. A poeira continuou grudada em sua mão mesmo depois de esfregá-la na calça, e ele sabia que teria de esperar até lavá-la no hospital Soroka para se sentir realmente limpo de novo. Que se foda esta cidade.

(Às vezes ouvia os próprios pensamentos e se assustava. Lembrava então a si mesmo que não era racista. Que votava no Merets.* Que estava casado com uma mulher que, antes de se tornar Liat Green, chamava-se Liat Samucha.** Após contabilizar tudo isso ficou mais tranquilo, e pôde continuar a odiar a cidade com a consciência limpa.)

Quando entrou no carro tratou de manter o dedo maculado longe de qualquer zona de contato, como se não fosse parte de seu corpo, e sim uma amostra de tecido que em mais um instante apresentaria ao professor Zakai para que pudessem examiná-la juntos, com olhares ávidos — revele-nos quem você é! Mas o professor Zakai estava agora a muitos quilômetros dali, despertando para uma manhã livre de poeira nas ruas verdejantes de Raanana, acomodado confortavelmente em sua Mercedes prateada, abrindo caminho para o hospital em meio aos engarrafamentos da região central do país.

Enquanto atravessava as ruas de Beer Sheva, Eitan desejou ao professor Zakai pelo menos uma hora e meia parado e suando no entroncamento de Guea, com o ar-condicionado quebrado. Mas sabia muito bem que o ar-condicionado de uma

---

* Partido sionista de esquerda. [Esta e as demais notas são do tradutor.]
** Isso indica que Liat era sefardita enquanto ele (Eitan) era asquenazita. Trata-se das duas grandes divisões do povo judaico; os sefarditas são descendentes remotos de judeus que foram expulsos da Península Ibérica no século XV e se espalharam pelo Oriente Médio, pelo norte da África e pela região do Mediterrâneo. Os judeus asquenazitas são oriundos da Alemanha e do Leste Europeu.

Merçedes não enguiça, e que os engarrafamentos em Guea são apenas uma doce lembrança daquilo que Eitan deixara para trás quando mudara: a cidade grande. Um lugar para o qual todos querem ir. Era verdade que em Beer Sheva não havia engarrafamentos, e ele tratava de salientar aquilo em toda conversa com conhecidos seus da zona central. Mas quando o fazia — com um sorriso sereno estampado no rosto, o olhar transparente de um nobre homem do deserto — pensava sempre que num cemitério tampouco havia engarrafamentos, e assim mesmo não estabeleceria lá seu lugar de moradia. As casas ao longo de Shderot Reger realmente lembravam um cemitério. Uma fileira desbotada e uniforme de blocos de alvenaria que um dia tinham sido brancos e hoje tendiam para o cinza. Lápides gigantes em cujas janelas se viam de vez em quando rostos cansados, empoeirados, de um ou outro fantasma.

No estacionamento do Soroka ele encontrou o dr. Zendorf, que lhe abriu um sorriso largo e perguntou: "E como vai hoje o dr. Green?". Ele extraiu lá de dentro um sorriso desgastado e o espalhou pelo rosto o melhor que pôde, respondendo: "Tudo bem". Depois entraram juntos no hospital, trocando o clima e a hora que a natureza lhes impunha pelo desafio atrevido dos sistemas de refrigeração e iluminação que lhes asseguravam uma manhã eterna e uma primavera que não passaria jamais. Na entrada do departamento, Eitan separou-se do dr. Zendorf para esfregar longamente na pia o dedo empoeirado, até que uma jovem enfermeira passou a seu lado e observou que ele tinha dedos de pianista. É verdade, pensou, ele tinha dedos de pianista. As mulheres sempre lhe diziam aquilo. Mas a única coisa em que ele tocava eram neurônios lesionados e secionados, com os dedos envoltos em luvas, para ver que melodia seria capaz de produzir com eles, se é que seria.

Que instrumento musical estranho é o cérebro. Você nunca sabe de verdade que som vai sair ao pressionar uma ou outra tecla. Claro, é muito provável que, se excitar o lobo occipital com uma leve corrente elétrica, o homem que está diante de você vai relatar que está vendo cores, assim como a excitação de neurônios no lobo temporal provocará — com grande probabilidade — a ilusão de sons e de vozes. Mas que sons? Que imagens? Aqui tudo fica mais complicado. Porque, apesar de a ciência gostar muito de leis genéricas, constantes, as pessoas, assim se constata, gostam de ser diferentes umas das outras. Com ultrajante aguerrimento elas teimam em criar novos sintomas, que, mesmo não sendo mais do que variações sobre um mesmo tema, estão longe demais uns dos outros para que se possa reuni-los numa única definição abrangente. Dois pacientes com lesão no córtex orbitofrontal nunca farão o favor de sincronizar seus efeitos colaterais. Uma vai se comportar áspera e estupidamente, a outra vai se tornar uma pessoa compulsoriamente jovial. Uma fará observações de cunho sexual e de mau gosto, a outra será atacada por uma necessidade incontrolável de pegar tudo o que encontrar pelo caminho. É verdade que a explicação para os estremecidos familiares será idêntica: por algum motivo (Acidente de trânsito? Tumor maligno? Bala perdida?) foi atingido o córtex orbitofrontal, que é o responsável pela regulação do comportamento. Do ponto de vista neurocognitivo tudo está normal: a memória funciona e as aptidões de cálculo continuam presentes. Mas a pessoa que eles conheciam não existe mais. Quem virá em seu lugar? Não está claro. Até aqui. Deste ponto em diante, há um mundo inteiro de casualidade. A casualidade, essa putinha atrevida como ela só, fica saltitando entre os leitos do departamento, cuspindo nos aventais dos médicos, fazendo cosquinhas nos pontos de exclamação da ciência até estes curvarem a cabeça e se transformarem em pontos de interrogação.

"Como então será possível saber alguma coisa?", ele gritou em direção ao palco de madeira no salão de conferências.

Quinze anos tinham se passado, e Eitan ainda lembrava a fúria que se apossara dele no momento em que compreendera, num meio-dia sonolento, que a profissão para a qual estudava não dispunha de mais certezas do que qualquer outra área de atividade. Uma aluna adormecida a seu lado despertara assustada com seu grito e lançara um olhar hostil a ele. O resto da turma ficara esperando a continuação da fala do conferencista principal, que com certeza estaria incluída na matéria da prova. O único que não se incomodara com a pergunta fora o próprio professor Zakai, que lhe lançara um olhar divertido da tribuna.
"E como se chama o senhor?"
"Eitan. Eitan Green."
"A única maneira de saber alguma coisa, Eitan, é seguir a trilha da morte. A morte vai lhe ensinar tudo o que você precisa saber. Tome, por exemplo, o caso de Henry Molaison, um epiléptico de Connecticut. Em 1953, um neurocirurgião chamado Scoville mapeou os focos da epilepsia nos dois lobos temporais, e Henry Molaison foi submetido a uma cirurgia inovadora para retirada das regiões responsáveis pela doença, entre elas o hipocampo. Sabe o que aconteceu depois?"
"Ele morreu?"
"Sim e não. Henry Molaison não morreu, já que despertou da cirurgia e continuou com sua vida. Mas em outro sentido Henry Molaison morreu, sim, pois a partir do momento em que acordou da cirurgia não foi capaz de criar uma lembrança nova sequer. Não conseguia se apaixonar, guardar rancor ou se manter aberto a uma ideia nova por mais de dois minutos: após esse tempo, o objeto do amor, do rancor ou a ideia nova simplesmente eram apagados. Ele tinha vinte e sete anos quando sofreu a cirurgia, e apesar de só ter morrido com oitenta e dois, na verdade ficou eternamente nos vinte e sete. Entenda, Eitan, só depois que retiraram o hipocampo descobriram que ele na verdade é o responsável pela codificação da memória no longo

prazo. Temos de esperar que alguma coisa seja destruída para compreender o que estava funcionando bem antes disso. Este é essencialmente o método mais básico na pesquisa do cérebro: não se pode simplesmente desmontar o cérebro das pessoas e verificar o que acontece, é preciso esperar que o acaso faça isso por você. E então, como um bando de comedores de carniça, os cientistas se atiram sobre aquilo que sobrou depois que o acaso fez sua parte e tentam chegar a isso pelo que você tanto anseia: saber alguma coisa."

Teria sido lá que fora lançada a isca, naquela sala de conferências? O professor Zakai já saberia que aquele aluno diligente, fascinado, ia segui-lo como um cão fiel aonde quer que ele fosse? No momento em que vestiu o avental branco, Eitan zombou de sua própria ingenuidade. Ele, que não acreditava em Deus, que ainda menino se recusava a acreditar em toda história que tivesse algo de sobrenatural, por mínimo que fosse, transformara o conferencista num deus ambulante. E quando o cão fiel recusara-se a se fingir de morto, ou de surdo, mudo e cego, o deus ambulante despejara sobre ele toda a sua raiva, expulsara-o do paraíso tel-avivense para aquela terra desértica, para o Soroka.

"Dr. Green?"

A jovem enfermeira postou-se a seu lado e lhe relatou as ocorrências da noite. Ele a ouviu com uma atenção razoável e foi preparar um café. Caminhando pelo corredor, lançava um rápido olhar aos pacientes. Uma jovem sufocava num choro silencioso. Um russo de meia-idade tentava fazer sudoku, mas sua mão tremia. Quatro membros de uma família de beduínos mantinham os olhos vidrados na televisão acima deles. Eitan enviesou o olhar para a tela — um guepardo resoluto labutava para roer os últimos resíduos de carne do que antes disso tinha sido uma raposa de cauda vermelha, dizia o locutor. Estava ali a confirmação, o fato de que toda vida estava destinada ao fim; o que era proibido lembrar nos corredores do hospital podia ser dito sem restrição na tela da televisão. Se o dr. Green caminhasse por aquela selva de concreto chamada Soroka falando sobre a morte, os pacientes literalmente enlouqueceriam. Choros, gritos, ataques aos membros da equipe médica. Inúmeras vezes tinha ouvido pacientes emocionados chamá-los de "anjos de branco". E embora soubesse que não eram anjos que estavam debaixo do avental branco, e sim pessoas de carne e osso, ele não se atinha a coisas menores. Se as pessoas precisavam de anjos, quem era ele para privá-las daquilo? E daí que a piedosa enfermeira tenha escapado por um triz de um processo por negligência quando despejara numa garganta ressecada um remédio que era destinado a outra garganta ressecada? Anjos às vezes também se enganavam, especialmente se já não dormiam havia vinte e três horas. E quando parentes desolados e cheios de raiva se lançavam sobre um residente atemorizado ou uma especialista assustada, Eitan sabia que também se atacavam assim anjos de verdade, para lhes arrancar as penas das asas, a fim de que não voassem pelo esplendoroso reino dos céus no momento em que o parente amado era enviado à escuridão do pó. E eis que todas aquelas almas que não eram capazes de aguentar sequer uma espiada fortuita no rosto da morte agora pairavam sobre ela tranquilamente, até mesmo com simpatia, enquanto desferia seu terror na savana africana. Pois agora não eram só os beduínos que olhavam para a tela — o homem russo tinha posto de lado seu sudoku e esticava o pescoço, e até a mulher sufocante olhava a cena através dos cílios ornados de lágrimas. O guepardo mastigava vigorosamente os restos da carne da raposa de cauda vermelha. O locutor mencionava a seca. Na falta de chuvas, os animais da savana começarão a devorar suas próprias crias. As pessoas que chegavam no departamento de neurocirurgia assistiam eletrizadas à descrição rara, no relato do locutor, de um leão africano devorando seus próprios rebentos, e Eitan Green soube com toda a convicção que não era pela morfina que devia agradecer aos deuses da ciência, mas por uma Toshiba de trinta e três polegadas.

Quatro anos antes, uma paciente com alopecia o chamara de cínico e cuspira em seu rosto. Ele ainda podia sentir a saliva a lhe escorrer pela face. Era uma jovem não especialmente bonita. Mesmo assim andava pelo departamento com certa altivez real, com enfermos e enfermeiros abrindo-lhe caminho instintivamente. Um dia, quando ele chegou a seu leito na visita matinal, ela o chamou de cínico e cuspiu em seu rosto. Em vão Eitan tentou compreender o que a levara àquilo. Nas visitas anteriores, as perguntas dele tinham sido rotineiras e as respostas dela, breves. A paciente nunca tinha se dirigido a ele no corredor. Por não encontrar uma razão, aquilo o deixou deprimido. Involuntariamente, Eitan foi arrastado para pensamentos mágicos sobre cegos que enxergavam bem, mulheres calvas a quem a aproximação da morte dotava de uma visão de raio X que penetrava corações e rins. Naquela noite, na cama de casal cujos lençóis recendiam a sêmen, perguntou a Liat: "Sou um cínico?".

Ela riu, e ele se ofendeu.

"Tanto assim?"

"Não", ela disse, e o beijou na ponta do nariz. "Não mais do que os outros."

Ele realmente não era cínico. Não mais do que os outros. O dr. Eitan Green não se cansava de seus pacientes além — tampouco aquém — da medida do razoável no departamento. No entanto, fora enviado para o exílio, para além de um oceano de pó e areia, expulso do colo de um hospital no centro do país para a deprimente aridez de concreto do Soroka. "Idiota", sussurrou para si mesmo enquanto lutava para ressuscitar o gorgolejante ar-condicionado do quarto. "Idiota e ingênuo." Pois o que, senão idiotice, faria um gênio da medicina entrar em antagonismo frontal com o diretor ao qual é subordinado? O que, senão idiotice em sua forma mais refinada, faria com que ele teimasse em estar com a razão mesmo quando o responsável — padrinho desse gênio ainda nos tempos da universidade — lhe dizia que tomasse cuidado? Quais tinham sido as formas de idiotice que o gênio da medicina conseguira inventar quando dera um soco na mesa, numa pálida imitação de assertividade, e dissera: "Isso é suborno, Zakai, e vou acabar com isso"? E quando procurou o diretor do hospital e lhe falou dos envelopes com dinheiro e das "cirurgias de urgência" furando a fila que se seguiram a eles, teria sido mesmo tolo o bastante para acreditar na expressão de surpresa nos olhos dele?

O pior de tudo é que ele faria novamente. Tudo aquilo. Na verdade quase repetira o que dissera quando descobria, duas semanas depois, que a única ação do diretor do hospital fora transferi-lo.

"Vou levar isso aos meios de comunicação", ele dissera a Liat. "Vou fazer uma bagunça tão grande que eles não conseguirão me calar."

"Claro", ela dissera, "assim que terminarmos de pagar a escola de Iheli, e o carro, e o apartamento."

Ela dissera depois que a decisão era dele, que ia apoiá-lo qualquer que fosse o caminho que tomasse. Mas ele lembrara como o castanho dos olhos dela mudou de uma só vez de um tom de mel para um de noz dura, lembrou como Liat se revirara na cama durante toda aquela noite, debatendo-se em seus sonhos com horrores cuja natureza Eitan adivinhava. Na manhã seguinte, ele entrara na sala do diretor do hospital e concordara com a transferência.

E três meses depois já estavam ali, na casa caiada de branco, em Omer. Iheli e Itamar brincavam na grama. Liat estava em dúvida quanto a onde pendurar os quadros. E ele olhava a garrafa de uísque que seus colegas de departamento lhe haviam dado na despedida sem saber se ria ou chorava. No fim, levou a garrafa consigo para o hospital e a pôs na estante, junto com os diplomas. Porque, assim como eles, ela simbolizava alguma coisa. Uma etapa encerrada, um lição aprendida. Se ocorria dispor de alguns minutos entre um paciente e outro, pegava a garrafa e a contemplava com atenção, detendo-se longamente no cartão com a dedicatória. *Para Eitan, que tenha sucesso*. As palavras pareciam zombar dele. Conhecia muito bem a caligrafia do dr. Zakai, pontinhos de braille que na época em que estudava na universidade tinham feito estudantes chorar. "O senhor pode explicar o que escreveu?" "Prefiro que a senhora aprenda a ler." "Mas isto não está claro." "Ciência, meus senhores, não é algo claro." E todos resmungavam e escreviam, canalizavam sua raiva em suas avaliações de fim de ano especialmente mordazes, que nunca modificavam nada. No ano seguinte, o professor Zakai estava de novo na sala de conferências, sua caligrafia no quadro, cocozinhos de pombo indecifráveis. O único que se alegrava ao vê-lo era Eitan. Lentamente, com entusiasmada perseverança, aprendeu a decifrar a caligrafia de Zakai, mas a figura do professor continuou a ser para ele um hermético enigma.

Para Eitan, que tenha sucesso. O cartão estava pendurado no gargalo da garrafa de uísque num abraço eterno, que lhe provocava náusea. Várias vezes pensou em rasgar a dedicatória e jogá-la no lixo, talvez se livrar da garrafa toda. Mas sempre se detinha no último momento, olhando para as palavras do professor Zakai com a mesma concentração com que olhava, em sua juventude, para uma equação complicada.

Tinha trabalhado demais naquela noite, ele sabia. Seus músculos doíam. As xícaras de café não faziam efeito por mais de meia hora. Com a mão escondia bocejos que ameaçavam engolir toda a sala de espera. Às oito telefonou para dar boa-noite aos filhos, e estava tão cansado e nervoso que chegou a ofender Iheli. O menino pediu que imitasse o relincho de um cavalo e ele respondeu "agora não" num tom que assustou a ambos. Depois Itamar encarregou-se de conduzir a conversa, perguntou como tinha sido o trabalho e se ia voltar tarde, e Eitan precisou lembrar a si mesmo de que esse menino atencioso, conciliador, ainda não completara oito anos. Enquanto Itamar falava, Eitan ouviu ao fundo as fungadas de Iheli, que tentava chorar sem que seu irmão mais velho percebesse. Quando a conversa terminou, Eitan estava ainda mais cansado do que antes e sentia-se muito culpado.

Quase sempre se sentia culpado quando pensava em seus filhos. Não importava o que fizesse, sempre sentia que era muito pouco, muito menos do que deveria ser. Existia sempre a possibilidade de que seria exatamente daquela conversa, no caso aquela em que se recusara peremptoriamente a imitar o relincho de um cavalo, que Iheli ia se lembrar anos depois. Pois era exatamente daquele tipo de coisa que ele mesmo se lembrava de quando era pequeno — não de todos os abraços que recebera, mas dos que lhe haviam sido negados. Quando começara a chorar durante a visita ao laboratório do pai na Universidade de Haifa e sua mãe simplesmente ficara lá, com todos os visitantes, então lhe sussurrara que devia se envergonhar. Até podia ser que ela o tivesse abraçado depois. E então tirado da carteira um abraço de cinco shekels para que ele se consolasse com um sorvete. Não importava. Daquilo Eitan não se lembrava. Como não se lembrava de todas as vezes em que pulara da árvore no quintal e a terra o recebera com boas-vindas, e sim daquela única vez em que se estatelara e quebrara uma perna.

Como todos os pais, Eitan sabia que não havia alternativa. Que estava condenado a decepcionar o filho. E como todos os pais guardava a esperança oculta de que talvez não fosse o caso. Talvez com eles aquilo não fosse acontecer. Talvez conseguisse dar a Itamar e a Iheli exatamente o que era necessário. E, sim, crianças choram às vezes, mas no caso deles só iam chorar quando o choro realmente fosse necessário. Porque *eles* tinham saído da linha, e não Eitan.

Ele caminhou pelos corredores do departamento, tostado pelas chamas geladas da luz fluorescente, e tentou pensar no que estava acontecendo agora em casa. Itamar está no quarto arrumando seus dinossauros, do maior para o menor. Iheli com certeza já se acalmou. O menino é como Liat, inflama-se rápido e esfria rápido também. Não como Eitan, cuja raiva é como a chapa elétrica do Shabat, que fica ligada durante dois dias. Sim. Iheli já está calmo. Agora está sentado no sofá vendo pela milésima vez *A marcha dos pinguins*. Eitan já sabia o filme de cor. As piadas do narrador, os temas musicais, até a ordem dos créditos no fim. E conhecia o filme tanto quanto conhecia Iheli: sabia quando ia rir, quando ia recitar junto com o narrador uma frase bombástica da qual gostava, quando ia olhar para a tela por trás de uma almofada. As cenas cômicas o faziam rir toda vez, e as apavorantes o faziam ter medo toda vez, o que era estranho, pois quantas vezes pode-se rir de uma piada que já se conhece, e quantas vezes pode-se ficar com medo da emboscada de uma foca se você já sabe que no fim o pinguim ia conseguir ferrar com a foca e fugir? Mesmo assim, no momento em que aparecia a foca, Iheli mergulhava atrás das almofadas e acompanhava de longe a história do pinguim. Eitan o observava enquanto ele olhava para o pinguim, pensando em quando finalmente ia deixar de lado o filme, em quando as crianças param de pedir o tempo todo aquilo que já conhecem e começam a exigir o novo.

Por outro lado, como é bom e confortável saber, ainda no meio do filme, como vai terminar. E como a perigosa tempestade no minuto trinta e dois fica mais suportável quando se sabe que ela se aplaca no minuto quarenta e três. Sem falar das focas, das gaivotas e de todos os outros predadores malignos que arregalam os olhos para o ovo que a rainha dos pinguins põe, e fracassam nas tentativas de levá-lo, e quando a emboscada da foca dá errado, como Iheli sabia que ia dar, ele aplaude, tira o rosto de trás da almofada e diz: Pai, posso tomar chocolate?

Pode, claro que pode. No copo roxo, porque ele não aceita beber em nenhum outro. Três colherinhas de chocolate em pó. Misturar muito bem, para dissolver tudo. Lembrar a Iheli que se beber agora não vai ter mais depois, porque não é saudável. Saber que daqui a duas horas ele vai acordar e pedir mais. E que há uma boa possibilidade de que consiga, porque Liat não aguenta o choro dele. Perguntar a si mesmo como é que aguenta o choro. Se porque é um educador tão eminente, um pai autoritário e coerente, ou por outro motivo.

Por Itamar ele se apaixonou assim que nasceu. Por Iheli, levou mais tempo. Eitan não falava a respeito. Não é o tipo de coisas que se fala sobre crianças. Sobre mulheres, é permitido. Por exemplo: estamos namorando já faz um mês, mas ainda não estou apaixonado. Quando se trata de um filho, supõe-se que você o ame imediatamente. Mesmo quando ainda não o conhece. Com Itamar foi assim. Ainda antes de lhe dar um banho, antes mesmo de ver seu rosto, ele já tinha um lugar em seu coração. Talvez porque nas semanas que antecederam o parto tudo o que Eitan fez foi abrir espaço. Abrir espaço nos armários para as roupas, nas gavetas para os brinquedos, nas prateleiras para as fraldas. Quando Itamar finalmente chegou, escorregou para aquele espaço no coração com a maior naturalidade, acomodou-se nele e não saiu mais.

Ou, pelo menos, aconteceu assim com Eitan. Para Liat foi um pouco mais difícil. Eles concordaram que era por causa das dores e dos hormônios, e que se ela não parasse de chorar dentro de dez dias, iam procurar um médico. Ela parou de chorar antes daquilo, mas levou um tempo para começar a sorrir. E eles não falavam sobre aquilo, pois não havia o que falar, mas os dois sabiam que Eitan tinha gostado de Itamar imediatamente, e Liat duas semanas depois. E que com Iheli fora o contrário. E sempre resta a dúvida se o progenitor que começa a amar depois não está um pouco atrasado ao alcançar o amor do outro numa corrida culpada e ofegante, e se caminha agora ao lado ou ainda ficou para trás.

Seis horas depois, quando conseguiram afinal tratar dos feridos do acidente na Aravá, Eitan despiu finalmente o avental. "Você parece estar arrasado", disse a jovem enfermeira, "quem sabe não deveria dormir aqui?" Eitan estava cansado demais para se dar conta dos significados ocultos que haveria ou não naquelas palavras. Ele agradeceu educadamente, lavou o rosto e saiu para o ar noturno. Logo ao primeiro passo sentiu o que dezenove horas de ar-condicionado tinham conseguido fazê-lo esquecer: o calor do deserto, opressivo e poeirento. O delicado zumbido nos corredores do hospital — a agradável sinfonia do murmúrio de monitores e sinais sonoros de elevadores — cedeu lugar de repente aos ruídos da noite de Beer Sheva. Os grilos estavam suados demais para cricrilar. Os gatos de rua, ressecados demais para miar. Só o aparelho de rádio no apartamento no outro lado da rua berrava teimosamente uma conhecida música pop.

No outro lado dos portões do hospital já se divisava o estacionamento vazio, e Eitan ousou esperar que alguém tivesse roubado o jipe. Liat ia ficar furiosa, é claro. Ia fazer suas ligações, amaldiçoar os beduínos como só ela podia. Depois chegaria o dinheiro do seguro e ela insistiria que comprassem um novo. Só que daquela vez ele diria não, o mesmo "não" que não ousara dizer quando ela teimara em mimá-lo na hora da mudança. Ela dissera mimar, e não indenizar. Mas os dois sabiam que era a mesma coisa. "Com eles vamos varar as dunas em torno de Beer Sheva", Liat lhe disse. "Você vai fazer um doutorado em direção off-road." Soara quase verdadeiro quando ela falara, e nos primeiros dias empacotando as coisas ele ainda se consolava pensando em vertentes agudas e íngremes declives. Mas, quando chegaram em Beer Sheva, Liat mergulhou em seu novo trabalho, e passeios de jipe nos sábados pareciam estar mais distante do que nunca. No início ainda tentou sugerir a Sagui e a Nir que se juntassem a ele, mas desde que deixara o hospital as conversas com os dois rareavam cada vez mais, até que a própria ideia de se divertirem juntos começou a parecer estranha. O jipe vermelho acostumou-se depressa com sua transformação de lobo off-road num poodle doméstico, e com exceção do leve ronco que emitia subitamente quando arrancava, parecia em tudo com um carro suburbano normal. A cada semana que passava Eitan o abominava mais. Agora — quando o avistou atrás da guarita do guarda — conteve com dificuldade o impulso de chutar o para-choque.

 Quando abriu a porta Eitan surpreendeu-se ao descobrir que estava totalmente desperto. Um último acúmulo de noradrenalina desprendera-se de uma prateleira esquecida no cérebro e lhe transmitira uma nova e inesperada onda de energia. A lua cheia brilhava acima dele numa brancura promissora. Quando deu a partida no jipe, o motor roncou com uma pergunta. Quem sabe esta noite?

 E de uma só vez ele girou o volante para a esquerda e não para a direita, lançando-se na direção das colinas que ficavam ao sul da cidade. Uma semana antes da mudança tinha lido na internet sobre uma trilha para jipes especialmente desafiante, não muito longe do kibutz Telalim. Àquela hora, com as estradas desertas, estaria lá em vinte minutos. Ouviu o ronco prazeroso do motor quando o velocímetro ultrapassou a marca de cento e vinte. Pela primeira vez em longas semanas, Eitan surpreendeu-se sorrindo. E o sorriso transformou-se em alegria pura quando descobriu, apenas dezoito minutos depois, que a trilha junto ao kibutz Telalim fazia justiça à fama. Uma lua imensa inundava a estrada de terra branca, e as rodas do jipe o empurravam para a frente, para a profundez do deserto. Após quatrocentos metros, elas se detiveram num ranger de freios. Na estrada havia um enorme porco-espinho. Eitan estava certo de que ele fugiria, mas o animal simplesmente continuou lá, olhando para ele. Nem se deu ao trabalho de eriçar os espinhos. Ele ia ter de contar aquilo para Itamar. Por um momento considerou pegar o celular e tirar uma foto, mas sabia que aquilo só prejudicaria a história. O porco-espinho à sua frente tinha menos de um metro de comprimento, e o que ia descrever para Itamar teria pelo menos um metro e meio. Aquele porco-espinho não eriçava os espinhos, mas o outro ia atirar espinhos para todos os lados. O porco-espinho real não emitia um som sequer, o da história ia dizer: "Perdão, você pode me dizer que horas são?".

Eitan riu consigo mesmo, imaginando o riso de Itamar. Talvez depois repita a história a seus colegas de classe. Vai prender a atenção deles por conta de um porco-espinho encantado. Mas Eitan sabe que é preciso muito mais do que um porco-espinho falante para romper a parede de vidro que existe entre seu filho e as outras crianças. Ele nunca entendeu de onde Itamar arranjara aquela introversão. Pois nem ele nem Liat tinham sido do tipo que ficava de lado contemplando a vida. Verdade que em ambos havia certa medida de afastamento, às vezes até mesmo de arrogância, mas sempre faziam aquilo entre eles. Como dançando em uma festa e ao mesmo tempo fazendo pouco dos outros pares. Ou rindo com outros casais num jantar e depois, no caminho de volta para casa, criticando-os. Com Itamar era diferente. O filho contemplava o mundo de fora. E apesar de Liat dizer o tempo todo que não tinham o que cavoucar, que aquilo era bom para ele, Eitan não estava certo de que fosse por livre escolha. Não que Itamar fosse ignorado ou boicotado. Ele tinha Nitai. Mas, na verdade, só Nitai. (O que é perfeitamente normal, Liat vivia lhe repetindo, algumas crianças têm muitas amizades e outras se dão melhor com uma ligação mais íntima.) Aquilo não tranquilizava Eitan, que fazia de tudo para agradar Nitai, sugerindo com naturalidade pedir uma pizza ou verem um filme, tudo para deixá-lo contente. Enquanto isso, ele observava atentamente os olhos do garoto — se queria de fato estar ali ou se era uma concessão (porque outro colega não podia recebê-lo naquele dia; porque a mãe queria vir se aconselhar com Eitan sobre alguma questão médica). Aquilo deixava Liat louca. "Chega de pizza. Itamar vai pensar que você está comprando suas amizades. São mérito dele."

Talvez ela tivesse razão. Talvez ele devesse relaxar. Não havia quaisquer indícios de que Itamar estivesse sofrendo na escola. Mesmo assim, ficava preocupado. Porque com ele próprio não tinha desse jeito. Quando todos os garotos iam para a praça nas noites de sexta-feira, Eitan estava lá. Não numa posição central, mas estava lá. E seu filho, não. Embora isso não devesse fazer muita diferença para ele, na verdade fazia. (E talvez não fosse a preocupação com Itamar que o mobilizava, e sim o medo da decepção que pudesse sentir em relação ao filho. Exatamente porque nas outras coisas eram tão parecidos. Quase como irmãos siameses. Eitan pegava aquela decepção e a isolava no lugar mais recôndito, trancando a porta. Mas ainda havia a possibilidade de que ela de repente respingasse nele, na frente de Itamar, sem que tivesse a intenção.)

Fora do jipe, o porco-espinho lhe virou as costas e continuou seu caminho. Eitan o olhava de longe. Lento, insolente, os espinhos se arrastando atrás. Ele o viu se confundir com as rochas escuras e desaparecer. O caminho à sua frente estava de novo deserto, convidativo. Sentiu de repente que aquela parada só deixava claro o quanto estava ávido por movimento. Devia seguir em frente, mas espere aí: uma boa corrida exige trilha sonora. Hesitou entre Janis Joplin e Pink Floyd antes de decidir que nada era melhor que os gritos atormentados de Joplin para uma jornada noturna como aquela. A cantora realmente gritou, no volume máximo, e o motor gritou também, e após um breve instante até mesmo Eitan se juntou aos gritos. Gritava entusiasticamente na descida enlouquecida, gritava desafiadoramente quando arrancava nas subidas, gritava com desprendimento total na curva junto à colina. Depois se calou (Janis Joplin continuava a gritar, eram inacreditáveis as cordas vocais daquela mulher) e continuou a dirigir. Vez ou outra, quando a cantora lhe parecia especialmente solitária, juntava-se a ela no refrão. Havia anos não se divertia tanto sozinho, sem outros olhos com os quais partilhar aquele espanto, sem alguém que ecoasse sua alegria. Pelo retrovisor, enviesou um olhar à lua, imensa e majestosa.

E exatamente no momento em que atropelou aquele homem, pensou consigo mesmo que aquela era a lua mais bela que vira em sua vida. E no primeiro momento depois de atingi-lo ainda estava pensando na lua, e continuou a pensar na lua, e então parou de pensar de uma só vez, como uma vela que tivesse sido soprada.

No primeiro momento tudo o que conseguiu pensar sobre si mesmo foi no quanto precisava evacuar. Uma necessidade urgente, absoluta, que só com muita dificuldade conseguiu segurar. Como se todo o conteúdo de suas entranhas tivesse se soltado lá dentro, caindo num só instante, e em mais um segundo tudo sairia sem controle, sem uma pergunta sequer. E então, de uma vez só, o corpo se desligou. O cérebro passou para o piloto automático. Já não sentia necessidade de evacuar. Já não pensava se conseguiria chegar à próxima respiração.

Era um eritreu. Ou um sudanês. Ou Deus sabe o quê. Um homem de uns trinta anos, talvez quarenta, nunca conseguia determinar com clareza qual era a idade daquelas pessoas. No fim do safári no Quênia tinha dado uma gorjeta ao homem que dirigia o jipe. Sua gratidão o sensibilizou e ele acrescentou algumas perguntas insossas numa jovialidade na qual, naquele momento, acreditou. Perguntou: como se chama, quantos filhos tem, qual é sua idade? Chamava-se Hossu, tinha três filhos e a mesma idade que ele, embora parecesse dez anos mais velho. Aquelas pessoas nasciam velhas e morriam jovens, e no meio, o quê? Quando lhe perguntou a data exata de seu aniversário, descobriu que tinham nascido com um dia de diferença. Aquilo não tinha nenhum significado, mas mesmo assim... Agora este homem, de quarenta anos, talvez trinta, está estendido na estrada com a cabeça esmagada.

Janis Joplin insistia que se tomasse mais um pedaço do coração dela, mas ele se ajoelhou e colou a cabeça nos lábios rachados do eritreu. Um médico do Soroka tinha terminado seu trabalho às duas da manhã depois de dezenove horas de plantão. Em vez de ir para casa dormir resolvera testar o desempenho de seu jipe. No escuro. Em alta velocidade. O que se ganha com uma coisa dessas? Eitan olhou piedosamente para o buraco que se abrira na cabeça do homem, mas o crânio não demonstrou qualquer intenção de se consolidar milagrosamente. Na prova final do quinto ano, o professor Zakai perguntara o que se fazia quando chegava um paciente com uma abertura no crânio. Canetas tinham sido mordidas, sussurros tinham sido trocados, e mesmo assim todos haviam fracassado. "O problema de vocês é que vocês supõem que se pode fazer algo", disse Zakai quando as objeções tinham começado a se amontoar em sua mesa. "Quando a calvária está esmigalhada e há uma ampla lesão neurocirúrgica, a única coisa que se pode fazer é tomar um café." Mesmo assim Eitan mediu a pulsação, que estava rápida e fraca, examinou o preenchimento capilar, que estava incrivelmente lento, e depois confirmou com um rigor ridículo que as vias respiratórias estavam livres. Com os diabos, ele não poderia ficar simplesmente olhando o homem agonizar.

"Vinte minutos", ecoou tranquilamente a voz de Zakai. "Nem um minuto a mais. A menos que você tenha começado a acreditar em milagres." Eitan tornou a examinar a lesão na cabeça do eritreu. Era preciso muito mais que um milagre para tornar a cobrir a matéria acinzentada que se revelava por baixo dos cachos de cabelo: neurônios nus, a descoberto, que brilhavam ao luar. Sangue saía pelas orelhas do homem, claro e aquoso devido ao fluido cefalorraquidiano, que já começara a escorrer do crânio partido. Mesmo assim Eitan levantou-se, correu para o jipe e voltou com sua maleta de primeiros socorros, já abrindo o pacote de ataduras, quando de repente se deteve. De que adianta isso? Este homem vai morrer.

E quando ela finalmente apareceu, a palavra explícita, ele sentiu que de uma só vez todos os seus órgãos abdominais se cobriam de gelo. Uma camada de geada branca espalhou-se do fígado ao estômago, do estômago ao intestino. As circunvoluções do intestino delgado estendem-se por seis a oito metros. Mais de três vezes a estatura de um homem. Seu diâmetro é de cerca de três centímetros, mas seu tamanho não é uniforme em todas as idades. O intestino delgado divide-se em três partes, duodeno, jejuno e íleo. Eitan extraiu da informação uma estranha serenidade, uma serenidade branca e gelada. Deteve-se no intestino delgado. Examinou-o. Sua área interna, por exemplo, é ampliada por excrescências em forma de dedos chamadas vilosidades. Essa estrutura multiplica a área interna do intestino delgado quinhentas vezes, até cerca de duzentos e cinquenta metros quadrados. Espantoso. Simplesmente espantoso. Agora reconhecia o valor de seus estudos. Uma muralha fortificada de conhecimento que se interpunha entre ele e aquela palavra tão imunda, "morrer". Este homem ia morrer. Você tem de ligar para o Soroka, disse consigo mesmo, para que enviem uma ambulância. Para que preparem a sala de cirurgia. Para que convoquem o professor Tal. Para que contatem a polícia. Pois seria o que fariam. É o que sempre fazem quando chega o relato de um acidente na estrada. O fato de o médico que está cuidando da vítima ser também o motorista que a atropelou não faz qualquer diferença. Eles vão contatar a polícia, a polícia virá e ele explicará que estava escuro. Que não enxergou nada. Que não havia motivo algum para imaginar que alguém estaria caminhando à beira da estrada numa hora dessas. Liat vai ajudá-lo. Ele era casado com uma investigadora graduada da polícia de Israel. Ela vai explicar a eles, e eles vão entender. Terão de entender. Era verdade que estava muito acima da velocidade permitida, e, sim, já não dormia havia mais de vinte horas, mas a irresponsabilidade tinha sido do eritreu, ele não tinha motivo algum para supor que houvesse alguém ali.

E o eritreu teria algum motivo para supor que você estivesse aqui?

A voz de Liat soava fria e seca. Já a tinha ouvido falar assim, mas sempre com outras pessoas. Com a faxineira que no fim confessou ter roubado seus brincos de pérola, com o encarregado das obras em sua casa que reconheceu ter superfaturado. Como gostava de imaginá-la no trabalho, lançando um olhar distante e divertido à pessoa que estava à sua frente sendo interrogada, uma leoa preguiçosa que brinca um pouco com sua presa antes de se atirar sobre ela. Só que agora Eitan a via diante dele, os olhos castanhos pregados no homem estendido no chão. E depois erguendo-se para ele.

Olhou novamente para o eritreu. Sangue escorria de sua cabeça e manchava o colarinho de sua camisa. Com sorte, o juiz ficaria satisfeito com alguns meses. Mas não poderia continuar operando. Aquilo era certo. Ninguém aceitaria um médico condenado por ter matado alguém. Nem a mídia, Iheli, Itamar, Liat, sua mãe ou os conhecidos que encontraria por acaso na rua.

O eritreu continuou a sangrar, como se fizesse aquilo de propósito.

De repente soube que tinha de sair dali. Agora. Aquele homem ele já não conseguiria salvar. Tentaria pelo menos salvar a si mesmo.

A possibilidade pairava no ar noturno, simples e clara: entrar no jipe e sair voando dali. Eitan olhou-a à distância, tenso, acompanhando seus movimentos. E a possibilidade já dava um salto para envolvê-lo, e o envolveu inteiro, um pânico gelado e urgente que lhe gritava na orelha — para o jipe. Agora.

Mas no mesmo instante o eritreu abriu os olhos. Eitan ficou paralisado. O ar ficou mais rarefeito e sua língua parecia uma lixa na boca. A seus pés, junto aos sapatos com palmilha ortopédica que comprara no free shop, jazia o eritreu com o crânio esmagado e os olhos arregalados.

Não olhava para Eitan. Só estava ali estirado, os olhos no céu, com tal concentração que Eitan não conseguiu evitar lançar um olhar enviesado para cima, para o ponto a que se dirigiam. Talvez, afinal, exista alguma coisa lá. Não havia nada. Apenas uma lua maravilhosa, um céu brilhante de um azul profundo. Como se alguém o tivesse retocado com Photoshop. Quando tornou a olhar para o chão, os olhos do eritreu estavam fechados, a respiração, tranquila. Já a respiração de Eitan estava ofegante e agitada, todo o seu corpo tremia.

Como poderia ir embora com os olhos do homem ainda abertos, ainda podendo se abrir? Por outro lado, olhos abertos não querem dizer nada, diz muito mais o líquido cefalorraquidiano, que agora não se bastava em escorrer das orelhas e também saía pelo nariz, e pela boca em forma de espuma. Os membros do eritreu estavam rígidos e encolhidos, rigidez de decorticação. Mesmo se quisesse, Eitan não dispunha de um resquício sequer de vida pela qual lutar. De verdade.

E, de verdade, parecia que o eritreu estava conformado com sua situação, com aquela famosa serenidade africana, pois de fato fazia o favor de manter os olhos fechados e só respirava baixinho, com uma careta não muito diferente de um sorriso no rosto. Eitan olhou novamente para ele antes de se dirigir ao jipe. Agora já tinha certeza de que o eritreu sorria para ele, seus olhos fechados sinalizando sua aprovação.

2

Dormiu bem naquela noite. Mais do que bem, foi um sono excelente. Profundo, estável, restaurador, que continuou mesmo após o nascer do sol. Depois que as crianças levantaram da cama. Depois que Liat gritou que se apressassem. Ele continuou a dormir quando Iheli gritou por causa de um brinquedo que o desapontara. Também dormia quando Itamar ligou a televisão em volume alto. Dormia quando a porta da casa se fechou e ouviu-se o som do carro se afastando, com todos os membros de sua família dentro dele. Dormiu, dormiu e dormiu, depois dormiu mais, até que chegou o momento em que de forma alguma conseguiria continuar dormindo — então acordou.

A luz do meio-dia penetrava pelas persianas e dançava nas paredes do quarto. Um passarinho pipilava lá fora. Uma aranha pequena, valente, ousou desafiar a paixão de Liat por limpeza, e obrava de forma enérgica no tecer de uma teia, num canto acima da cama. Eitan olhou para a aranha longamente até a benéfica neblina do sono se dissolver e abrir lugar a uma simples verdade: ontem à noite ele atropelou um homem e seguiu seu caminho. Cada célula de seu corpo despertou para a clara realidade, que seria impossível mudar. Tinha atropelado um homem. Atropelou um homem e seguiu seu caminho. Disse a si mesmo repetidas vezes as palavras, tentando juntar consoantes e sílabas num significado claro, compreensível. Mas enquanto as repetia elas se desmontavam em sua cabeça, até perder todo o sentido de realidade. Agora pronunciava a frase em voz alta, deixando os sons se formarem no espaço do quarto. Atropelei um homem. Atropelei um homem e continuei meu caminho. Por mais que repetisse a frase, primeiro sussurrando e depois em voz alta, ela ainda não lhe parecia ser uma coisa concreta, era até mesmo idiota, como se estivesse falando sobre algo que lera no jornal ou sobre um programa de televisão ruim. A aranha e o passarinho tampouco ajudaram — era de supor que passarinhos não cantassem à janela de quem tivesse atropelado um homem e seguido sua viagem, que a aranha não quisesse estabelecer residência acima da cama de um homem desses. E assim mesmo a aranha continuava sua labuta e o passarinho seu cantar, e até mesmo o sol — em vez de privá-lo de seu esplendor — continuou a atravessar as persianas e a desenhar na parede manchas realmente impressionantes.

E de repente para Eitan era muito importante olhar muito bem para elas. Manchas de luz numa parede branca. (Pois assim é: um homem levanta-se de manhã e sai de casa sem saber de nada. Beija sua mulher na ponta do nariz e diz a ela nos vemos à noite, e realmente supõe que vão se encontrar à noite. Ao vendedor na mercearia ele diz até breve, com toda a convicção. E tem toda a certeza de que dentro de alguns dias vão realmente se reencontrar, ele e o vendedor e os tomates. E que nada mudaria demais, a não ser, talvez, o preço dos tomates. O beijo na ponta do nariz, o apalpar relaxado dos tomates no caixote, as manchas de luz na parede branca vistas do mesmo ângulo, na mesma hora, todos devem sua existência à premissa de que o que havia é o que haverá. De que hoje também, como ontem, como anteontem, a Terra continuará a girar em seu eixo no mesmo movimento lento, sonolento, que embala Eitan como se ele fosse um bebê. Se a Terra começasse subitamente a girar em sentido contrário, Eitan tropeçaria e cairia.)

Embora já estivesse completamente desperto, continuou deitado na cama sem se mexer. Como ousaria pôr-se de pé depois de ter atropelado um homem e seguido seu caminho? Com certeza a terra ia se abrir sob seus pés. *Será?*, perguntou a mesma voz fria, obscura e sorridente. *Será que vai se abrir? Porque ela está sustentando muito bem o professor Zakai.* Quando o pensamento lhe ocorreu, Eitan ergueu-se na cama e pousou um pé descalço no chão de mármore. Depois outro. Deu três passos em direção à cozinha antes que um vislumbre rápido do rosto do homem morto o fizesse estacar onde estava. Uma coisa é dizer a si mesmo repetidas vezes que você atropelou um homem e seguiu seu caminho, outra é ver o rosto desse homem diante de você. Com grande esforço, afastou essa visão para as profundezas de sua mente e continuou a andar. Em vão. Antes de chegar à porta, a visão o impactou de novo, mais nítida do que nunca: os olhos do eritreu abertos numa fenda estreita, as pupilas imobilizadas numa eterna expressão de espanto. Daquela vez, Eitan lutou mais energicamente com a visão. Mais para dentro. Vá mais para dentro. Para aquele depósito escuro no qual armazenava todas as outras visões — os cadáveres que tinha dissecado no primeiro ano de estudo, as fotos horrendas de membros decepados, queimados, corroídos por ácido que a palestrante sobre trauma lhes tinha mostrado, com grande satisfação, no terceiro ano, curtindo cada suspiro de asco que se elevava na classe. "O estômago de vocês é muito sensível", ela dizia quando algum dos estudantes balbuciava um débil pretexto e fugia para o ar puro. "Assim não vão se tornar médicos." A lembrança do rosto inflexível da professora Reinhart ajudou a acalmar um pouco a tempestade da alma que o invadira. Àquela altura já tinha chegado na cozinha. Tão limpa. Como se nunca se houvesse travado ali guerras de flocos de milho ou se derramado pingos de café. Como é que Liat consegue manter esta casa como se fosse uma loja de móveis?

Através da grande janela ele olhou de soslaio para o jipe estacionado. Nem um arranhão sequer. Não por acaso o vendedor lhe dissera na loja que era "o tanque da Mercedes". Mesmo assim Eitan o tinha examinado longamente na véspera, ajoelhado diante do para-choque, os olhos se esforçando na luz pálida da lanterna do celular. Não era possível que tivesse atingido um homem daquela maneira sem deixar sinal. Um amassado na lataria, um para-choque entortado, a lembrança de que algo tinha realmente acontecido. O testemunho de que não tinha havido só ar lá, mas um corpo também, massa causando atrito. No entanto, o jipe lá estava estacionado, são e salvo e sem modificações. Eitan desviou o olhar da janela e encheu o bule com mãos trêmulas.

Vislumbres do rosto do homem morto voltaram a assombrá-lo quando preparava o café, mas com menos intensidade. O cheiro do detergente com aroma de limão que envolvia a cozinha, o brilho quase estéril do mármore, tudo expulsava as visões da noite anterior, da mesma maneira que os garçons dos restaurantes de Tel Aviv bloqueiam a passagem dos mendigos que tentam entrar. Eitan deslizou uma mão agradecida pela superfície de aço inoxidável. Três meses antes, quando Liat teimou em comprá-la, ele se opusera àquele desperdício. Tanto dinheiro por uma cozinha que ele pretendia deixar para trás em menos de dois anos, quando terminasse o exílio compulsório no coração do deserto. Mas Liat já tinha se decidido, e ele foi obrigado a concordar, embora se reservasse o direito de se irritar com aquela despesa supérflua toda vez que entrava no recinto. Agora contemplava a cozinha com gratidão, pois nada como uma superfície de aço inoxidável brilhante para apagar visões sombrias. Estava convencido de que nada de ruim ia lhe acontecer entre o sofisticado lava-louças e a coifa luxuosa. Verdade, a xícara de café quase lhe escapou das mãos quando a ergueu, pois a lembrança da mão do homem morto lhe assomou impiedosamente, mas conseguiu rechaçá-la e estabilizar a xícara antes que caísse. E mesmo que tivesse caído não haveria mal nisso. Ia pegar um pano e limpar o chão de mármore. Pois era preciso reconhecer: copos e xícaras cairiam nos próximos dias. Haveria momentos de desvio da atenção, de pesadelo, talvez. Mas ele ia juntar os cacos, lavar o chão e seguir com a vida. Tinha de seguir com a vida. Mesmo o gosto do café na boca sendo de mofo, amargo; mesmo suas mãos tremendo, apesar do calor do deserto; mesmo contendo-se para não cair no chão chorando de culpa; mesmo assim continuaria a caminhar para a sala de estar, com o café na mão, a caminho da poltrona. No fim a dor teria de passar. Levaria duas semanas, um mês ou cinco anos, mas no fim passaria. Os neurônios no cérebro disparam sinais elétricos numa velocidade tremenda quando há um novo estímulo. Mas, à medida que o tempo passa, o ritmo de envio dos sinais diminui, até parar de vez. Habituação. Perda gradual de sensibilidade. "Vocês entram numa sala", disse o professor Zakai, "e há um cheiro horrível de esterco. Vocês acham que vão vomitar. As moléculas do cheiro excitam o epitélio olfatório, que envia sinais urgentes para a amígdala e para o córtex cerebral. Os neurônios de vocês gritam por socorro. Mas sabem o que acontece após alguns minutos? Isso para. Eles se cansam de gritar. De repente outra pessoa entra na sala e diz: 'Está fedendo aqui', mas vocês não têm noção do que ela está falando."

Na poltrona, com a xícara de café quase vazia na mão, Eitan olhou para a borra escura no fundo. A primeira briga entre ele e Liat acontecera quando, três semanas depois de se conhecerem, ela lhe contou que a avó previa o futuro no café.

Você quer dizer que ela pensa que lê o futuro no café.

Não, insistira Liat, ela realmente lê o café. Olha para a borra e sabe o que vai acontecer.

O quê? Que o sol vai brilhar no dia seguinte? Que todos nós, no fim, vamos morrer?

Não, boboca. Coisas que nem todos sabem. Digamos, se o marido da mulher que tomou o café a está traindo. Ou se ela vai conseguir engravidar.

Liat, com os diabos, como é que grãos de café que foram colhidos por um menino de oito anos de idade no Brasil e vendidos a um preço absurdo no supermercado podem prever a gravidez de uma megera qualquer de Or Akiba?

Ela dissera que ele estava sendo arrogante, e era verdade. Dissera-lhe que não havia nada de ruim em Or Akiba, o que, aparentemente, também era verdade. Dissera-lhe que quem zombava da avó da namorada acabava zombando da própria namorada, o que soara muito bem, mas não era necessariamente verdade. No fim, dissera-lhe que seria melhor que não se encontrassem mais, e aquilo o assustou tanto que no dia seguinte foi até casa dela e propôs que fossem de imediato ver a avó dela em Or Akiba, para que ela lesse o futuro no café. A avó de Liat o recebeu muito cordialmente, preparou um excelente café, embora um tanto morno, olhou para a borra e disse que eles iam se casar.

É isso que a senhora está vendo na borra?, perguntou, no tom mais respeitoso que conseguiu mobilizar.

Não, respondeu rindo a avó de Liat, isso é o que estou vendo nos olhos de vocês. Nunca se lê sobre pessoas no café, lê-se nos olhos delas, na linguagem corporal, na maneira como fazem a pergunta. Mas, se disser isso a elas, vão se sentir nuas, e isso não é agradável para ninguém, tampouco educado, então em vez disso você lê no café. Compreendeu, menino?

Agora, ele inclinou a xícara e olhou para a borra com interesse. Negra e espessa, como no dia anterior. Estava claro que, assim como os passarinhos, as aranhas e os raios do sol, a borra do café não via motivo para mudar seus hábitos só porque ele tinha atropelado um homem e seguido seu caminho. Habituação. Os olhos do homem morto perderam o foco dentro da cabeça de Eitan como um sonho ruim cujas impressões vão se desbotando aos poucos no decorrer do dia, até que tudo o que resta é uma sensação generalizada de desconforto. Desconforto não é sofrimento, Eitan disse consigo mesmo. As pessoas vivem a vida inteira com esta ou aquela medida de desconforto. A ideia lhe pareceu tão correta que ele a repetiu mentalmente várias vezes, tão concentrado no pensamento libertador que no início não ouviu as batidas na porta.

A mulher que estava à sua porta era alta, magra e muito bonita, mas Eitan não percebeu nenhum desses detalhes. Dois outros detalhes chamaram toda a sua atenção: ela era eritreia e tinha na mão a carteira dele.

(De novo, Eitan sentiu que precisava evacuar, até mais do que no dia anterior. Sua barriga despencou de uma só vez, levando consigo todos os órgãos internos, e ele tinha certeza de que não conseguiria segurar. Teria de correr para o banheiro ou evacuaria ali mesmo, na soleira da porta, diante da mulher.)

Mesmo assim ficou ali postado, respirando com dificuldade, olhando para ela, que lhe apresentava a carteira.

Isto é seu, disse ela, em hebraico.

"Sim", disse Eitan. "É meu."

E na mesma hora se arrependeu, pois quem sabe poderia convencê-la de que a carteira não era dele, mas de outra pessoa — um irmão gêmeo, digamos, que tinha viajado no dia anterior para algum lugar, o Canadá, por exemplo, ou o Japão, um lugar distante? Talvez pudesse simplesmente ignorá-la e fechar a porta, ou ameaçar chamar a Polícia de Imigração. Possibilidades de ação encheram sua mente como bolhas de sabão coloridas, estourando ao primeiro toque da realidade. Cair

de joelhos e implorar perdão. Adotar uma expressão de quem não faz a menor ideia do que ela está falando. Acusá-la de ser maluca. Alegar que o homem já estava morto quando o atingiu. Ele tinha como saber, é médico. A mulher não desviou os olhos de Eitan. As vozes histéricas na cabeça dele deram lugar a outra voz, gelada:
Ela estava lá.
E como que para confirmar o que a voz dizia, a mulher olhou para a casa caiada de branco em Omer e disse: *Sua casa é bonita*.
"Obrigado."
O quintal também é bonito.
O olhar da mulher deteve-se no carrinho de brinquedo que ele tinha trazido para Iheli. No sábado o menino havia andado nele para lá e para cá pela grama, gritando e aplaudindo, até ser atraído por outro brinquedo e deixá-lo revirado na estradinha de acesso à casa. Agora as rodas de plástico vermelho apontavam para o céu, como uma evidência incriminadora.
"O que você quer?"
Quero conversar.

No outro lado do muro de pedra ele ouviu o Mazda da família Dor entrar na garagem. A batida das portas quando Anat Dor e seus filhos saíram do carro. As reprimendas cansadas enquanto iam em direção à casa. Graças a Deus pelos muros de pedra, pelo admirável isolamento suburbano que conseguira penetrar em povoações comunitárias como Omer. Sem o isolamento estaria agora exposto ao olhar curioso de Anat Dor, que certamente preferiria esquecer por um breve momento suas próprias agruras para cismar porque seu vizinho médico estava com uma mulher negra em seu quintal. Mas o consolo oferecido pelos muros de pedra se apequenou ante a lembrança de que a chegada de Anat Dor não era senão o prenúncio do que estava por vir. A essa hora está vindo pela rua todo um batalhão de carros. E em cada carro, fale baixo para não dar ideia, tem um pintinho perguntando o que vai ter para o almoço. Dentro de alguns minutos — dois, dez? — chegarão também Liat e os pintinhos dele. Esta mulher tem de ir embora.

"Agora não", disse ele, "não posso falar agora."
   Quando então?
   "À noite, vamos conversar à noite."
   Aqui?
   Seria impressão ou teria visto uma centelha de sarcasmo nos olhos dela quando apontou para as cadeiras de pinho na varanda da casa?
   "Não", ele disse, "não aqui."
   Na garagem abandonada junto ao kibutz Telalim. Vire à direita e ande duzentos metros na estrada de acesso. Estarei lá às dez horas.
   E subitamente soube com clareza que ela tinha planejado detalhadamente o encontro. Sua vinda um instante antes da chegada das crianças da escola. A enervante demora na porta de casa. A frieza que emanava de seus olhos. Pela primeira vez desde que abrira a porta olhou de verdade para ela, alta, magra e muito bonita. E ela, como se compreendesse que só agora ele abrira os olhos, assentiu e disse:
   Sou Sirkit.
   Ele não se deu ao trabalho de responder. Seu nome ela obviamente já sabia. Não fosse assim não estaria de pé em seu gramado, uma maravilha ecológica da irrigação com água reciclada, indicando-lhe aonde ir às dez da noite.
   "Estarei lá", Eitan disse, depois virou-se e entrou em casa. A xícara de café continuava onde a deixara, na cômoda junto à poltrona. A cozinha de aço inoxidável brilhava como sempre. A luz do sol continuava a dançar na parede, em manchas realmente esplendorosas.

3

Não haviam passado nem vinte minutos após a mulher ir embora e ele entrar na casa, e já parecia que jamais a tinha visto. Através das persianas abertas pela metade percorreu com o olhar o quintal: o alecrim, o gramado cuidadosamente aparado, o carrinho de brinquedo de Iheli virado. Era difícil acreditar que havia menos de meia hora naquele mesmo caminho estivera uma mulher chamada Sirkit. A existência dela tornou-se ainda mais nebulosa a partir do momento em que Liat e as crianças voltaram para casa. Itamar e Iheli brincavam no quintal e não dava para saber se era uma brincadeira ou uma batalha de vida ou morte. O rumor de seus pés apagava, involuntariamente, a lembrança da eritreia, assim como o passageiro de um ônibus não fica pensando em quem estivera pouco antes sentado a seu lado. Uma hora e meia depois Eitan quase poderia acreditar que aquela visita nunca acontecera.

"As coisas que nosso cérebro é capaz de fazer para nos proteger...", dizia o professor Zakai, apoiando-se no púlpito, o sorriso em seu rosto oscilando entre a zombaria e a empatia, e por fim preferindo a zombaria. "A denegação, por exemplo. Sim, é um termo dos psicólogos. Assim mesmo não se apresse a jogá-la no lixo. Pois qual é a primeira coisa que lhe dirá um homem a quem você informou que ele tem um tumor no cérebro?"

Não pode ser.

"Correto. 'Não pode ser.' Claro que certamente pode ser. Na verdade, isso acontece neste exato momento: astrocitomas anaplásticos se multiplicam sem cessar, espalham-se de um lado do cérebro para o outro por intermédio do corpo caloso. Em menos de um ano todo esse sistema vai desmoronar. Já agora há dores de cabeça, vômitos, paralisias laterais. E mesmo assim esse cérebro doente, esse bloco de neurônios funcionando mal, ainda é capaz de fazer uma coisa: negar a realidade. Você mostra os resultados dos exames. Repete o prognóstico três vezes do modo mais claro possível, e, apesar disso, o homem à sua frente, este que em breve vai se tornar uma massa feita de quimioterapia e efeitos colaterais, consegue refutar tudo o que você lhe diz. E não importa quão inteligente seja. Com os diabos, ele pode até mesmo ser um médico. Todos os anos que passou estudando não significam nada diante dessa teimosia do cérebro em não olhar para o que está bem diante dele."

O professor Zakai tinha razão. Como sempre. Como um profeta furibundo de cabelos brancos, lá estava ele, de pé na tribuna dos palestrantes, desenrolando para eles o futuro por vir. No quinto ano da faculdade já era fácil interpretar suas palavras como anedotas cínicas e nada mais, mas a partir do momento em que os alunos saíram do útero da academia para o mundo real, as profecias dele se realizaram, uma a uma. Isso é possível, dizia Eitan para si mesmo. Isso acontece. E se você quiser que pare de acontecer, é melhor tirar a cabeça da areia do deserto e ir de uma vez para o banco.

Durante todo o caminho para a agência fantasiou um atendimento gentil e automático, um robô ambulante que seguisse suas instruções sem palavras desnecessárias. Mas, quando disse à funcionária o que queria, ela ergueu nariz da tela do computador e disse: "Uau, isso é um dinheirão".

Outras três funcionárias espiaram por cima das divisórias de vidro entre os postos de atendimento, querendo saber que quantia tinha justificado aquela definição "Uau, isso é um dinheirão" e quem era o homem que ia carregar aquela quantia consigo para não se sabe onde. Eitan não reagiu, esperando que uma fria indiferença fosse suficiente para represar a boca da funcionária, cujo nome, agora que se levantara, podia ler no crachá em sua blusa: Ravit. Mas Ravit não se intimidou com sua frieza. Pelo contrário. A postura inflexível do homem à sua frente, o ar de desprezo em seus olhos — tudo aquilo lhe proporcionou um prazer especial quando em voz alta perguntou: "Comprando uma casa?".

Enquanto isso ela continuava a trabalhar, é claro. Contando as cédulas, uma e duas vezes, confirmando que tinha nas mãos setenta mil shekels. Contando uma terceira vez, para prolongar uma terceira vez o contato das notas em seus dedos, pois só ia ganhar uma quantia daquelas após um ano inteiro de trabalho. Eitan olhava para as unhas impecavelmente feitas que contavam o dinheiro. Pedras preciosas de plástico que passavam com prazer pelas notas de duzentos que se amontoavam. Enquanto Ravit ainda se espantava com o tamanho daquela quantia, Eitan temia que não fosse o bastante. A eritreia bem poderia exigir duzentos. Trezentos mil. Até mesmo meio milhão. Quanto valia o silêncio? Quanto valia uma vida humana?

Quando saiu do banco ligou para Liat dizendo que haveria uma confraternização do departamento, que surgira de última hora. Um dos médicos tinha proposto e todos aderiram, e não seria agradável ser o único a não comparecer. Iam tomar uma cerveja no Coca, às dez horas, e ele tentaria voltar para casa até onze e meia. "É importante você ir", ela lhe disse, "e que não vejam em seu rosto que você está sofrendo." Ele nunca havia mentido assim para ela, e o fato de ter sido tão fácil foi um alívio e um susto ao mesmo tempo.

Às dez horas da noite Eitan desligou o motor do jipe na entrada da garagem abandonada junto ao kibutz Telalim. Trinta minutos antes já tinha passado pelo caminho que levava à garagem, vasculhando com os olhos o prédio às escuras. Nenhum movimento era discernível dentro dele. Pensou em esperar pela mulher na entrada da garagem, mas mudou de ideia. Para não se impregnar do cheiro daquele lugar, do pó daquela terra. Com o apertar de um botão fecharam-se as quatro janelas de vidro. Com o apertar de mais um botão o rádio começou a tocar. O ar lá fora, os ruídos da noite, vinham se chocar na cobertura cromada do jipe. Mas quando já eram dez horas Eitan sabia que não poderia esperar mais. Contra a própria vontade estendeu a mão para a maçaneta da porta, que separava o interior morno do jipe, saturado de Beatles e de Led Zeppelin, do ar frio e silencioso do deserto. E já estava lá fora, o ruído de seus passos no cascalho arranhando as orelhas, sendo ouvido de longe, zombando de todos os esforços de discrição que empreendera.

Não tinha chegado a dar dois passos fora do carro e divisara a mulher saindo da garagem. Sua pele escura confundia-se muito bem com a escuridão da noite. Só o branco de seus olhos reluzia para ele, e o par de pupilas negras fixou-se em Eitan quando ela disse: *Venha.* Apesar de suas pernas quase terem se movido sozinhas àquele comando tranquilo, ele assim mesmo se deteve.

"Eu trouxe dinheiro."

Mas parece que as palavras não tiveram qualquer efeito na mulher, que não reagiu ao que ele disse e tornou a falar: *Venha.* Novamente Eitan sentiu que suas pernas queriam obedecer ao comando dado baixinho, à voz macia que lhe ordenava que fosse com ela. Mas a garagem à frente parecia agora mais escura do que nunca, e ele não pôde deixar de se perguntar se não haveria outras pessoas lá dentro, pessoas de pele escura e cheias de rancor, que teriam a oportunidade de fazer mal a quem lhes fizera mal. Pois, mesmo não tendo feito mal a eles, e

sim àquele, àquele que nem nome tinha, poderia ter sido com qualquer um deles. Com os diabos, poderia ter sido esta mulher mesmo, que está agora a seu lado com uma expressão de urgência nos olhos, e se a atropelasse teria ido até a polícia na mesma noite? Na manhã seguinte?
    Como continuava plantado onde estava, a mulher pegou sua mão e o arrastou consigo, dirigindo-se à garagem. Os resquícios de resistência que lhe restavam (ela vai arrastar você para dentro e eles vão te arrebentar de pancadas, estão escondidos atrás da porta e vão te matar) desapareceram no momento em que a mão dela tocou a sua. Não poderia fazer outra coisa que não descer atrás da mulher ao inferno que era a garagem escura.

    Ele percebeu a presença do homem estranho ainda antes de enxergá-lo. Um forte cheiro de suor. Uma respiração acelerada. O vulto de um homem no escuro. E de repente compreendeu que era uma armadilha mortal. A hora tardia. A garagem abandonada. Nunca sairia dali. Então Sirkit acendeu a luz e ele se viu diante de uma escrivaninha enferrujada, sobre a qual havia um eritreu seminu.
    A princípio pensou que era ele, aquele eritreu que tinha atingido na noite anterior. Por um rápido momento encheu-se de alegria, pois pensou que se aquele era o estado do homem que tinha atropelado, então tudo estava em ordem, na mais perfeita ordem. Mas, passado um instante mais, Eitan compreendeu que estava iludindo a si mesmo. O homem que tinha atingido na noite anterior estaria, àquela hora, absolutamente morto. E o homem à sua frente, apesar de ter feições tão parecidas com as do outro, como se fossem duas gotas d'água, apresentava apenas um grave infecção no braço direito. Involuntariamente, seu olhar fixou-se no braço do eritreu. Um mosaico espetacular em vermelho e roxo estendia-se ante seus

olhos, mergulhado aqui e ali em manchas amareladas ou num faiscar de verde. E pensar que todo esse arco-íris de cores se deve a um simples corte: arame farpado, talvez, ou uma tesoura. Cinco centímetros dentro da carne, talvez até menos, mas sem ter sido desinfetado... algumas horas no sol ardente, um pouco de poeira, um ou outro esfregar de pano imundo — caminho aberto para a morte dentro de uma semana.

Ajude-o.

Ele ouvia aquelas palavras dezenas de vezes por dia. Em forma de súplica, cheias de esperança, em alto soprano e barítono profundo. Mas nunca as tinha ouvido assim: sem um pingo de servilismo. Sirkit não estava pedindo que ajudasse o homem que estava sobre a mesa. Estava lhe ordenando que o fizesse. E foi exatamente o que ele fez. Correu para o jipe e voltou com seu kit de primeiros socorros. O homem gemeu numa língua que Eitan não conhecia quando uma injeção de cefazolina penetrou em seu músculo. Sirkit murmurou alguma coisa em resposta. Eitan trabalhou longamente desinfetando a ferida, enquanto o homem balbuciava e Sirkit respondia, e ficou surpreso ao descobrir que, apesar de não discernir uma só palavra do que diziam, compreendia tudo. As dores e os consolos falam a mesma língua. Ele passou uma pomada antibiótica em toda a ferida e explicou com gestos que era preciso continuar passando três vezes por dia. O homem o encarava com olhos inexpressivos, e Sirkit balbuciou mais alguma coisa. Então os olhos do homem se iluminaram e ele começou a assentir energicamente, a cabeça subindo e descendo como a do buldogue no painel do jipe.

"E diga a ele que limpe bem antes de passar a pomada. Com sabão." Sirkit assentiu e se dirigiu outra vez ao eritreu, que também assentiu alguns segundos depois. Em seguida começou um discurso que durou pelo menos um minuto, e que tinha conteúdo claro apesar de feito em língua tigrínia fluente: gratidão. Sirkit ouvia, mas não traduzia. A gratidão do homem detinha-se na mulher, não seguia adiante até o médico, que em circunstâncias normais ia se achar merecedor dela.

"O que ele está dizendo?"

Está dizendo que você salvou a vida dele. Que é um bom homem. Que nem todo médico concordaria em vir no meio da noite até a garagem a fim de tratar de um refugiado. Ele disse que você é um anjo, que...

"Pare com isso."

Ela calou-se. Após alguns instantes o paciente calou-se também. Agora lançava um olhar espantado, de Sirkit para Eitan, como se sentisse, além do ferimento, aquilo que pairava entre eles. Sirkit afastou-se da escrivaninha enferrujada de metal e caminhou em direção à entrada. Eitan foi atrás dela.

"Eu trouxe dinheiro", ele disse. Ela aprumou as costas encurvadas e continuou calada. "Setenta mil."

Após um instante, como as costas se mantivessem retas e nada saísse de sua boca, ele completou:

"Vou trazer mais, se for preciso." Levou a mão ao bolso e tirou dele as notas que recebera da caixa, Ravit, cujo nariz recauchutado ele esquecera completamente. Sirkit ficou onde estava, com os braços cruzados, olhando para a oferenda dele. Apesar do frio noturno, as mãos de Eitan começaram a suar, manchando as rosadas notas de duzentos com sua embaraçosa umidade. Sem querer, ele se viu falando. Sim, ele sabia que não havia preço para a vida humana. Por isso agradecia tanto pela... oportunidade que hoje lhe era dada de salvar uma vida em lugar daquela que roubara. E talvez a combinação de, bem, de uma grande quantia de dinheiro, e de um devotado tratamento médico, não menos que isso, talvez a combinação pudesse compensar, mesmo que um pouco, aquilo que ele lamentava do fundo da alma.

O silêncio de Sirkit continuou mesmo após ele terminar de gaguejar as palavras. Eitan se perguntava se ela tinha

entendido tudo o que lhe dissera. Afinal, havia falado rápido, talvez rápido demais, e as palavras lhe tinham soado ocas.
Assum era meu marido.
No primeiro momento ele quase perguntou a ela quem era Assum, já ia abrindo a boca, então se conteve num estridente ranger de freios. Idiota, você não imaginou que ele tivesse um nome, pensou que todos o chamavam de "aquele homem", "o eritreu", "o ilegal". Ele se chamava Assum e era marido dela. Mas, se era o marido dela, por que a mulher parecia estar tão calma, tão segura? Não haviam passado vinte e quatro horas desde que o enterrara, se era que o tinha enterrado. Ela não parecia ser uma mulher que perdera o marido. O clarão no olhos, o brilho não natural da pele, os cabelos pretos que dançavam, literalmente, ao vento noturno do deserto. Sirkit continuou calada e Eitan soube que agora era sua vez de falar. Não sabia o que poderia dizer, por isso disse a primeira coisa que lhe ocorreu: que sentia muito. Que a culpa ficaria com ele para sempre. Que não haveria um dia sequer em que não pensaria em...

Durante o dia você fará o que quiser, ela o interrompeu, *mas deixe suas noites livres.*

Eitan olhou para a eritreia com uma expressão interrogativa, e ela explicou lentamente, como se falasse a uma criança. Ia ficar com o dinheiro. Mas não só. As pessoas ali precisavam de um médico. Elas não ousariam procurar um hospital, tinham muito medo. Portanto, o distinto doutor faria o favor de lhe passar o número de seu telefone — não o encontrara na carteira na noite anterior — para que ela pudesse pedir sua ajuda sempre que precisasse. E como a comunidade local já estava sem atenção médica permanente durante um longo período, era de supor que precisaria muito dele nas primeiras semanas.

Então era isso, ele pensou, a cadela eritreia decidira extorqui-lo. Não havia razão para supor que se satisfizesse com setenta mil e com algumas semanas de trabalho. O que começaria como uma assistência médica degringolaria, muito em breve, no financiamento da assistência médica de metade dos membros da diáspora eritreia no Neguev. Com os diabos, que médico concordaria em receber pacientes numa garagem abandonada, em cima de uma mesa enferrujada? Em sua imaginação, ele via dezenas de advogados disputando o direito de abrir um processo contra a negligência médica da década. Não, sua Che Guevara de olhos negros, isso não vai acontecer.

E ela, como que adivinhando os seus pensamentos, sorriu e disse:

Não que você tenha realmente uma alternativa.

E era verdade, pois não tinha mesmo. Apesar de ter saído de lá num caminhar furioso, batido a porta do jipe e partido sem lhe dizer uma palavra, ambos sabiam — tanto ele quanto ela — que na noite seguinte Eitan voltaria à garagem abandonada, para sua segunda visita médica.

Todos estão olhando, mas os olhos dela estão secos. Não tem lágrimas para ele. Todos têm preparadas palavras boas, mas para receber palavras boas é preciso oferecer lágrimas. Assim como para receber pão é preciso oferecer dinheiro, pois não se pode simplesmente levar um pão sem dar algo em troca. Mas quando entrou no trailer os olhos dela estavam secos, deixando com os outros suas palavras boas e a possibilidade de uma mão pousar em seu ombro. A ela isso não importa. Apenas gostaria que parassem de olhar para ela. A porta do trailer fica aberta a noite inteira, para arejar, e as luzes do posto de combustível colorem tudo de um amarelo pálido. No silêncio da noite ela ouve como todos prestam muita atenção, talvez chore na cama. E de manhã eles vão examinar o colchão, procurando sinais de choro, uma umidade que prove que ela era dedicada àquele homem. Como uma vez, em outro lugar e em outro colchão, tinham buscado manchas de sangue, como prova de que não se entregara antes a outro.

Ela se revira, fica de costas e olha para o teto, do outro lado do teto haverá nuvens ou estrelas, não faz diferença. Passa a mão, ida e volta, e mais uma vez, na cicatriz que tem no braço. Cicatriz antiga, desprovida de história, tão remota que ela não tem ideia de quem ou do que a obtivera, e hoje não tem mais a quem perguntar. Os dedos passeiam sobre a cicatriz, num contato difuso e agradável. Difuso, por isso agradável. Outras cicatrizes trazem lembranças, e isso não é difuso nem agradável, e quem vai querer tocá-las? Mas nesta é bom passar com a mão, ida e volta, dois centímetros de outra pele, que também agora, no escuro, ela sabe ser mais clara do que a da mão.

O trailer está silencioso, e as pessoas, que olharam quando ela entrou, agora estão cada uma em sua postura, e dormem. Dormem o máximo que podem, pois depois do que houve nenhuma delas se lembra mais de como se dorme com o corpo inteiro, sempre há uma parte que permanece desperta. E também o contrário — quando estão despertas, nunca é completamente. Algo continua adormecido. Não que trabalhem pior por causa disso. Nenhuma delas se esquece de tirar as batatas fritas do óleo no restaurante ou de lavar o chão antes de varrer. A parte adormecida delas não atrapalha seu trabalho. Talvez até ajude. E a parte desperta não lhes atrapalha o sono. Ao contrário. Nenhuma das pessoas aqui concordaria em adormecer sem ela. Mas esta noite a parte desperta dela está especialmente desperta, e mesmo com seus dedos subindo e descendo sobre a cicatriz, num movimento que desde que lembra a acalma, seu sangue ainda circula muito rápido dentro do corpo, já esqueceu que o sangue pode circular tão rápido assim. E por mais que saiba que isso tem de parar, que ela tem de dormir, que tem um longo dia pela frente amanhã, um pouco

dela não quer que isso pare. Para que não se emborrache novamente nas veias. Para que não adormeça.
    Isso acontece por si mesmo. Os minutos passam e seu sangue não se acalma, os dedos, que antes passeavam para cima e para baixo na cicatriz, param em meio ao movimento e se espalham sobre o colchão. Ela se vira e fica de lado. Vê olhos brancos no escuro e se vira para o outro lado antes que identifique neles uma crítica. Que tipo de mulher é você? Por que não chora? E talvez não seja por causa da crítica que ela se vira, mas por causa de outras possibilidades que possam estar nos olhos abertos de um homem, que a contemplam no meio da noite. O marido jaz agora sob a terra em vez de protegê-la, e ela precisa ter cuidado. Do outro lado, a parede. Fecha os olhos. Aspira o cheiro de mofo e umidade onde a tinta descasca. Aspira também, além do mofo e da umidade, o cheiro do corpo da mulher no colchão ao lado. Já sente esse cheiro há tantas noites que não tem dúvida de que será capaz de identificá-la mesmo que não se encontrem durante anos. Vai caminhar pela rua, sentir esse cheiro, virar-se para ela e dizer: Eu me lembro de você, de dez anos atrás, e então você também era agridoce por causa do sol.
    Seu sangue aplacou-se, mas não completamente, e quando lembrou o que acontecera começou a acelerar outra vez, e ela começou a achar que não ia mais dormir. Isso a fez rir, pois era grande o bastante para se lembrar de todas as vezes em que tinha pensado assim e sempre acabara por fim adormecendo. Quando era menina, as noites pareciam ser longas como anos, e os anos, longos como a eternidade, e se não conseguia dormir ficava deitada prestando atenção nos ruídos que o capim faz ao crescer, e ficava ensandecida. Depois, as noites pareceram ser menos longas e os anos, mais curtos, e ainda havia aquelas noites que se estendiam muito mais do que seria lógico. A noite em que o sangue escorreu ali pela primeira vez,

e pouco depois a noite antes de ter dormido com ele pela primeira vez, e a noite antes da manhã em que saíram a caminho. E agora esta noite, que talvez logo acabe e talvez não acabe jamais, e como uma parte dela daria tudo para adormecer de uma vez, a cabeça doendo e os músculos tensos, e parte dela até que sorrindo, olhando o trailer que descascava, as pessoas que dormiam, e dizendo: por que não?

A cancela do estacionamento se ergue com o apertar de um botão. O jipe entra no pátio, com mais um apertar do botão a cancela baixa suavemente. Apesar de não haver motivo para esperar que a cancela termine de baixar antes que ele saia do jipe, Eitan fica sentado e espera. A cancela completa seu lento movimento de sempre, e ele abre a porta do jipe como quem abre um parênteses (até aqui, a frase antiga. A partir daqui, uma frase nova. A frase antiga nada sabe sobre a frase nova, separada por uma fina divisória. E talvez não seja uma divisória, mas uma membrana, uma placenta que separa as coisas que Eitan vê das coisas que não quer ver. E elas vão inflando de hora em hora, de dia a dia, e talvez um dia tenham crescido a ponto de não haver mais saída, e os parênteses não poderão mais contê-las, e elas saltarão para fora, e todos os pontos cegos, as áreas mortas, todas as coisas que ele não viu virão à luz num grande grito. Até então estavam encerradas nos parênteses. Ele não as vê, mas elas o veem. Confinaram-no num sussurro de parênteses que ele não ouve).

Para além de seu sono Liat sente o cobertor se erguer quando Eitan vem para a cama. E ele já a está abraçando por trás, o nariz colado em seu pescoço, a mão em sua mão, a perna sobre sua coxa, o ventre beijando suas costas. E apesar de nada nesta noite ser diferente das outras noites — os corpos se entrelaçando exatamente da mesma maneira —, algo é registrado num palpitar das pálpebras. Nariz no pescoço, mão na mão, perna na coxa, ventre nas costas, mas dessa vez com certa urgência, com um desejo de escape — o homem que veio para a cama é um homem que foge. Tudo isso se registrou num palpitar das pálpebras de Liat, e tudo se apaga quando as pálpebras se abrem, quatro horas mais tarde, e ela se levanta para começar o dia.

Toda manhã, Victor Balulu se levanta da cama, cozinha um ovo por exatamente dois minutos e meio, e o come voltado para o aparelho de rádio. Enquanto os locutores falavam de inflação e reuniões do governo, Victor Balulu absorvia a gema amarela com a ajuda de uma fatia de chalá, pensando que estava levando ao estômago mais um pintinho que não vingara. Victor Balulu sabia muito bem que pintinhos não nasceriam dos ovos que se vendem na mercearia. Mas aquele pensamento sobre o pintinho, na mesma medida em que despertava em suas entranhas uma leve sensação de desconforto, passava-lhe certa sensação de prazer, pois eis que ele, Victor Balulu, um homem insignificante em todos os aspectos, tinha assim o poder de causar uma tragédia tão grande. Um ovo, dois minutos e meio, toda manhã. Com isso, eram trezentos e sessenta e três pintos por ano, descontando o Yom Kippur e Tishá BeAv, nos quais Victor Balulu não come ovo ou qualquer outro alimento. Levando em conta os anos de vida de Victor Balulu, menos o primeiro ano, quando sua dieta baseava-se no leite materno, chega-se ao número extraordinário de treze mil quatrocentos e trinta e um ovos, isto é, treze mil quatrocentos e trinta e um pintinhos a formar um gigantesco bando amarelo, que segue atrás dele aonde quer que vá.

 Victor Balulu fica pensando nesse bando de pintinhos quando lava seu prato com migalhas de chalá e gema de ovo, depois vai se vestir. A etiqueta no colarinho da camisa lhe diz que ela foi feita na China, que é de primeira qualidade e que não se deve lavá-la em temperatura superior a vinte graus. Victor Balulu presta pouca atenção, se é que presta alguma, em todas essas informações, apesar de a China ser um país com um bilhão e quatrocentos milhões de habitantes, e uma potência mundial.

    Geralmente, quando terminava de abotoar a camisa, mas antes de vestir a calça, Victor Balulu ia fazer suas necessidades. Concentrado, e com uma medida nada desprezível de preocupação, sentava-se na privada e esperava para ver o que ia acontecer. Nunca pensava no fato de que a privada na qual estava sentado tinha vindo da Índia, que compartilhava com a China uma fronteira e um cardápio que privilegiava o arroz. Quando terminava de fazer suas necessidades, Victor Balulu acionava uma pequena alavanca de metal e enviava suas fezes daquele espaço conhecido onde tinham se formado e consolidado para os canos de esgoto da cidade de Beer Sheva, e de lá, por vias tortuosas, para o mar. Na verdade, as fezes beershevianas nunca chegavam ao mar — a muitos quilômetros de distância —, sendo encaminhadas por meio de canos e máquinas a uma fossa de absorção na região de Nachal Sorek, onde fica o rio Sorek. No entanto, em certo sentido, todos os rios correm para o mar, até mesmo os rios temporários. Essa crença era especialmente importante para Victor Balulu, pois assim como tinha certa sensação de desconforto ao pensar que suas fezes conspurcavam as maravilhosas profundezas do oceano, sentia também um pouco de prazer, pois eis que Victor Balulu, um homem em quem não se pensa muito e de cuja existência ele mesmo às vezes se esquece, criou uma coisa que nesse instante navega na amplidão do oceano.

    Quando terminava de comer, vestir sua camisa e fazer suas necessidades, Victor Balulu organizava-se rapidamente e saía de casa, censurando a si mesmo pelo adiantado da hora.

Depois de percorrer as ruas que o separavam do lugar aonde queria chegar, parava naquele lugar e esperava. Após algum tempo, quando aparecia uma mulher qualquer ele enchia os pulmões de ar e berrava:

Sua puta!

Às vezes elas paravam, petrificadas. Outras vezes pulavam de susto. A maioria apressava o passo, mas também havia as que começavam a correr. Outras gritavam com ele, ou riam dele, ou o atacavam com um spray de pimenta. Havia as que voltavam pouco depois acompanhadas de um amigo ou marido, que batiam nele durante algum tempo. O olhar das mulheres se fixava nele, com nojo ou com medo, com piedade ou rejeição. Mas nunca, nunca, com indiferença. Victor Balulu ficava dias inteiros nas ruas de Beer Sheva esperando que as mulheres viessem. Atarracadas ou altas, bonitas ou feias, etíopes ou russas. Todas com a intenção de passar por ele sem lhe lançar um olhar, seguir com sua vida como se Victor Balulu não fosse um homem, e sim um vaso ou uma pedra ou um gato de rua abandonado. Porém Victor Balulu combatia heroicamente sua indiferença, um tigre beersheviano como ele só, enchendo os pulmões e berrando:

Sua puta!

Nos dias bons, quando tinha a sorte de ficar numa esquina movimentada o bastante, voltava para casa rouco e com o corpo coçando de tantos olhares. Preparava então um chá com limão, sentava-se na poltrona e recordava as coisas maravilhosas que lhe tinham acontecido: a expressão de espanto no rosto da soldada com o rabo de cavalo. A pungente repulsa da mulher de cabelos ruivos. O frio e magnífico desprezo no olhar da velha de blusa listrada. Naqueles dias bons, e raros, Victor Balulu ia para cama com um sorriso nos lábios.

De quando em quando, em vez de voltar para casa e tomar chá com limão, Victor Balulu era levado para a delegacia. Lá também os olhares queimavam sua pele, mas ele era tomado de um leve temor, pois ficava com medo de ter de passar a noite numa cela, e se assim fosse não poderia comer na manhã seguinte o ovo que ficava na água por exatamente dois minutos e meio. Por isso fazia o possível para se comportar adequadamente e ser liberado logo. Mas naquela manhã a sorte o traiu e ele se viu diante de uma investigadora. As bolotas de seus olhos eram como as bolotas de carvalho que ele juntava nos longínquos dias na longínqua cidade que as pessoas chamavam de Nazaré e ele chamava de casa. Ele levava as bolotas de carvalho para o barracão de zinco a fim de alegrar uma mãe que se recusava a se alegrar, e quando morreu a mãe morreram os carvalhos, ou pelo menos era o que deveriam ter feito. Quando Victor Balulu viu os olhos castanhos da investigadora, ficou tão furioso com o fato de sua mãe ter morrido e as bolotas estarem ali que imediatamente berrou "Sua puta!" mais alto do que nunca. E a investigadora, em vez de se assustar com seu berro, em vez de se zangar, repreendê-lo ou chamar alguns de seus colegas, só ficou ali sentada olhando para ele com uma expressão de indiferença. Por isso Victor Balulu ergueu cada vez mais a voz até o limite do possível, berrando roucamente "Sua puta!" em vão, berrava e berrava até sentir que suas forças começavam a abandoná-lo, temendo que a investigadora tivesse obtido êxito onde haviam fracassado três psiquiatras e cinco assistentes sociais, onde não adiantavam ameaças nem pancadas. Com a indiferença de seus olhos, com sua serenidade cansada, a investigadora o privou de seu grito.

Mas então Liat é chamada por alguém de fora, e ela se apressa a sair com uma sensação de alívio, porque, realmente, esse Balulu é bem divertido, mas mesmo assim esses berros prejudicam os tímpanos. O comandante do posto de polícia está no corredor e fala do corpo de um eritreu, de atropelamento e fuga, e Liat assente, o que mais poderia fazer? Depois entram numa viatura e vão em direção ao sul. O comandante dirige a cento e cinquenta por hora e liga a sirene, como se chegando ao local mais rapidamente o eritreu estaria menos morto. Por vezes ele enviesa o olhar para Liat, certificando-se de que a investigadora a seu lado está impressionada com seu talento ao volante, e ela é obrigada a se impressionar, pois o que mais poderia fazer? Chegam depressa no local e descobrem que o eritreu já está morto há mais de um dia e seu cheiro se eleva aos céus. O comandante tira um lenço do bolso e o oferece a Liat, mas ela responde que não precisa, está bem. Moscas bêbadas de felicidade se ajuntam em torno do crânio espatifado do eritreu, o comandante sugere a Liat que espere na viatura. Ela responde que está tudo bem, vai dar conta. Algumas moscas já estão enjoadas do sangue seco do eritreu e vão pousar nas gotas de suor na testa do comandante. Ele as enxota com uma mão irritada e diz: "Venha, estou vendo como isto é difícil para você. Vamos falar com quem o encontrou".

Ele se chamava Guy Davidson e tinha os maiores pés que Liat já vira. Após nove anos na polícia de Israel, ela acumulara muita experiência com corpos fora dos padrões naturais — crânios partidos, perfurações por facadas, até mesmo um cadáver sem cabeça que fora dar nas praias de Ashdod e lhe valera sua primeira promoção. Mas nunca tinha visto coisa tão inatural, tão estranha, como os pés de Guy Davidson. Eram mais do que grandes, até mesmo gigantescos, e o tornozelo ao qual se ligava cada um dos pés era fino, quase desmanchando, como se bastasse a mais leve pressão para que os pés se rebelassem contra o corpo que os carregava e saíssem passeando pelo mundo sem ele. Mas por enquanto ficavam em seu lugar, embalados num par de imensas sandálias da marca Shoresh, que Liat supôs terem sido feitas sob medida. Davidson decididamente era o tipo de pessoa que poderia exigir da fábrica de calçados algo assim sem acréscimo no preço. Ele tinha um jeito decidido, seguro, de urso kibutziano, que fez o comandante se esticar um pouco em sua farda e Liat se encolher um pouco na dela.

"Ele não apareceu no restaurante ontem. Pensei que estivesse doente. Mas esta manhã um dos caras de trator deparou com ele." Falava num tom cortante e peremptório, e Liat disse consigo mesma que com certeza também transava assim, cortante e peremptório. Mas disse a Davidson:

"Vocês viram veículos por aqui?"

Os lábios de Davidson se espicharam, revelando dentes que cigarros Nobel tinham arrasado. "Veículos? Nessas estradas de terra? Não, docinho, a única coisa que verá aqui será um camelo — ou um jipe."

Liat sorriu como que constrangida, embora na verdade não estivesse nem um pouco constrangida e certamente não tivesse vontade de sorrir. Sempre sorria como que constrangida quando a chamavam de docinho, e após nove anos na polícia de Israel já fora chamada o bastante daquele jeito. Banqueiros, agricultores, advogados, empreiteiros, diretores, divorciados, casados. Ela deixava que a chamassem de docinho e depois de algum tempo punha na frente deles sua confissão para a última e derradeira assinatura, depois de uma investigação que não tinham adivinhado, não poderiam ter adivinhado, e ela já não lhes parecia ser, em nada, um docinho.

"Desculpe, viram algum jipe por aqui?"

Davidson balançou a cabeça negativamente. "Nas sextas e nos sábados vêm aqui todos os riquinhos de Herzliya com seus jipes novinhos, fazem poeira e vão embora. Mas no meio da semana tudo fica morto."

"E jipes do kibutz?"

Uma sombra passou pelo rosto de Davidson. "Nenhum dos nossos membros atropelaria uma pessoa assim e fugiria depois."

"Como ele se chamava?"

"Assum."

"Assum do quê?"

"Não vou lembrar o sobrenome de cada eritreu que passou por aqui."

"Quanto tempo ele trabalhou com você?"

"Um ano e meio, algo assim."

"Um ano e meio e você não sabe seu sobrenome?"

"Deixa eu entender, você sabe qual é o sobrenome de sua empregada doméstica? Sabe quantos trabalhadores temos aqui no restaurante? Isso sem mencionar o posto de combustível."

Um silêncio pesado passou a reinar, e Liat notou que o pé direito de Davidson mexia-se inquieto na sandália, como um animal na jaula. O comandante do posto de polícia, que até aquele momento ouvira a conversa em silêncio, pigarreou, limpando a garganta. "Vamos voltar por um momento aos outros eritreus. Você perguntou a eles se viram alguma coisa?"

Davidson meneou a cabeça negativamente. "Já disse, ninguém viu nada." E após um instante: "Talvez algum beduíno que veio aqui para roubar o tenha atingido e fugido".

O comandante levantou-se. Liat também. Por último levantou-se Davidson, com seus pés enormes fazendo estremecer um pouco o chão do trailer.

Na porta da viatura, Davidson estende a ela uma mão enorme e ursina, surpreendentemente lisa. "É preciso pegar o merda que fez isso", ele diz aos dois, mas olhando diretamente para Liat, "não se atropela um homem e segue em frente dessa maneira, como se ele fosse uma raposa." E Liat aperta sua mão um pouco surpresa, não só pela lisura dela, mas sobretudo pela delicadeza de sua alma.

No caminho de volta o comandante não liga a sirene. Tampouco se apressa. O boletim de ocorrência com o título "Atropelamento e fuga. Ilegal. Caso arquivado por falta de suspeitos" pode sem dúvida esperar até o dia seguinte. O rádio toca uma música pop conhecida, e a voz de Liat frustra a intenção do comandante de cantarolar o refrão:

"Talvez seja possível rastrear o tipo do jipe. Examinar as marcas dos pneus no terreno."

O comandante espera o final do refrão — é uma música ótima — e responde que não vale a pena. Muita bagunça, muita gente envolvida, e de qualquer maneira não iam achar nada num solo desértico tantas horas depois da ocorrência. A música chega ao fim e outra tem início, não tão boa quanto a anterior, mas que também merece ser ouvida em silêncio em vez de se considerar questões moralistas. O comandante do posto de polícia consegue ouvir duas estrofes inteiras antes de a nova investigadora se dirigir a ele com seus olhos de leoa e perguntar: "E se fosse uma garota do kibutz que alguém tivesse atropelado assim, você também acharia que não vale a pena investigar?".

O restante do percurso eles fazem em silêncio. Uma música após outra, depois o resumo do noticiário, em seguida a previsão de tempestades de areia no Neguev. Pede-se que idosos e asmáticos evitem atividades físicas.

4

Eles vieram em massa. O boato sobre um atendimento médico secreto e sem registro espalhou-se mais rápido do que qualquer infecção viral. Vieram dos desertos e dos uádis, dos restaurantes e dos canteiros de construção, das estradas semipavimentadas de Arad e dos serviços de limpeza da estação rodoviária. Pequenos cortes que a poeira e a sujeira tinham transformado em perigo mortal. Fungos nos órgãos sexuais, que não os punham em perigo, mas com certeza complicavam a vida. Enterites causadas por alimentação precária. Fraturas de estresse devido a longas caminhadas. O dr. Eitan Green, neurocirurgião promissor, atendia a todos.

E como os odiava. Tentou evitar aquilo, mas não poderia sentir-se de outra maneira. Lembrava a si mesmo que não eram eles que o estavam chantageando, e sim *ela*, e que afinal de contas eram seres humanos amontoando-se ali, esperando pelo toque de sua mão. Mas o cheiro acabava com ele. A imundície. O pus apodrecido em lesões que traziam consigo desde o Sinai, o suor ácido, estranho, de homens que tinham trabalhado muitos dias ao sol e de mulheres que haviam trabalhado semanas sem um banho de chuveiro. Sem querer, ele os odiava, apesar de a culpa pelo atropelamento ainda estar em pleno viço. Apesar de, em seu primeiro ano na faculdade, ter feito o juramento de cuidar de quem quer que fosse e de pretender cumpri-lo. Mas uma coisa tão próxima, tão íntima, como o toque do médico no paciente torna-se insuportável no momento em que se é obrigado a isso. Como estava sendo obrigado a cuidar de seus pacientes, ele os odiava pelo menos na mesma medida em que odiava a si mesmo. Sentia asco pelo fedor. Pelos fluidos corporais. Pelos cabelos. Pelas tiras de pele e crostas descascadas por dedos imundos. Este levanta a camisa, aquele tira a calça, um abre a boca, outro se curva para mostrar. Um após outro eles lhe desnudam seus corpos, enchendo a garagem com uma fisicalidade monstruosa, pele e órgãos, transgressão e raiva, uma delegação de anjos maus. Por mais que quisesse ter pena deles não conseguia não se encolher todo. Não só pelo cheiro e pelos fluidos corporais, também pelos rostos — estranhos. Fixos nele. Gratidão absoluta. Eitan não falava a língua deles e eles não falavam a sua, por isso comunicavam-se por gestos e olhares. Sem língua, sem poder trocar uma frase como gente — um fala e o outro ouve, e vice-versa —, sem palavra resta apenas a carne. Fedorenta. Apodrecendo. Com úlceras e secreções e coceiras e cicatrizes. Talvez seja o que sinta um veterinário.

A náusea já lhe vinha ainda no jipe, muito antes de entrar na garagem, uma sensação de aversão que lhe tomava a garganta assim que saía da estrada para o caminho de terra, e piorava muito quando estava diante *dela*. Odiava sua postura. Sua voz. O jeito como pronunciava: *Olá, doutor*. Aversão profunda, sem explicação. Era presumível que se sentisse culpado, mas a culpa, como uma flor decídua que dura apenas um dia, ia murchando ante aquela chantagem desenfreada. A facilidade com que ela se apropriara dele, a indiscutível agressividade com que se impusera a ele não deixavam lugar para outra coisa além de repugnância. Suspeitava às vezes que seus pacientes o percebiam. Talvez por isso olhassem para ele com tanto temor. Mas logo voltavam a sorrir, submissos, e ele ficava solitário em seu rancor.

Claro, havia também a culpa. Desde aquela noite o sono lhe fugia. Em vão Eitan o buscava, revirando-se, tomando meio comprimido de lorazepam. O morto se agarrava a seu pescoço e não largava. Beliscava-o toda vez que tentava adormecer. Só o soltava na garagem. Cedia lugar a uma caravana de peregrinos. Rostos escuros, magros, que Eitan distinguia com dificuldade. Talvez nem tentasse. Todo paciente se parecia com o anterior, e com o anterior a este, numa sequência retroativa interminável até *aquele* paciente, o primeiro de todos. Até o rosto escuro e magro do homem que tinha matado. Já não aguentava mais ver aqueles rostos. Suportar o fedor dos corpos infeccionados, diarreicos, quebrados. Braços pernas axilas estômagos virilhas unhas narinas dentes línguas pus dores lesões erupções coceiras cortes fraturas infecções deficiências, uma atrás da outra e às vezes juntas, olhos negros agradecidos projetados para fora medindo medidas penetrando expondo abertamente o corpo negro deles com uma submissão com uma reivindicação ao dr. Eitan Green, que já não aguenta mais, não aguenta mais os órgãos daquelas pessoas, mergulhado num mar negro de mãos pés abra a boca deixe-me tocar isso dói e quando aperto aqui que tipo de dor é, mergulhando nessa poeira de gente, que cada vez o cobre mais.

"Ele não tem a menor intenção de investigar isso, entende?"
    Ela estava de pé na cozinha, maravilhosamente bela com aquela sua raiva majestosa, enquanto Eitan a seu lado fazia o melhor que podia para parecer o mesmo de sempre.
    "E pode ter certeza de que se fosse um garoto do kibutz ou até mesmo um técnico de ar-condicionado de Ierucham não acabaria assim."
    "Por que você acha isso?"
    Ele fez um grande esforço para sua voz soar normal e conseguiu se sair satisfatoriamente. "Pense nisso, Tuli, faltam acidentes de atropelamento e fuga que terminam assim? Você mesma disse que não existem quaisquer evidências, que não há nenhum fio solto a seguir."

"Poderíamos convocar os eritreus para interrogá-los. Quer que eu traga um pano?"

"Não, vou dar um jeito."

Depois de um instante, após enxugar o café que havia derramado quando sua mão e a xícara tremeram, ele disse: "Eles falam hebraico, esses eritreus?".

"Não chegamos a essa etapa. Marciano disse apenas que seria uma piada reunir trinta pessoas no posto para lhes fazer uma pergunta cuja resposta já temos. Se eu lhe dissesse que também teríamos de pagar a um intérprete, ele ia pirar."

Ela se afastou da bancada de mármore e pôs à sua frente uma nova xícara de café, no lugar da derramada, sem dizer nada, sem ele ter pedido. Eitan pensou como a amava e passou a mão em seu maravilhoso cabelo castanho quando ela se virou para voltar ao mármore. De repente, sem que ele ousasse esperar que o fizesse, ela desistiu de tirar a louça da máquina de lavar e sentou-se em seu colo, a cabeça aninhada em seu peito, a mão dele no emaranhado de seus cabelos.

Ele sabia que ela tinha tomado banho havia pouco, pois seus cabelos ainda estavam um pouco úmidos junto à cabeça e por causa do cheiro do xampu. Do pescoço emanava uma leve fragrância de perfume, embora vezes sem fim lhe tivesse implorado que o deixasse sentir seu cheiro natural. O cheiro de seu corpo o deixava louco e a deixava constrangida, levando a uma infinidade de combates sofisticados. Ela tentando camuflar, ele insistindo em descobrir. Ela comprando hidratante perfumado e ele o escondendo. Ela despindo a blusa e ele de tocaia para agarrar seus braços exatamente quando os erguia e cheirar suas axilas, apesar dos protestos dela. Ela diz que ele é um tarado, e ele lhe diz que nada é mais normal do que sentir tesão com o cheiro de sua mulher. Além do mais, por que alguém ia preferir cheiro de sabonete ao cheiro de sua mulher?

(Com o perfume no pescoço ele ainda estava disposto a concordar, mas quando uma vez ela chegou em casa com um sabonete líquido para as partes íntimas, ele fez uso de seu direito a veto. Era ultrapassar os limites. Ela não ia roubar dele o cheiro de sua boceta.) Agora ela estava sentada em seu colo e ele pensou que em qualquer outra noite, caso se sentasse assim em seu colo na cozinha, com o cabelo meio úmido e os pés descalços, ele arquitetaria todo tipo de trama. Mas hoje, naquele momento, quase não tinha consciência do roçar da coxa dela na dele. Só passava mecanicamente sua mão no cabelo dela, esperando a náusea passar. Para que pudesse sentir algum outro cheiro, até mesmo de perfume, até mesmo de sabonete líquido para as partes íntimas, sem que estivesse marcado pelo fedor que havia em sua cabeça.

"Talvez ele tenha razão." A voz dela chegou a ele abafada quando Liat colou a boca na curva do seu pescoço. "Talvez seja mesmo um desperdício de tempo." Mas então, exatamente quando os batimentos dele começavam a voltar devagar à frequência recomendada para um homem de sua idade, ela ergueu-se de seus joelhos e tornou a circular pela cozinha.

"Simplesmente não entendo como se deixa alguém morrendo assim, como um cão."

"Talvez a pessoa tenha se assustado. Talvez o eritreu tivesse morrido na hora e não houvesse mais o que fazer."

"O eritreu agonizou durante quase duas horas. Foi o que disse o patologista."

Eitan quase respondeu que talvez o patologista não soubesse tudo, mas se conteve. Liat acabou de retirar a louça da máquina e ele ficou a seu lado cortando legumes em cubinhos precisos. Na primeira vez em que ele picou legumes para ela, quando finalmente concordara em dormir no apartamento da rua Gordon, ela bateu palmas de tanto entusiasmo. "É como se você tivesse um esquadro nos dedos", dissera-lhe então.

"Nem sempre, só quando estou estressado."

"Estressado por quê?"

E ele lhe revelou então que até o namoro com ela sempre tinha sido ele quem explicava delicadamente que não conseguia adormecer quando havia mais alguém na cama e seria melhor que cada um dormisse aquela noite em sua casa. Mas desde que Liat chegou em sua vida, já fazia dois meses que ele não conseguia adormecer, não porque ela não ia embora depois do sexo, mas porque não ficava, e na véspera ela finalmente concordara, e agora ele tinha medo de que se o desjejum não saísse perfeito ela não voltaria. Liat riu então, com seus olhos de canela, e na noite seguinte veio com uma escova de dentes. Agora estava de pé a seu lado na cozinha olhando para o pepino em cubinhos, e perguntou: "Aconteceu alguma coisa no trabalho?".

"Não", ele respondeu, e estendeu a mão para os tomates. "Só pensei em me dedicar a você." Ela o beijou no rosto e disse que legumes em cubinhos era sua verdadeira vocação, a medicina era só um passatempo, e ele se permitiu esperar que ela finalmente deixasse o eritreu moribundo na beira da estrada...

"Mas sabe qual é o erro do Marciano? Ele pensa que isso é uma coisa pontual, não percebe que uma pessoa capaz de atropelar um eritreu e ir embora um dia também vai atropelar uma menina e ir embora."

Eitan larga de repente a faca. Um tomate estripado é deixado na tábua.

"É assim?" Liat sorri para ele. "Trabalho pela metade?"

"Estou de plantão esta noite. Quero ter tempo para uma corrida antes."

Liat assente e continua a cortar o tomate. "Se continuar assim, você vai ter de falar com o professor Shakedi. Ele não pode continuar sobrecarregando você desse jeito, isso não está certo."

De tênis e com fones de ouvido, Eitan sai de casa. A noite no deserto é límpida e fria, mas, apesar disso, todo o seu corpo está suado. Ele quer correr. Quer chegar de um ponto a outro o mais rápido que seu corpo conseguir. Não porque o outro ponto é tão importante assim, mas devido à abençoada tendência da hipófise de reagir a um esforço desses libertando endorfina, único meio legal de que dispõe neste momento para se sentir melhor. Quanto mais rápido correr mais rapidamente o hormônio vai inundar seu cérebro e mascarar os pensamentos. E quanto mais rápido correr mais rarefeito ficará o oxigênio em seu cérebro. Sentimentos consomem oxigênio. A culpa, por exemplo, ou a aversão a si mesmo precisam que certas quantidades de oxigênio cheguem ao cérebro para se manter, não basta que sejam despertadas. Um cérebro carente de oxigênio é menos eficiente. Um cérebro menos eficiente sente menos. Por isso Eitan aumentou o ritmo da corrida, acelerando e acelerando sem parar, até sentir uma dor aguda no ventre e dizer basta. Então detove-se subitamente, enquanto nas janelas das casas as televisões faiscavam como pirilampos, e voltou andando para casa. Uma chuveirada rápida. Uma xícara de café. Quarenta minutos de viagem até a garagem abandonada em Telalim, que na verdade não estava abandonada.

    Na porta de casa Liat se despede dele com um beijo na boca. Um beijo rotineiro, um adejo. Um beijo que não diz sexualidade e não diz amor, diz apenas "boa noite". E talvez também: boa noite, conto com você para voltar e continuar o que começamos, isto é, uma vida plena. Ele a beija de volta. De sua parte, tampouco transmite sexualidade ou amor. Apenas: boa noite, estou mentindo para você. No estreito espaço entre os lábios, um mundo inteiro.

    E depois, no jipe, ele se pergunta por que está mentindo. Pergunta e não responde. Não reponde, porque sabe.

Está mentindo porque não é capaz de reconhecer diante dela que não é tão bom quanto Liat pensava que fosse. Não é capaz de reconhecer diante dela que tem medo de que se souber que ele não é tão bom quanto pensava que fosse, Liat irá embora. Ou pior do que isso: vai ficar e escarnecer dele. (Como quando, no ensino básico, a mãe descobrira que ele tinha escondido dela a prova de aritmética em que se saíra mal. Ela não gritou com ele, mas seu olhar o deixou arrasado, dizendo: eu pensava que você era melhor do que isso.) Ele mesmo sabia, é claro, que não era tão bom. Mas era tudo o que sabia, e quando se é a única pessoa que sabe alguma coisa, essa coisa existe menos. Você olha nos olhos das pessoas, de sua mulher, e se vê refletido, limpo e com bom aspecto, quase bonito. É impossível destruir algo assim.

E os olhos de Liat mudam o tempo todo. Às vezes, canela. Às vezes, mel. O castanho se matiza cada vez de uma maneira, de acordo com o clima. E já faz quinze anos que ele julga a si mesmo pela balança da justiça dos olhos dela. Uma medição, precisa como só ela, do que é correto e do que não é. Apenas uma vez aquela balança foi falsa, e mesmo então, tinha motivo para tal. Quando ele quis divulgar o caso de Zakai, denunciando-o numa comissão, ela o conteve. Ele ficou tão atordoado que nem sequer pensou em discutir com ela. A serenidade com que ela aceitara o fato do suborno o estarreceu não menos, talvez mais, do que o próprio suborno. (Não que fosse uma santa, ela surrupiava sementes de abóbora e de girassol no supermercado, como todo mundo, e chamava isso de "mordiscar", como todo mundo. Até concordou uma vez em entrar com ele de penetra no bar Zappa quando chegaram atrasados e descobriram que o guarda tinha se ausentado da entrada por um momento. Mas era uma dessas pessoas que nunca, na vida, trapaceiam na declaração de renda, mesmo com a certeza de que não descobririam. Dessas que acham uma nota de cem shekels na rua e vão para o quiosque ali do lado pedir que entrem em contato com ela caso alguém venha procurar o dinheiro que deixou cair.) A facilidade com que se mostrou disposta a permitir que Zakai escapasse de ser punido o deixara chocado. Mas parece que temores existenciais superam às vezes escrúpulos morais, e a hipoteca deles representava sem dúvida um temor existencial. Especialmente para Liat, que sabia muito bem o que era estar no lado errado do sinal de menos. "Contente-se em saber que você, pelo menos, agiu corretamente. Talvez o mundo seja um lugar corrupto, mas ele não conseguiu corromper você." Com que convicção ela lhe dissera aquilo depois do episódio com Zakai, com que olhos amorosos. Naquele momento, ficou lisonjeado, mas agora estava com raiva dela. Quando santificou o bem que havia nele, estava também condenando, involuntariamente, o mal. Estava enterrando no outro lado da cerca tudo o que não combinava com os critérios morais dela, com o homem que Liat pensava que ele era. Ela estava censurando e eliminando pedaços inteiros dele, e Eitan, naquele momento, ficara contente de se livrar daquilo. Fingir diante dela, dele mesmo, que era o homem bom que ela via. Mas não era. Não só. O eritreu sabia.

E Eitan ainda não entendia como era possível que justo no momento em que decidira sacudir a poeira daquela cidade, justo quando tentava tirar de cima de si uma camada obscura de amargura e tédio, quando por fim dirigira para o deserto e cavalgara o jipe, até mesmo cantara (como era ridículo pensar naquilo agora, cantara com Janis Joplin aquilo que naquele momento lhe parecera a verdade absoluta e agora percebia que era uma piada ruim), como era possível que justo naquele momento lhe acontecera uma coisa daquelas. Ele matou um homem. Logo se apressa a corrigir: não foi você quem matou, foi o jipe. Aço e ferro que não guardam rancor nem têm intenção. Uma força

neutra, impessoal, certa massa a certa velocidade em certo momento atingiu uma pessoa. E Eitan já torna a confirmar que de forma alguma foi a fúria dele que irrompera ali, que se projetara de repente para fora, sem controle. Pois ele segurava sua fúria muito bem, estava depositada na estante, em temperatura ambiente: *Para Eitan, que tenha sucesso.*
Porém, se é assim, por que mentiu? De qualquer modo está claro. Claro como um sol cancerígeno. Como a lua do deserto pendurada num céu ardente muito tempo depois de a noite ter ido embora. Ele mentiu em seu benefício e em benefício dela. Mentiu para que Liat nunca soubesse quão longe está do homem que ela pensa que ele é. Mas ao mentir só se afastou daquele homem, afastou-se dele cada vez mais, até que no fim não via ali senão uma caricatura.
E assim lhe vem à mente o demônio que o espera na garagem. Aqueles dois olhos negros. E quase tem raiva de si mesmo por se lembrar, além dos olhos, além da chantagem, do contorno do corpo através do vestido largo de algodão. Como um homem que está prestes a cair num abismo e arranja tempo para admirar as flores lá no fundo do uádi.

Ela sempre tenta adivinhar por que eles brigam. Um homem e uma mulher junto às bombas de combustível. Uma idosa e uma moça na fila do caixa, no restaurante. Dois soldados na saída do banheiro. Às vezes as brigas irrompem subitamente, e todos olham para saber quem é que está gritando. E às vezes as brigas são mais discretas. Um homem e uma mulher falando baixinho, mas nos olhos dela brilham as lágrimas, e o homem examina o recibo do combustível como se fosse a coisa mais interessante do mundo. Dois soldados saem do banheiro e, apesar de se encaminharem para o mesmo ônibus, não se falam. Um deles diz "Legal", mas não parece estar nada satisfeito, nem seu colega. Às vezes as brigas começam no posto de combustível, às vezes eles a trazem consigo. Já do jeito como batem a porta ao sair do carro dá para saber que alguma coisa não anda bem. Depois, sentam-se à mesa no restaurante sem falar um com o outro. Examinam detalhadamente o cardápio ou olham para o celular, e ficam irritados porque o café não veio quente o bastante.

Ela não dá muita atenção a isso. Tem um chão para limpar, pratos para tirar das mesas. Mas às vezes, quando tem alguns momentos de tranquilidade, olha o rosto das pessoas e verifica se alguém brigou, então tenta adivinhar por quê. É muito mais complicado do que adivinhar por que eles riem. Quando um homem e uma mulher caem na gargalhada por cima de suas tortas de chocolate e olham um para o outro como se fossem fazer aquilo naquele instante, ali mesmo na mesa da qual ainda não tinham tirado as bandejas, não era preciso se esforçar muito para adivinhar o que estava havendo entre eles. Mas quando um homem vira de repente a bandeja nervosamente, ou a mulher se levanta para tirar a bandeja e suas mãos agarram o plástico como se fosse cair em um segundo e aquilo fosse a única coisa que a mantém de pé, então se pode tentar adivinhar o que está acontecendo. Então a coisa fica interessante.

Uma vez ela tentou falar com Assum sobre isso. Ele trabalhava lavando a louça e ela, limpando as mesas, e no meio do dia uma mulher entrou e gritou ao telefone de tal maneira que todas as pessoas à sua frente na fila se viraram para olhar. Depois, num intervalo, atrás do restaurante, Assum imitou como a mulher tinha gritado, com uma voz estridente e engraçada, e assim que ela parou de rir perguntou a ele o que achava que tinha sido. Imediatamente o rosto de Assum ficou sério. "A quem importa por que ela gritou?"

"Não é questão de importar ou não", disse ela. "É como um jogo. Pode ser interessante." Ele fumou seu cigarro e não respondeu, e ela percebeu que o tinha irritado. Assum nunca olhava para eles, a não ser que fosse obrigado. Os outros também eram assim. Era uma espécie de lei que ninguém tinha promulgado, que ninguém mencionava, mas que estava clara. Alguns instantes depois, Assum terminou de fumar seu cigarro e os dois entraram. Desde então ela não falava com ele a respeito, mas continuava a observar. E poucos dias, depois que o médico o atropelou, ela notou que agora observava ainda mais do que antes, e talvez com mais prazer.

Quando escurece, ela sai em silêncio. Caminha rápido. Ele deve chegar a qualquer momento. Na profundeza da noite os cães latem como loucos. Sirkit presta atenção nos latidos. Se continuarem a latir algumas pessoas ficarão com medo de vir. Talvez não. O fato é que ela não tinha medo. Terminou de lavar o chão do restaurante, dobrou o pano cuidadosamente e saiu para a escuridão. No primeiro quilômetro as luzes do posto ainda iluminavam o caminho. Depois só havia a escuridão e os cães, e a faixa fina de uma lua cinzenta, um pano pendurado no meio do céu.

Pouco antes da garagem, parou onde estava. Abriu a boca.

Ahhhhh.

A voz saiu hesitante de sua boca. Irregular. Depois de horas trabalhando em silêncio sua garganta enferrujava um pouco. Quando lavava louça na cozinha, conversava com os outros o dia inteiro. Chão, porém, lava-se em silêncio. Apenas você e as lajotas de cerâmica. No início é entediante, mas depois os pensamentos começam a correr, e isso é bom, e então param de correr, cedem lugar ao silêncio do detergente, e você flutua em meio a bolhas de sabão, fica cada vez mais pesada, afunda. Como as batatas fritas que eles mergulham no óleo; como as baratas nos cantos do restaurante que são arrastadas pelo rodo; como fios de cabelo que ficam agarrados nas cerdas da vassoura, claros e escuros, compridos e curtos, de pessoas que entraram, comeram e seguiram adiante.

Ahhhhhh.
Ele deve chegar a qualquer momento, e ela vai precisar de sua garganta. Precisa arrancá-la do silêncio do detergente, para poder novamente dar ordens a ele.

Depois que Eitan sai de casa, Liat senta-se, sozinha, para comer uma salada que é feita metade de cubinhos e metade de pedaços de legumes, e a acha muito saborosa. Às vezes, em cansativas reuniões de investigadores, ela se pergunta qual é primeira coisa que eles tiram quando entram em casa. A maioria das pessoas tira os sapatos. Eitan tira primeiro a camisa. Itamar livra-se da mochila ainda no quintal, incapaz de se conter, como a avó dela, que abria o fecho do sutiã no momento em que chegava na entrada do prédio, dizendo é isso aí, se os vizinhos quiserem falar que falem. Liat abre a porta da frente e antes de tudo lança um olhar para onde ficam os casacos.

Depois disso pode descalçar os sapatos, arejar o busto livrando-o da armadilha de ferros e ganchos, vestir legging e se livrar do zíper. Mas antes de tudo os olhos. Para que eles não entrem em casa assim, com toda a lama e a sujeira lá de fora. Lá fora existem pessoas más e crimes horríveis. Mas aqui dentro você não precisa desses olhos, como não precisa de sua pistola, e é melhor trancar tudo na gaveta. A casa é sabida e conhecida. Não há aqui lugar para pistolas e olhares. Em casa põe-se comida na mesa, bota-se as crianças para dormir e dobra-se a roupa lavada, tudo de acordo com receitas conhecidas antecipadamente. Tão conhecidas que não há necessidade alguma de escrevê-las, estão na ponta da língua como as orações na ponta da língua dos religiosos. E mesmo quando às vezes não é assim, e essas coisas são feitas com cansaço e mecanicamente, e inclusive com um quê de amargura, ainda assim se supera isso, como um leão, na manhã seguinte. Não que ela gostasse dos trabalhos domésticos. Mas gostava da casa em si, de dar voltas em torno dela, do relaxamento que sentia ao lembrar sua existência no meio de um dia de trabalho. E amontoar a louça na máquina no meio da noite não era muito diferente de uma boa ensaboada e esfregada nos cabelos no chuveiro: eis-me aqui interrompendo tudo para me ver limpa. Ver todo esse reino — vestíbulo, sala de estar, cozinha e quartos — limpo e tranquilo. Pois é preciso ter um lugar onde não há perguntas e não há dúvidas. Senão, seria realmente triste.

E aquele fluxo não parava. Se Eitan tivera alguma esperança de que tudo fosse apenas um encargo passageiro, alguns dias de trabalho voluntário e nada mais, ao cabo de duas semanas estava claro que se enganara. A maioria das pessoas com quem deparou nunca tinha visto um médico. Todas sofriam de alguma coisa. Um trauma pontual ou uma doença crônica, uma lesão superficial que se complicou, um problema grave que tinha sido negligenciado ou ambas as coisas. A sala de cirurgia esterilizada do Soroka fora trocada por uma mesa enferrujada no meio do deserto, que rangia toda vez que fazia um paciente se sentar nela. Apesar das condições escandalosas, eles agradeciam com discursos emocionados, que eram interrompidos cada vez que Sirkit se apressava a fazer entrar o próximo da fila. Já não pedia a ela que traduzisse. Aprendera sozinho que *chanza* significava "dói" e *charai* queria dizer "está bem", e após alguns dias já experimentava as palavras com sua própria língua, respondendo pela primeira vez *batzcha* a *shukran* ou a *ikennilei*, ignorando o olhar surpreso no rosto de sua opressora.

No hospital, disse que estava doente. Os plantões cancelados ocorreram na garagem. Toda vez que o telefone tocava em casa, pulava para atender primeiro, com medo de que fosse alguém no departamento querendo saber como estava, mesmo sabendo que hoje ninguém liga para o telefone fixo, apenas para o celular. Ele ficava temeroso, preocupado e culpado quando estava em casa, e tenso a qualquer vibração do telefone a partir do momento em que entrava na garagem. Toda noite tinha o cuidado de ligar para Liat, deixava que ela ouvisse o rumor das conversas dos pacientes atrás dele. Uma peste de eritreus, dizia a ela, muito trabalho. E pedia que desse boa-noite às crianças. Em alguns dias a pele de suas mãos começou simplesmente a sair. Ele tinha o cuidado de lavá-las com água e sabão depois de cada atendimento, mesmo usando luvas. Vai saber o que as pessoas trazem consigo do buraco de onde vêm. A esfregação constante com sabão e água causou rapidamente prurido e coceira. A vermelhidão nos dedos o deixava louco. Também o enlouqueciam as dores nos músculos, que aumentavam a cada noite sem dormir. E especialmente o enlouquecia aquela mulher, que se despedia dele de madrugada com um sorriso compulsório. *Obrigado, doutor. Nos vemos amanhã.*

Ao fim de duas semanas, ele disse a ela: "Basta. Preciso descansar".

Você não trabalha no Shabat, trabalha? Ela pronunciou Shabat com uma entonação especial, e apesar da escuridão ele soube muito bem que ela estava sorrindo.

"No departamento estão fazendo perguntas. Logo minha mulher também vai começar a fazer. Preciso de alguns dias normais."

Sirkit repetiu devagar aquelas palavras, pensativa: *Dias normais.* Eitan pensou como seu pedido, quando repetido por ela, perdia a simplicidade e se tornava algo incrivelmente estranho, espantoso mesmo. Ele precisa de alguns dias normais. O rapaz que teve o dedo amputado no torno precisa de dias normais. A faxineira que ontem desmaiou na estação rodoviária também. Mas Eitan, Eitan precisa especialmente deles. Por isso, terá.

Segunda-feira, ela disse por fim, *e não se esqueça de trazer mais remédios.*

Quase agradeceu a ela, mas conteve-se. Em vez disso, mergulhou a cabeça debaixo da torneira que havia num canto da garagem. A água batia em seus olhos, suas bochechas, suas pálpebras. Um beijo frio, molhado e despertador. Seria suficiente para mantê-lo acordado até chegar em casa. Fechou a torneira e encaminhou-se para o jipe, acompanhado do aceno emocionado de um jovem, de cuja planta do pé acabara de tirar um prego enferrujado com dois centímetros de comprimento. Ele ligou o motor e dirigiu para a estrada principal. No caminho para casa, à luz do pálido amanhecer, contou três animais mortos à margem da estrada.

Mesmo após desligar o motor, Eitan não se apressou a sair do veículo. Pelo para-brisa, olha para a casa caiada de branco. As paredes inalam e expiram serenamente atrás da buganvília. Atrás das persianas mais à direita esgueira-se uma luzinha, testemunho da luta de Iheli contra seu medo do escuro. O sol vai surgindo, a escuridão recua. Iheli venceu. As rosas no quintal começam a se espreguiçar à luz da manhã. Uma lufada de vento agita as gotas de orvalho que se juntaram no alecrim. Elas caem todas de uma vez só. Uma chuva em miniatura. Só o jipe cheira mal, com os copinhos de café ali esquecidos, pratos de papelão nos quais uma linha de gordura seca marca o lugar onde estivera a pizza, com o cheiro de um homem cansado que ainda não se banhou. E Eitan fica sentado no jipe, sem forças para sair. Para não conspurcar com sua presença a inocência da casa.

Ele fica sentado no jipe, olhando: Liat e as crianças dormem na cama, e mesmo que um imenso céu escuro se curve sobre eles, ainda têm um teto a protegê-los. O teto com telhas vermelhas separa tranquilos quartos do firmamento que vai se nublando. E mesmo não havendo nada mais idiota que um telhado daqueles no meio do deserto, pois quando vai nevar ali?, Eitan está satisfeito com a casa. Paredes brancas, telhado vermelho, duas crianças que têm certeza de que o pai delas é o melhor do mundo. E se agora, de repente, tudo lhe parece um tanto grotesco, ele não pode reclamar de ninguém a não ser de si mesmo. Tanto a casa quanto as crianças eram a sua figura e imagem. Os pais fantasiam seus filhos muito antes que nasçam: sua aparência, o que farão e o que serão. E quando fantasiam os filhos estão fantasiando a si próprios também: que tipo de pai vou ser. Que tipo de criança vai sair de mim. Como crianças que mostram à professora o desenho que fizeram, eles mostram seu filho ao mundo e perguntam: não é bonito?

Se a resposta é sim, eles o emolduram e penduram na parede. Se a resposta é não, eles o rasgam e fazem um novo. Os pais fantasiam seus filhos ainda antes que nasçam, mas os filhos não fantasiam os pais. Assim como o primeiro homem não fantasia Deus — está cercado por Ele. Por vontade Dele haverá luz, e por vontade Dele haverá escuridão. Um interruptor elétrico milagroso será ligado ou desligado. Leite vai jorrar ou faltar. Um cobertor vai cobrir ou ser recolhido. Os filhos olham para os pais com um olhar em que não há pergunta. Com confiança absoluta. Depois param com isso, e o progenitor, como um rei deposto, corre atrás deles, implora. Quem sabe você vem para o Shabat? Como vai o trabalho? (E quem sabe você permite que eu seja novamente o centro de seu mundo, nem que por um minuto apenas, pois no meu mundo estou muito ausente.) O progenitor não sabe que sua súplica só faz eliminar o pouco de majestade que talvez lhe restasse. Não há amor mais decepcionante que o amor de um filho por seus pais.

Então, Eitan põe os filhos para dormir e os acorda na manhã seguinte. Prepara leite com achocolatado totalmente dissolvido. Faz tudo o que pode para parecer com o pai que se reflete nos olhos deles: forte, justo e sabedor das coisas. Quando ele olha para os olhos deles por bastante tempo quase se convence de que realmente é assim. E como se sente gratificado então! Ele lhes serve o leite com achocolatado, mas eles, com seu olhar, lhe servem o reino dos céus. Ele sabe que em algum momento descobrirão: para acender o sol e apagar a noite basta tocar o interruptor. Para fazer leite com chocolate sem pelotas basta misturar muito bem. O mundo pertence a eles para que nele caminhem e para comer o fruto que quiserem. E mesmo assim, ele se consola, ainda vai levar algum tempo até seus olhos se abrirem. Até enxergarem seus pais e verem como estão desnudos e muito desamparados (pois é isso que acontece a uma pessoa quando ela come a maçã: não é sua própria nudez que se revela, mas a nudez de Deus). Ainda restam longos anos de flutuação em águas serenas, levados pelas pequenas ondulações da admiração infantil. Foi assim que ele mesmo olhou para seu pai durante anos. Não só como menino. Como adolescente também, quando se enfurecia, quando chutava. Não teria chutado a não ser que acreditasse que o pai diante dele era forte como uma parede. Pois quem é que chuta um homem franzino na meia-idade com dores lombares? Rapazes amaldiçoam o pai da mesma forma que Jó amaldiçoou Deus. Isto é, abençoam. Quem culpa Deus pelos males do mundo ainda está presumindo que Deus domina o mundo. Que tudo acontece por Sua vontade.

Que um dia seus filhos iam perder as ilusões quanto a ele, assim como ele próprio perdeu quanto a seu pai, saber que um dia não iam admirá-lo nem chutá-lo — é algo que Eitan, na maior parte do tempo, procurava ignorar. Pelo contrário. O amor de Iheli e de Itamar era tão forte, tão firme, que às vezes ele sentia um pouco de falta de ar. Quando voltava para casa os dois competiam por sua atenção, de um modo que às vezes era gratificante, mas outras vezes, opressivo. Para ele era exaustivo — não menos do que era lisonjeiro — ser o foco do mundo dos filhos. Talvez porque compreendesse qual era a obrigação que a posição trazia consigo. E qual era o perigo.

Por isso o temor de sair do jipe e conspurcar a inocência da casa. Sabia que uma profanação como aquela não teria perdão. Mesmo assim, finalmente levantou-se. Saiu, fechou a porta, caminhou. Abriu a porta de casa com movimentos silenciosos. Um olhar rápido foi o bastante para confirmar o que já sabia bem: que a casa estava arrumada, limpa, pronta para começar o novo dia. E principalmente que a casa nada sabia sobre as outras casas, que também tinham quatro paredes, mas não cama nem água quente, com vinte colchões espalhados no chão enquanto a tuberculose percorria em pequenos passos a distância entre eles.

Agora, ali de pé no pequeno espaço na entrada da casa em Omer, perguntava a si mesmo quantos colchões seria capaz de colocar na sala de estar com piso de parquê. Sem dúvida, vinte eritreus poderiam ficar aqui com relativo conforto. Trinta, não. Era exatamente por causa de pensamentos daquele tipo que teria preferido ficar no jipe. Por um momento permitira-se ter pena deles e sua empatia saía do controle, um monstro persecutório de uma culpa opressiva, terminal. Quando entrou em casa aquela matilha de lobos entrou com ele. Os enfermos que tinha atendido na última semana devoraram a casa com um olhar lascivo. A cozinha de aço inoxidável, a televisão gigantesca. De suas bocas pingava saliva no tapete que Liat tinha comprado na Ikea, no enorme Lego de Iheli. Fora, gritou Eitan, fora! Mas eles se recusaram a sair. Vinte bruxas eritreias dançavam em torno da mesa de jantar. O homem de cujo pé ele tirara um prego com dois centímetros de comprimento pulava em cima do sofá branco, junto com o rapaz que tivera um dedo amputado. E no meio de toda aquela bagunça estava Sirkit, relaxada e tranquila, lançando-lhe um sorriso sedutor por cima de uma xícara de café expresso.

Desesperançado, Eitan apressou-se a ir para o banheiro. Vai escovar os dentes e dormir. Vai escovar os dentes, dormir, e amanhã verá se consegue ser transferido para os Estados Unidos. Lá existem muitos hospitais que de bom grado receberiam um médico dedicado com mínimas exigências salariais. Mas Sirkit pediu que lhe passasse a toalha e Eitan compreendeu de repente que a matilha de lobos não se detivera na sala e na cozinha e penetrara no banheiro também.

Ela estava de costas para ele e lavava os cabelos, uma juba negra que a água transformava numa serpente negra, ondulante, até a linha das nádegas. Agora ensaboava as axilas com o sabonete orgânico de Liat e perguntava se ele tinha uma lâmina de barbear.

Ele fugiu para o quarto.

Lá, o silêncio. A quietude das cortinas corridas. A respiração de Liat debaixo do cobertor. Agradecido, abraçou sua mulher. Um agradável torpor baixou em todos os seus membros. Estava em casa.

5

"Mas não compreendo por que você não diz isso a ele!"
Estavam sentados no quintal, no que pretendia ser um desjejum agradável de Shabat. Só que havia algum tempo não era mais um desjejum agradável. Era uma briga. As vozes sussurradas já não conseguiam ocultá-la. De alguma forma, pensou Eitan, foram as vozes sussurradas que revelaram isso. Pois Iheli e Itamar, que corriam um atrás do outro a manhã toda, pararam de brincar pouco depois que ele e Liat começaram a falar baixinho. "Mãe, pai, por que vocês estão cochichando?" Logo veio a resposta costumeira de Liat: "Para não atrapalhar vocês, querido. Para que brinquem tranquilos".
Ele detestava aquela resposta. Não só porque detestava ver Liat mentindo — fora a cativante honestidade dela que o atraíra desde o início —, mas devido ao que a resposta implicava em relação a Iheli e Itamar. A resposta fazia pressupor que seus filhos eram tolos. Que não sabiam identificar o momento em que um silêncio normal torna-se um silêncio carregado. Mas eles sabiam. Não era absolutamente uma questão de idade. Os cães também sentem isso. Era exatamente o que acontecera com o silêncio no desjejum agradável deles quando Liat perguntou como seria o plantão na semana seguinte. "Até segunda-feira estou livre. Depois tenho dois turnos e meio à noite, um plantão e algumas horas extras."
"Tani, isso é insano! Você tem de falar com o dr. Shakedi!"

"Tul, comecei a trabalhar no departamento agora. Não estou exatamente em posição de fazer exigências a meus superiores. Amsalam está servindo no Exército e Bitam teve gêmeos no mês passado, alguém tem de cobrir isso."
"Mas a semana passada foi um exagero, e esta também."
"A situação é essa."
Ela, em vez de valorizá-lo por sua insistência em aceitar a realidade com uma postura racional e realista — a mesma postura realista para a qual ela gostava de acenar quando se tratava dos envelopes com dinheiro de Zakai —, agora preferia ignorá-la.
"Sabe, você está tão tranquilo em relação a isso que começo a pensar que não se incomoda muito de nos ver apenas aos sábados."
"Não seja retardada."
"Não me chame de retardada na frente das crianças. Sabe o quê? Independente delas, não fale comigo assim."
Os olhos castanhos dela o fuzilavam. Depois de doze anos de casamento, Eitan ainda não sabia diferençar entre o brilho das lágrimas e o brilho da raiva. No fundo do coração esperou que fossem lágrimas. Ele sabia lidar muito melhor com ela quando chorava do quando estava com raiva.
"Sinto muito, mas fico louco quando você não vê que estou ralando por vocês, e que ache que isso não me incomoda."
Enquanto fala, ele pensa como está desgastada aquela conversa. Como estão desgastadas as palavras sendo ditas, as xícaras de café esfriando, o bolo comido pela metade no prato. A única coisa fresca e nova aqui é a mentira, rósea e virginal. Quando Liat diz "Por que você não recusa?", ele se recosta na cadeira e deixa a mentira falar em seu lugar. "Isso logo vai terminar, minha querida. Um período sobrecarregado no departamento, isso é tudo. Dentro de uma ou duas semanas voltamos para a rotina, e então vão lembrar quem cooperou e quem

tentou se livrar do trabalho." Enquanto a mentira fala, Liat escuta, pesando as palavras atentamente. Por um momento, Eitan receia que vá se atirar sobre ele, seus olhos talvez sejam castanhas, mas seu cérebro é afiado como uma faca, ninguém sabe disso melhor do que ele. Mas então ela se levanta da cadeira e senta em seu colo, com o nariz roçando seu rosto.
"Sinto muito... só... tenho saudade."
"Eu também, meu docinho. Eu também." E num gesto nem um pouco característico de sua parte, ele a beija de repente na boca, na frente das crianças, em pleno quintal, surpreso consigo mesmo, como se, sem que percebesse, a mentira o tivesse excitado a chegar a um ponto no qual se mesclam culpa e prazer.
"Mãe, pai, vocês estão se beijando de língua?"
"Não, querido, estamos só fingindo."

Atrás do posto de combustível e do restaurante há um pátio de terra batida onde se descarregam os caminhões. Além dele a terra fica mais arenosa e o deserto assume o aspecto de um pequeno riacho. Sem água, só o formato. É difícil imaginar que alguma vez fluíram águas aqui, apesar de ela já ter ouvido pessoas dizerem que sim, e em abundância. Se é verdade, o deserto se esqueceu disso. A terra do riacho era seca e quente, nem mesmo espinheiros conseguiram se agarrar a ela. Apenas sacos plásticos chegavam lá às vezes, de lugar nenhum. Voavam do restaurante, das margens da estrada ou de lugares mais distantes. Vai saber, pode ser que atravessaram voando um deserto inteiro antes de chegar aqui, enrolar-se na areia e na sucata que há no rio seco e ali ficar. Não era um lugar bonito, com a sucata e os sacos de plástico enrolados nelas, mas era tranquilo. Às vezes, quando o barulho, a música e os gritos no restaurante já lhe tinham feito um buraco na cabeça, conseguia sair por alguns minutos. E, claro, era preferível evacuar ali, na areia, do que nos banheiros imundos lá de dentro. Só era preciso seguir um pouco adiante, senão poderia ser vista. Ainda mais para dentro, além de onde estavam as fezes, que já fediam bastante, o rio ficava mais largo. Lá já não havia sucata, pois quem quisesse jogar algo fora não se dava ao trabalho de ir tão longe. Havia apenas uma cadeira de plástico que Assum tinha surrupiado do restaurante, na qual se sentava para fumar. Ela sentou na cadeira e disse: você sabe que ele não pode vê-la. Assim mesmo, após um instante, se levantou. E sentou novamente.

    Na areia junto à cadeira estavam as guimbas de cigarro dele. Ela ergueu uma. Rolou-a entre os dedos. Pôs na boca, apesar de saber que o cheiro do fumo lhe provocava náusea. Provocava náusea, mas não muito. Não como quando Assum falava com ela de pertinho e o fumo pegava sua garganta e apertava; e de algum modo, após alguns momentos a náusea cessou, e era bom estar sentada na cadeira dele, com a guimba dele, e olhar para o rio seco.

    Tirou os pés dos tamancos e os fincou na areia, que estava seca e quente. Assum tinha artelhos normais, mas o segundo dedo era especialmente grande, mais comprido do que os outros. Não havia nenhum motivo para se lembrar disso, era apenas uma das coisas que uma mulher sabe sobre seu marido. Talvez um dia se esqueça disso, talvez não. Talvez vá se lembrar até o dia de sua morte de que o segundo dedo dele era especialmente grande. Uma pessoa morre, mas as coisas ficam. Uma cadeira. Guimbas de cigarro. A lembrança de um pé. E a música que costumava assobiar, que agora lhe escapava. É inacreditável que lhe tenha escapado. Talvez o assobio dele, como os sacos plásticos, ainda esteja vagando pelo deserto. Uma pessoa morre, mas seu assobio ainda corre no vento, cruza estradas e ravinas, e se enrosca na areia e na sucata.

Três contaminações virais. Duas enterites. Uma fratura exposta. Suspeita de entorse. Nove infecções. Uma delas grave. Ele trabalhava depressa. Já não dizia "isso pode doer um pouco" e "já vou terminar". Dava respostas curtas para perguntas longas. O cansaço o estava matando, e mais do que isso, a compulsoriedade. Ele não quer estar aqui, mas é obrigado. Não lhe cabe pensar nisso. O que lhe cabe é pensar no homem que matou. Um vida ceifada por sua causa. E o fato de não pensar nisso só agrava sua culpa. Talvez as pessoas o perdoassem se confessasse que atropelou um eritreu e fugiu, e que desde então está corroído pelo remorso. Mas a verdade é que ele atropelou um eritreu e fugiu, e desde então está pensando em como sair dessa. Uma coisa assim é impossível confessar. Uma coisa assim causa horror. Ao mesmo tempo, nele também desperta uma aversão por tais pessoas, as horrorizadas. Todas aquelas que o olharão com repugnância moral, as que se creem de mãos limpas, só porque, por acaso, não estavam lá naquele momento. Como se não matassem eritreus a torto e a direito. Pois se cada um deles pelo menos contribuísse com um décimo de sua renda mensal poderia salvar a vida de um africano faminto. Uma conta bancária com um saldo de trinta mil shekels não vai perder nada se lhe forem subtraídos mil shekels solitários. Podem-se salvar muitas almas com mil shekels. Alimentar bebês, obter água potável. Mesmo assim, os shekels continuam no banco, onde é o lugar deles, e o debate moral fica em torno da mesa na sala, onde é seu lugar. Não são diferentes dele. Eitan abandonou um eritreu ferido à margem da rodovia 40, e eles abandonam os eritreus deles na savana. A possibilidade continua de pé: mil shekels em troca da vida de uma pessoa. Há voluntários? Não. Claro que não. A questão não é do que você está fugindo, mas apenas se você vai ser pego. E todos fogem da mesma coisa. Não conseguem olhar nos olhos de sua própria responsabilidade. Todos atropelam e fogem. Mas ele foi visto. Ele foi pego.

Quando terminou e saiu finalmente da garagem, correram até ele alguns eritreus que conversavam lá fora. Queriam tornar a lhe agradecer. Um homem magro lhe estendeu a mão e Eitan, ao apertá-la, pensou que em algum lugar no meio do caminho tinha ferrado com aquele botão, o da compaixão. Pois seria de supor que sentisse alguma coisa. Ternura. Piedade. A responsabilidade de um ser humano por outro. Não só em relação a esse homem, que aperta sua mão emocionado enquanto ele só espera que pare. Nem em relação àquele outro, estirado no chão com a cabeça esfacelada, Eitan sentia alguma coisa. Ou talvez sentisse, sim, mas não a coisa certa. Não o que seria de supor que sentisse.

Lembrava-se dele agora: um eritreu estirado à margem da estrada. E às vezes é um pouco estranho chamá-lo de eritreu, apesar de saber que seu nome era Assum. E ainda mais estranho era não saber se ele tinha um sobrenome. Isto é, claro que tinha, mas Eitan não sabia qual. E quando se pensa nisso, talvez ele afinal não tivesse, talvez entre eles as coisas não funcionem assim, com sobrenomes. Talvez usem nomes de tribos, ou de dinastias. Eitan não tem a menor ideia, nem quer ter. Sim, pode perguntar a Sirkit. Talvez ela até responda. E se vai perguntar, por que ficar só no sobrenome? Por que não perguntar seu apelido no grupo de amigos, ou se ele tinha um grupo de amigos. Sua cor preferida. Seus hobbies. Ele poderia, se quisesse, fazer perguntas sobre a figura do homem morto. Tomá-lo na palma da mão (macia? cheia de calos?) e distingui-lo no mar de pessoas idênticas e sem rosto. Poderia fazer um esforço para lhe atribuir algo além de um crânio partido, da umidade de seu sangue nas pedras do deserto. Tentar convencer a si mesmo de que aquele homem tivera algum valor em vida também, e não só no momento de sua morte: um eritreu estirado à margem da estrada. Um corpo magro. Roupas velhas. Sangue escorrendo de sua cabeça negra. Menos de um mês se passara, e aquilo já lhe parecia tão distante, assim como a dor de barriga um minuto depois, e a terrível necessidade de evacuar. Como algo que acontecera com outra pessoa. Mas dos detalhes ele lembra bem. O ruído surdo do jipe ao atingir o homem. A voz rouca, maravilhosa, de Janis Joplin cantando. O horror do corpo atirado ao chão. Lembra o ruído do cascalho ao ser pisado, quando saiu do jipe. A diferença entre o assento quente do jipe e o ar frio lá fora. Lembra que, quando corria para o homem, ainda esperou por um momento que tudo talvez estivesse bem, que talvez o homem dentro de um instante se levantasse e começasse a gritar com ele, dizendo que olhasse para onde estava indo. Lembra isso tudo, mas à distância. No fundo seria possível dizer não que lembra, mas que sabe. Nem mesmo sabe, mas recita. Um eritreu estirado à margem da estrada. Sangue escorrendo de sua cabeça negra. Tudo isso aconteceu com outra pessoa.

Mas aconteceu com você. Não com outra pessoa.

Com você.

E ainda não parece real. Ainda lhe parece longínquo. Como se a coisa em si, a factual, simplesmente não fosse verossímil. Ele não consegue convencer seu pensamento a aceitar, introjetar. O eritreu atropelado estava fora dos muros de sua consciência, batendo à porta, com força, gritando que o deixassem entrar. Mas do lado de dentro tudo o que se ouvia era um rumor abafado. Como o ruído abafado que se ouviu no momento em que o jipe o atingiu.

Talvez isso seja bom. Talvez deva ser assim. Por que se tornara para ele tão urgente fazer o eritreu estar presente em sua cabeça? Eitan retirou a mão do aperto do paciente agradecido e foi em direção ao jipe. A cena com que deparou o atingiu como um soco na barriga. Sustou-lhe a respiração. Junto à roda direita estava o corpo de um homem negro. Os braços estendidos para os lados. As pernas abertas sobre o solo.

Tentou dizer a si mesmo que não era verdade. Uma visão ilusória, devido a tantas hora sem dormir, que lhe engendrara a noite. Mas o homem realmente estava estendido lá, ao lado de seu jipe, e quando Eitan compreendeu isso, suas pernas começaram a tremer.

De nada adiantou o fato de que um instante depois alguém chamou o refugiado adormecido pelo nome, e ele se levantou e foi para outro lugar. Não adiantou porque, no momento em que Eitan viu o corpo estendido no chão, o cadáver do eritreu estava diante de seus olhos. E dessa vez o estava vendo de fato. Sentiu que o interruptor que lhe desligava a cabeça do corpo desde o acidente fora acionado de repente, e uma enorme onda de náusea o atingiu. Ele tinha matado alguém. Matado uma pessoa. Vira seu crânio partido entre as pedras. O sangue que lhe escorria das orelhas. Ele matara uma pessoa. Ele! Matara! Uma pessoa! E junto aos surpresos eritreus, caiu de joelhos e vomitou a alma, uma torrente quente, amarela e ácida. Alguém correu para a garagem e voltou com água. Eitan ficou sentado no chão, com as pernas tremendo. As pernas do eritreu estavam duras e ressecadas. Não conseguia mover os braços. Mas seus olhos tinham pestanejado um pouco. Olhos que não olharam para Eitan.

Inclinou-se novamente para vomitar, mas não havia mais nada. O ventre contraía-se com força, em torções selvagens, e ele soube de repente que queria sua mãe. Queria se aninhar em suas mãos macias, reconfortantes, que lhe afastavam mechas do cabelo de sua testa suada e enxugavam restos de vômito de seus lábios, que acalmavam seu corpo trêmulo e desmontado para que tudo ficasse bem.

Ele matara uma pessoa.
Ele
matara
uma pessoa

Mais uma vez, sentou-se. Bebeu água. De novo, o rosto, os olhos, o crânio partido, sangue pelas orelhas. Mas em vez de náusea manifestou-se nele algo diferente. O início de uma raiva terrível. A ponta do rabo de uma raiva. Não compreendeu e não quis compreender. Esperou sua respiração se normalizar e se apressou a ir para o jipe, quase sem prestar atenção nas vozes do público que o acompanhava, eritreus preocupados caminhando a seu lado, oferecendo-lhe água e continuando a olhar para ele mesmo depois que se afastou.

Liat prepara frango empanado no forno. É mais saudável e dá menos dor de cabeça. Põe quatro peitos numa tigela. Mistura com xarope de tâmara, molho de soja e uma colherinha de páprica, e deixa descansar. O alarme do telefone soa duas horas depois para lembrá-la do que seria capaz de lembrar mesmo sem ele: bater um ovo, alho moído e azeite. Mergulhar em farinha de rosca. Comprimir muito bem. Em temperatura média, cada lado por cerca de quinze minutos. Ou até dourar. Itamar gosta um pouquinho tostado. Iheli quer frango empanado industrializado em formato de bichos, como os de Tamir, da escola, só que vem cheio de conservantes e corante, o que ela não aceita.

Quando Eitan chegar vai pôr a mesa e preparar o purê. É a especialidade dele. Iheli vai perguntar se pode ver televisão enquanto come, e ela vai dizer que não, e espera conseguir se manter firme quanto a isso. Vai perguntar a ele como foi a escola, e a Itamar também, e a Eitan como foi no trabalho. A pergunta é uma continuação direta do purê e do frango, do cheiro de xampu na cabeça das crianças e dos copos de leite achocolatado sobre a bancada de mármore. Mas uma família se senta à mesa e em essência são migalhas, migalhas de momentos. Ninguém sabe do que os outros se envergonharam hoje e do que se orgulharam. O que queriam, o que abominaram. Não falam sobre isso. Mastigam frango e purê. E apenas Liat, com uma espécie de inquietude nebulosa, insiste em ter uma resposta de cada um. Não só "foi tudo bem", mas tudo o que aconteceu, amassando muito bem aquelas migalhas de vivência para formar uma massa, como ao passar a farinha de rosca na carne rósea e úmida.

Para o turno seguinte na garagem ele chegou mais tranquilo. Distante do vômito e dos tremores, distante do eritreu atropelado, distante das fileiras de corpos que examinava de perto durante longas horas. Pensou ter identificado o rosto dos que tinham lhe oferecido água na véspera, dos que o tinham ajudado a se levantar quando suas pernas fraquejaram. Mas as pessoas à sua frente não lhe demonstraram qualquer sinal de conhecimento prévio, e Eitan concluiu que mais uma vez os confundia. Mesmo sendo ele quem lhes media a febre, mesmo sendo ele quem lhes dava um pano para enxugar a testa, ainda lhe parecem ser todos iguais. (Nada disso. Sirkit estava de pé num canto da garagem, distinguível como sempre, um ponto ardente na direção do qual ele tinha o cuidado de não olhar, e que exatamente por isso se destacava ainda mais. Ele não sabia se alguém tinha contado a ela o que acontecera no lado de fora no dia anterior. E, se tivesse, não sabia se conseguira estabelecer uma ligação entre o vômito animal, vergonhoso, e o fato de um dos ilegais estar estirado junto ao jipe. Era razoável supor que não fizera a ligação, como ia entender que ele confundira o fulano vivo com seu marido morto? Mesmo assim evitou olhar para ela, constrangido por seu corpo tê-lo traído daquele modo, no território dela.)

Seis horas depois ele despachou o último paciente e saiu. Mais uma vez o esperavam lá fora, e um número ainda maior. "*Shukran*, doutor, *shukran*." Apertava as mãos deles de má vontade. Afinal, já tinha tirado as luvas e lavado as mãos na pia dentro da garagem, e agora, depois de todos aqueles cumprimentos, teria de percorrer todo o caminho para Omer tentando não tocar no rosto. Chegando, estacionaria o jipe e correria para a torneira que havia no quintal, para se limpar finalmente do potencial coronavírus, da hipotética disenteria, de seu compreensível recuo ante aquelas mãos desconhecidas. Sorriu educadamente para aquele seu dedicado público de pacientes e tentou avançar em direção ao jipe. Mas os eritreus o cercaram. O que começara como uma envergonhada expressão de gratidão tornou-se emocionada efusão, quase uma competição de quem ia apertar a mão do médico por mais tempo. Quem ia lhe agradecer com um palavrear mais vago e mais longo. Entre as mãos estendidas para apertar a sua, viu de repente as mãos *dele*, estendidas no chão, e lembrou: um eritreu atropelado à margem da estrada. Suas coxas negras estiradas no solo numa posição não natural. Os braços também, numa posição não natural. Com os diabos, aquilo se aplicava a todo o seu corpo. Não só por ser um eritreu atropelado. Ele não tinha que estar lá quando Eitan estava lá. A vida de Eitan não incluía eritreus esparramados no para-choque, ou apertando sua mão, ou eritreus em geral. E, sem que percebesse, o pânico e a culpa de ontem foram esquecidos, e em seu lugar veio e recrudesceu a raiva. Por que esse miserável tinha de estar lá no meio da noite? Tão magro, tão ferrado. Eitan passou os olhos pelo rosto dos pacientes agradecidos e se conteve para não gritar com eles. Como é que podem ser tão miseráveis? Por que andam atrás de mim como um bando de cachorrinhos? Ele acenou em cumprimento e entrou no carro. Mas os eritreus continuaram a incomodá-lo em todo o seu percurso para casa, como um grão de areia dentro do olho.

Já perto da encruzilhada que levava a Omer, pensou em David, o boiola. David, o boiola, era David Zonenstein, da quarta série, turma 1. O pai de David, o boiola, era um homem importante, chefe do curso de psicologia na Universidade de Haifa. Mas isso não ajudou David quando toda a turma resolveu azucriná-lo. Talvez tenha até complicado as coisas para ele. Pois, enquanto os pais de outros meninos intervinham se chamassem seu filho de boiola e escrevessem aquilo em todas as portas dos banheiros da escola, o pai de David não encetava qualquer ação efetiva. Talvez pensasse que aquilo era coisa de criança e que passaria. Talvez estivesse ocupado com problemas de outras pessoas, que lhe pagavam muito dinheiro para que os resolvesse. E talvez lá no fundo ele também, como todos, soubesse que seu filho era um baita de um boiola.

Eitan não estava entre os que azucrinavam David, o boiola. Não porque fosse especialmente bom, apenas tinha outras coisas para fazer. Mas quando o viu sendo surrado por garotos da terceira série, que eram uma cabeça mais baixos do que ele, quase foi até lá para surrá-lo também. Como é que alguém permite que lhe façam isso? Sendo um baita de um boiola. David, o boiola, tinha cara de alguém a quem se pode fazer qualquer coisa, e por isso faziam mesmo. Crianças como David, o boiola, fazem outras virarem monstros. Mesmo que você jurasse a si mesmo que não ia fazer nada com ele, mesmo que quisesse sentir pena, sempre chegava o momento em que não se aguentava mais. Começava a odiá-lo por ser um nada.

Quando chegou o ensino médio, David, o boiola, mudou de escola. Eitan não sabia se fora ideia dele ou do pai, mas parecia ser uma boa decisão. Às vezes ele o via no ônibus e se apressava em desviar o olhar. Os dois sabiam coisas que não queriam saber um do outro. Por exemplo: que David era um baita de um boiola. E que Eitan era um baita de um maníaco.

No fim do ensino médio, houve uma excursão à Polônia. Eitan estava com sua turma no pátio central de Auschwitz. O guia explicava como era a vida no campo de concentração. Aqui havia guardas. Aqui, cercas. E aqui ficavam os chuveiros, as câmaras de gás. Ohed Sagui levantou a mão. "Mas por que eles não tentavam fugir?" O guia explicou que era impossível. À direita podiam-se divisar os crematórios. Ohed Sagui insistiu. "Havia mais prisioneiros do que guardas, e eles não tinham nada a perder." O guia demonstrou certa impaciência. Disse que quem não sabe o que é ter medo daquela maneira não tem como julgar. "Não vão começar com essa história de gado indo para o matadouro." À noite, no hotel, Ohed Sagui propôs que todos batessem punheta para ver quem terminava primeiro, depois disse: "Eu não entendo, como não tentaram resistir lutando. Viraram boiolas". E Eitan pensou em David, o boiola, e em como o odiava, e pensou que no fundo, lá dentro, odiava um pouco também todos aqueles judeus magros, esqueletos ambulantes, que lhe penetravam na alma a ponto de não conseguir bater uma direito.

Eitan estacionou o carro e saiu para o quintal. Tentou compreender como não conseguiu ter compaixão por eles durante muito tempo seguido. Como aquele rancor sempre se esgueirava por trás da empatia. Assim como tubarões que sentem cheiro de sangue, ele sentia cheiro de fraqueza, e perdia o controle. E talvez fosse o contrário: não era por ter a força para destruí-los que tinha raiva deles, mas por causa do modo sofisticado como o destruíam. Pelo modo como o desamparo deles o oprimia, o culpava.

Pôs a mão na maçaneta e entrou em casa. Fechou rapidamente a porta atrás de si, como um homem em fuga.

As mentiras estavam ficando mais eficazes, não era agradável reconhecer isso. Liat continuava a reclamar da quantidade de plantões, e ele acabou "aderindo" à roda de pôquer de Ekstein. Um arranjo brilhante, desprezível, que provocou repulsa em Eitan quando lhe contaram, mas se tornava sua tábua de salvação à medida que o tempo passava. A roda de pôquer de Ekstein acontecia toda quarta-feira, havia anos, só que cada um dos participantes comparecia a um lugar. Ekstein ia para a cama da residente de plantão, Verdugo para o carro de sua ex, que teve de se inscrever em algum grupo de estudos para sair de casa, Amos ia para a clínica da logopedista, em cujo sofá, ao meio-dia, o filho dele aprendera a pronunciar "shhhh". Eitan conhecia o arranjo e o repudiava, mas sabia que para Liat era importante ver que ele fora aceito no trabalho novo, e sabia que a roda de pôquer semanal era exatamente do que ele precisava.

E havia os plantões no meio da noite em que cirurgias se complicavam e se prolongavam até a madrugada. E plantões de um terço de noite cheios de crises e colapsos de sistemas que obrigavam os cirurgiões a ficar mais tempo. Havia horas extras, e seria uma pena não aceitar, pois precisavam do dinheiro, e congressos médicos cujo convite era pendurado na porta da geladeira na última hora. Os congressos eram verdadeiros, os convites também, mas se no passado eles iam para o lixo ainda antes de sair do envelope, agora eram presos à geladeira num lugar de honra, com um ímã colorido. Neurocirurgia. Onde? No hospital Ichilov, em Tel Aviv. Terminava às nove e meia, o que significa que não havia possibilidade de conseguir voltar para casa antes das onze. Dava tempo de fazer meio turno na garagem. No departamento a história era outra. Já ultrapassara havia muito tempo sua cota anual de faltas por doença. Já enterrara duas avós. Já levara o filho para uma série de exames que não resultaram em nada. E fora convocado com urgência para um serviço na unidade médica da Força Aérea, esperando que no fim do ano ninguém se lembrasse de que não entregara a confirmação oficial. Contou três aftas por estresse na língua, mas estava ocupado e sobrecarregado demais para cuidar delas.

6

Prenderam o rapaz não muito longe de Ierucham. Ele dirigia uma Mercedes GLK Class preta e não demonstrou qualquer surpresa quando três detetives armados apareceram à sua frente, armados, no sinal de trânsito. O dono do jipe entrou em contato duas horas depois, quando voltou de um mergulho com as crianças em Ein Akev e descobriu que tinham levado seu carro. Ele ficou tão surpreso em descobrir que já o haviam localizado que repetiu duas vezes o número da placa e insistiu que a recepcionista a confirmasse. Esti disse a ele: "Meu senhor, por que é tão difícil acreditar? A polícia de Israel encontrou seu carro", depois desligou o telefone e caiu na risada. Para Melamed e Samsonov foi a sorte grande, para Tchita nem se fala. Se esse garoto não tivesse caído em sua emboscada, o pagamento do mês seria o último. E o grande lance foi que o único que não ficou excitado com isso foi o garoto, isto é, o rapaz, isto é, o jovem beduíno que foi preso pelos detetives da polícia de Beer Sheva quando dirigia um veículo roubado. Foi o terceiro assunto no noticiário das quatro. O nome dele era Ali. Grande novidade. Um em cada dois beduínos chamava Ali, só Alá sabia como não se confundiam entre si.

    A letargia na expressão do rapaz espantou Liat. Não é de supor que um garoto de dezesseis anos tenha esse olhar. "Parece que ele é um pouco leso", Tchita havia lhe dito antes, "mas, se você conseguir arrancar dele para quem estava levando o carro, pode ajudar." Ela tornou a examinar o garoto. Não parecia leso.

As pessoas confundem um olhar vidrado com um olhar vago. Um olhar vago vem de um cérebro vazio de pensamentos. Um olhar vidrado vem de um cérebro cujos pensamentos estão por trás de uma vidraça escura. O olhar do rapaz era vidrado quando estava sozinho e ficava vago quando alguém lhe dirigia a palavra.
"Estou vendo em nossas anotações que você não tem carteira de motorista." Seria impressão dela ou por um momento lampejou nos lábios dele um sorriso irônico?
"Você sabe dirigir?" De repente o peito dele se encheu de orgulho e seus olhos se iluminaram. "Dirijo bem pra caramba." Liat com dificuldade conteve um sorriso. "Então não é a primeira vez que você dirige sem habilitação."
Ele ficou calado, e olhou para ela. Em sua fisionomia o homem e o menino ainda se digladiavam — fiapos de barba preta sobre maçãs do rosto arredondadas, quase de bebê. Um bigode resoluto encimando um queixo delicado, onde se divisava uma covinha. "Olha só, Ali, você ainda não completou dezesseis anos, não tem ficha criminal. Se cooperar conosco, continuará assim."
Aquilo durou cerca de quatro horas. No fim Liat tinha nas mãos uma lista de veículos que haviam sido roubados nas semanas anteriores e o endereço de um desmanche perto de Tel Sheva. Quando os detetives se organizavam para invadi-lo, tornou a percorrer a lista. Ein Akev. Maale Akrabim. Telalim. Gavei Chava. Mashavei Sadé.
Telalim.
De repente ela se levantou e correu para a sala de interrogatório. A abertura repentina da porta surpreendeu um pouco o rapaz, mas num átimo ele voltou a vestir aquela mesma expressão entediada que cuidava de manter.
"Ali, me diga novamente quando foi que esteve em Telalim."
"Uma vez, com o Mazda, e outra vez não deu certo."
"Sim, mas quando?"

"Não lembro."
"Não vem com 'não lembro' pra cima de mim. 'Não me lembro' morreu. Me diga quando esteve lá pela última vez."
"A última vez foi... há duas semanas."
Eureca.
Na mesma hora, ela correu para a sala do comandante do posto e abriu a porta sem se dar ao trabalho de bater.
"Sei quem matou o eritreu."

O garoto gritou. Até mesmo chorou. Era estranho ver um garoto de dezesseis anos chorar, num instante ele ainda está lá de pé, com seu bigode e seus fiapos de barba, e aquele sotaque árabe que em sua cabeça sempre os faz parecer maiores e mais assustadores, e no instante seguinte começa a chorar. Como um menino. E você tanto não está esperando isso que no primeiro momento nem percebe que aquilo é choro, pensa que algo entrou no olho dele. E então fica terrivelmente claro quem está vencendo o combate na fisionomia dele, pois as maçãs do rosto de bebê se ressaltam tanto que os fiapos de barba parecem ser colados, e os lábios tremem tanto que o bigode embaixo parece ser um engano.

Não é verdade, diz ele, enxugando o nariz com o dorso da mão. Sim, ele esteve no kibutz naquela noite. Sim, para roubar um carro. Mas não tinha atropelado ninguém, e que Alá o fulmine se estiver mentindo.

"Seu Alá é uma testemunha um tanto problemática", disse Marciano, "você é capaz de pensar em mais alguém, fora ele, que estava lá com você?"

E de uma só vez o menino desapareceu e surgiu o homem. Seus olhos estavam novamente inexpressivos. As lágrimas ainda não tinham secado, mas as pupilas já se mostravam duras como pedra. "Ninguém. Não havia ninguém lá." Liat remexeu-se na cadeira, desconfortável. Algumas horas antes o garoto dissera que ia responder a todas as perguntas, contanto que não envolvessem com quem saía em suas incursões. Estava disposto a falar sobre os carros que tinha roubado, o teatro do crime, até mesmo se arriscaria a delatar a localização do desmanche. Mas de forma alguma, de forma alguma, revelaria o nome do parceiro que ia com ele. Naquele momento aquilo lhe parecera lógico. Estava disposta a abrir mão do ladrãozinho de carros para descobrir onde estava o grande beneficiário dos roubos. Um desmanche valia mais que um ladrão de carros. Mas agora o ladrão anônimo tornara-se muito mais decisivo — ninguém fora ele seria capaz de confirmar as alegações do rapaz.

"Juro que não o atropelei, eu juro."

Liat inclinou-se para a frente. "Ali, eu juro não basta. Temos uma pessoa que foi atropelada perto do kibutz naquela noite, e sabemos que você esteve lá num jipe na hora em que aconteceu. Se insiste que não foi você, nos dê alguém que confirme isso."

Enquanto ela falava, seu olhar buscava o olhar do rapaz, mas ele se refugiara em seu silêncio, os olhos como vidro fosco e escuro. Após um breve momento compreenderam que ele não falaria mais nada e o deixaram na sala de interrogatórios. Quando a porta se fechou, Marciano virou-se para ela, um leviatã de farda azul com um amplo sorriso: "Eu lhe disse que no fim seria algum beduíno". Então acrescentou, condescendente: "Mas parabéns por ter descoberto qual, docinho".

Ela não é careta.

Uma loura chora à beira da estrada. Um rapaz para o carro e lhe pergunta o que aconteceu. Ela se lamenta com ele. O carro quebrou! E quando tentei ligar para o guincho vi que meu celular tinha sido roubado! Estou sozinha aqui! Então o rapaz abre o zíper e diz: Hoje realmente não é seu dia.

Podem contar para ela esse tipo de piada. Ela deixa rolar.

Não se sente discriminada. Podem contar em sua presença velhas piadas sobre judeus orientais imitar judeus orientais dos programas de tevê, com sua pronúncia característica, toda vez que se quer falar que alguém não é muito inteligente. Podem reclamar com ela de um hotel em Eilat por estar cheio de brutamontes e caipiras, ou de uma festa que deu errado porque as músicas eram todas orientais. Para ela, tudo bem. Ria das piadas com mulheres e das piadas com judeus orientais, e as de que mais ria eram piadas com mulheres judias orientais. Ria mesmo, e lá no fundo odiava um pouco a si mesma por isso. Preferia odiar a si mesma do que ser considerada careta, do que pensarem que se sentia discriminada. Tudo para não ser uma daquelas feministas orientais que mastiga testículos pálidos de asquenazitas no café da manhã.

Então, a maior parte do tempo preferia pensar que vagava pelo mundo sem cor de pele e sem família, sem lugar de origem e sem comunidade. Não Liat Samucha dos condomínios de Or Akiba. Nem Liat Green da vila em Omer. Simplesmente Liat. Mas, mesmo se as coisas fossem assim para ela, não eram assim para eles. Desde que saíra de Or Akiba, os vizinhos a olhavam de maneira diferente. Ainda a abraçavam quando chegava, mas era outro abraço. Shiran, da casa em frente, teve seu primeiro filho quando Liat estava no primeiro ano da universidade. O segundo filho, no segundo ano. O terceiro, no terceiro. Quando estavam no ensino fundamental, dormiam uma na casa da outra toda noite, quase não sabiam dormir sozinhas. Agora trocavam beijos rápidos no rosto e sorriam educadamente, só os olhos demonstrando espanto: o quê, esta é você?

Quando finalmente teve seus próprios filhos, Liat os levou para visitar a mãe, cheia de orgulho. Pensou como era bom que Itamar, cor de oliva, se enquadrasse bem ali, no bairro. Podia brincar lá fora com os filhos de Shiran. Mas ele não quis. Olhou em volta e disse: "Aqui é sujo".

"Como assim?", protestou Liat. "Por que sujo?"
Ele apontou para a sucata enferrujada no pátio atrás do prédio e olhou para fora, para a rua. "E aqui não tem grama."
"Mas tem outras coisas bonitas!"
Itamar olhou em volta, os olhos em busca daquelas outras coisas. O olhar de Liat movia-se febrilmente, pulando de um lugar para outro. Mas a rua era cinza, desbotada, cansada. Itamar, depois de se esforçar para localizar alguma coisa bonita, voltou a olhá-la. "Não tem, não."
Quis lhe dar um tapa. Ela, que desde o ensino médio odiava profundamente Or Akiba, que escondia aquela rua de seus novos amigos como se esconde uma deformidade vergonhosa. E de repente vem esse menino e se envergonha de sua rua. Desdenha da casa onde ela cresceu.
Quando era menina (com uma cabeleira rebelde que a mãe teimava em prender e a avó teimava em soltar), nunca sonhara em ser investigadora. Supondo que as fantasias da festa do Purim servissem como indicação de algo, além do que havia no estoque do centro comercial de Or Akiba, ela tinha uma forte inclinação para profissões ligadas à aviação. Foi borboleta aos nove anos, fada aos dez e, aos onze, pilota com um emblema da Força Aérea que tinha achado no ponto de ônibus. Com doze anos, as fronteiras da atmosfera ficaram tediosas demais, e ela fez uma tentativa fracassada de ser a primeira astronauta local. Fracassada porque o capacete de motociclista que David Nissim lhe emprestara era incrivelmente pesado, e o papel prateado com que o envolvia rasgou quase todo ainda antes do primeiro intervalo. Ela deixou o capacete na sala de aula e saiu para brincar com um marinheiro, a rainha das flores e Saddam Hussein. Quando voltou para a classe descobriu que o capacete tinha sumido, e passou o resto do dia procurando-o. Cheia de culpa, deu a David Nissim como indenização seus doces do Purim, e ele, comendo do bom e do melhor, disse a ela: Não faz mal, minha alma, o que se perdeu está perdido.

Mas Liat não se contentou com isso e começou uma investigação particular sua. Uma semana depois entregou a David Nissim seu capacete depois de tê-lo resgatado com sagrada devoção e arranhado as duas mãos. Sua mãe começou a gritar que os arranhões eram tétano certo, quis levá-la de imediato para a enfermaria, mas a avó disse: Espere um momento, Aviva, a criança tem uma história para nos contar, e não vai morrer de tétano na próxima meia hora. Liat contou a elas como, depois de terem voltado do feriado do Purim, olhara fixamente nos olhos de todos os colegas de turma e notara que só Aviram não a olhava de volta, e se o fazia era só por um instante, então perguntava qual era a dela e se virava. Então, ela foi até ele e disse "Sei que foi você quem levou", e ele disse "Não levei", e ela disse "Eu sei que levou". Ele disse "Sai daqui, filha da puta", e quando viu que ela não saía, se virou para ir embora, mas ela o agarrou e ele fez aqueles arranhões que eram muito piores de ver do que de sentir. Por fim, ele disse "Está bem, sua doida", e foram juntos à casa do avô dele, onde Aviram morava desde que o tribunal decidira que seus pais não tinham condições de cuidar dele. E lá, debaixo do sofá, estava o capacete, e uma porção de coisas que Liat lembrou que tinham desaparecido na turma desde o início do ano. Aviram viu que ela não disse nada sobre as outras coisas, então perguntou se queria suco de groselha. Liat disse que sim, mas quando ele abriu a geladeira ela viu que o suco estava no cantil roxo de Moran, que tinha chorado na semana anterior quando ele desaparecera porque era presente do pai dela, que era motorista de táxi nos Estados Unidos. Liat disse a Aviram que na verdade não estava com sede. Ele fechou a geladeira e arranhou de novo sua mão, então disse: "Leva esse seu capacete ferrado e dá o fora daqui, sua doida".

A mãe dela disse que era preciso chamar a polícia. David Nissim disse: "Nada de polícia, eu mesmo vou falar com ele". E a avó dela disse: "Liati, cuida muito bem dos seus olhos, pois eles são sua dádiva". Depois, quando David Nissim foi embora e a mãe lavava a louça na cozinha, ela lhe deu sub-repticiamente duas barrinhas de chocolate e sussurrou: "Uma é para Aviram". Não se falaram mais, ela e Aviram. Quando lhe deu a barrinha, ele a jogou em cima dela e foi embora. Um ano depois, já tinha passado para outra escola. Liat também mudou de escola. Quando terminou o fundamental, a orientadora chamou a mãe dela e disse que, por causa de suas boas notas e vários outros fatores, seria melhor que fosse para Maagan Michael. Eles tinham concordado em receber crianças de Or Akiba naquele ano. Um número limitado, por causa do orçamento. Seria bom para sua imagem junto ao Ministério da Educação, e para a menina também seria benéfico.

No primeiro dia na sétima série, ela vestiu um blusa de paetê dourado e, pela primeira vez, concordou em prender os cabelos. Não só os cabelos. Por baixo da blusa, uma faixa de pano e borracha prendia aquele horror que o corpo dela fizera nascer durante as férias, comprimindo-o contra as costelas o máximo possível. Quando ficava diante do espelho, ela desejava que seu corpo engolisse de volta as vergonhosas protuberâncias, que simplesmente fossem de novo assimiladas pela carne, que até alguns meses antes era admiravelmente achatada. A avó dela a acompanhou até o ônibus e disse "Como você está bonita, minha alma. Como essa sua blusa é bonita", e Liat acreditou nela, apesar de saber que parte dos elogios eram porque era a neta dela e porque a própria avó havia comprado a blusa. O ônibus chegou em Maagan Michael e Liat viu mais grama do que tinha visto em toda a vida. Ela desceu pensando que ia ser legal estudar ali, então uma das crianças gritou: "Olhem essa aí com os paetês, vestida como uma árabe". Liat levou um segundo para compreender que estavam falando dela. Quis dizer a eles que fora a avó quem comprara a blusa, uma mulher que odiava os árabes mais do que qualquer outra coisa, que cuspia toda vez que se falava deles, mas alguma coisa lhe tampou a boca. Quando voltou para casa a avó lhe perguntou como tinha sido. Ela disse que tudo bem, e pediu a sua mãe que fosse com ela ao centro comercial para comprar uma blusa preta, sem paetês e sem estampa. Por que preta, minha alma? Preto é para enterro. É monótono. Quero preta. E havia também o bigode. Acima do lábio. Embaixo das narinas. Pelos delicados e pretos, macios como fios de seda. A palavra "bigode" era grande demais para fios de seda finos como aqueles, mas aos doze anos de idade, quando os pelos surgiram, ela não conhecia o termo "penugem". Então chamou de bigode, e odiava os pelos e se envergonhava deles ainda mais do que se envergonhava do busto, que começara a crescer mais ou menos na mesma época. Ficava diante do espelho no banheiro no meio da noite, olhando para as pequenas protuberâncias em cima das costelas, para as finíssimas linhas acima do lábio. As duas encerravam alguma coisa, para sempre, mas com o busto sabia que no fim ia se acostumar. Todas se acostumavam. E com o bigode sabia que nunca na vida ia se acostumar. À avó agradava tanto o bigode quanto o busto. Enrolou uma linha em dedos hábeis e arrancou os pelos com uma celebração exemplar. "Olhe só, minha vida, agora você é como sua avó." A mulher perseguiu o bigode com linhas e boicotes, mas nunca com repulsa. O ato de arrancá-lo era uma tarefa feminina necessária, e a própria necessidade de que fosse feita era testemunho de feminilidade. Para Liat era diferente. Seus olhos eram experientes o bastante para saber que as meninas de Maagan Michael não tinham bigode. Não porque os arrancassem. Só não tinham. Sendo assim, talvez os olhos delas fossem experientes o bastante para identificar folículos recalcitrantes acima de lábios que pedem desculpas, linhas de um esboço quase invisível de pelos finos e negros, de tocaia sob a pele, aguardando o momento certo de irromper. Por exemplo: a excursão anual, quatro dias num albergue, deitada na cama e implorando ao corpo que não a traísse. Examinando-se meticulosamente no espelho. Respirando aliviada. Tudo bem. O monstro peludo lhe deu alguns dias de tranquilidade. Por que monstro? Sua avó ficava ofendida em nome do bigode, mas Liat sabia: era um monstro. E quando tinha dinheiro suficiente abria mão da linha da avó em benefício da depilação, que deixava a pele acima do lábio totalmente lisa. Uma das únicas coisas que não contou a Eitan. Na verdade, a ninguém. Somente às vezes, quando abotoava a blusa diante do espelho, na casa em Omer, parecia-lhe por um instante ver um fino fio de seda, preto. Que desaparecia quando aproximava o rosto do espelho ou acendia a luz.

E até que as coisas correram bem lá, em Maagan Michael. Ela era bonita o bastante, inteligente o bastante e divertida o bastante para que lhe perdoassem ser de Or Akiba. O que mais a ajudou talvez tenha sido estar disposta a esquecer que era de lá; quando ela mesma aceitou esquecer, eles concordaram. Foi importante esquecer principalmente a música. Abd-el-Wahab, Umm Khultum, Farid el-Atrash. Todos os discos e fitas que ela e a avó ouviam cantando tão alto e desafinado que os vizinhos pediam socorro. No início a avó ainda tentava, trazia para casa algum disco novo e o cantarolava horas a fio, para que ficasse na cabeça dela, mas Liat torcia o nariz e ia para o quarto, e quando acontecia, uma vez em cem anos, de trazer amigos para casa, dava instruções detalhadas à avó e exigia peremptoriamente: sem música. Nos primeiros anos do ensino médio ainda dava escorregões. Quando estavam no ônibus para a excursão anual, com uma guitarra e partituras do Nirvana, surpreendeu-se assoviando com o motorista o refrão de "Rona" num momento de desatenção. Mas eram cada vez menos escorregões, até que no colégio já respondia sem hesitar quando lhe perguntavam de que música gostava: de tudo, menos oriental.

Sua avó não a perdoava por aquilo. Não era uma mulher rancorosa. Continuava a lhe dizer que era bonita mesmo quando rasgava os jeans, cortava blusas com a tesoura e recusava terminantemente esmalte de unha que não fosse preto. Ela até concordou em ouvir vezes seguidas o disco do Radiohead antes de pedir desculpas e dizer que simplesmente não gostava daquilo. Mas quando Liat e Eitan comunicaram que iam se casar, ela disse de pronto: se não tiver Farid el-Atrash, eu não vou.

Você não regula bem.

Sua mãe já me diz isso há muitos anos.

Mas o que tem a ver Farid el-Atrash agora?

Tudo.

E não quis ouvir nem mais uma palavra. No fim da história, foi Eitan quem disse a Liat que cedesse. "Sei que falamos em DJ sem música oriental, mas ela é sua avó. E foi a primeira a dizer que íamos nos casar."

Ela então concordou, e no casamento surpreendeu-se ao descobrir que não foi apenas sua avó quem aplaudiu entusiasticamente quando a música começou: os amigos de Eitan do kibutz na 669,* as garotas produzidas de Tel Aviv que tinham estudado com ela e o grupo do Maagan Michael também o fizeram. Com dificuldade, ela conteve o impulso de ir até eles e perguntar: quando fomos aceitos assim? E por que ninguém me disse nada?

Depois ela descobriu que era mais complexo. Os amigos de Eitan, por exemplo, concordavam em dançar música de Zohar Argov em casamentos, mas se recusavam energicamente a ouvir no carro. As fronteiras eram delicadas, ocultas, e mesmo assim diligentemente guardadas. Como o olhar de surpresa dos

---

* Unidade de elite da Força Aérea israelense.

examinadores da pós-graduação quando descobriram que alguém que parecia Liat Samucha atendia por Liat Green. Desapareceu num instante, mas Liat estava treinada o bastante para identificá--lo. Como na primeira noite com os amigos de Eitan do Exército. Nos encontros com os pais dele. No piquenique com os médicos do departamento e suas famílias. Ela ignorava os olhares de surpresa e seguia adiante, exatamente como ignorara o olhar de surpresa de seu orientador quando lhe disse que decidira não prosseguir no doutorado em criminologia para se alistar na polícia. O orientador perguntou por quê. Eitan perguntou por quê. A avó preparou para ela um café bem forte, olhou a borra e disse: Que bom, minha alma, finalmente seus olhos vão fazer o que eles sabem fazer. Olhar para as pessoas.

Na polícia a esperavam outros olhares surpresos. Pela primeira vez em sua vida, sua cor era a apropriada, mas isso não mudou o fato de que ela era um mulherão. Tão gostosa que era difícil de acreditar. Venha, benzinho, vamos lhe apresentar algumas pessoas. E uma vaca. "Um bando de babuínos", disse-lhe Eitan quando ela voltou chorando depois da primeira semana, "simplesmente um bando de babuínos." Ela ficou contente com a solidariedade dele, mas sabia também que ele reservava o epíteto aos brutamontes da patrulha, nunca aos amigos da 669, que contavam em meio a gargalhadas como tinham assediado a nova funcionária da unidade que era encarregada dos reservistas. Ele a apoiava, claro. Ouvia com atenção e admiração a história de todo caso que ela resolvia. Abria uma garrafa de vinho a cada promoção dela. Mas, desde que tinham se mudado para o sul, o brilho em seus olhos se embaçava cada vez mais. Já não gostava de ouvir como avançavam as suas investigações. Só para a história do eritreu ele tinha paciência, mas com uma inquietude que a surpreendia, como se não estivesse realmente ouvindo suas palavras, só procurando por trás delas algo não muito claro.

7

É difícil odiar tanto durante tanto tempo seguido. Duas pessoas trabalham por horas no mesmo lugar. Em volta, pessoas vêm e vão. Mas as duas sempre estão lá. Sempre no mesmo lugar. A noite lá fora às vezes nublada, às vezes clara, às vezes gelada, às vezes agradável. As horas se sucedem, os ferimentos se sucedem, e todo esse tempo as duas pessoas no mesmo lugar. E como chegam à garagem após um dia estafante, cada um exausto de seu turno, ficam cansados demais até mesmo para odiar. Não têm forças para olhares fuzilantes. Para um ostensivo desconhecimento recíproco. Nas primeiras noites, o ódio os aquecia. Mantinha os dois despertos. Mas lentamente os músculos do rancor se cansaram. Quanto é possível exigir deles seguidamente? De repente parecia ser muito lógico parar com aquilo, nem que por pouco tempo. Digamos, de uma hora decorrida no início do turno até uma hora antes de terminar. Chegavam à garagem cada um envolto em seu rancor, depois o despiam por algumas horas, e tornavam a se envolver nele antes de sair para o ar noturno. Nesse meio-tempo as horas eram silenciosas, estranhas. Não um calar estrondoso, mas certo silêncio de ação. Talvez até serenidade. Ela esteriliza, ele faz curativos, ele balbucia, ela traduz. E todo esse tempo, lá fora, a noite avança, amadurece. A escuridão fica cada vez mais escura, até que dela nasce outro azul, mais claro, do qual nasce o sol. Às vezes eles enviesam um olhar para fora. Um por vez. E às vezes os olhares se cruzam. Logo desviam os olhos, para que não lhes desperte o ódio. Você atropelou meu marido e fugiu, você rouba de mim minhas noites. E quando a noite passa do negro ao azul, essas palavras não têm qualquer sentido.

Por exemplo, o assobio. Sirkit assobia enquanto trabalha, e Eitan ouve. No início ouvia e detestava. Nada mais detestável que o assobio de alguém que se abomina. Detestava a melodia estranha, a música desconhecida, o modo como ela contraía os lábios. Parecia que o assobio não era senão uma clarinada de desprezo, cujo objetivo era: tirá-lo de sua tranquilidade. Mas o tempo passa. Duas pessoas no mesmo lugar, e lentamente o assobio começa a soar diferente. Ou talvez a chegar em orelhas diferentes. E Eitan começa a compreender que ela não assobia contra ele, ou para ele, nem mesmo para ela. Sirkit assobia como qualquer pessoa às vezes assobia enquanto trabalha — distraidamente. Esquecendo-se de si mesma.

E sem perceber ele começa a esperar pelo assobio. Numa das noites, quando a escuridão passava de negra a azul e os dois ainda trabalhavam em silêncio, ele se surpreendeu ao descobrir que esperava por algo. Por uma melodia estranha, desconhecida, que tempera o silêncio noturno. E se no início detestava a música, chega um momento em que ele a assobia para si mesmo, parado num sinal de trânsito na entrada de Beer Sheva. A melodia já está tão presente na ponta da língua que não é preciso qualquer esforço para produzi-la. Nem um mínimo de percepção consciente. O sinal passou de vermelho a verde e ele continuou a dirigir e continuou a assobiar, então chegou a mais um sinal e parou imediatamente quando percebeu o que estava assobiando. Ligou o rádio, encheu o jipe de notícias e de música pop, aumentou o volume. (Limpar o jipe dessa melodia. Expulsá-la. Como o assobio dela penetrou em sua garganta e grudou nele sem que percebesse?) Achou que tinha conseguido, mas algumas noites depois viu-se assobiando de novo. Dessa vez na garagem. Não soube por quanto

tempo assobiou até se dar conta. Parou subitamente, rezando para que ela não tivesse percebido.
Claro que percebeu. Ele viu isso nos olhos dela, que o fitaram com grande espanto, quase estupefação. Eitan viu os olhos dela mas não viu seu coração palpitando (de onde ele tirou o assobio de Assum, como é que esse homem assobia de repente a canção de seu marido?). Um instante ela é toda palpitação, um instante depois relaxa de súbito. Pois, se é assim, talvez esse assobio não pertença de todo a Assum. Talvez todo assobio pertença aos lábios que estão assobiando. A ideia é tão libertadora que por um momento ela quase sorri para ele, mas se controla. Seja como for, roubar assobio dos outros não é coisa para se orgulhar, mesmo se no fim for para o bem.
Naquela noite, Eitan continuou com seu trabalho e Sirkit com o dela. O constrangimento confiscou deles o assobio. Mas passaram-se três noites e a melodia voltou. Baixinho, anunciando a si mesma. Às vezes com ela, às vezes com ele. O assobio veio e fluiu entre eles sem que o mencionassem, sem que lhe dedicassem uma atenção que poderia extingui-lo. Não com um sorriso, não por proximidade. Simplesmente porque é difícil odiar tanto por tanto tempo seguido.

"Era o mar de Eilat. Ou da Grécia. A areia era como a do mar Vermelho, mas eu sabia que era da Grécia, por causa da cor. Quisemos chegar na água, mas a caminhada foi longa, e no meio foi preciso passar por uma espécie de mosteiro japonês, cor de laranja. Depois andamos na grama, e estranhei muito haver uma grama tão macia tão perto do mar, parecia trevo. E então você me acordou, antes de chegarmos."
Estavam deitados na cama, os corpos ainda pesados de sono, na cabeça de Liat uma abafada reclamação dele, por tê-la acordado. "No mosteiro havia um tipo de monge, escuro, um pouco parecido com um assistente social da Tailândia. Pensei

que não ia nos deixar passar, mas ele sorriu e disse que podíamos." Ela não sabia por que estava lhe contando o sonho com tanto empenho ou o que esse sonho queria dizer. De qualquer modo, era importante para ela contar. Como se aquela praia fosse uma coisa urgente como ela só, pegando fogo. Por isso era tão importante contar tudo assim que se acordava, palavra por palavra. Como se passa um líquido caro de um recipiente a outro, cuidando para não derramar uma única gota, ela lhe passava para dentro da orelha aquilo que preenchera seu sono. E mesmo assim algo se derramou, não estava claro como. De algum modo, no caminho dela para ele, algo se perdeu. Liat via isso nos olhos do marido, que a fitavam com concentração, mas não com compreensão verdadeira. E talvez seja ainda pior, porque Liat compreende que está acontecendo com ela também. Assim que acordou o sonho ainda era parte dela, uma certeza absoluta. Mas de minuto a minuto ambos vão se separando, o que parecia ser claro como o sol passa a ser parcial como a lua, pois o que significa isso, de o mar ser de Eilat e também da Grécia, e como poderia saber que era da Grécia por causa da cor? O que há de tão estranho numa grama macia perto da praia, e por que era tão urgente chegar na água?

  Cinco minutos após o despertar, o sonho e Liat já são estranhos um ao outro. Mas ela não desiste, pois aquela sensação tão clara em seu sono ainda recrudesce nela: um mar azul ao qual é urgente chegar. E eles bem próximos.

  Eitan passa a mão nos cabelos dela. "Talvez isso signifique que você precisa de férias." Ele sorri. Ela também sorri. Pode adivinhar como a conversa vai continuar: primeiro vão recordar um pouco as férias que passaram na praia, então começarão a planejar as próximas. Talvez nas grandes festas. Talvez na Tailândia. As palavras vão levá-los mais além e o sonho ficará para trás. Um homem desembarca de um navio e começa a andar, e alguns metros depois esquece o mar e esquece que o mar se liga ao oceano e esquece que o oceano circunda tudo. No continente há estradas e montanhas e às vezes rios, e o homem bebe dos rios e não se lembra do mar e não se lembra do sal e não lembra de que havia a possibilidade real de se afogar. Liat e Eitan continuam a falar e cada palavra é mais um passo em terra firme e toda palavra é um esquecimento da água.

    E talvez tenha de ser assim. Pois quando Liat põe diante deles o café expresso, dez minutos depois, a distância entre ela e seu homem já é muito pequena. Para isso ela conta a ele seus sonhos, toda manhã. Não para que os interprete. Para que saiba. E também lhe pergunta: Você sonhou? Com o quê? Como se o sonho fosse um adversário comum que é preciso vencer. Uma tentativa de separar um do outro. Pois mesmo que estejam deitados na cama e abraçados, de mãos dadas, as pernas se entrelaçando, ainda assim cada um dorme separado.

    Eles tomam o café e ela perscruta o rosto dele com o olhar. Um inventário, que ele não percebe que ela está fazendo, mas que acontece toda manhã. Para quem está acostumado a acordar todo dia na mesma casa, isso poderia parecer ridículo. Mas quem uma vez acordou em uma casa roubada (e não faz diferença se no meio da noite desapareceram as joias ou o pai), alguém assim sabe procurar qualquer sinal de mudança. Despertar tenso — o que aconteceu aqui em minha ausência? E Liat sabe: o sono é perigoso. Existe algo quase ofensivo na ideia de que durante sete horas no dia se é obrigado a se separar das pessoas que ama. Cada um segue seu caminho. Ninguém sabe de nada. Percebera aquilo ainda menina. Antes de seu pai ir morar com Ronit, já detestava a hora de ir dormir. Todas as canções de ninar, todas as carícias nos cabelos, todas as bonecas cobertas a seu lado conseguiam amenizar a humilhação do sono. Hoje ela adormece mais facilmente, mas ainda com uma obscura sensação de derrota.

    E então o despertar. Seu homem está deitado a seu lado na cama. Imediatamente cada um atualiza o outro — onde esteve e o que fez. E mesmo que ocorra a ela se deter um pouco mais no sonho, mesmo assim se dedica toda à conversa. Transmite a ele de boa vontade tudo o que achou no caminho, para que possam sair da cama do jeito que nela entraram: próximos um do outro. Conhecendo um ao outro. (Ela não lhe contava tudo, claro. Não todos os sonhos nem todos os detalhes. Mesmo quando limpava a casa nem sempre tinha forças para limpar o *mamad.** E tudo bem. Ela sabia o que havia dentro dele, aquilo não a assustava.) Não tinha medo de sonhos azuis. Nem dos dela nem dos de Eitan. Era como defecar no banheiro, com a porta fechada. Todos sabem o que você está fazendo, mesmo que não se fale nisso. (E era engraçado como, quando dormia na casa de colegas na infância, sempre tinha vergonha de ir urinar. De que as pessoas da casa, reunidas na sala, ouvissem aquele ruído constrangedor, que em banheiros desconhecidos soava mais estrondoso do que nunca. Quando a pressão em seu ventre sobrepunha-se a ela, entrava no banheiro e abria a torneira da pia, e o barulho que ela produzia era engolido pelo do fluir da água. O som da água correndo não escondia o ato de urinar: revelava-o a todos.)

    Com Eitan, já havia anos que não cuidava de trancar a porta do banheiro. Urinava na sua frente com liberdade total. Escondia dele partes de si mesma, e sabia que ele também escondia dela partes de si, e ainda assim não ficava preocupada. Para ela estava claro que havia coisas que ele não lhe contava. Tinha uma vaga ideia porque às vezes ele se trancava no banheiro. Ocasionalmente perguntava a si mesma se era com uma de suas amigas que ele fantasiava, ou com alguma mulher do trabalho. O pensamento de vez em quando lhe fazia cócegas, mas também havia nele algo que a tranquilizava. Ela era capaz de

---

* Quarto de segurança, reforçado e vedado, contra possível ataque, obrigatório por lei em toda residência de Israel.

olhar diretamente para os recônditos mais íntimos da vida a dois, de limpar a poeira nos mais escuros porões, sem ficar com medo. Mas nunca fora mais longe do que isso. Como um caixote no qual se prega um aviso de "frágil" devido ao chacoalhar que se ouve dentro dele sem nunca abri-lo, sem verificar o que tem lá dentro.

E às vezes o assobio era interrompido subitamente, digamos, quando um homem envergonhado punha diante dele um lençol cheio de fezes sanguinolentas e fedorentas, e só com muita dificuldade se continha para não vomitar. *Entamoeba histolytica*. Às vezes mochileiros voltavam com isso de suas excursões no exterior. Uma escolha errada quanto à água que se bebe e o intestino se transforma num viveiro de parasitas. Nos departamentos de internações clínicas já haviam se acostumado a ver aquilo, principalmente nas grandes festas, quando jovens de cabelos compridos decidiam interromper sua estada no Nepal para passar o Rosh Hashaná em casa, e dois dias depois chegavam à emergência acompanhados de um progenitor preocupado. Porém, mesmo então, as incidências não chegavam nem a um décimo do que se via ali. Parecia que um em cada dois pacientes era um portador. Bebiam a água infectada ainda na África, mas os parasitas percorriam todo o caminho até ali com eles, pequenos cistos que se agarravam ao intestino grosso e o esfarelavam lentamente.

Eitan olhava espantado para essas pessoas. Não eram as fezes que o preocupavam. Era o fato em si, o doente em sua própria essência. Ele chegava na garagem à noite após um dia inteiro trabalhando, olhava para eles e não compreendia. Como no passeio de escola no ensino fundamental, quando o guia erguera do solo uma simples pedra, e debaixo dela escancarara-se subitamente uma terra negra, ruim. Vermes, diarreias, uma vida escura e oculta. Uma vida lamosa, esfarelada, de cuja existência não tinha noção. O tempo todo estivera ali debaixo, e ele não sabia. O guia devolvera a pedra a seu lugar, e eles tinham seguido adiante. Mas a dúvida ficara, a cada pedra que ele via, ainda mais quando era branca e lisa. Agora Eitan olhava para a fila que serpenteava em frente à garagem. Olhava e não acreditava como durante aquele tempo todo aquilo estivera por baixo e ele não sabia. E por que, afinal, teria de saber, alguma vez na vida? Quando terminou de trabalhar lavou muito bem as mãos. Quase arrancou a pele de tanto esfregar. Atrás dele, ela esperava que terminasse. Quando ele liberou a pia, ela lavou as mãos. Ele pensou em lhe estender a toalha, mas desistiu.

Na volta ela caminhou em silêncio. A noite estava tão fria que até os cães tinham parado de latir. Por um longo momento só havia o ruído dos passos, depois o ronco de um caminhão que entrava no posto de combustível. Pouco depois de o caminhão entrar, entrou também seu cheiro. Um fedor pesado, absoluto, de uma tonelada e meia de esterco. Em vez de apressar os passos, ela parou para inalar. Lembrava daquele cheiro muito bem. Quando queimavam esterco para se aquecer à noite, o cheiro era exatamente aquele. Pesado, absoluto, envolvendo a aldeia como se fosse um cobertor. E por mais que odiasse esse cheiro, não conseguia agora se desligar dele. Parada atrás do posto, inalando mais e mais, com fervor, empurrando-o o mais que podia para dentro dos pulmões. Sua vaca maluca, não vai me dizer que tem saudades disso.

Mas o que fazer, se tinha saudades? Tinha saudades sem saber que tinha, pois nunca desejara tornar a sentir o fedor do esterco queimado. Mesmo assim, quando sentira o cheiro novamente, agarrara-se a ele com toda a força, recusando--se a largá-lo. Ainda que horrível, era o cheiro de suas noites. Quando o sentia, sabia que a noite tinha chegado, que tinha terminado o trabalho. Que finalmente seria possível sentar e olhar para o céu. Assum e ela iam para fora e se sentavam com os outros. Às vezes alguém cantava, outras vezes conversavam. Mas baixinho. As vozes da noite são diferentes das vozes do dia. Olhou em volta. Fora o cheiro, tudo era diferente. O ar tinha outro toque. Difícil explicar. Os ocasos eram diferentes. Algo no ângulo do sol em relação ao céu. Influenciava tudo, inclusive as cores. Quanto a isso tudo bem, pois fora o motivo pelo qual migrara, para que as coisas fossem diferentes. Mas também era terrível. Rostos sabores cheiros músicas que não ia mais encontrar. E mesmo se encontrasse algum eco (como agora, um caminhão parando num posto e de repente, se fecha os olhos, você está lá, lá mesmo) não seria a mesma coisa. Não poderia ser.

    Não se pode ter saudades do cheiro de esterco. Não se pode. Mas não está sob seu controle. Como os sonhos. Apesar de ela estar aqui, seus sonhos ainda estão lá, e às vezes lá e aqui também, e às vezes em outro lugar. Toda noite muitas pessoas se comprimem sobre o colchão junto à parede. Fazem coisas estranhas e dizem coisas estranhas, mas o mais estranho de tudo é sua própria presença ali, com ela, presença que na hora do sonho parece óbvia, mas logo depois passa a ser incrivelmente espantosa. Como chegaram ali, pois afinal não chegaram ali. Não conseguiram chegar. Não conseguiram atravessar desertos e terras e pessoas. Não conseguiram atravessar pessoas, principalmente. E ela conseguiu. Está aqui, mas as jornadas noturnas a estão esgotando. São eles que vêm a ela, mas não menos do que é ela quem vai até eles. Vai até eles e nem sempre tem certeza de que voltará a tempo. De manhã acorda cansada, ao meio-dia vai até o rio seco e senta-se na cadeira de Assum, que agora é sua cadeira. Um homem morto, e é como se não tivesse deixado nada, mas na verdade deixa para sua mulher uma cadeira e uma paisagem e um rio, e quando se pensa nisso não é pouco. Seus pés se enterram na areia, a areia está quente e lisa. O vento a trouxe até aqui e o vento a levará daqui, e tudo está perfeitamente bem, pois a areia não tem memória. A areia não sabe onde esteve ontem e não sabe onde estará amanhã. Se não fosse assim, se a areia se lembrasse de todos os lugares em que esteve, isso a deixaria tão pesada que nenhum vento seria capaz de carregá-la para lugar nenhum. Quando o caminhão segue seu caminho ela inala uma última vez, aspirando violentamente, furiosa consigo mesma por essa aderência tão ridícula. Como ousa ter saudades desse esterco, dessa aldeia? Não se pode ter saudades do cheiro de esterco, mas sem saudades o que existe realmente, pois se formos definidos pelo que temos, então nossa situação é muito ruim, mas se formos definidos pelo que perdemos, então você está no topo da lista. E se as saudades são como uma picada, uma lesão na pele, um parasita, então por que ela fica se coçando com esse fervor, com o cheiro do esterco e o cheiro da comida, o cheiro da terra e o cheiro de Assum? Ela apressa os passos. Entra no trailer e deita no colchão. Pare com isso. Pare. Mas eles continuam a vir, os cheiros e os sabores e as cores e os rostos. O pior de tudo é quando param de vir. Quando percebe de repente que já não se lembra do nome do menino que morava a três barracões de distância e tossia o tempo todo. Que não consegue recordar a músicas que os homens cantavam depois que todas as outras terminavam. Ela ficou deitada lembrando, depois ficou deitada sem lembrar, e lentamente sentiu que os sabores e as cores e os rostos abandonavam seu corpo, como a cada minuto em que está aqui algo de lá se apaga, evanesce. E ouviu as mulheres nos colchões a seu lado sussurrando que eis, finalmente, Sirkit chorando.

É difícil odiar tanto por tanto tempo seguido, mas também é difícil não odiar. Pois já é a terceira vez que ele se esgueira no depósito de remédios da Internação B. E começa a ficar perigoso. Enquanto enfiava rapidamente os remédios na mochila, Eitan lembrou-se do ritual do roubo de balas da mercearia, prova de macheza na quarta série. Distração. Penetração rápida. Fuga. Só que agora não tinha uma bala na mão, e sim antibióticos, e o preço a pagar por um erro não seria fazer uma limpeza no Subaru do dono da mercearia. Na tentativa de armar seu caminho para os ambicionados medicamentos, ele renovou sua ligação com um rapaz da época de escola, um internista, um homem magro que ia ficando calvo e parecia surpreso que Eitan lembrasse seu nome. Eitan não lembrava. Ele o encontrou na lista de médicos, viu qual era seu ano de nascimento e onde tinha estudado, então esperou que tivessem se encontrado na Universidade de Tel Aviv. Quando o localizou junto a uma das camas descobriu que de fato tinham se visto — o homem disse imediatamente: "Você era o cara do Zakai" —, e o caminho de lá para um almoço foi curto. Nos dias seguintes Eitan tratou de ir visitar seu colega sempre que tinha oportunidade, até que seu rosto ficou conhecido no departamento. Os enfermeiros já não se perguntavam o que um neurocirurgião estava fazendo no departamento de medicina interna. Ele ainda precisava aprender como fazer com que a porta trancada do depósito de remédios se abrisse. Começou a contar a seu novo amigo sobre as farmácias abundantes de remédios nos hospitais no centro do país. A careca do outro ficava vermelha de raiva. "Vocês se afogam em remédios, e nós temos uma carência permanente", disse. "Venha, vou lhe mostrar como é o depósito de remédios de um internista no Soroka."

    Eitan foi atrás dele, contornando as camas de doentes que bloqueavam o corredor, uma pista de obstáculos, gemidos e suspiros. Por fim o internista deteve-se diante de uma porta trancada, tirou do bolso seu cartão magnético e o passou num movimento rápido. Abre-te Sésamo. "Aí está, olhe o que temos aqui. Nada, simplesmente nada." Eitan passou em revista as prateleiras com remédios e pensou: Você não tem ideia do que é nada. Nada é o que tem na garagem junto a Telalim, a vinte minutos de viagem daqui. E logo afastou a imagem da garagem escura. Não quis pensar neles, nas pessoas que lhe roubaram suas noites. Acima de tudo, não quis pensar *nela*. Por isso tornou a se dirigir ao internista e ouviu suas reclamações com interesse, aproveitando um momento em que ele lhe virou as costas para surrupiar tudo o que pôde.

Mas não foi suficiente. Algumas noites depois o estoque estava de novo vazio. Quando seguia no jipe pela estrada de terra na escuridão, ele tinha de tomar cuidado para não atingir os vultos escuros que se dirigiam à garagem. Eritreus. Sudaneses. Corpos magros, quase esqueléticos. Desmontando-se de tanto desgaste. Fragmentos do esforço de uma caminhada de centenas de quilômetros. Exaustão. Desidratação. Insolação. Ele não falava uma palavra. O que poderia dizer? Apenas exigia de Sirkit que separasse os doentes à espera. "Não preciso que comece aqui uma epidemia de tuberculose."

Era só uma questão de tempo para chegarem. E quando uma eritreia constrangida tirou a blusa e revelou as costas cobertas com sarcoma de Kaposi, ele sentiu-se como alguém que tinha recebido uma carta esperada fazia muito tempo. Não havia razão alguma para abrir o envelope, sabia o que tinha dentro: os feios tumores nas costas da jovem não deixavam lugar para dúvidas. Entre todas as doenças repugnantes, a aids era pelo menos educada o bastante para avisar quando irrompia. As lesões nas costas da jovem eram uma declaração clara, com dezenas de cópias: estou aqui. Mesmo assim, pediu que abrisse a boca e viu — como sabia que veria — lesões cobrindo a língua e a garganta, continuando para baixo até onde o olhar alcançava. Ainda não tinha como saber se a metástase tinha chegado ao sistema digestório e aos pulmões, mas naquele estágio não fazia muita diferença. Fez um sinal à jovem de que já podia vestir a blusa e disse que ela tinha de ir imediatamente para um hospital. Mas a jovem continuou ali de pé. Também o homem que viera com ela. Eitan nem precisou examiná-lo para saber. As lesões cobriam seu rosto. Continuaram ali de pé mesmo quando disse repetidas vezes, em inglês: *Hospital*. A expressão de recusa em seus rostos não precisava de tradução. A pele coberta de lesões. Dificuldade em respirar. As pernas mal os sustentavam. E apesar de tudo sua liberdade não estava posta em dúvida. Ainda podiam ficar sob as estrelas e a lua, por sua própria vontade se sentavam e por sua própria vontade se levantavam. Se fossem agora para um hospital, talvez lhe tirassem a liberdade também. Mas não obrigatoriamente, disse-lhes Eitan. Havia casos em que os enfermos acabavam presos, mas na maioria das vezes o tratamento era feito sem problemas. Afinal, era de interesse nacional.

    O homem e a mulher ficaram calados. Talvez tivessem compreendido as palavras traduzidas por Sirkit. Talvez não. De qualquer modo, ficaram onde estavam. Ainda com o homem e a mulher ali de pé, Sirkit falou num tom de voz inexpressivo. Eitan não compreendeu o que ela disse, mas percebeu a entrada de dois homens que até então esperavam do lado de fora. Malgrado a grave infecção intestinal que tinham contraído, ainda eram mais musculosos e robustos do que todos os outros. Agora estavam diante do homem e da mulher, examinando-os com olhos opacos.

    Sirkit falava com o homem e a mulher, e em sua voz havia de repente uma ternura que Eitan não sabia que existia nela. (Ele a tinha ouvido sendo autoritária e dando ordens. Organizando com muita objetividade a entrada dos enfermos. Nunca tinha ouvido aquele tom. E por um momento pensou se haveria mais nuances naquela garganta, mais diapasões que nem sequer adivinhava. Como era, por exemplo, quando ela cantava, se é que cantava. Então tratou rapidamente de cortar com raiva o pensamento, pois que diferença fazia se ela cantava ou não?) O homem respondeu. Sirkit esperou um pouco e continuou a falar. Os sons saíam de sua boca com tanta delicadeza que Eitan mal conseguia ouvir as palavras que estavam sendo ditas, embora soubesse muito bem o que significavam. O homem e a mulher permaneceram onde estavam. Os cílios da mulher pestanejavam tão rápido a ponto de Eitan pensar que se fossem asas ela já estaria flutuando no ar, pestanejando em direção à lua. Mas então divisou, através do pestanejar, as lágrimas que escorriam dos olhos da mulher negra e a puxavam para baixo, lágrimas grandes e pesadas. Daquela maneira nunca ia conseguir voar. Sirkit não olhava nos olhos dela. Nem nos do homem. Seu olhar estava cravado na parede de zinco da garagem.

Vão.

O homem e a mulher continuaram ali parados. Os dois eritreus avançaram um passo. Em seu olhar não havia a menor agressividade. Coisas seriam feitas se precisassem ser feitas. Era um fato consumado. Não era preciso mais do que aquilo. O homem e a mulher se dirigiram à saída.

E havia mais. Sempre há mais. O estoque de remédios foi acabando, e mais uma vez Eitan pensou em como chegar no depósito de remédios do departamento de medicina interna. Na hora do almoço, aproveitou o maravilhoso caos de copos e guardanapos e bandejas de plástico e trocou seu cartão magnético pelo do internista. Quando se despediram, disse que voltaria ao trabalho, mas na verdade esperou até ver o amigo sair do departamento dele e se encaminhar para o de neurocirurgia, com o cartão que teria de trocar na mão. Seguiu então apressadamente para a Internação B, calculando quanto tempo levaria para o amigo chegar ao departamento de neurocirurgia e descobrir que o dr. Green ainda não voltara do almoço, então voltar para a medicina interna. Se deparasse com o internista no corredor do departamento, a troca não despertaria qualquer suspeita, uma pequena confusão, nada mais. Mas se o internista o visse usando o cartão trocado para entrar no depósito dos remédios, as coisas iam se complicar muito.

Agiu com uma rapidez que surpreendeu a ele mesmo. Em poucos minutos sua mochila já estava cheia de tesouros da medicina ocidental. Ciprofloxacina para doenças intestinais. Mebendazol para vermes intestinais. Salbutamol para problemas respiratórios após semanas serrando metal e pintando paredes. Cloranfenicol para feridas inflamadas e infeccionadas. Cefalexina para infecções na bexiga. Etopan para dores nas articulações e fraturas por estresse. Isoniazida, rifampicina, pirazinamida e Etambutol para a guerra previamente conhecida contra a tuberculose, cada vez mais frequente. Aquelas doenças o entediavam, motivo pelo qual optara por ser neurocirurgião. Por que se bastar com a monotonia do sistema quando podia entrar na própria sala de controle, no centro de comando? Como tinha saudades da estética das células cerebrais, dos axônios brancos como que vestidos de bailarina. Tanta precisão. Tanta limpeza. Tão diferente das infecções, do pus e das úlceras com que deparava toda noite na garagem. Ele arrumou o lugar rapidamente para parecer que não faltava nada e abriu uma fresta da porta. Quando viu que não havia ninguém no corredor a não ser enfermos com olhos turvos em seus leitos, esgueirou-se para fora. Junto à entrada do departamento encontrou o internista, trocou os cartões e se desculpou pela confusão.

Na terceira vez jurou que seria a última. Na saída encontrou a enfermeira-chefe e o olhar dela não o agradou. Duas horas antes, num intervalo para um café, o internista lhe contara que havia uma suspeita de roubo de remédios no departamento.

Ou havia um engano nos registros ou algum dos enfermeiros estava tentando ganhar dinheiro por fora. Eitan ouviu atentamente e disse que devia ser erro de registro, que acontecia o tempo todo, por que alguém ia arriscar assim seu emprego? O internista deu de ombros e comentou que as pessoas faziam todo tipo de coisa estranha quando não tinham alternativa.

Naquela noite Eitan chegou na garagem nervoso, furioso e, sobretudo, atrasado. Um banho prolongado em Iheli, uma longa e tempestuosa discussão sobre piratas junto à cama de Itamar, uma xícara de café tomada lentamente no sofá da sala. Não tinha resolvido que ia se atrasar naquela noite, mas algo dentro dele sem dúvida tinha se revoltado contra a necessidade de chegar na hora. Já eram quase onze quando Liat desviou o olhar da televisão e perguntou: "Você não tem plantão hoje?". E ele, em vez de se levantar apressado, passou a mão no cabelo dela e disse em tom tranquilo: "E daí? Que esperem um pouco".

Mas a tranquilidade foi se desvanecendo à medida que se aproximava da garagem. Já imaginava os olhos de Sirkit fixados nele num olhar gelado e penetrante. Calculou quantos doentes já teriam se juntado do lado de fora da porta de zinco, esperando sua chegada. Quando saiu da estrada principal para o caminho de terra compreendeu de repente que o que pressionava suas têmporas era a culpa pelo atraso, e a compreensão só o deixou ainda mais furioso quando bateu a porta do jipe e anunciou: "Cheguei". Esperava que Sirkit e os doentes fossem a seu encontro, eles com esperança, ela com raiva. Mas a garagem continuou silenciosa como antes. Ninguém se apressou a ir a seu encontro.

Por um momento lampejou nele a esperança de que tivessem sido todos presos. Uma única operação da Polícia de Imigração e ele seria um homem livre. Todo dia imaginava um telefonema anônimo. Mas sabia muito bem que com a polícia viria a investigação, e com a investigação viria a revelação. Seria tolice supor que Sirkit guardaria seu segredo. Ele apressou o passo em direção à garagem. Aquele silêncio o preocupava.

A primeira coisa que divisou foi Sirkit, seu cabelo negro preso na nuca num coque espesso, uma serpente enrolada e adormecida. Depois de ter passado todo o percurso pensando no olhar de reprovação dela, Eitan ficou surpreso ao descobrir que nem sequer olhava para ele. Um instante depois, quando seus olhos se acostumaram com a iluminação da garagem, compreendeu por quê — sobre a mesa de ferro enferrujada estava estirado um jovem com um olhar enevoado. Toda a atenção de Sirkit estava na mão esquerda dele. Ela a suturava em movimentos rápidos. Seguros.

"O que está fazendo?" A voz de Eitan tremia de espanto.

Ela respondeu que ele chegara bem na hora, pois não tinha certeza de que sabia como fechar aquilo.

"Você enlouqueceu totalmente. Este trabalho só um médico é capaz de fazer."

Não havia um médico aqui.

Ela lhe fixou um par de olhos serenos enquanto ele lavava as mãos. Quando se aproximou da mesa Eitan teve de reconhecer que ela tinha feito um bom trabalho. Até mesmo espantoso.

"Onde aprendeu a fazer isso?"

Ela lhe contou que na Eritreia começara a costurar no momento em que se tornara capaz de segurar uma agulha. Afinal, uma blusa de linho não é tão diferente da pele de alguém. Contou-lhe da delegação de ajuda médica que chegara à sua aldeia, de como ia sempre atrás e observava, e de como uma médica a tinha notado e lhe explicado algumas coisas. Contou-lhe que já havia três semanas ela olhava com atenção para tudo o que ele fazia ali e tentava guardar. Eitan, em vez de perceber que pela primeira vez ela não lhe falava em frases com uma sílaba apenas, olhava eletrizado para seu rosto iluminado. A mulher à sua frente estava radiante.

Ele conhecia aquela radiação. Da primeira vez que suturara um doente, com o coração palpitante e dedos trêmulos. Da primeira vez que serrara a calota do crânio de um paciente. Os olhos de Sirkit continuavam serenos, mas o despertar de seu rosto não deixava margem para dúvidas. Ela é como eu, ele pensou, é como eu era quando comecei.

Sirkit afastou-se para um lado, abrindo espaço para ele. "Não", ele disse, "termine o que começou." Um leve sorriso aflorou nos lábios dela, demorou-se um instante e desapareceu. Eitan orientou seus movimentos em voz baixa. Depois de incontáveis horas trabalhando em paralelo, a descoberta das aptidões dela lhe despertou uma enorme admiração, quase constrangedora. Pois nem por um momento acreditara que ela fosse capaz. Não lhe ocorrera que com um treinamento adequado aquela mulher seria capaz de fazer exatamente o que ele fazia. Com os diabos, a garota aprendera a suturar observando os outros, seguindo instruções orais de uma enfermaria de campo.

Ela foi até a prateleira dos remédios para pegar mais antisséptico, e Eitan lhe dirigiu outro olhar. (Talvez não fosse sua aptidão que de repente o aproximava dela, mas a descoberta de que os dois compartilhavam a mesma paixão. O mesmo encantamento com a possibilidade de ver as pessoas por dentro.)

Por um longo tempo trabalharam em silêncio. Suturaram, limparam, desinfetaram, lavaram as mãos, arrumaram os novos remédios nas prateleiras da garagem. Sirkit pegou um e perguntou o que era ciprofloxacina, então Eitan lhe explicou, e quando ela perguntou mais, explicou e ampliou a explicação, descreveu as diferentes bactérias que atacam os intestinos e a maneira como agem os antibióticos, citou novas pesquisas e atacou conceitos antigos. Nunca percebera como gostava de ensinar. Identificou nela a mesma curiosidade que havia em si mesmo, a mesma demanda ávida e às vezes atrevida por conhecimento. Naquela noite, Eitan conversou com Sirkit durante horas. Os doentes chegavam e iam embora. Dores se revezavam. Remédios eram distribuídos. Quando terminou de entalar a perna de uma jovem, virou-se e deparou com uma xícara de chá que lhe era estendida.

Preparei pra gente.

Ele recebeu a xícara da mão dela e agradeceu. Por um instante ficaram ali constrangidos, então Sirkit dirigiu-se à porta de zinco. A noite no deserto estava acabando, e o chá na boca de Eitan era quente e doce. A seu lado, silenciosa como uma estátua de mármore, estava a mulher, bebericando seu chá. Protegido pela escuridão, ele observou o rosto dela. O nariz reto, simples. As sobrancelhas em arco. A curvatura dos lábios. Sabia que era bonita, e sabia que se a visse na rua não lhe lançaria um só olhar.

A roupa lavada sai da secadora morna e cheirosa. Liat a coloca numa bacia grande de plástico e vai para a sala. É tarde, e no rádio está tocando um jazz tranquilo instrumental, como ela gosta. De vez em quando a música é interrompida e o locutor transmite notícias. Sua voz é serena e clara, e ele fala as palavras como se declamasse poesia. Ela cantarola consigo mesma o último trecho da música e se senta no sofá. Separa as roupas em quatro montinhos — este é de Eitan, este é seu; aqui o de Iheli, ali o de Itamar. Dobra-as em movimentos seguros, rápidos. Conhece cada calça, cada cueca e cada meia. O cheiro de roupa lavada é morno e doce, e em cada blusa reside uma certeza. A vida deles está estendida à sua frente para que a dobre, e ela se encontra nela até o último detalhe. A mancha na calça de Iheli, do bolo de aniversário servido na escola. A blusa rasgada que Itamar se recusa a jogar fora porque tem um elefante estampado. Até mesmo as meias deles — pretas, simples —ela sabe identificar em qualquer ordem. Foram muitas as vezes em que repartira assim sua vida no meio da noite, empilhando no sofá quatro torres de roupas dobradas. Eitan, Iheli, Itamar, ela. E apesar de estar separando as roupas, classificando-as, está claro para ela que aquele seu trabalho é um trabalho de juntar. As torres de roupas que se amontoam no sofá são o contrário absoluto da torre de Babel. Uma só língua, territorial, sem a aspiração de chegar ao céu. Bastam uma sala, um sofá, o cheiro delicado de sabão. Por exemplo, as camisas de Eitan. Abotoadas, arrumadas. Só ela sabe como a etiqueta no colarinho o deixa louco. Como ele tem de retirá-la no instante em que voltam da loja. Esse detalhe não é de especial importância, mas de algum modo transforma as camisas de Eitan em camisas dela. Uma propriedade silenciosa, não falada, dividida entre o homem que veste a camisa e a mulher que a dobra. E quando eles vão a algum lugar público, como o centro comercial. Expostos aos olhares de todos. Falando coisas nas quais não há ternura, nas quais não há expectativas, digamos uma lista de compras dividida entre eles, você vai ao Kravitz e eu vou ao mercado, é mais eficiente. Ela então ainda é a única a saber que aquele homem, o médico impressionante de camisa abotoada, não tem uma etiqueta lhe roçando a nuca, pois lhe provoca uma erupção cutânea. Em meio aos montes de detalhes do cotidiano, aquela informação tem sua própria graça, que é e muita, mesmo que nem sempre seja perceptível.

 Ela não era uma pessoa religiosa, de forma alguma. Mas tinha seus próprios rituais. O culto minucioso da casa. Os filés de frango são embebidos na marinada, senão não têm gosto. Roupa lavada tem de ser dobrada assim que a secadora termina o serviço, para que não tenha tempo de enrugar. O leite com achocolatado é bem mexido, para dissolver bem. Eles contam os sonhos um para o outro. Perguntam como foi na escola, no trabalho. Regam o jardim. Limpam o pó onde o aspirador não chega. Trabalham duro. Viajam para o exterior. Mantêm um balanço equilibrado de culpas e desejos, uma economia da alma em que não há tempestades nem saques supérfluos. Do outro lado da porta da casa fica um país maluco. Não só os árabes, ou os colonos nos territórios ocupados, ou os soldados. Também o menino russo que apunhalou o colega na entrada do colégio. Também as garotas que ela ouviu no banheiro do centro comercial apostando quem seria a primeira a vomitar o almoço. Um segurança etíope atirou nos clientes e disse depois que tinha ouvido vozes. Um trabalhador estrangeiro estuprou a velhinha da qual deveria cuidar. Na rodovia Agra, sujeita a pedágio, ela dirige a cento e dez quilômetros por hora, olha para os carros que passam e não sabe exatamente o que ela divide com aquelas pessoas a não ser a pista em que se movimentam. Em época de guerra o sentimento é outro. Quando a sirene anuncia os mísseis, todos saem do carro e correm para uma zona de proteção, e nessa hora realmente faz diferença o que as pessoas em volta estão sentindo, e quando acaba você diz *estamos* bem, e não *estou* bem. Mas no restante do tempo só havia a casa. Paredes brancas e parquê imitando nogueira. E nessa casa ela administra sua vida com atenção total. Com uma santificação constante. Mesmo que nem tudo esteja limpo, mesmo que nem tudo esteja arrumado, tudo está em seu lugar. O locutor parou de falar e uma clarineta começou a tocar. Liat alisou as bordas do agasalho de Iheli e tentou se lembrar do que tinham dito sobre o tempo. Não conseguiu, então se tranquilizou pensando que na verdade não fazia diferença. De qualquer maneira a casa estava aquecida.

Muito tempo depois de ele sair da garagem Sirkit ainda sentia seu olhar nela. Os homens são capazes de pôr os olhos em você como põem uma coleira no pescoço de um cão. Não é preciso puxar, basta que o cão saiba que a coleira está lá e já vai se comportar bem. Homens também podem simplesmente não olhar para você. Como um besouro num canto da sala que mesmo que percebam não há motivo para falar a respeito. No máximo virá-lo de costas e ver se consegue se desvirar. Até os catorze anos ela era como esse besouro. Os homens a viam sem vê-la. Esqueciam-se dela um instante após ter passado por eles. Às vezes ainda enquanto estava passando. Quando cresceu, olhavam-na de outra maneira. Já não se esqueciam dela. Acompanhavam-na com o olhar quando se afastava, observando as nádegas redondas e cheias se desenhando sob as dobras do vestido. Eles a fitavam quando se aproximava e fantasiavam com ela quando se afastava, mas de maneira alguma a viam. Apenas a carregavam com seu desejo, como se amarram botijas de água ao dorso de um burro.

    Ela saiu da garagem em direção ao trailer e pensou em Assum e em como ele olhava para ela. Como olhou da primeira vez, quando ela entrou com os caixotes naquele barracão. No início ela pensou que era o calor do fogo que queimava seu rosto e fazia cócegas em seus olhos. Mas não era. Soube daquilo porque naquela noite ficou no barracão por muito mais tempo, esperou que sua mãe acabasse finalmente de falar com os donos, e enquanto isso o fogo apagou mas o calor no rosto dela permaneceu. Assum estava ali, e a fritava com o olhar, a tostava dos dois lados. Mesmo agora, quando caminha sozinha, totalmente só a não ser pelos latidos longínquos dos cães, ainda pode sentir de repente o olhar dele. Como se alguém lhe acendesse um fósforo por baixo da blusa. E o engraçado é que ela sente o olhar dele sobre ela apesar de Assum não estar mais aqui para olhar, como se o olhar de uma pessoa, como seu assobio, pudesse continuar ali quando a pessoa já não está.

    Enquanto limpava as mesas no restaurante de Davidson, voltava a ser um besouro. Às vezes os clientes continuavam a conversar quando ela se curvava sobre eles e retirava os pratos, às vezes se calavam. Mas nunca olhavam para ela, nem sorrindo nem reclamando. Só as crianças, as mais jovens, às vezes faziam contato visual. Olhos curiosos ou amedrontados, risonhos ou lacrimosos. E ela até que queria olhar para elas, mas logo desviava o olhar. Pois não sabia se era permitido. Quando chegou naquela vez na casa de Eitan, a rua fervilhava de pais e filhos. Era manhã. As portas se abriam uma após a outra. Pessoas entravam em seus carros e levavam os filhos para a escola ou iam para o trabalho. Sirkit olhava para eles com medo de que sua presença ali se destacasse demais. Logo compreendeu que estava equivocada. Ninguém a percebeu. Como então, na estação rodoviária de Tel Aviv, quando seu olhar cruzou com o do jornaleiro. Ele era um israelense de cabelo cinzento, num macacão vermelho com um logotipo estampado. Ela varria as escadas e ele distribuía jornais entre as pessoas que subiam e desciam os degraus. À sua volta, muitas pernas apressadas. Em saias, sandálias, roupas militares, sapatos de salto alto. Ela varria e ele distribuía, e em certo momento seus olhares se encontraram. Seria de esperar que sorrissem um para o outro, mas aquele homem não tinha pupilas. Seus olhos eram duas manchas escuras dentro das quais se refletiam degraus. E as pernas subindo e descendo, subindo e descendo. Ela desviou o olhar. Chocada. Não precisava de um espelho para saber que seus olhos eram como os dele. Sem pupilas. Duas manchas escuras e degraus.

    E exatamente por isso o olhar do médico a deixa assim agitada, fica com ela muito tempo depois de ele ter ido embora, quando sai da garagem sozinha e caminha em direção ao trailer. Quando ele a olha, ela não é nem besouro nem cão nem burro. Não é a eritreia que faz a limpeza na estação rodoviária nem a que lava os pratos no entroncamento de Telalim. É outra coisa. Não porque ele quisesse ver nela outra coisa, mas porque ela tinha o poder de obrigá-lo a isso.

    (Mas será que ele a vê? No início havia aquilo de que ele estava fugindo. De que era culpado. Agora, quando a olhava, ela era por um instante a coisa que ele queria. Sempre a coisa. Nunca Sirkit.) E de algum modo ela não tem dúvida de que,

mesmo que ele pense nela lá, na casa em Omer, mesmo que a leve com ele depois que sai da garagem, pensa nela por fora. Imagina-a limpando, sofrendo. Não lhe vem à mente que atrás do posto há uma cadeira de plástico diante de um rio seco, e que ela se senta nela, enfia os pés na areia agradável e quente, e assobia o assobio de Assum. O assobio que retornou a ela uma noite, depois que já desistira dele.
 Sirkit abriu a porta do trailer e desabou no colchão. Exausta. Na penumbra do sono, o médico veio sobre ela. Se estivesse mais desperta, ela expulsaria imediatamente a visão, que não tinha sentido nem propósito. Mas estava cansada demais para fazê-lo, cansada demais para domar sua vontade, e talvez fosse até bom. Pois quando se permitiu desejá-lo daquela maneira, deitada num colchão nos arredores do posto, estava declarando, sem saber — para ele e para ela —, que sim. É-lhe permitido desejar.

Só de madrugada chega a culpa. Por que ele? Entre todas as pessoas possíveis. Não compreendeu que era exatamente por isso. Propositalmente. Que seu primeiro desejo fosse desafiador. Desavergonhado. Pois se era culpada de algo, não era pelo desejo, e sim por tudo o que não desejara antes. Culpada por todas as coisas que não ousara fazer. E, de fato, não há razão para ousadias, precisa estar no restaurante dentro de dez minutos. Mas desejar é permitido. Pelo menos desejar.
 (Mas se elas soubessem, as pessoas nos colchões a seu lado. Se adivinhassem as coisas que acontecem debaixo de seu cobertor. O que existe lá quando ela dorme. Diriam que devia se envergonhar. Ou seria banida. Não sabem que o banimento que ela mesma se impôs é inverso. Eles a banem pelo desejo, ela se bane pela ausência dele. Excomunga a outra, a Sirkit anterior, que permitiu que o mundo a tratasse assim por tanto tempo. Sabe que é muito culpada, tem uma culpa sem fim, pois quem ficou foi ela. Toda a vida ela ficou.)

8

No dia seguinte ela de repente lhe aparece quando ele está no chuveiro. Num instante ele está lavando a cabeça e no seguinte tem uma ereção gigantesca, de colegial, pensando nela. Talvez isso devesse alegrá-lo. Fazê-lo se sentir forte e másculo, uma dessas pessoas que mesmo depois de um mês sem dormir ainda são capazes de pensar em sexo. Mas de algum modo isso até o entristece, constrange, pois lhe chegam da sala os sons de *A marcha dos pinguins*. E de Liat, que lava a louça e grita para Iheli que abaixe o volume. Ele fica ouvindo os ruídos lá fora, entra xampu em seus olhos, e seu pênis grita por Sirkit. Isso o constrange, até mesmo o estressa. Que história é essa de se infiltrar aqui esse desejo por ela? Esgueirando-se pela janela do banheiro, silenciosamente, sem que ninguém perceba. Esvaziando a casa enquanto Liat está na cozinha e as crianças em frente à tevê. Disse a si mesmo que era só uma fantasia, e que a fantasia era o único lugar no qual homens casados ainda podem fazer o que quiserem. Mas isso não o tranquilizou. Pelo contrário. A ideia de que ele fora capaz de fantasiar com ela, mais do que isso, que *fora compelido*, quase contra a vontade, a fantasiar com ela... essa ideia o deixou fora de si.

E ela nem era tão bonita. Claro, tinha aquela maravilhosa estatura. Os olhos enormes. Um corpo perfeito que só com muita dificuldade ele conseguia ignorar. Mas, que diabo, ele já viu peitos mais impressionantes. Conhece mulheres mais bonitas. Está casado com uma delas. (Mesmo assim, há algo naqueles olhos de esfinge. Na sensação de que se apenas estender a mão e tocar no ombro dela vai mergulhar no veludo de sua pele.)

Enxaguou o xampu e lembrou a si mesmo que o mundo está cheio de mulheres com pele de veludo e olhos enigmáticos. Qualidades como essas merecem certamente ser admiradas, mas não há por que exagerar seu valor. Só que seu pênis não se deixou convencer. Permaneceu erguido em postura de exigência. Eitan se recusou a se render. Geralmente não tinha nenhum problema em se masturbar no chuveiro. Acontecia pelo menos uma vez por semana, e fora um vago sentimento de culpa, resquício da adolescência, ele não via nisso nada condenável. Mas hoje aquela exigência de seu corpo era algo que o humilhava. Ultrajava. Como se não fosse a seu corpo que ele se submetia, mas a ela. E a ela já se submetera o bastante.

E não lhe ocorreu que era exatamente a submissão que o excitava. Que o veludo da pele dela não era nada comparado à sensação viciante de ser dominado por outra pessoa. Única testemunha, oculta, de todas as coisas das quais ele não fala: sua covardia, seu desamparo. Eitan a odiava por isso, fazia tudo que podia para se livrar dela por causa disso, e ao mesmo tempo, contra sua vontade, ela era a única que o conhecia tal como ele era.

A água escorria em rios e mais rios por seu corpo, enquanto Eitan ficava debaixo do chuveiro e pensava nela. Então fechou a torneira e estendeu a mão para a toalha.

(Talvez seja este o lugar de parar e perguntar o que na verdade Eitan Green sabe sobre Eitan Green. O que sabe sobre si mesmo. Faz quarenta e um anos que ele caminha nesse corpo, pensando que o conhece. E num instante compreende que tudo o que sabia não era suficiente, talvez nem mesmo correto. Pois eis que acabou fazendo o que nunca na vida poderia adivinhar que faria. Poderia fazer um retrospecto e procurar por sinais prévios. Mas concluiu seus estudos como um dos melhores alunos, serviu no Exército numa unidade de elite. Cometeu pecados, mas eles eram cuidadosamente embalados, medidos, como um prato que engorda no cardápio de um restaurante, no qual se informa seu valor calórico e o percentual de gordura. Tudo era contado, tudo entrava no balanço final. E de repente lhe vem isso de lugar nenhum. E todos os conhecimentos permanecem em vigor, menos o conhecimento dele mesmo. Uma noite atropelou alguém à beira da estrada e desde então está fugindo. Foge do eritreu à beira da estrada e depara com a eritreia na porta de sua casa. Pois naquela fuga encontra quem escapara dele, encontra Eitan Green com sua orfandade, sua raiva, sua possessão, ausente do conhecimento de si mesmo e pleno do conhecimento de sua ausência. E então, somente então, começa a surgir nele o desejo.)

Eitan sai do banheiro e Liat entra. Limpa o espelho do vapor do banho dele. Lembra a si mesma de que precisa comprar xampu anticaspa, pois este já vai acabar. Escova os dentes com a pasta recomendada pelos médicos. Cospe na pia água, saliva e espuma, e divisa entre eles a turbidez do sangue. Sua gengiva está novamente lhe causando problemas, teria de ir ao periodontista. Escancara a boca e a examina no espelho, mas não demais. Liat sabe: quando se olha alguma coisa por muito tempo seguido, tudo começa a parecer estranho. Até mesmo seu rosto no espelho. Quando era menina passava horas no banheiro examinando as feições. Tentando decidir o que era da mãe e o que era do pai, mas nem sempre conseguia. Preferia tomar dele o menos possível, mas era obrigada a convir que o queixo era do pai. E as covinhas. De repente um homem se levanta de manhã e vai viver com sua Ronit, e te deixa com duas covinhas e um queixo afilado. Toda vez que você sorri, percebe o olhar de sua mãe procurando as covinhas e se pergunta se ela está pensando nele. Durante longas horas diante do espelho tentava tirar as covinhas da bochecha, e o resultado não era exatamente um sucesso. Também tentava tomar uma decisão definitiva quanto às sobrancelhas — as dele e as dela. E sempre, quando olhava muito por um longo tempo seguido, chegava aquela etapa em que o rosto à sua frente se transformava em outro. Não um reflexo, mas um processo de transformação em outra pessoa. Os mesmos olhos, o mesmo nariz, o mesmo queixo, a mesma testa. Apesar disso, outra menina. Também os olhos já não era tão certo que fossem olhos. E o nariz e o queixo começavam a se desfazer. Formas sem significado. Bastava um instante de concentração para a sensação desaparecer, e ela voltar a ser Liat diante de um espelho, nada mais. Só que às vezes ela postergava o instante propositalmente, e examinava, admirada, o conjunto de formas estranhas que na verdade era seu rosto. Como naquele jogo em que se diz repetidas vezes a mesma palavra até que ela se dissolve na língua. O final se junta ao início que se junta ao final. Por exemplo: casacasacasacasaca... até ser impossível saber onde começa a casa e onde termina a casaca, e até o som conhecido da palavra soar de repente estranho, alienígena. As palavras se desfazem em sílabas e as sílabas em sons, e onde os sons se desfazem existem apenas águas profundas, mil correntes de azul que a luz não atravessa. Se olharmos bastante por muito tempo, tudo começa a ficar estranho. Suas palavras. Seu rosto. Seu homem. Por isso é muito importante saber parar. Sair do espelho do banheiro um momento antes de a coisa ficar realmente assustadora. Escovar os dentes e ir dormir, num quarto cuja luz você não precisa acender para achar o caminho. Porque tudo está em seu lugar.

9

O gosto do chá que ela lhe serviu ainda estava em sua boca quando seguia para a garagem, três dias depois. Quente, doce, conciliatório. Quando saiu do jipe ela foi recebê-lo, e ele a cumprimentou com o mesmo "boa noite" com que costumava cumprimentar os enfermeiros no início de seu turno. Um cumprimento um tanto relutante, nenhum médico gosta de começar um plantão noturno exaustivo, e, mesmo assim, um cumprimento, pois obviamente a culpa pelo plantão não é dos enfermeiros, afinal de contas é uma obrigação a ser cumprida. Já estava pensando que talvez conseguisse encarar daquela maneira suas visitas à garagem — uma obrigação cansativa que não é culpa de ninguém, um encargo que tem de cumprir com um mínimo de boa vontade. Porém, ela, em vez de responder "boa noite" com um dócil sorriso de enfermeira, fez-lhe um sinal para que a seguisse. E mais uma vez ele passou de dominante a dominado, de médico autoritário que distribui generosas benesses a médico chantageado capengando para mais um encontro de natureza desconhecida. Mais uma vez a odiou.

Sobre a mesa de ferro estava estendido um homem grande e musculoso com o rosto ferido. Sua respiração era como uma serra dividindo a garagem em duas. Ele tremia. Eitan olhou para os músculos das grandes mãos do homem, contraindo-se sob a pele a cada estertor e tosse. Os contrabandistas beduínos ou os soldados egípcios, alguém o tinha coberto de pancada. A sorte dele fora ter conseguido chegar na fronteira. Sem querer, Eitan admirou aquele gigante negro que chegara ali por caminhos inexistentes. Até então nunca tinha perguntado o nome dos pacientes. Ele atendia um após o outro: uma mão arranhada era substituída por uma perna quebrada que era substituída por fraturas de estresse, substituídas por uma picada de cobra, substituída por feridas de tiro. Uma longa cadeia de corpos e lesões, mão com mão e perna com perna numa centopeia negra e infinita. Até agora nunca tentara distingui-los. Preferia vê-los como uma saraivada só, porque isso tornava mais fácil se esquecer deles quando entrava no jipe e finalmente ia para casa, quase ao amanhecer. Mas agora ficou curioso para saber o nome daquele homem, que já deveria estar morto, mas ainda estava lá. A nobreza de suas feições o atraiu, o sorriso fatigado em seus lábios mesmo quando se contraíam em mais uma tosse.

Ele tomava o dinheiro das pessoas no acampamento no Egito. Pegava um de cada vez, e como é grande não tinham como reagir. Ontem à noite chegou aqui. Quando depararam com ele, estavam em grupo.

Eitan tornou a olhar para o homem estendido na mesa. O único de quem queria saber o nome era apenas um ladrão. Justamente ele tinha feições muito nobres, que ocultavam segredos.

"Então eles o encheram de pancada e depois chamaram um médico?"

Sirkit deu de ombros. *Queriam que fosse punido, não que morresse.*

Eitan se aproximou do homem. Frio periférico. Pulso acelerado. Sensibilidade ventral acentuada.

"Ele foi chutado no ventre?"

Ela não respondeu. Talvez não soubesse a resposta. Talvez achasse que era óbvia. Eitan tornou a examinar o ventre.

Quando tocou no quarto superior esquerdo um grito escapou da garganta do homem.

"Se não querem que ele morra, tenho de levá-lo ao Soroka."

Ela sorriu para ele como se sorri para uma criança. Nem se deu ao trabalho de discutir. "Este homem precisa de uma cirurgia", Eitan disse, "uma hemorragia interna dessas não é coisa para se brincar."

Ele não vai para o Soroka, disse ela. É do Sudão do Sul. Todos os que vieram da região dele já foram expulsos. Se o pegarem não vai para a prisão, será posto para fora imediatamente.

"Mas antes disso vão operá-lo."

E então expulsá-lo.

"Sirkit, se este homem não for para o Soroka, ele vai morrer."

Não se o operarmos aqui.

"Não opero ninguém numa garagem. Seria irresponsável. Ele correria risco de vida." Ela olhou para ele, com um sorriso ainda mais largo que o anterior (fazendo-o lembrar agora o lobo de *Chapeuzinho Vermelho*. Quem sabia o que havia no ventre daquela mulher?).

Veremos.

Ela ficou olhando para ele enquanto Eitan saía furioso. Mesmo enraivecido sempre havia em sua postura certa tranquilidade. Como se bem no fundo o corpo soubesse que nada de ruim aconteceria. Se perguntasse a respeito, ele não saberia do que estava falando, mas quem já viu pessoas amedrontadas sabe identificar aquelas que não são dominadas pelo medo. Claro que aquele seu médico sabia o que era ter medo. Talvez alguma vez tivesse sido atacado por um cão ou lhe acontecera algo naquele seu Exército. Mas o medo era para ele um visitante não convidado, de forma alguma um morador permanente. Seus olhos lhe diziam isso. A maneira como olhava as pessoas direto no rosto. Pessoas que têm medo não olham para os outros direto no rosto. Para não despertar com seu olhar alguma condenação ou repreensão. Pessoas que têm medo baixam os olhos, pestanejam, não ousam reivindicar com o olhar um pedaço do rosto de outra pessoa. Assim são elas quando trabalham no restaurante de Davidson. Assim são elas nos acampamentos de beduínos. Olhos fixados em terra desértica no Sinai. Olhos fixados no chão de cerâmica no entroncamento de Telalim. Mas nunca olhos erguidos, desafiadores: estou aqui. Eitan não sabia que o olhar é liberdade. Mas Sirkit sabia. E toda vez que ela o vê saindo do jipe, percorrendo com o olhar os pacientes enquanto caminha para a garagem, algo nela se crispa. O andar preguiçoso e sereno, o olhar indiferente. Entre todos os eritreus reunidos na entrada da garagem ela é a única a olhar o médico nos olhos. Se outro ousar erguer o olhar, logo será acompanhado de um sorriso servil: estou aqui, faça comigo o que quiser. E só os olhos dela declaram e repetem: estou aqui, faça o que eu quiser. Nos primeiros dias, no olhar dela não havia senão isto: faça o que eu quiser. Depois, quando viu que ele de fato fazia o que ela queria, dispôs-se a explorar outras possibilidades representadas no olhar. Mais além da liberdade residia o prazer. Ela era capaz de olhar para ele durante horas. Examinar a curvatura dos lábios. O corte do queixo. O talhe do nariz. Contemplar cada elemento de seu corpo, bonito ou não. Era difícil saber o que lhe dava mais prazer: olhar para Eitan ou saber que podia olhar o quanto quisesse.

 Sirkit sabia — em algum momento no decorrer daquelas noites ele começara a olhar para ela também. Perguntou a si mesma o que ele via. E após algum tempo começou a se perguntar o que ela estava vendo. No início pensava que era Eitan, mas com o passar do tempo começou a hesitar. Se a sorte lhe tivesse destinado outro médico naquela noite, ainda ia olhá-lo dessa maneira? Será que faria diferença os olhos dele serem cinzentos ou castanhos, o nariz bulboso ou afilado? Talvez não. Talvez só uma coisa fizesse diferença: era um homem branco. E ele também, quando olhava para ela — faria diferença se fosse alta ou baixa, gorda ou magra, fariam diferença o som de sua voz, seu cheiro? Ou só ela ser uma mulher negra? Mas não, assim é impossível haver paixão. A paixão exige outra coisa, mais clara. Os lábios *dele*. Só esses. Outros, seria impossível. Se os olhos dele podem ser castanhos na mesma medida em que podem ser cinzentos, se pode se chamar Eitan exatamente como poderia se chamar Ioel, então não é obrigatório. Não há uma necessidade urgente e ardente *disso*. Disso e somente disso. E é melhor que seja assim. Qualquer outra coisa seria um desastre. Ela tem de guardar muito bem o que tem, e não querer demais. Só às vezes, à noite, deitada no colchão com a mão entre as coxas, pensava: talvez. Talvez, afinal, especificamente aqueles olhos. E isso a assustava tanto que logo se virava de lado e ia dormir. E só espera que Assum lhe ouça os pensamentos lá no seu reino de demônios e enlouqueça.

Agora o acompanhava com o olhos enquanto ele saía da garagem, enraivecido. Viu-o entrar no jipe, fechar a porta com força, seguir de volta para sua vida. Para esquecer por algumas horas aquele lugar. Esquecê-la. E ela imagina, não pela primeira vez, labaredas consumindo a casa em Omer.

Quando chegou em casa seu coração ainda batia acelerado. Teve de se conter para não bater com força a porta do jipe. A última coisa que queria fazer era acordar alguém. Mas quando entrou em casa encontrou Liat sentada no sofá, acordada. E por um momento pensou que ela sabia. De tudo. Ficou surpreso ao descobrir quanto alívio havia no pensamento. Ela sabia que ele mentira, sabia que atropelara um homem e seguira adiante. E mesmo assim estava ali sentada na sala, com uma camiseta dele, que ficava grande nela. Estava com raiva, com nojo, julgava-o, mas estava ali.

"Como foi seu plantão?"

"Tudo bem." E após um instante: "Por que não está dormindo?"

Ela disse que era algo trivial, coisas do trabalho, que era melhor ele ir dormir. Ele disse que não era trivial, que alguma coisa a estava perturbando, e que de qualquer maneira não ia conseguir adormecer agora. Então ela lhe contou do garoto beduíno que tinham prendido dois dias antes, como ela no início o investigara por ter roubado um carro, então, quase por acaso, resolvera o caso do eritreu atropelado. Tinha levado tempo. O garoto havia reconhecido que passara com o jipe por Telalim na noite do acidente, mas teimava, chegara a jurar, que não tinha atropelado ninguém. Já não sabiam o que fazer. Estava claro que havia mais alguém no jipe — uma testemunha potencial —, mas o garoto não falava uma palavra sobre a pessoa, não importava o quanto o ameaçassem. Marciano tinha concordado em enviar uma equipe do Departamento de Ciência Forense ao local, mas como já haviam se passado quatro semanas, nada fora encontrado. Ela já se rendera — sem uma confissão, com algumas evidências circunstanciais que pesavam muito pouco, não havia possibilidade de que saísse alguma coisa daquilo. Mas então Tchita pediu dez minutos com o garoto, e quando saiu o beduíno assinou imediatamente uma confissão, sem discutir. E, sim, ela deveria estar satisfeita, mas...

"Mas o quê?"

Então Liat, sentada na sala no escuro responde a pergunta sem perceber a palidez no rosto que a contempla, o tremor estranho das cordas vocais, as mãos masculinas agarradas no encosto do sofá como as de um afogado na corda. "Esse Tchita, eu ainda não o conheço bem, mas não confio nele. Esti me disse que quase o demitiram este ano por questões

disciplinares. E depois que o garoto assinou a confissão fui até a cela dele e vi que o seu polegar da mão esquerda estava fraturado. Ele disse que aconteceu antes de ser preso, mas não tenho certeza. Talvez Tchita o tenha amedrontado, vai saber."
Liat pousou a cabeça no encosto do sofá e fechou os olhos. Quando os abriu, o marido ainda estava sentado, e falava numa voz que não era a dele: "Ele não fez isso".
Na escuridão da sala de estar, ela olhou para Eitan. Não apenas a voz não era a dele. Tampouco era a cor de seu rosto. O brilho em seus olhos. De repente, ficou claro para ela que o homem agora sentado à sua frente na sala de estar era diferente do homem que tinha entrado lá. Liat via isso, mas não sabia por quê. Talvez o tivesse aborrecido com suas histórias investigativas. Ele havia chegado em casa do trabalho morto de cansaço, e se sentira obrigado a pedir a ela que lhe contasse em que pensava. Não parecia estar aborrecido. Era mais como uma figura de cera de si mesmo. Como naquele museu em Londres, quando você fica o mais perto possível de John Lennon mas sabe que não há um único órgão interno debaixo da pele brilhante, e que se olhar dentro daquela boca, ela estará vazia até lá embaixo, nos pés.
Liat se aprumou no sofá, tentou fazer contato visual. Eitan não olhava para ela, fitava o espaço, e Liat pensou que se não estava entediado, talvez estivesse doente. Ou especialmente cansado. Talvez tivesse brigado com alguém no trabalho, ou começado de novo uma discussão hipotética com Zakai a caminho de casa. Mas então ele tornou a fixar nela o olhar e repetiu "Ele não fez isso", e sua voz tremia tanto que ela se levantou e lhe trouxe um copo d'água, então disse: "Não vai me dizer que pegou outro vírus no hospital, da última vez ficamos todos doentes por um mês". Ele deu um gole. Ela pôs a mão em sua testa e ficou alegre ao constatar que não estava quente. Talvez só um pouco.

"Também acho que ele não fez isso. No início, quando descobri que tinha passado por Telalim naquela noite, estava certa de ter chegado à solução. Só que, quanto mais penso nesse garoto, mais convencida fico de que não seria capaz de fazer isso. Ele simplesmente não é o tipo de pessoa que deixaria alguém morrer assim." Uma lua pálida iluminava a sala através da vidraça da janela. Lá fora os arbustos de alecrim estremeceram com uma leve brisa. Liat olhou para eles longamente. "Estou pensando em ir até a aldeia dele. Quero descobrir quem estava com o garoto no carro e interrogá-lo sem Tchita por perto. Quero descobrir o que aconteceu lá."

Eitan fica calado. Liat fica calada. Após uma noite dessas ela adormecerá em um minuto. Mesmo assim gostaria que ele dissesse algo. Quantas horas tinha esperado por ele aquela noite, que chegasse logo, que a acalmasse. E embora bem no íntimo lhe desse permissão para ir dormir assim que chegasse do plantão, ficou contente por ele ter permanecido ali e perguntado o que a perturbava. Pois ela queria contar para ele. E agora estava sentado à sua frente no sofá, alheio e calado, e mesmo lembrando a si mesma que ele estava acabado e cansado e talvez também doente, ainda se sentia ofendida. Não era justo ficar com raiva dele, disse a si mesma, afastando-se do sentimento de ofensa, sem perceber que com isso também se afastava de Eitan, pois quando se levanta, a saudade que se transformara em ofensa é trocada por uma espécie de frieza que se prolonga pelo resto da noite. Somente quatro horas depois, quando ela acordar as crianças para ir à escola, ele lhe dirá "Investigue mais, tenho certeza de que ele não fez isso", e ela já estará distante demais, apenas assentirá distraidamente e dirá "Nos vemos à tarde", e ficará ainda mais fria quando ele disser "Hoje não, vou fazer hora extra".

10

Que alternativa poderia ter? Esperou até as sete da manhã e ligou para Wissotsky. Antes de sair da garagem encheu o sudanês de líquidos e conseguiu estabilizar seu estado, mas era só uma questão de tempo até mais uma derrocada ter início, e sabia que tinha de se apressar. Foram precisos dez toques para que o anestesista por fim atendesse, e mesmo então não pareceu estar completamente acordado. Eitan lhe disse o que queria e Wissotsky ficou por muito tempo calado na outra extremidade da linha. Eitan já estava achando que tinha adormecido outra vez, mas então Wissotsky falou. Disse que sentia muito, mas Eitan teria de se arranjar sozinho. Havia muitas coisas que ele estava disposto a fazer por um amigo, mas não roubaria nenhum equipamento de anestesia nem participaria de uma cirurgia numa garagem. Wissotsky não era dos Médicos Pelos Direitos Humanos, e se Eitan tivesse juízo cairia fora daquela história, não estando claro para ele por que tinha entrado nela, para começar.

Eitan disse: "Wissotsky, preciso de você". O outro ficou calado. Daquela vez estava claro que não era porque tinha adormecido. Eitan inspirou profundamente e lembrou a Wissotsky algo que não queria lembrar a ele. Os narcóticos que às vezes desapareciam quando havia grandes cirurgias. A investigação no departamento, que nada tinha descoberto. Porque Eitan não contara a ninguém sobre aquela vez em que o vira levar para casa cinco gramas de morfina. Wissotsky continuou

calado, mas agora o silêncio era outro. Por fim ele falou de seu filho. Um ano antes um garoto na escola o tinha atingido na cabeça com uma lajota e desde então ele não abria os olhos. Eitan disse que sabia. Que só por isso não contara nada a ninguém. "Já parei", disse Wissotsky, "foi só por alguns meses, para ele conseguir suportar. Há meses que não toco nisso." Eitan sabia disso também. Tinha jurado a si mesmo que se Wissotsky pegasse novamente narcóticos ia denunciá-lo, e acompanhava de perto o que acontecia na farmácia desde então. De fato aquilo não se repetira.
"Então o que você quer de mim agora?", perguntou Wissotsky.
"Quero que me ajude. Como eu ajudei você."
"E se eu não fizer isso?" Dessa vez foi Eitan quem ficou calado.
Quando chegaram na garagem já eram quase dez horas. Wissotsky tinha a chave do depósito de equipamentos do Soroka e tirar de lá uma velha máquina de anestesia foi de uma facilidade quase insuportável. Mais difícil foi explicar ao professor Shakedi por que não ia trabalhar aquele dia. O chefe do departamento não estava sendo muito amigável com ele, com todas as mudanças e trocas especiais que vinha solicitando. Seria diferente se estivesse lambendo o chão que eles pisavam em seus primeiros meses ali, como se esperava que um médico novo fizesse. Mas sua língua estava ocupada lambendo as próprias feridas, a humilhação imposta por Zakai ainda o incomodava, de modo que se esquecera de cuidar da politicagem. Como ia saber que alguns meses depois teria de trocar turnos e plantões a torto e a direito? No fim, Shakedi permitiu que saísse, mas sua fisionomia não era nem um pouco de satisfação, e Eitan sabia que ainda teria de ouvir a respeito disso.
Sirkit os esperava na porta. Ela tinha lavado tudo duas vezes e desinfetado com o material que Eitan tinha lhe levado da última vez. Ele lhe disse que limpasse mais uma vez. Não estava

bom o bastante. Olhou para Sirkit enquanto ela esfregava o chão, ajoelhada. Foi uma sensação boa, vê-la assim. Fez ele parar de pensar no fato de que a última vez que abrira a barriga de alguém fora em seu estágio em cirurgia geral. E que desde então tinham se passado dez anos. Naquela manhã havia assistido a cirurgias do tipo no iPhone. Mas aquilo não o tranquilizara. Não se aprende a nadar por correspondência. E não se aprende a operar assistindo ao YouTube. Ele desviou o olhar de Sirkit para o sudanês deitado na mesa. O paciente estava sem dúvida mais pressionado do que ele, mas levando em consideração sua situação aquilo tinha lógica. O único que parecia tranquilo era Wissotsky, que estava ligando o equipamento a uma tomada e instalando a seu lado um gerador, por via das dúvidas. Desde que Eitan tinha ido buscá-lo não haviam trocado uma só palavra. Ele quase não olhava para Sirkit, para o sudanês que iam operar ou para a garagem. Eitan sabia que tinha servido no Exército russo antes de imigrar para Israel e perguntava-se se era assim que eles passavam três anos dentro de um tanque no meio da Sibéria, apertando o botão de desligar.

Vamos começar?

De repente ele percebeu que ela também estava excitada. Sua voz era firme, os olhos não diferiam de sua frieza normal, mas algo em sua postura estava diferente. Quando Wissotsky colocou a máscara no rosto do sudanês, Eitan virou-se para ela para sugerir que saísse de lá. Logo a visão não seria muito agradável. Mas quando olhou para trás ele viu que a mulher a seu lado estava longe de atemorizada. Olhava para o sudanês fascinada, os lábios entreabertos num espanto infantil. Quando as tesouras cirúrgicas entraram na pele do homem, Eitan ergueu os olhos do paciente e tornou a olhar para Sirkit. Se tinha intenção de desmaiar, que o fizesse agora. Depois os dois estariam ocupados demais para lhe prestar ajuda. Mas Sirkit não demonstrava qualquer intenção de desmaiar. Olhava para a incisão com tal interesse que dificilmente teria percebido o olhar de Eitan.

"Bisturi."

No início, ela não entendeu. Talvez pensando que ele se dirigia a Wissotsky. Mas segundos depois ergueu os olhos, e seu olhar cruzou com o do médico. Olhos cinzentos com olhos negros. Ela lhe estendeu o bisturi. Ele não agradeceu, nem sequer assentiu, mas a partir de então, durante as horas que se seguiram, a tratou como tratava todos os enfermeiros na sala de cirurgia.

E junto com tudo isso, a humilhação do desejo. (Mas logo ele? Logo ele? Ela não percebe como esse desejo a está humilhando? Como é possível admitir que ela o deseja, e que ela ainda é o mesmo trapo que era antes? Ainda miserável. Mesmo quando já tem liberdade, ela novamente escolhe essa coisa ridícula, humilhante. Humilhante humilhante humilhante humilhante. Por um momento não prestou atenção, e já se infiltrou dentro dela uma nova fraqueza, como se não tivesse o bastante. E muito mais humilhante que a própria atração é o motivo dela, a verdade sobre esse desejo. E a verdade é que deve tudo o que tem a esse homem e seu jipe. Deve tudo à falta de sorte de outra pessoa. Recebeu sua vida de presente de alguém que não tivera a menor intenção de dá-la a ela. Como seria possível não desejá-lo por causa disso? Como seria possível não odiá-lo por causa disso?)

Ele não pensou nela no caminho de volta para casa. O jipe percorria o asfalto e ele não pensava nela. Pensava no paciente, na cirurgia, na facilidade com que tudo isso poderia ter terminado de maneira totalmente diferente. Uma onda de adrenalina o envolvia, e ele não pensava nela. Pensou na morte, e em como a tinha vencido naquele dia. Pensou no professor

Zakai, e a expressão que com certeza assumiria seu rosto se tivesse visto a cirurgia. No início tudo parecera simples, eles retiraram o baço sem problemas, mas depois... que confusão. Wissotsky achou que o sudanês estava acabado. Eitan viu isso nos olhos dele. Também achava que o sudanês estava acabado. Um hospital improvisado não é capaz de lidar com uma hemorragia abdominal daquelas, muito menos quando o cirurgião principal é um neurocirurgião, um mago na abertura de cérebros que não tocava em abdomes fazia mais de dez anos. Quando a hemorragia continuou após a excisão, a sorte estava lançada, estava claro que o homem ia morrer, e não iam adiantar todos os sacos de soro do mundo. Então viera-lhe subitamente a ideia de dissecar. Procurar a hemorragia nos ramos inferiores da artéria esplênica. Isso levou meia hora, mas ele encontrou a ramificação que sangrava e a suturou. O próprio Zakai poderia ter fracassado aqui. Por um momento lamentou não poder contar a ele. Na verdade, não poderia contar a ninguém. O momento mais esplendoroso em sua carreira, o momento que fazia ter valido a pena estudar medicina. Uma cirurgia que não houve para um homem inexistente. E talvez fosse melhor assim. Afinal, o segredo também tem um sabor, que é só dele: um amargor doce, prazeroso, que trazia na boca quando entrou em casa. O que acontecera hoje na garagem ele não contaria a ninguém. O orgulho de um homem adulto e a alegria de um menino, as duas coisas ficariam por trás de lábios selados. Mas, se os lábios não podem falar, ainda podem achar outros caminhos para expressar esse amargor adocicado. Ele já se curvava sobre Liat e a beijava em seu sono, deslizando a língua ao longo de seu pescoço macio. Ela abriu os olhos sonolentos, surpresa. Já fazia anos que não a despertava para transar. Ele mesmo, por um momento, surpreendeu-se consigo mesmo, mas só por um momento, pois no momento seguinte já abandonava a surpresa e se lançava sobre o peito dela, os seios macios e redondos, os bicos endurecendo na sua mão. No início se retraiu. Pois ali na cama havia ofensa e raiva, e mais do que um travo de amargura. Mas o desejo dele era tão grande, e tão contagioso, que um distanciamento frio lhe pareceu um enorme desperdício. Liat e Eitan agarraram--se um ao outro, com dedos estendidos, pernas entrelaçadas, num tranquilo quarto em Omer, atrás das cortinas fechadas de seus olhos.

(E não pensou no cheiro dela, que chegou até ele quando ela se curvou sobre o paciente. Não pensou no gemido dela no momento da penetração, quando finalmente a conheceria por dentro, e mesmo então não a conheceria o bastante.)

E, como sempre, essa tristeza a espera no fim do orgasmo. Num instante ela é toda doçura e no instante depois tudo se decompõe. Entre suas coxas está seu marido, pesado e pegajoso, e de repente ela tem plena consciência do ângulo incômodo da cabeça dele em seu ombro. A respiração ainda sai dela pesada, irregular, mas o calor que lhe inundava o corpo até um segundo antes desapareceu, e a frieza no ar começa a ser perceptível. Mais uma vez não está claro quem foi a mulher que gemeu um minuto antes, cedendo ao peso de uma completude imensa, inconcebível. E as palavras que sussurrou para ele roucamente estão agora envergonhadas, desconectadas. Ela então se levanta, acende a luz. Vai para o banheiro. Ele fica na cama, de olhos fechados, com um meio sorriso arrogante nos lábios. Quanta delicadeza, quanta segurança nesse continuar deitado. Alguns momentos depois ele se junta a ela, ainda entontecido, beija-a nos lábios com uma boca que é toda corpo. Todos os beijos e lambidas e sabores que sugou são devolvidos a ela naquele beijo, da boca dele para a boca dela. Enquanto isso ela lava entre as pernas, onde às vezes só fica um pouco pegajoso e às vezes dói um pouco. E diz que foi maravilhoso, pois realmente foi. E não diz que também foi triste, pois não há nada que se possa fazer com isso. Ele se lava depressa no chuveiro e diz a ela que seu corpo é um parque de diversões gigantesco. Já diz isso há anos, e há anos ela sorri. Depois ele pega a toalha e sai, e ela fica para lavar o sêmen dele de entre as coxas e a tristeza dela de dentro do peito.

Sirkit sabe que tudo isso é porque o sol brilha para eles no lado errado, vindo do deserto e caindo no mar. O sol tem de vir de dentro da água, limpo. Quando ele nasce para você de dentro da areia, seus dias nunca serão realmente limpos. Lá, na aldeia, os homens se levantavam de madrugada a fim de sair para pescar, e as mulheres iam com eles, pois uma pessoa não podia entrar numa coisa tão grande como o mar dentro de uma coisa tão pequena quanto uma canoa sem que um par de olhos a acompanhasse da praia. Os homens e as mulheres desciam juntos até a praia e não conversavam muito, pois naquelas horas toda palavra que batia no ar era como uma batida de tambor. Não muito depois o sol vinha de onde precisava vir — do mar, vermelho e bonito como um bebê saindo do útero. Quando o viam nascer assim, os homens e as mulheres se sentiam limpos e renovados, como se eles mesmos tivessem nascido no mar. E assim, limpos e novos, começavam o dia. Mas aqui, neste país, o sol nasce de dentro da terra, sujo e empoeirado. Curvados sobre os joelhos no depósito de Davidson, os trabalhadores erguem a cabeça quando ele surge, por um momento olham para o sol por cima dos caixotes, e veem que está sujo como eles, imundo de poeira e de lama e cansado já antes das sete.

Às cinco e meia da manhã, toda encurvada no depósito, ela pensa no médico que é prisioneiro dela, tentando adivinhar como dorme. Por exemplo, de que lado da cama ele se deita. O que veste, se é que veste alguma coisa. Abraça ou não abraça sua mulher, e se abraça é porque quer ou por força do hábito? Pensa nos lençóis, diverte-se entre as opções de cetim vermelho e algodão branco, e decide por fim em favor do linho branco, claro que o cetim é sensual demais para ele, instintivo demais. E ela já imagina um pequeno círculo de saliva no travesseiro, um braço másculo estendido na largura do colchão, uma respiração suave, tranquila. Sonha ou não sonha? E, se sonha, com o quê? Chega. Ela se apruma, passa para o caixote seguinte. Não tem a menor intenção nem a capacidade de adivinhar os sonhos de um homem branco entre lençóis de algodão branco numa casa caiada de branco em Omer. E de repente ela quer que ele acorde, quer pô-lo para fora da cama. Arrancar de sob sua cabeça o travesseiro com o pequeno círculo de saliva, tão inocente. Agarrar o braço relaxado e sacudi-lo como se deve. Curvar-se junto à cabeça na qual já despontam os primeiros fios grisalhos e gritar com todas as forças, ou talvez, ao contrário, entrar, silenciosa como o pôr do sol, no estreito espaço entre ele e a mulher. Cheirar os lençóis de algodão. Sentir o cheiro dela. Dele. Chapinhar um pouco na lama dos sonhos dele. O sol nasce de dentro da poeira, Sirkit está encurvada diante dos caixotes, e durante todo esse tempo ela grita, ferve, abraça e geme, no quarto em Omer.

Parte 2

I

Só depois que saiu do carro de patrulha pensou que talvez não fosse uma boa ideia ir até ali sozinha. Em menos de cinco minutos tinham se juntado em torno dela cerca de quinze pessoas, a maioria garotos. Dos barracões de zinco mais olhos a observavam, femininos. Um cão latia estridentemente. Não sabia se os latidos se dirigiam a ela ou se eram uma declaração para o mundo em geral. De qualquer modo, pararam quando um dos garotos jogou uma pedra e atingiu o cão na cabeça. Foi tranquilizador, pois aqueles latidos tinham começado a assustá-la. Mas foi preocupante também ver aquele punho marrom se fechar sobre a pedra, brandi-la e acertar o alvo.

Queria muito pôr a mão na coronha do revólver, mas se obrigou a caminhar com os braços relaxados ao lado do corpo. O que afinal está fazendo aqui? Estava totalmente ofuscada, mas não quis começar a apalpar a bolsa em busca dos óculos de sol. Talvez ainda pudesse dar meia-volta. Ir para o posto policial, virar a cabeça quando passar pela cela do menino. Ele, de qualquer forma, não olha para ela quando entra. Crava os olhos castanhos no chão como se as baratas mortas que ali estão fossem a coisa que mais o interessasse no mundo. No dia anterior haviam tentado interrogá-lo sobre a confissão e ele não dissera uma só palavra, mas sua mão se dirigira instintivamente para o polegar fraturado. Ele a retirara um instante depois, mas ela teve tempo de ver, e ele sabia daquilo. Sua avó costumava dizer para não se confundir: nunca se devia prestar atenção demais no que as pessoas diziam com a boca, porque o corpo delas dizia tudo o que se precisava saber. Mas o que diria sua avó sobre um garoto beduíno que não falava uma só palavra havia um dia e meio e cujo corpo por um lado era magro como o de um passarinho e por outro era duro, duro mesmo, com fios de barba e olhar opaco?

Ela olhou para o rosto dos garotos que a cercavam e disse a si mesma que pareciam com o dele. Eram irmãos ou primos. Talvez todos lhe pareçam iguais, com suas roupas surradas, os fios de barba, o olhar fixo. Talvez a semelhança que vê diz menos sobre eles do que sobre ela. Pois vê que agora, quando olha novamente, compreende que na verdade eles a olham com muito mais curiosidade do que rancor. E quando ela mantém o olhar por tempo o bastante, um dos garotos até sorri para ela, o que está ao lado dele rompe a muralha do silêncio e diz *"Ahlan"*, e de repente ela ouve *"Ahlan"* vindo de toda parte, e "Como vai?" e *"Salam aleikhum"*, e apesar de, fora isso, sentir um ligeiro sopro de hostilidade, de "o que é que você quer?", ela se envergonhou de ter querido tanto pegar na arma.

"Vim falar com a família de Ali Abu Ayid." Uma das crianças saiu do grupo e começou a correr na direção de um grupo de barracões de zinco. Ainda antes de chegar à porta, saiu um homem barbado, e Liat entendeu que ele a estivera observando desde o momento em que chegara. Atrás do homem vinha uma mulher com o rosto coberto. Mesmo por baixo do pano escuro podia-se ver como era grande. Cem quilos no mínimo. O homem lhe estendeu a mão para um aperto. Uma mão áspera com um relógio Rolex, para o qual Liat cuidou de não olhar para não cismar em como chegara até ele. "Olá, somos os pais de Ali." O hebraico lhe vinha naturalmente, não como a seu filho.

"Vocês sabem que ele está preso por ter roubado um carro?"

Novamente pensou que não deveria ter vindo até ali sozinha, e daquela vez o rumor hostil dos garotos à sua volta só confirmou seu pensamento. Mas o homem barbado continuou sorrindo como antes, e respondeu: "Sabemos, mas não foi Ali. Ele é um garoto de ouro, que Deus o abençoe". Ele disse "que Deus o abençoe" um pouco mais forte. As palavras brotavam do solo poeirento, desafiadoras, desligadas umas das outras, como o Rolex dele na mão calejada.

"O roubo do carro não é o que me preocupa agora", ela disse, e explicou que o que mais a preocupava era que o garoto tinha confessado ter atropelado e matado um homem havia duas semanas, junto a Telalim.

O homem barbado parou de sorrir. A mulher atrás dele ficou petrificada. Quando falou por trás do véu, Liat surpreendeu-se com o contraste entre o saco de carvão negro que estava à sua frente e a voz delicada que dele irrompia.

"Ali não fez isso."

Liat olhou a mulher nos olhos. "Estou procurando alguém que esteve no carro com ele naquela noite, para que testemunhe." O ar ficou cheio de balbucios em árabe. Os garotos cochichavam. Quem tinha compreendido traduzia para os outros, e quem achava que não tinha compreendido direito perguntava para confirmar. O tumulto cresceu de minuto em minuto até se extinguir de repente. Num instante todos ainda falavam, de repente se calaram. Num silêncio desses não há como se enganar. Ela outra vez quis levar a mão à arma, e de novo obrigou-se a se conter. A mulher com o véu no rosto tornou a falar, sua voz ainda soando nitidamente entre os barracões: "Não sabemos quem estava com ele, e isso não faz diferença para vocês. O que faz diferença para vocês é que ele não fez isso".

"Ele mesmo disse que fez. Talvez tenha dito para que não tentássemos localizar o outro ladrão. Não sei. Mas seria de grande ajuda para ele se quem estava lá viesse comigo ao posto policial."

Novamente ouviu-se uma onda de balbucios em árabe, dessa vez mais fortes. Cada vez mais rapazes se juntavam num círculo à sua volta. Atrás deles, saindo dos barracões, juntavam-se as mulheres. Com os rostos cobertos e envoltas em negro, ao seu lado garotas em saias desbotadas e blusas muito compridas, apesar do calor. Um menino de uns três anos, descalço, correu para o meio do círculo com gritinhos de alegria, contente com a atenção que recebia. Tinha na mão um saquinho com sequilhos, e continuou a segurá-lo quando sua mãe apressou-se a pegá-lo no colo, repreendendo-o. Lentamente as vozes se calaram, até estarem todos de novo em silêncio. Liat percorreu os garotos com o olhar, procurando uma língua trêmula, um par de olhos assustados, uma tentativa de fuga. Em vez disso encontrou um rancor veemente, silencioso. Por fim o homem barbado tornou a falar. Não se dirigiu a Liat, e sim aos garotos. Falou olhando em seus rostos, o olhar passando de um a outro, demorando-se em cada um deles. Quando terminou de falar, sua mulher falou também, a voz delicada se elevando e baixando, no que, Liat compreendeu de repente, nada mais era do que um lamento. A mulher estava chorando por trás do véu. Não era possível ver as lágrimas, mas seu corpo tremia em ondas convulsivas e sua voz se quebrou no meio da frase. Os garotos olhavam para o homem barbado e para a mulher aos prantos, alguns com espanto, outros com tristeza. Mas nenhum deles abriu a boca para falar. Nenhum deles deu um passo à frente e disse: era eu.

Então uma garota o fez. E no primeiro momento ninguém entendeu que ela tinha feito aquilo, que dera um passo à frente. Foi como se tivesse ido buscar um irmão menor, para repreendê-lo e lhe dizer que fosse para casa. Ela se pôs diante de Liat e disse: "Era eu". Depois tudo aconteceu muito depressa. O homem barbado arregalou dois olhos confusos, tentando compreender. Sua mulher até que entendeu logo, e foram seus uivos de pesar que deixaram claro para Liat que ela tinha de dar o fora dali. Os garotos mais jovens ainda ficaram observando o que estava acontecendo, mas alguns dos mais velhos já pegavam o celular e começavam a ligar, talvez para seus pais. Liat disse à garota que fosse com ela e seguiu em direção ao carro. Seu maior temor era de que começasse a correr. Quando uma pessoa corre as pessoas entendem que cabe a elas persegui-la. Mas a garota caminhou devagar, quase devagar demais. Como se, depois de ter revelado seu segredo, não lhe restassem forças para mais nada. Liat abriu para ela a porta do carro e ligou o motor. Em poucos segundos a colina com os barracões tinha desaparecido. Respirou aliviada quando saiu da estrada de terra e subiu no asfalto, a caminho de Beer Sheva.

"Ele não quer olhar para mim, o garoto. Estou dizendo, Tani, ele não quer falar comigo. Se eu não tivesse ido à aldeia dele, passaria a vida inteira na prisão, mas ainda não percebe isso. Está com raiva de mim por ter revelado o romance entre os dois. Preferia ser condenado por ter matado alguém? E a namorada dele, Mona, é muito doce. Pedi que a deixassem ficar um pouco com ele na cela, eles trocaram um beijo quando pensavam que eu não estava vendo. Depois Tchita a pôs para fora, ele ainda está bravo comigo. Devia me agradecer por eu não estar cavoucando aquela história do dedo fraturado. Para todos é muito cômodo pensar que o garoto confessou só para protegê-la, que para esconder toda a história da família de Mona seria suficiente não revelar quem estava com ele. Ele não confessou por causa dela, confessou porque Tchita bateu nele. Com certeza também o ameaçou. Mas no momento em que ela chegou ficou claro que aquela confissão não valia nada. Ele não tinha saído para roubar naquela noite, só queria dar uns beijos. O álibi que ela proporcionou a ele, contando uma história tão boa como só uma história verdadeira pode ser, é perfeito. Ficou claro que eles nem sequer estavam em Telalim quando o eritreu foi atropelado — ele a levou para casa às duas da manhã, que é quando termina o turno no posto de combustível em que ela trabalha. E o eritreu só foi atropelado ao amanhecer. Você percebe como estivemos perto de jogar alguém à toa na prisão?"

Sim, ele percebe. Bebe lentamente o chá com capim-limão que Liat colheu no jardim, e percebe. Enquanto isso pergunta a si mesmo: e se ela não tivesse dado um passo à frente, aquela Mona? E se não tivesse dito "ele não atropelou ninguém, eu estava com ele". Em que momento o próprio Eitan teria dado um passo à frente? Quando ia se apresentar à investigadora-chefe, que por acaso era também sua mulher, e dizer: Precisamos conversar. Não, não sobre a hipoteca. Nem sobre o menino que Iheli mordeu no jardim. Sobre outra coisa.

"Você não está prestando atenção." Ele ergueu os olhos da xícara de chá, esperando deparar com um olhar flamejante de raiva. Em vez disso viu olhos cansados, tristes.

"Desculpe, estou cansado."

Ela ficou calada por um momento antes de dizer: "Mas não é só hoje, Tani. Você não me ouve faz muito tempo. Semanas". Ele quer lhe dizer que já faz exatamente trinta e quatro dias que não a ouve, e não só a ela — não ouve as palavras que Iheli inventa nas canções que canta no banheiro, uma mistura de coisas sem sentido e conhecidas, que antes fazia os dois rolarem de tanto rir. Ele não ouve as perguntas de Itamar sobre dragões e dinossauros, pois se podia haver dinossauros por que não poderia haver dragões também? E não ouve o que lhe dizem no trabalho, o que é um problema, pois mesmo que nas cirurgias ele não cometa erros, dá para perceber que não está realmente lá. Quer dizer tudo isso a ela, mas em vez disso diz: "Sinto muito, Tul, é só um período difícil". E Liat olha para ele por mais um instante, abre a boca para dizer algo e se detém. Bem ela, que o fez cair na risada quando lhe contara que sua avó lhe dizia para falar sempre o que estava pensando, pois "a prisão de ventre é causada pelas palavras que não dizemos". Ele então lhe respondera que na família dele era exatamente o contrário, quando era menino seu pai lhe explicara que, caso se falasse demais, as palavras acabavam e depois se ficava calado o resto da vida.

"E de tanto que se assustou você ficou assim sovina na hora de falar?"

"Eu, sovina?"

"Realmente, Eitan..." (Ela então ainda não o chamava de Tani.) "O mais alto escalão do Mossad solta mais informações do que você." Ela tinha razão. Ele não falava muito. Preferia se manter reservado. Mas com ela era diferente. Era o único lugar em que realmente dizia o que estava pensando. (Que odiava Iuval por seus pais gostarem mais dele. Que odiava a si mesmo por causa desse ódio. Que tinha medo de não conseguir realizar seu sonho de ser neurocirurgião. Que gostava da boceta dela.) No primeiro ano em que estiveram juntos, disse em voz alta frases que não ousava dizer nem a si mesmo. E mesmo tendo começado nos anos seguintes a se censurar mais, ainda se orgulhava de que ele e Liat eram quase completamente abertos um com o outro (fora aquela conversa sobre fantasias com outros, que fora realmente supérflua). E agora estava calado, já fazia um mês inteiro que estava calado, e dia após dia esse silêncio ficava mais pesado, mais faminto, engolindo cada vez mais partes do que uma vez tinha sido sua vida.

Naquela manhã, após um silêncio tenso de pelo menos vinte minutos, Eitan estremeceu ao perceber o alívio que sentiu quando sua mulher disse: "Bem, tenho de ir para o trabalho". E mais assustador ainda foi descobrir, ao fim de um jantar não menos carregado que o desjejum, que ele esperava o momento em que os ponteiros do relógio o mandassem ir para a garagem.

Em geral, nesses dias ele está o tempo todo com raiva. Abraça Liat no quarto em Omer e tem raiva do corpo dela porque não é o corpo *dela*. Trabalha na garagem a poucos centímetros de Sirkit e tem raiva da presença dela, que vai se entrelaçando nele. Por que e quem é ela afinal para que ele a deseje dessa maneira? No meio da noite ele entra no jipe, deixa uma mulher que olha e se cala e volta para uma mulher que dorme e se cala. As mãos que seguram o volante pertencem a outro homem. Unhas aparadas. Aliança de casamento. Dedos de um homem estranho. Mas também a paixão que viaja com ele no jipe e a atração que se teceu dentro dele durante toda a noite, bem junto dela na garagem, são estranhas. Algo externo que nele se agarra, algo que lhe acontece sem que o tenha escolhido. E assim segue ele, alienado em sua própria paixão, como doentes que vão para um exame de urina e mantêm o frasco de plástico o mais afastado possível do corpo — isso não tem nada a ver comigo!

E hoje de novo ela ficou calada a noite inteira. Olhava para ele enquanto ele desinfetava, limpava e tratava. Passava-lhe os instrumentos que ele pedia e ficava calada. Entre um e outro doente Eitan olhava brevemente para ela. Se percebeu, não demonstrou. A maior parte do tempo ficou de costas para ele. Através da porta da garagem, olhava para a noite, que estava escura e fechada, não menos do que os olhos dela.

O que está vendo lá? Em que está pensando? Ele olhou para fora também, como se bastasse fazê-lo para ver com seus olhos o que ela estava vendo com os dela. Porém, para além da garagem havia apenas escuridão, e nessa escuridão toda pessoa deposita seus tesouros. A noite dela estava trancada para ele.

Quando o último paciente foi embora, ele tirou as luvas e foi para o jipe. Ela desinfetou a mesa de ferro enferrujada e lhe acenou com a cabeça em despedida. Ele tinha ficado lá por seis horas, e não trocaram uma palavra sequer. Não sabia explicar por que isso o incomodava. Em geral gostava de trabalhar em silêncio. Outros médicos ouviam música durante a cirurgia. O professor Zakai era grande fã de Stravinsky. O professor Shakedi não começava a serrar a calota do crânio de um paciente sem o acompanhamento de Matti Caspi. Anestesistas prefeririam ouvir a rádio do Exército, Galei Tsahal, ou ficar brigando por causa de política. Ele demorou para se habituar ao barulho, e quando se tornou um cirurgião de escol declarou à sua equipe que com ele se operava em silêncio. E eis que aqui, na garagem, o silêncio o enlouquece. Talvez por não ter noção de quais palavras residem nela. Ele sabe muito bem o que vão dizer a enfermeira-chefe ou o anestesista se tiverem oportunidade. Mas não faz ideia do que diria Sirkit. Ele preenche então esse vazio, esse silêncio dela, imaginando sobre o que ela poderia falar. E assim ocorre que toda noite tem uma longa conversa com ela, toda em pensamento. Toda noite preenchia o vazio com outra coisa, punha na boca dela palavras e frases, e sempre havia lugar para mais, e ela ia inflando, ia crescendo dentro da sua cabeça.

Enquanto ele era devorado pelo enigma de seu silêncio, ela o olhava sem o mínimo espanto. Nele não havia mistério. Quando se deitavam para dormir, ele na casa em Omer, ela num colchão no trailer, imaginavam um ao outro, alternadamente e ao mesmo tempo. E depois de tê-la investigado e revirado e manuseado, ele terminava enfim com um louco desabafo (isso na imaginação dele, na verdade terminava em humilhação total, numa masturbação silenciosa no chuveiro, a menos de dez metros de distância de cama de sua mulher adormecida). E, depois, calmaria. O corpo lavado, o langor de sempre. Porém através dele já brota agora, um minuto depois, a sensação de que está de novo carente.

No tranquilo quarto em Omer, Liat está deitada de olhos abertos. Já está há longos minutos olhando o rosto do homem que dorme a seu lado. Ontem ele voltou muito depois de ela adormecer. Agora Liat está acordada e os olhos dele estão fechados. Por trás da cortina das pálpebras cerradas seus olhos se agitam. Seu homem está sonhando. Será que seus sonhos, como os dela, ficaram monótonos? Houve tempo em que os sonhos dela eram fonte inesgotável de pavor e prazer, desejo e culpa. Um atrás do outro apareciam pessoas conhecidas do trabalho, ex-amantes cheios de paixão e potência, ondas gigantescas em suas enormes dimensões, incêndios, corpos, a vergonhosa aceitação de se desnudar em público, a tentativa de voar que deu certo com esta ou outra duração. Mas nas semanas recentes os sonhos dela passaram a ser áridos como as colinas nos arredores da povoação. Esta noite, por exemplo, sonhou que estava numa fila. Só isso. Acordou de manhã entediada consigo mesma, querendo ir para o trabalho, a fim de preencher esse vazio com relatórios e investigações e administração. Mas um instante antes de se levantar da cama percebeu a presença dele e se assustou. Assustou-se porque não o tinha percebido antes. Sabia, é claro, que estava lá, a seu lado, mas essa constatação era muito óbvia, assim como sabia que o travesseiro estava lá, ou o cobertor. Sem dúvida, se ele não estivesse lá ela teria percebido, mas seria possível bastar-se com isso, em saber que algo existe só por causa do reconhecimento de sua existência provocado por sua ausência? Por isso voltou a se deitar, olhando para ele.

    Ele é bonito, seu homem. Ainda é bonito. Com o nariz romano e os lábios finos e o queixo atrevido. Mas por que até mesmo agora, quando deveria parecer indefeso como um menino, se mostra orgulhoso, quase arrogante? Como é possível um homem parecer tão arrogante enquanto dorme? E de repente, como se tivessem sido convidadas, saíram de seus buracos todas as ratazanas da dúvida e começaram a roer o corpo do homem adormecido. Aqueles pelos que despontam de suas narinas e provocam repulsa nela. A ferida na bochecha, de um corte de quando se barbeava, que infeccionou e se encheu de pus. Uma ruga de irritação na testa. Um leve mau hálito matinal lhe saindo da boca. A crítica que ela imaginou estar vendo nos cantos de seus olhos.

O sol brincava na parede com manchas de luz e de sombra, e Liat ficou deitada sobre o lençol de algodão olhando para o marido com olhos impiedosos. Era como se uma mão perversa tivesse afastado aquela roupagem de luz e ternura com que as pessoas vestem seus entes queridos, revelando por baixo o corpo do amado tal como ele é, desnudo e exposto, carne e sangue e ossos. Foi tão cruel aquele momento, tão terrificante, que depois de alguns segundos Liat desviou o olhar. Agora estava assustada até os recônditos da alma, e muito, muito culpada. O susto e a culpa não foram suficientes para afugentar as ratazanas da dúvida: Liat ficou tão temerosa ante o aspecto que a ela se revelara quando olhou para Eitan com os olhos abertos que se apressou a fechá-los e a se aninhar entre os braços dele. As mãos grandes a envolveram enquanto dormia, sem perguntas, sem considerações. Quando Eitan Green despertou naquela manhã, ele e a mulher estavam abraçados como não tinham estado havia muito tempo

Um dia depois, às quatro horas da tarde, ele estava no centro comercial com Itamar e Iheli. Liat tinha se lembrado de que precisavam comprar presentes para uma série de aniversários na turma de Itamar, e avisou que devido à sobrecarga no trabalho não tinha como fazer aquilo. Os três percorreram lojas e estandes. No início conversavam entre si. Aos poucos foram ficando em silêncio. O shopping os embalava num berço gigante de música e pregões, num movimento de ida e vinda entre as lojas. Iheli parou de gritar "quero isso!" e apenas olhava com olhos vidrados aquela maravilhosa quantidade de brinquedos, roupas, aparelhos elétricos. Itamar deteve-se em frente a uma loja de televisões, com os olhos arregalados diante de dezenas de imagens iguais de Barack Obama proferindo o mesmo discurso atrás de dezenas de púlpitos idênticos. Havia lá Obamas de cinquenta polegadas e Obamas de trinta polegadas. Obamas em Toshibas e Obamas em Samsungs. Todos faziam um discurso silencioso, abafado. O presidente dos Estados Unidos multiplicado às multidões, mas de todas as palavras que dizia não se ouvia uma sequer. A loja preferia irradiar o repertório de Shlomo Artzi. Obama discursa, e Shlomo Artzi canta. Itamar puxou Eitan pela mão e disse: "Vamos embora?".

Um momento. No canto esquerdo da vitrine uma das televisões saiu de repente de sincronia. Já não estavam lá o presidente americano e o púlpito de seu discurso, e sim uma chuva de partículas em preto e branco. Filas ordenadas de Baracks Obamas onde de repente se abrira um buraco. E mesmo sendo apenas uma televisão entre muitas dezenas, algo desse preto e branco espalhou-se por toda a vitrine. O estrago estava lá, no canto esquerdo, e zombava do discurso enérgico de Obama, da voz acariciante de Shlomo Artzi. E foi exatamente para esse canto que os olhos de Eitan foram atraídos, exatamente para aquela ausência de imagem. Como nos museus, o olhar vai de imediato para a única fruta podre, que todo pintor de natureza-morta introduz nas abundâncias de uma magnífica bacia com frutas. Em toda aquela fartura, algo apodreceu. A redondeza das peras. A redondeza das bochechas de Barack Obama. Como é fácil se enganar com ela, e como pode, num piscar de olhos, se transformar num saltitar cego, sem significado.

Isso não durou muito tempo. Alguns segundos depois desapareceu a chuva de partículas em preto e branco e a tela ficou toda escura. Através da vidraça da loja Eitan olhava para a tela escura. Um homem e duas crianças diante de uma loja de televisões. Um pai. Um homem casado. Foi ao shopping procurar presentes de aniversário para crianças de sete anos.

Bastaria virar a cabeça e olhar para trás, para os transeuntes, para ver dezenas de reflexos dele mesmo, multiplicados. Um pai com um filho e uma filha. Uma mãe com duas filhas. Pai e mãe com um casal de gêmeos. Mas com *este* pai, *este* homem casado, existe algo mais. Não só dois filhos, segurando suas mãos, um de cada lado. Há também um negro morto, cujo sangue mancha os tênis do free shop. Também uma mulher viva, que lambe seu pescoço, a serpente de seu cabelo negro em seu peito. Obama discursa e Shlomo Artzi canta, e Eitan torna a ser engolido por uma onda de desejo e de culpa. Como queria sacudi-los para afastá-los de si. Livrar-se de uma vez por todas da horrível culpa. Do terrível desejo. Mas foi ele, sussurra uma vozinha em sua mente, quem os trouxe consigo até aqui. Tinha colocado o cinto em Itamar e Iheli no banco traseiro, posto Sirkit e Assum no porta-malas, e rumara para o shopping.

Iheli lhe puxou o braço e pediu sorvete. Eitan o ergueu num abraço, que surpreendeu a ambos. Bagunçou os cachos macios, mordeu o doce narizinho. E em meio a essa doçura sentiu seu coração azedar, pois ele sabe o que Iheli, Itamar e Liat não sabem. E isso tornou seu abraço mais forte e os cachos de Iheli, mais macios.

Numa sala cinzenta do posto de polícia de Beer Sheva, a investigadora Liat Green inclina-se sobre sua mesa. Ela está cansada, e a nuvem amarela que envolve a cidade e se avista da janela não ajuda em nada. Sobre a mesa, a foto da cabeça fraturada de um eritreu ilegal. Não longe da foto, numa bela moldura de madeira, a foto do homem que o atropelou e fugiu. Há menos de vinte centímetros entre a foto da vítima e a do motorista que a atropelou, e ela não vê.

Como é possível que esteja deixando passar isso? Logo ela, que supostamente deveria ver. Liat Green, investigadora de escol. No passado Liat Samucha, observadora principal. Ela, que às vezes achava que de tanto que observava a vida já se esquecera de como vivê-la efetivamente, estava deixando aquilo escapar. E no fundo é muito simples. Ela não enxerga quem está diante dela porque não olha de verdade. Procura outra pessoa. O tempo todo está certa de que tem algo faltando. Mas o que falta não é alguém. Não é o "motorista atropelador" nem o "veículo atropelador". Ela está tão mergulhada no mistério que não nota o alheamento. E talvez o alheamento seja em essência o grande mistério, pois como é possível que essa brecha entre um homem e uma mulher que se amam, grudados como uma só carne, se abriu sem que nenhum dos dois falasse sobre ela? Logo eles, que conhecem os dias um do outro, quando estão juntos ou quando estiveram separados, cada um deles um historiador particular da história do outro. Pois o amor sempre cobiça também o passado que o antecedeu, de modo que não se bastaram em ir juntando os dias do presente e em planejar os dias do futuro (o que vamos fazer e onde vamos morar), também se perguntavam sobre os dias do passado, os dias não só à frente, mas também lá atrás. Como se a simples ideia de que uma vez tinham existido em separado fosse um pecado a ser expiado. Por isso o coração de Liat exulta quando Eitan lembra a grande briga dela com Sharon Chatsav, no meio da sétima série. Por isso Eitan sorri satisfeito quando Liat imita o comandante de sua companhia quando ainda era um recruta no Exército. Sabia exatamente como o homem gritava com eles nas longas marchas, que tinham acontecido oito anos antes de a conhecer. Assim eles sofrem um pelo outro as ofensas da infância, aplaudem um ao outro por suas travessuras, não só como testemunhas auditivas do que aconteceu há tempos, mas coparticipantes em vida, obrigatórios, na história particular do outro. E após quinze anos juntos eles ficam ouvindo espantados quando aparece de repente uma história que ainda não tinham ouvido. E pensam que talvez seja isso, essa foi a última história. De agora em diante tudo foi dito, tudo foi contado. Ela já sabia do gato com rabo preto que vivia debaixo do prédio dele, e ele sabia da bicicleta roxa e de seu trágico fim. E assim Liat procura esse criminoso que se esconde dela e não percebe que é ela quem o esconde de si mesma. Não está disposta a ver como esse homem, que está junto dela, que ela conhece, na verdade está distante. Exatamente porque não são desses casais que ficam distantes um do outro. Eles ainda têm conversas incríveis, dessas que começam quando estão saindo de Omer e só acabam quando estão chegando na casa dos pais dele, em Haifa. Um ainda faz o outro rolar de rir, e transam com uma medida nada desprezível de prazer. Com a mão no coração, ela ainda ama seu homem. E ele a ama. Tudo isso é absolutamente certo, mas não anula aquela medida de alheamento que existe até mesmo no lugar que mais se conhece. Um alheamento cuja própria possibilidade a ofende, como se descobrisse que tivesse passado um dia inteiro com alguma coisa presa entre os dentes ou se projetando de sua narina. Incidentes embaraçosos assim talvez aconteçam com outros casais, mas não com eles. Nisso ela insiste, e nisso ela está errada. Nenhuma pessoa, nunca, conhece totalmente outra. Tampouco a si mesma. Sempre resta um ponto cego. Uma linha invisível cruza sua mesa. À direita, a foto da cabeça fraturada. Abertura de um caso. Mistério. À esquerda, uma foto do homem amado, conhecido, Eitan abraçando os dois filhos; ao fundo, a grama, e apesar de a foto se interromper ali, ela sabe muito bem o que está atrás. É capaz de recitar dormindo a ordem dos arbustos no jardim. Conhece seu quintal de cor, e conhece de cor seu homem, por isso não reconhece o atropelador. Mal olha de relance para a foto emoldurada, conhecida, do marido. Contempla apena o crânio partido que está à direita e cisma: Quem fez isso a você? E onde está agora?

2

Não se parece em nada com um lugar onde pessoas possam morar. Mesmo assim, é um lugar onde moram pessoas. E, para as pessoas que vivem ali, é um lugar lógico como ele só para pessoas morarem.

Por isso, quando um dia outras pessoas vêm a esse lugar, e dizem às pessoas que moram ali que não é cabível que morem ali, e que elas têm de ir para outro lugar, as pessoas que moram ali ficam muito espantadas.

E depois com raiva.

E depois esperam.

Para ver se as pessoas que lhes disseram que fossem morar em outro lugar falavam sério. E até que ponto.

A chama irrompeu no barracão de zinco de repente, como costumam se comportar as chamas. O homem com o isqueiro na mão o aproxima do rosto do rapaz adormecido, toca levemente seu ombro. O rapaz continua a dormir. Como costumam fazer os rapazes. O homem larga o isqueiro e deixa o rapaz lá. A escuridão volta ao barracão, mas no estreito vão entre as paredes e o teto já se infiltra uma claridade azulada, a primeira. O homem torna a entrar no barracão. Em sua mão direita leva um copo de vidro, e no canto do bigode traz a ponta de um sorriso. Ele aproxima o copo do nariz do rapaz. O cheiro do café preenche o recinto, chega às narinas. O rapaz inspira em seu sono e em um instante já não dorme. Isso dá para saber não por causa dos olhos, que ainda estão fechados, mas pelo sorriso no canto dos lábios. Agora estão sorrindo pai e filho. Mais alguns minutos e eles já estão no pátio de terra no lado de fora do barracão, tomando em silêncio o primeiro café do dia, contemplando o povoado. Um povoado cravado no meio do deserto. Próximo de lugar algum. Longe de tudo na mesma medida. Longe até de si mesmo. Consta de dez barracões e dois currais para cabras. Tem um tanque para água e geradores para eletricidade, e recantos sombrosos e tranquilos, como este no qual estão sentados agora pai e filho tomando café. O café tem um sabor amargo e excitante, o ar à sua volta é frio, quase gélido, e naquele determinado momento os dois estão calmos e serenos.

Assim é toda manhã. O pai aproxima uma xícara de vidro do nariz do filho, o filho acorda com uma vontade morna de um café e de cardamomo. E os dois gostam tanto desse ritual de despertar que, mesmo se acontecer de o rapaz acordar antes que o pai acorde, ele continuará deitado na cama, esperando de olhos fechados, ainda que a urgência de urinar o esteja torturando.

A caminho da escola, ele vê que as aves já devoraram o corpo da cobra que matou ontem à noite. Ele a tinha visto ao voltar da escola e esmagara sua cabeça com uma pedra. Queria chamar o pai para que visse, mas a cobra lhe aparecera a três quilômetros da aldeia, a um quilômetro e meio da escola, e ele não tinha como impressionar ninguém com ela. Agora ele passa por aquela pedra e vê que nada restou do animal, a não ser a cabeça, uma maçaroca escura na qual quase não se distingue a língua sulcada e bipartida.

Vinte minutos depois ele chega na estrada. Um ônibus de excursionistas passa por ele num grande rugido. Pelas janelas, jovens de sua idade olham para ele. O ônibus segue seu caminho e ele se dispõe a atravessar a estrada, quando na curva desponta outro ônibus, dessa vez da cooperativa Egued, e o motorista o ensurdece com uma buzinada longa, estridente. Ele espera antes de atravessar, deixa os dois ônibus passarem por ele antes de começar a correr, tendo na cabeça a imagem da cobra esmagada com sua língua sulcada e bipartida. Chega atrasado na escola, e quando Tamam, a professora que ainda não se casou, lhe pergunta por quê, ele dá de ombros e fica calado, crava o olhar na bandeira que está pendurada atrás da mesa dela, esquiva-se da decepção de seus olhos. Se soubesse como ele pensa nela durante as noites não falaria com ele sobre atrasos. Não falaria com ele em geral.

Quando terminam as aulas, é o primeiro a sair. Sai correndo, sem parar. Há quatro dias completou dezesseis anos, e hoje, pela primeira vez, vai se juntar ao pai no trabalho. A mãe achava que ele poderia ter feito aquilo muito antes, mas o pai recusara. "Primeiro estude, depois veremos." Então ele estudou, aprendeu as letras e a tabuada, escrevia com um lápis trêmulo frases que nenhum de seus pais seria capaz de ler. E todo o tempo esperou por aquele dia, quando entraria atrás do pai e iria com ele para *lá*.

Não sabia o que havia *lá*. O pai nunca falava sobre aquilo, e ele já aprendera a não perguntar. À noite o pai voltava de lá cansado e contente, com notas de dinheiro enroladas na mão, quentes como pão saído do forno. Hoje ele iria junto, e apesar de a corrida já lhe estar queimando os pulmões e lhe causando pontadas de um lado da barriga, ele ainda corria, e não o bastante.

Na entrada do setor dos barracões de zinco, ele depara com Said, primo de seu pai. O carro de Said é limpo e novo, e as roupas de Said também são limpas e novas, mas Sharaf não fala com ele. Sabe que seu pai não gosta disso. Said até quer falar com ele. Dá-lhe uma batida no ombro e diz "Como vai, homem?", e Sharaf sorri porque sabe que Said fala com ele como se fala com um adulto, não como se fala com um menino para que *se sinta* um adulto. Said pergunta então quando é que vai trabalhar para ele, e Sharaf dá de ombros e fixa o olhar num ponto distante, que é a melhor resposta que já achou até agora para perguntas que não sabe responder. Said pergunta novamente e Sharaf compreende que dessa vez terá de pensar em outra resposta, então seu pai sai do barracão e diz: Tudo bem, Said. O garoto já tem um trabalho. O coração de Sharaf quase pula para fora do peito e começa a saltitar, porque, se é assim, então a viagem de hoje não é meramente uma visita. É um começo. E ele e seu pai vão trabalhar juntos *lá* todo dia, depois da escola, e talvez, se tiver sorte e trabalhar bem, ele até poderá ir com o pai para lá em vez de ir para a escola, pois a tabuada já começa a enfastiá-lo.

    O pai lhe diz para trazer o utilitário, e ele corre até o terreno atrás do barracão e liga o motor com uma mão experiente, engata uma terceira na colina de areia, sorri para as cabras que se afastam para lhe abrir caminho. Seu pai entra e eles partem de lá, e ele espera que dessa vez não lhe diga para trocarem de lugar quando chegarem na estrada, afinal já tem dezesseis anos, e uma vez deixaram Mohanad dirigir até o mercado em Beer Sheva. Mas pouco antes de chegarem na estrada, seu pai lhe diz para parar e trocar de lugar, e ele não discute.

    O portão na entrada do kibutz está trancado, e até o guarda chegar e apertar o botão para abri-lo ele tem tempo de ler a placa. MARAVILHOSA HOSPITALIDADE DOS HOMENS DO DES... E o portão se abre e seu pai segue em frente, e ele conclui que a excelente hospitalidade é com os homens do deserto. Algumas dezenas de metros depois eles passam por uma placa idêntica, e dessa vez ele tem tempo de olhar somente para a última palavra e constatar que acertara, era realmente deserto. Continuam e passam pelas casas do kibutz. Por causa da lombada o carro avança devagar, e assim ele pode olhar para as casas e as janelas das casas, e para as pessoas que às vezes aparecem nas janelas das casas. O utilitário continua a avançar, agora mais rápido, pois as lombadas desapareceram, e ele agora vê, na extremidade mais afastada do kibutz, sem relação com nada, uma tenda preta e grande. No primeiro momento fica tão espantado que pergunta ao pai se ali moravam beduínos, e quando seu pai ri ele compreende que mais uma vez se manifestara o menino, pois qual seria a possibilidade de alguém oferecer a um grupo de beduínos uma morada no meio de um kibutz de judeus? Seu pai para o utilitário junto à tenda, diante de mais uma placa de MARAVILHOSA HOSPITALIDADE DOS HOMENS DO DESERTO, ao lado de uma grande placa com a figura de um beduíno montado num camelo. O camelo da figura está sorrindo e o beduíno da figura está sorrindo, e o homem que sai da tenda e se aproxima deles está sorrindo, e diz: "*Ahlan*, Mussa, finalmente você trouxe o menino".

Sharaf sabe que o menino é ele e não gosta disso. Mas quando o homem, que se chama Mati, lhe estende a mão para um aperto, ele a aceita e até mesmo sorri. O homem que se chama Mati diz "Opa, que aperto", e o sorriso de Sharaf passa de compulsório a verdadeiro. Ele tinha trabalhado muito tempo naquele aperto de mão, desde que Mohanad lhe contara aquele filme no qual o herói sabe quem é um homem de verdade e quem não é pelo modo como aperta sua mão. O homem larga a mão de Sharaf, faz um gesto na direção da tenda, e diz "*tefaldu*", "por favor" em árabe, com uma pronúncia de judeu. Sharaf entra. É sem dúvida a coisa mais estranha que já viu. Por um lado é uma tenda normal, com as almofadas e os colchões e tudo o mais. Por outro, não é absolutamente uma tenda normal. É como se uma casa num kibutz tivesse se disfarçado de tenda. Disfarçado muito, muito bem.

Mati atendeu ao toque de seu telefone e disse: "Ótimo, dobrem à direita na praça e depois sigam em frente o tempo todo". Depois desligou o telefone e disse: "*Ial'la*, Mussa, vamos começar a trabalhar". Sharaf seguiu atrás do pai até um canto da tenda e o observou enquanto trocava o jeans e a blusa por uma *galabia* branca, depois punha uma *kafia* branca.* Pegou mais uma *galabia* e disse a Sharaf que a vestisse. No lado de fora começaram a ouvir vozes. Muitas vozes. Um riso ursino, de homens adultos, e um palavrear agudo e jactancioso, de rapazes, e gritinhos miados de garotas, e reprimendas pipilantes de mulheres, e em meio a tudo isso, aumentando e diminuindo, o som do choro de bebês, ainda sem se poder distinguir de quantas gargantas saíam, mas sem dúvida mais de uma. Sharaf olhou para o pai, que estava calmo e sereno, e tentou parecer também calmo e sereno, pois se não tinha possibilidade de parecer com o pai, nobre assim, e forte, pelo menos que não parecesse um bebê amedrontado em seu primeiro dia no trabalho.

Terminou de se vestir bem quando entrou o primeiro homem. O pai pôs a mão em seu ombro e disse: "Hoje você vai apenas olhar, para entender qual é o trabalho". Depois se virou e saudou cada um que entrava com "*Ahlan vesahlan*". Do canto da tenda Sharaf olhava para o pai, que falava com as pessoas com delicadeza e segurança, e dava para ver como o respeitavam e até o fotografavam com o celular, quando pegou a *darbuka*** e começou a tocar. Tocava muito bem. Melhor do que qualquer um que Sharaf conhecesse. Quando ele batia à porta da *darbuka* ela o deixava entrar, e quando já estava dentro ele fazia com ela o que quisesse. E era tão evidente, e isso era tão belo, que no primeiro momento ele simplesmente não acreditou nos próprios ouvidos quando um dos rapazes gritou para seu pai: "Diga, meu irmão, por que está usando um vestido?".

* *Galabia* é uma túnica comprida e lisa, e *kafia* é uma espécie de turbante, ambos árabes. ** Espécie de pequeno tambor árabe, feito de madeira ou barro, com couro de peixe ou carneiro.

Esperava que se fizesse silêncio. Que as palavras atrevidas, zombeteiras, deparassem com uma muralha fortificada de bocas fechadas, severas. Seu pai ia parar de tocar e, com aquela sua voz tranquila, mandar o rapaz atrevido sair, com aquela voz à qual todos obedeciam, pois se não obedecessem levaria uma surra terrível. Mas o pai continuou a tocar, como se não tivesse ouvido, e os visitantes, em vez de repreender o jovem atrevido e lhe dar uma lição, responderam com gritos de alegria e risos. "Puxa vida, olhem só o bordado", disse o rapaz, "é como o das garotas." E já se levantava e ia em direção a seu pai, apontando para as mangas bordadas da *galabia*, balançando o corpo um pouco quando caminhava, ébrio com os aplausos do público e os risinhos que conseguira arrancar.

E então aconteceu: a mão do rapaz tocou a extremidade da manga do pai de Sharaf, tocou e mostrou. E a mão do pai de Sharaf, em vez de largar a *darbuka* e agarrar o rapaz pelo pescoço, em vez de lhe golpear o diafragma ou lhe esbofetear o rosto coberto de espinhas, continuou a tocar, exatamente no mesmo andamento.

3

Três dias após aquela visita à loja de televisões, Eitan ensinou a Sirkit como retirar o curativo da barriga do sudanês que tinham operado. A incisão estava com ótimo aspecto. A vermelhidão e o inchaço tinham diminuído mais rápido do que pensara, motivo de orgulho. Sabia quão ridículo era atribuir a si mesmo o ritmo de recuperação de organismos alheios — afinal, fora o sistema imunológico do sudanês, e não o dele, que fizera o trabalho —, mas ainda assim ficava orgulhoso. Como se aquela melhora rápida fosse testemunho de algo concernente à sua própria capacidade. Nunca tinha sentido tamanho orgulho pela recuperação de pacientes de neurocirurgia, apesar de a excisão de um tumor do corpo caloso ser muito mais complexa do que a cirurgia que fizera na garagem. Itamar, quando ele o levou numa excursão uma vez e dormiram numa barraca, também dissera que a massa que tinham preparado na fogueira era a coisa mais gostosa que já havia comido. Porque uma massa preparada na bancada de aço inoxidável em casa é uma coisa óbvia, e uma massa que se prepara num estacionamento noturno do rio Havarim é uma espécie de milagre. Quando Eitan pensou em Itamar, o milagre do paciente perdeu um pouco a graça. Havia quanto tempo não passava uma noite inteira com seu filho, que era tão tranquilo. Iheli gritava e chorava quando ele saía de casa para seus plantões, mas Itamar só o olhava com aquela sua calma e dizia: "Ligue se tiver tempo". Era assim na escola também. Não pegava de

volta um estojo que lhe tivessem tirado, não exigia que o deixassem participar no futebol, não dizia que era sua vez de usar o computador. E Eitan queria dizer "Grite, garoto, dê socos na mesa e grite, porque senão o mundo simplesmente continuará a girar". Mas Liat disse: "É o jeito dele, Tani, e ele não se importa com isso. Só tenha cuidado para que de tanto que você se sente mal por ele, também ele comece a se sentir mal".
Quando nasceu, entre eles o chamavam de E.T. Nos primeiros dias após o parto, com seus olhos enormes e a pele enrugada, ele realmente parecia ser uma criatura de outro planeta. Depois cresceu e se tornou um menino lindo, mas eles continuaram a chamá-lo assim. A pronúncia "i-ti" parecia ser uma abreviação bonitinha de "Itamar", como no filme de que Liat mais gostava, pois sempre restava a possibilidade de que, se pedalasse a bicicleta rápido o bastante, ela finalmente decolasse e voasse em direção à lua. Mas, nos últimos anos, quando Itamar se envolveu em seu silêncio como um astronauta em sua roupa e capacete espaciais, Eitan parou de chamá-lo assim. Quis pedir a Liat que também parasse, mas não sabia como lhe explicar por quê. Quando, na comemoração da festa de Lag Baomer, viu Itamar parado onde estava enquanto as crianças da turma se empurravam na distribuição de picolés, pensou consigo mesmo que realmente era de outro planeta aquele seu menino. E não sabia como trazê-lo para este, e não conseguia ficar no outro planeta por tempo bastante sem que se insinuasse em sua voz um tom de reprimenda (mas por que, garoto, por que você não diz a eles?).
Eitan aprumou-se depois de examinar a incisão do sudanês. Sirkit estava a seu lado, aguardando seu pronunciamento. "O aspecto é ótimo", ele disse. "Se continuar assim, vai estar de pé dentro de dois dias." Ela traduziu para o paciente, cujo rosto se iluminou.
"Quer fazer o curativo?"

Faça você o curativo. Vou buscar comida para ele.
Quando ela se virou para sair, Eitan hesitou um momento, e por fim sugeriu ir ele mesmo ao restaurante no posto de combustível próximo comprar comida. A escuridão da garagem lhe pareceu de repente opressiva. Queria ligar para casa, talvez as crianças ainda não tivessem ido dormir. "Sabe, Itamar, é uma pergunta excelente, essa sobre dinossauros e dragões. Talvez no próximo sábado a gente possa ir até Machtesh Ramon* procurar pegadas de dinossauro ou de dragão." E já planejava como se esgueirar para fora da barraca no meio da noite e desenhar na areia, para o menino, pegadas gigantes, quando Sirkit lhe disse: *Está bem. Vá você. Mas não ao posto, ao trailer atrás dele.*

Ele ficou tão contente por sair de lá que somente após alguns passos compreendeu que estava indo para o que, na verdade, era a casa dela. Parou então de pensar em dinossauros e dragões e tentou imaginar o que veria lá, atrás da porta. Em cima do fogareiro a gás havia uma panela com arroz, ela lhe tinha dito enquanto ele saía, mas o que ia encontrar além disso? E por que, afinal, a curiosidade?

Quando era menino olhava com atenção para dentro das casas sem vergonha alguma. Era só a porta se abrir e já começava a examinar o interior que se revelava, as entranhas dos donos da casa. Ali sapatos jogados e lá um livro não lido, e o que havia na geladeira e o que havia nos armários. Na maioria das vezes não eram coisas especialmente interessantes, pois o que pode haver de interessante dentro de uma geladeira? Mesmo assim, quando os detalhes se reuniam num único e completo todo, uma satisfação estranha o inundava, a mesma que sentia quando conseguia montar um quebra-cabeça complicado

---

* Grande formação geológica no deserto do Neguev, cercada de montanhas, formando uma espécie de cratera natural.

— independente da figura que se formava ao terminar. Uma geladeira cheia de queijos magros, em cujas profundezas, atrás da aveia orgânica, ocultava-se um bolo comido pela metade. Um livro que foi largado numa prateleira exatamente na página em que a heroína toma conhecimento de uma traição abominável. E os outros livros eram títulos cheios de majestade e esplendor expostos na estante, cuja dureza da encadernação já era testemunho de que nunca tinham sido abertos. Gostava de olhar armários com roupas até estourar, cujas portas eram fechadas rapidamente pelos donos, embaraçados. Um amontoado sensual de blusas e vestidos, calcinhas e meias, uma mistura de panos enrugados em que o cheiro de roupa limpa e o cheiro de armário mofado lutam um contra o outro como num campo de batalha.

Tentou dizer a si mesmo que a casa de Sirkit era como aquelas casas, que a excitação que o dominou ao abrir a porta não era senão um eco distante da excitação de então. Mas havia lá alguma outra coisa. Na casa de sua tia, em Haifa, da varanda diante da qual se descortinava o uádi, ele viu uma vez uma mulher que dormia numa espreguiçadeira logo embaixo. Ela tinha uns trinta anos, e ele era só um garoto. Ela usava um vestido de ficar em casa com estampa de flores que ele achou horroroso, e a seus pés havia um romance de suspense que parecia ser idiota. Mas o vestido esvoaçou um pouco ao vento que vinha do uádi e ele ficou atônito ao descobrir que ela não usava calcinha. Lá embaixo, muito distantes, as copas do pinheiro e do carvalho oscilavam de um lado para outro, e assim fazia também seu olhar, de um lado para outro, de um lado para outro, pois as coxas da mulher se entreabriram em seu sono e ele viu, da varanda de cima, tudo o que nunca tinha ousado esperar ver (ao menos enquanto seu rosto estava cheio de espinhas e sua voz ainda não tinha mudado). O mundo inteiro se abrira debaixo dele naquela tarde, descoberto e exposto a seus olhos. O verde vale derramava-se num mar infinito de possibilidades, e no meio do verde-azulado despontava aquele cor-de-rosa, que confundiu sua respiração e feriu tanto seus olhos que após alguns instantes ele se virou e voltou para a sala, quase correndo. Quando Eitan abriu a porta do trailer de Sirkit, latejou em seu sangue o mesmo ardor daquele olhar, acima do uádi. E apesar de agora ter sido convidado a entrar — fora a própria Sirkit quem o enviara —, sentiu mesmo assim um arrepio nas costas quando a porta se abriu num rangido, e por uma fração de segundo o cheiro da poeira do deserto deu lugar ao delicado aroma do pinheiro, que se elevava do uádi em Haifa nos dias quentes de verão. Quando estendeu a mão para acender a luz, o quarto se revelou a ele em toda a sua pobreza desafiadora. (E o que você pensou que ia encontrar aqui, calcinhas de renda? Uma luxuosa biblioteca? Desenhos de criança na geladeira?) Oito colchões, em cima dos quais havia blusas e calças enroladas que serviam de travesseiro. Ao lado da porta, um fogareiro a gás; em cima dele, uma panela de arroz. Algumas colheres, alguns pratos e a forte sensação de já ter estado ali antes. Se não com o corpo, então em pensamento, o mesmo que tivera quando ouviu pela primeira vez a história de Cachinhos Dourados e os três ursos. Uma menininha vagueia pela floresta e chega numa casa que não é dela. As cadeiras não são dela. Nem as tigelas com mingau nem as camas. E assim mesmo age como se fossem dela: senta-se, prova, deita-se. O encanto das casas vazias, que você percorre imaginando se poderiam ser suas. E ele já se perguntava aquilo: se fosse obrigado a dormir ali, qual dos colchões estendidos no chão escolheria? E sabe imediatamente: o que está junto à porta. Mesmo que durante a noite o ar frio penetre pelas frestas e o congele em pleno sono, ainda ia preferi-lo a todos os outros. E se fosse comer ali, seria na tigela de lata. As de vidro não pareciam suficientemente limpas.

Por um instante considera segurar na mão cada uma das tigelas, deitar em cada um dos colchões. Fechar os olhos e imaginar como seria dormir ali, numa sinfonia de inalações e exalações, e como seria despertar. Cachinhos Dourados não ficou por tempo bastante para saber. Os ursos chegaram, grandes e pretos, e ela fugiu pela janela antes de terem tempo de arrumar uma cama que fosse dela. Olha novamente para o colchão junto à porta. Sabe com toda a certeza: ela deitou nele. Não se tratava de um palpite, e sim de uma constatação clara: este é o lugar dela. Porque ela também, assim como ele, tem de manter a possibilidade de ar, em todo encontro. Uma leve brisa penetrava vindo de fora, e Eitan pensou: talvez esta seja a sensação quando ela fecha os olhos aqui. Ele não tem dúvida de que, mesmo quando o vento é frio, ela ainda se deita voltada para fora, para o deserto, dando as costas para as outras pessoas deitadas mais para dentro, roncando ou se revirando ou falando no sono. Coçam-se enquanto sonham, peidam sem saber, deixam fios de saliva no travesseiro. Coisas que as pessoas supostamente deviam fazer privadamente fazem aqui em conjunto, e com isso essas coisas passam de vergonha particular para vergonha pública. Ou pior do que isso: a falta de vergonha. Mas ela se mantém em seus limites, deita-se virada para fora, com as costas voltadas para o ajuntamento de corpos que se reviram e secretam. Ele olhou para o colchão junto à porta e viu a recusa dela em se mesclar à mistura humana que se comprime no trailer. Viu e lhe deu o devido valor.

(Mesmo assim, é conveniente ressaltar que ele se enganou. O colchão dela não era o que estava junto à porta, na verdade era o mais afastado, junto à parede. Ela tinha se apressado a depositar nele todas as suas coisas no dia em que chegaram, e esperou não ter de levá-las para outro lugar novamente. A proximidade da parede a tranquilizava, gostava de adormecer com o rosto bem junto dela, o nariz quase a tocando. Era agradável ficar deitada assim, se encolher num canto e não se mexer. Tornava o sono melhor, menos invadido.) Sobre o colchão de Sirkit, suas coisas estão espalhadas, misturadas. É possível que exista nelas uma grande verdade, uma mensagem importante só para o homem que as olha. Mas ele não está olhando para elas. Seus olhos estão concentrados em outro colchão, o que está junto à porta. Pena. Porque as roupas que estão enroladas em cima do colchão junto à parede foram deixadas ali para ele. Uma Pedra de Roseta que ele deixa passar, distraidamente. Pois não foi à toa que ela o enviou ao trailer. Aí estou eu, quando você não está olhando para mim. Aí estou eu quando não me preparei antecipadamente para seu olhar. Deixara suas coisas todas misturadas naquela manhã, não poderia saber que ele viria. Não poderia saber e assim mesmo fora capaz de pensar na possibilidade. Imaginar consigo mesma, mesmo que por um breve momento, que ele estaria de pé junto ao colchão olhando para suas coisas. Pensamentos muito mais insólitos podem passar pela cabeça de alguém quando está lavando o chão. A água escorre do pano para lavar o chão, e junto lava outras coisas. Por exemplo, o que aconteceria se. Se entrasse de repente no trailer e olhasse para as coisas dela. E essa possibilidade é lavada, levada de lá com todas as outras, sem que lhe prestasse verdadeira atenção, com os movimentos ritmados do rodo. Mas parece que, assim mesmo, algo daquelas possibilidades ficou com ela, porque de repente na garagem as circunstâncias mudaram, um coisa puxa outra, e ela o está enviando *para lá*, não em pensamento, mas de verdade, e agora ela está na garagem e se dá conta de que ele está na casa dela, se é que se pode chamar de casa. Está lá dentro.

 E é estranho que se sinta tão profanada, quando foi ela mesma quem o enviou para lá. E é estranho que a primeira vez que, em pensamento, chama esse lugar de "casa" seja exatamente quando nele penetra outra pessoa. Ali, na garagem, ela o imaginava lá. Se saberia identificar entre tantos colchões qual era o dela. O que estaria olhando. O que estaria tocando. E já sabia que não importava se tocasse ou não tocasse, para ela aquele lugar já estava tocado. Quando voltasse para lá aquela noite todo o trailer estaria coberto pelos negativos fotográficos do olhar dele. Mesmo se apenas pegasse a panela de arroz e fosse embora, ela saberia que tinha estado lá. Que seu olhar percorrera o lugar mais secreto dela, sua cama.

E não fazia a menor diferença o fato de que ela também fizera aquilo. De que, quando fora até ele da primeira vez, permanecera longamente diante de sua casa, olhando. Vendo a topografia emaranhada dos brinquedos esquecidos na grama. A concepção intelectual do projeto do jardim. O guarda-sol na mesa de madeira no quintal, e em torno dela uma, duas, três quatro cadeiras, uma para cada morador da casa. E agora o trailer dela está arrombado e estendido diante dele, que é livre para percorrê-lo como quiser.

Ela sabe: esta noite seu sono será estranho. E apesar disso vai se deitar em seu colchão. Vai se cobrir com o lençol. Encostar o nariz na parede. Só sabe dormir assim. Mas agora ela está na garagem e ele no trailer, olhando para o colchão que fica junto à porta aberta. E todo esse tempo, no colchão junto à parede, há uma carta cuja tinta é o desleixo com que uma blusa jaz sobre o travesseiro, a tristeza insuportável de uma escova de cabelo em cima do lençol. Pois mesmo não tendo tido a intenção de lhe deixar uma mensagem, está presente no monte de coisas jogadas em sua cama. Sem que ele saiba. Sem que ela saiba. A esperança da blusa nova que ela comprou. O vexame da blusa antiga, rasgada, que não teve coragem de jogar fora. Tudo isso está jogado em cima do colchão, chafurdando à sua frente, mas ele não olha. E não só ele, ela tampouco sabe. Está alheia à carta que ela mesma escreveu. Sem entender que desde o momento em que pensou pela primeira vez, lavando o chão, na possibilidade de ele olhar para sua cama, o colchão não está mais imune a olhares. Sempre haverá a possibilidade de ser alvo de olhos. Foi para esses olhos imaginários que deixou suas coisas lá naquela manhã. E foi na presença dos verdadeiros olhos dele que o significado daquelas coisas se perdeu, como se não houvesse nenhum.

Finalmente, Eitan deixou de lado o colchão junto à porta e voltou a percorrer com o olhar a pobreza daquele recinto. Uma pobreza nada fotogênica. Nas fotos que havia tirado durante o safári na África os protagonistas eram cabanas feitas de lama seca, tendendo a cair, savanas amarelas cujos espinheiros se moviam em ondas, como a juba de um leão. Crianças nuas olhando direto para a câmera sob o céu maravilhosamente azul. Mães de peito nu ostentando joias vistosas em que se entremeavam dentes de leão. Um animal em extinção vestindo outro animal em extinção. Nas fotos que tirara na África a pobreza trespassava o coração como uma flecha bem afilada. A pobreza que fotografara na África era esplêndida. E aqui: oito colchões. Um fogareiro a gás. Algumas colheres. Alguns pratos.

Mas havia rosas também. Entre os colchões no chão e o fogareiro a gás junto à porta, uma lata de milho em conserva vazia contendo rosas. Três, frescas, como se tivessem sido colhidas naquele dia. E de repente Eitan se lembrou do arbusto pelo qual tinha passado na escuridão de seu trajeto, e espiou novamente pela porta do trailer. Na luz mortiça da lâmpada viu a silhueta de mais roseiras. Os eritreus cultivavam rosas. Pela primeira vez desde que a conhecera imaginou-a no trabalho, na limpeza do restaurante do posto. Lavando restos de acepipes que nunca provou na vida. Descascando legumes. Varrendo. Mãos cobertas de óleo. Pés cobertos de poeira. Uma mulher empoeirada retornando todo dia a um trailer empoeirado, mas suas rosas são limpas como só rosas podem ser.

Isso o emocionou, as rosas. Realmente o emocionou. Decidiu que diria a ela algo a respeito. Pegou a panela de arroz, fechou a porta e seguiu em direção à garagem, e por todo o caminho ficou pensando no que lhe diria. Mas, quando entrou, com as palavras já na ponta da língua, viu-se em meio a um tumulto total. Ainda estavam lá, Sirkit e o homem que tinha operado, mas havia também dois eritreus enormes, e um jovem beduíno com uma expressão de raiva no rosto. Os eritreus estavam na frente do beduíno, bloqueando seu caminho. Sua postura não dava margem a erro: os braços cruzados, as pernas um pouco afastadas. Queriam que o jovem fosse embora, e ele não queria ir. Mesmo assim Eitan teve a impressão de que algo lhe estava escapando, pois o homem que estava diante dele não parecia doente. Desesperado e agressivo, mas não doente.

Trouxe o arroz?

A voz de Sirkit estava tranquila como de costume. Estava ao lado do colchão sobre o qual jazia o homem que tinham operado havia pouco, e falou com Eitan como se estivessem sozinhos lá.

"O que está havendo aqui?"

Sirkit apontou o beduíno sem olhar para ele, como se estivesse apontando para uma sujeira que o vento trouxera. *Ele quis trazer alguém para cá, e eu lhe disse que não.*

O beduíno lançou um olhar a Eitan, depois se virou e saiu. Os corpos dos eritreus se descontraíram imediatamente, e eles voltaram a ser aquelas mesmas criaturas serenas, inofensivas. Sirkit afastou-se do leito do paciente e se aproximou para pegar a panela de arroz. (E jurou consigo mesma esclarecer muito bem como o beduíno tinha sabido daquele hospital ilegal, quem dos bobocas em torno dela tinha dado com a língua nos dentes e o que faria com essa língua quando a descobrisse.) Quando segurou as alças da panela Eitan pensou no quanto ela o superava, pois ele ainda tentava formular a pergunta a respeito daquele rapaz e ela, como de costume, já estava em outra. Só que um instante depois a porta da garagem tornou a se abrir, e o beduíno tornou a entrar. Dessa vez trazia pela mão uma jovem. Na *galabia* azul dela floresciam quatro rosas grandes e vermelhas, uma em cada lugar onde uma faca atingira seu ventre. "Você vai cuidar dela", disse o beduíno. "É minha irmã, você vai cuidar dela."

E como que para deixar claro que não tinha a menor intenção de desistir, o beduíno foi até Eitan e lhe entregou a garota, quase a jogando nas mãos dele, de modo que, quando os eritreus o agarraram, suas mãos já estavam vazias e as de Eitan, muito cheias. Eitan pôs a moça sobre a mesa enferrujada e curvou-se sobre ela. Ela respirava, até aí tudo bem, mas quase não dava para sentir o pulso. Quem a tinha esfaqueado fizera isso com muito empenho. Atrás dele, Eitan ouvia, como chicotadas, as palavras trocadas entre Sirkit e o beduíno. Frases curtas em árabe, pronunciadas num claro tom de ameaça. Sirkit tornou a dizer "Soroka". O beduíno balançou a cabeça violentamente. Não iria para lá. Eitan estava disposto a apostar o que tinha acontecido. As rosas que floresciam na *galabia* sinalizavam ou uma vingança de sangue ou um assassinato em nome da honra da família, duas coisas que os clãs familiares preferiam manter fechadas entre eles. Olhou para o jovem. Vai saber se o fogo em seus olhos vem da preocupação com a irmã ou da culpa. Bem podia ser que ele mesmo tivesse enfiado a faca. Quatro facadas, e depois se arrependera. E o jovem, como se compreendesse a pergunta que havia nos olhos do médico, virou-se para ele e disse: "Meus irmãos fizeram isso. Ela estava com um homem".
"E você?"
"Eu não."
Ele não poderia esperar outra resposta. Num rápido movimento de tesouras cortou o vestido da garota, então disse a Sirkit que lhe trouxesse material para transfusão.

É nosso.
Ele lhe prometeu que traria mais amanhã, traria tudo novo, mas que se mexesse de uma vez, com os diabos. Mas ela permaneceu onde estava.

Eles não nos ajudam e nós não os ajudamos.

Eitan olhou para ela. Estava totalmente serena ao dizer aquilo, apesar do olhar assassino que o beduíno lhe lançava. Os eritreus continuavam imóveis junto à porta, esperando o que ela ia dizer, mas Eitan pensou que estaria serena da mesma forma se estivesse sozinha diante do beduíno. Isso o tirou do sério, aquela calma o fez ficar tão furioso que sua voz tremia quando lhe disse que se ela mandasse aquela garota embora, ele iria junto.

Ela não disse nada. Ele voltou a cuidar da garota. Alguns instantes depois, os eritreus saíram, mas ele não notou. Quando a luta começa, o boxeador no ringue não presta muita atenção no público. (Afinal de contas, dizia Zakai, a morte sempre vence por nocaute. A questão é quantos assaltos você vai resistir.) Naquele assalto ele queria vencer. Queria ver aquela garota atrás do caixa no supermercado de Beer Sheva, ou servindo café na lanchonete do Soroka. Cumprimentando-o com um aceno ao se cruzarem na rua. Mas o corpo dela não estava colaborando com seus desejos. Ela quase não reagiu à transfusão, e quando ele examinou novamente a profundidade das lesões, compreendeu por quê. Era como despejar um copo d'água numa banheira da qual havia muito tempo já tinha se retirado a tampa. Ainda teria de examinar o que acontecera com os órgãos internos, mas no momento o mais importante era estabilizar o pulso, as contrações rápidas, espasmódicas, de uma bomba que não conseguia receber aquilo de que precisava. Acima dele ouvia o irmão mais velho gemer, com os olhos fixos nas mãos da garota. Agora estavam azuis, quase roxas, e a cor se espalhava para os braços. Ela não estava morta, apressou-se a dizer Eitan, era só um dos sinais da perda de sangue. Como o suor frio na testa. Como a respiração superficial. Como o fato de, havia algum tempo, não estar reagindo nem com um pestanejar aos ruídos no recinto. Os pés começavam também a ficar azuis. Ele fez mais uma transfusão. E mais uma. Os minutos viraram horas e viraram uma massa de tempo onde não existe antes nem depois, só o rosto da garota e o suor frio que o cobre, e o suor que cobre o rosto dele.

Não soube dizer com certeza em que momento a garota morreu. Soube apenas que a certa altura percebeu que o rosto não suava mais, não havia nele qualquer movimento. O pulso tinha cessado. A respiração também. Por alguns minutos tentou manobras de reanimação (quem sabe, com os diabos, quem sabe?), depois parou. "Quando um médico continua com manobras de reanimação cinco minutos após a respiração e o pulso cessarem, já não está sendo um médico", disse-lhe uma vez Zakai. "Ressuscitar os mortos é coisa para messias e profetas, não para estudantes de medicina." Atrás dele, ouviu o beduíno irromper em choro. Não se virou para ele. Ainda tinha medo daquele fogo que vira antes em seus olhos, não estava convencido de que aquelas mãos que agora abraçavam a irmã não eram as mesmas que tinham antes brandido a faca. Foi até a torneira e lavou as mãos. Enxugou-as muito bem. Já ia sair da garagem quando distinguiu, em meio às sílabas e às lágrimas do beduíno choroso, uma palavra conhecida. Um nome, que o jovem repetia mais e mais e mais uma vez.

Mona.

Mona Mona Mona Mona.

4

Às três e meia da manhã, no quarto da casa em Omer, Liat dormia na cama de casal. Na diagonal, prerrogativa de quem está sozinho. Antes de adormecer decidira que aquela noite não ia abraçá-lo nem permitir que ele a abraçasse. Quando ele erguesse o cobertor para entrar na cama, ela ia se encolher toda em seu canto. Não mais ventre colado nas costas e pernas entrelaçadas. Ela não pode continuar assim, silêncio durante o dia e abraços durante a noite. Dois reinos separados, o dos cafés da manhã carregados e jantares silenciosos, e o dos corpos enlaçados, chafurdando um no outro no escuro, com apenas a luz do quarto de Iheli penetrando sob a porta para lembrar que é a mesma casa. Que o Eitan e a Liat tão distantes durante o dia são o Eitan e a Liat bem juntinhos à noite. Estão juntos há quinze anos, e só em raras ocasiões ela se manteve afastada dele quando dormia. Brigas especialmente ácidas, discussões sobre coisas indesculpáveis. E mesmo então, quase sempre, acabavam tateando e se aproximando um do outro no escuro, para que o nascer do sol não os encontrasse separados.

Ele foi para a cama pouco depois das três e meia. Mesmo dormindo, ela percebeu sua chegada, e lembrou o que tinha decidido. Em geral o sono dissolvia a raiva, mas naquela noite a humilhação era parte do corpo dela. Um membro que tornou a sentir quando se revirou no colchão não era diferente de um braço ou uma perna, nos quais não se pensa na hora do sonho, mas bastou um pedacinho de consciência para de novo ter noção de sua existência. O braço, a perna, a humilhação. Tudo estava lá, firme e forte. Talvez por isso tenham se passado alguns minutos até ela sentir os tremores. Estava ocupada em se abrigar entre travesseiros e cobertores, e não sentiu a movimentação estranha do ar no outro lado da cama. Por fim percebeu, e não entendeu.

"Eitan?"

Ele não respondeu, e por um momento ela ficou com raiva e resolveu que, se era assim, tampouco falaria. Sabia se calar tão bem quanto ele. Mas os tremores continuaram lá, no outro lado da cama, e lentamente ela parou de sentir raiva e começou a se preocupar.

"Tani, você está doente?" Ela pôs a mão em sua testa, que estava perfeitamente bem, e a deslizou pelo rosto, que não estava absolutamente bem, mas molhado e quente. "Você chorou?"

E antes que ele respondesse ela disse a si mesma que não, não podia ser, seu homem não chora. Simplesmente não tem aqueles dutos no canto do olho, uma questão fisiológica. Mas quando suas mãos no escuro tatearam na direção dos olhos encontraram-nos úmidos, salgados, e quando ela o abraçou ele soltou um soluço que era, sem dúvida, um soluço de choro. Liat então o abraçou de verdade, esperando que ele não sentisse que as mãos dela hesitavam ligeiramente, sem saber como segurar aquele corpo, que de repente tinha mudado. Após alguns instantes, quando os tremores amainaram um pouco, perguntou a ele o que havia acontecido. Perguntou suavemente, baixinho, mas quando se passaram alguns minutos sem que ele lhe respondesse, ela sentiu a mesma e conhecida raiva com a qual adormecera, e junto veio uma nova pergunta, obscura, sobre alguma outra mulher. Porém, finalmente, ouviu-se a voz dele no silêncio do quarto. Fraca, entrecortada, mas assim mesmo a voz dele. O estranho das últimas semanas desaparecera, e em seu lugar ela ouviu Eitan, o verdadeiro Eitan, lhe contar em palavras confusas sobre a garota que morrera naquela noite na mesa de operações. "Por minha culpa", ele lhe disse e repetiu, "morreu por minha culpa." E de novo seus olhos estavam cheios de lágrimas. "Por minha culpa." E quando ela pensou que ele se acalmara um pouco, quando parou de balbuciar e recobrou a respiração, Eitan virou-se para ela com um olhar urgente. "Preciso te contar o que aconteceu lá, Tul, te contar por que ela morreu." Ele ia continuar a falar, ela já via seus lábios modelando a próxima frase. Então Liat ergueu a mão num gesto, para detê-lo. "Basta", disse ela. "Você está se martirizando, e isso não é justo." E ele se calou e prestou atenção no que ela lhe disse quanto a ele ser um médico e médicos às vezes cometerem erros, mesmo que seu objetivo seja o mais nobre que existe. "Pacientes às vezes morrem, Tani, não quer dizer que foi por sua culpa. Pense em todos os plantões que você teve de aturar nessas últimas semanas, como é que se deita aqui e diz que é uma pessoa má, ou que não é profissional?" Ela beijou seus olhos, que tinham tornado a lacrimejar, beijou o rosto, o nariz e o queixo, e disse: "Você é um homem bom, Tani, você é o melhor homem que eu conheço".

Aos poucos sentiu que ele se acalmava em seus braços. Não protestou quando ela lhe afagou a cabeça. Não tentou mais falar. Ela passou a mão em seus cabelos até que sua respiração pesada sinalizou que tinha adormecido. Como Iheli, pensou, como Iheli que chora para adormecer, e o sistema se apaga para recomeçar amanhã. ENCERRANDO O WINDOWS. Mesmo assim continuou a passar a mão em seus cabelos, num movimento que foi se retardando à medida que o tempo passava, até ela adormecer também.

E às sete horas da manhã veio a ligação do posto de polícia.

Ele agarrou-se a seu sono o quanto pôde quando o telefone de Liat tocou, até mesmo quando o grito "O quê?" escapou da boca dela, forte e sonoro. Manteve os olhos fechados quando a mulher se levantou da cama e se vestiu rapidamente, apressando Itamar e Iheli com uma voz marcada pela urgência. Quando ele ouviu a porta se fechar, ajeitou o cobertor sobre o corpo e tomou o cuidado de manter os olhos fechados, para que nenhum raio de sol penetrasse. Mas sabia que estava desperto e que nenhum artifício existente no mundo mudaria aquilo.

Ao cabo de alguns minutos, abriu os olhos. Lá estava ele deitado na cama, no quarto do dr. Eitan Green. Mesmo assim não ia se surpreender se a porta de repente se abrisse e o dr. Eitan Green entrasse e lhe ordenasse que saísse. O dr. Green, homem de princípios que se recusara a aceitar casos de suborno, ia expulsar de sua cama o homem que na noite anterior tinha causado — não diretamente, mas de maneira clara — a morte de uma jovem. O dr. Green ia pôr para fora o homem que atropelou uma pessoa e a deixou à margem da estrada, e que quase permitira que outra pessoa arcasse com a culpa. E aquele homem, expulso da cama e posto porta afora, ia ficar ali no quintal, entre os arbustos de alecrim, pensando: quem sabe? Quem sabe ele é quem é o verdadeiro Green.

O que o define melhor: toda uma vida de direção cuidadosa, estudando medicina e carregando as compras das velhinhas no supermercado ou aquele minuto? Quarenta e um anos de vida contra um único minuto, e assim mesmo ele sente que aquele minuto encerra em si muito mais do que sessenta segundos, como um fragmento de DNA incorpora em seu interior todo o gênero humano. Porque ele não os conhece. Porque pessoas de outro planeta são necessariamente um pouco menos pessoas. Verdade que isso soa terrível, mas ele não é o único que pensa assim. Ele é apenas uma pessoa que por acaso atropelou um deles.

Ficou deitado na cama pensando nas rosas de sangue no vestido da garota. Tinha sido culpa de Liat tanto quanto dele. Ela poderia ficar dizendo até amanhã que tinha forçado o romance a se revelar para salvar o rapaz de uma prisão sem motivo, mas a verdade é que fizera aquilo porque fora Tchita quem resolvera o caso, e não ela. O rapaz tinha lhe dito que parasse de investigar, e ela não lhe dera atenção, e quando resolvera o caso ficara tão orgulhosa que não parara para pensar no perigo em que pusera a garota. É isso aí. Não existem pessoas boas e pessoas más, só existem as mais fortes e as menos fortes. Talvez fosse isso que Zakai tentara dizer quando lhe dera aquela garrafa de uísque.

Barbeou-se cuidadosamente diante do espelho. No dia anterior, o professor Tal lhe dissera que parecia desleixado. Dissera aquilo sorrindo, com uma batidinha em seu ombro, mas dissera. O professor Shakedi não lhe dirigia a palavra já fazia dois dias. Em vez de lhe lançar olhares de censura, o chefe do departamento tinha passado a ignorá-lo ostensivamente, o que preocupava Eitan muito mais. Os outros médicos também mal se dirigiam a ele, que de qualquer maneira estava sempre cansado e assoberbado demais para ter uma conversa de verdade. Até mesmo a jovem enfermeira tinha parado com os sorrisos e decidira investir sua energia no novo residente. Talvez se comportasse de outra forma se soubesse que aquele médico cansado e de barba por fazer era na verdade o diretor titular de outro hospital. Menos conhecido, menos legal, mas mesmo assim um hospital. Com equipamento médico, atendimento múltiplo e variado de lesões traumáticas e doenças, e desde o dia anterior também com registro de morte de pacientes, uma vez que em hospitais não há como não ser assim.

Você tem de se acalmar, disse consigo mesmo enquanto abotoava a camisa. Tem de se acalmar, ou vai perder o emprego. Terminou de abotoar a camisa e tratou de engraxar os sapatos.

Por fim postou-se diante do espelho e examinou sua figura. Não, o professor Tal não poderá dizer que está desleixado. Mas, por segurança, passou duas vezes a loção pós-barba reservada para casamentos luxuosos nos dois lados do pescoço.

Muitas horas depois, quando a loção pós-barba foi substituída por um suor ácido, uma enfermeira foi até ele e disse: "Sua mulher está ao telefone". Ele desculpou-se com seu paciente e correu para atender. Estava esperando aquela ligação desde a manhã. Liat ia lhe dizer que a beduína tinha morrido. Ele ia ficar tão chocado quanto ela. Ia tranquilizá-la. Ia dizer: "Tuli, não é culpa sua. Você só tentou ajudar". E ele ia realmente acreditar naquilo quando dissesse a ela. Não ia pensar que na verdade era também, um pouco, culpa dela, culpa da investigação interminável e da promoção que talvez venha ao final. Quando a ouvisse chorar, saberia que era tudo um pretexto para outra coisa, para a vontade de Liat de estar entre os bons. Os que fazem as coisas corretamente, como deve ser. Como médicos. Ninguém faz tal coisa pelo dinheiro. Nem pelo prestígio. Sete anos de estudo para saber que, se existem no mundo forças do mal e forças do bem, você está sem dúvida do lado do bem.

Quando ele atendeu, pretendia lhe dizer tudo isso, então ficou muito surpreso quando ouviu, no outro lado da linha, não a voz sofrida de Liat, mas outra voz, tranquila e serena.

Preciso que venha hoje.

"O que fez você pensar que podia ligar para cá?"

Você não está atendendo o celular.

Ele lhe respondeu o que ela já sabia, que o celular ficava desligado quando estava trabalhando, e ela respondeu que ele tampouco tinha atendido na noite anterior e pela manhã. Disse que havia pessoas doentes, muitas. No dia anterior as mandara embora, já que ele tinha preferido cuidar da beduína, mas naquele dia ele teria de ir. Ele lhe disse: "Hoje eu não posso, Sirkit, estou de plantão até muito tarde". E ela disse: *Então direi para virem muito tarde.* E desligou.

Quando saiu do jipe, ele notou imediatamente a lua. Um olho branco, arregalado, cuja pupila fora arrancada. (E a lua cheia é sinal de que se passaram dois meses desde que Janis Joplin se lamentava dentro do carro enquanto do lado de fora havia um homem chamado Assum, que você atropelou.) Trancou o jipe e caminhou em direção à garagem. Dez eritreus se amontoavam na entrada, olhando para dentro. Eitan pensou que estavam esperando por ele, por isso se surpreendeu quando passou sem que lhe voltassem o olhar. Quando chegou na entrada da garagem compreendeu por quê. Uma sudanesa corpulenta estava ajoelhada ali, de costas para o público, e beijava os pés de Sirkit. *"Minfadlaki"*, dizia, e repetia, *"Minfadlaki, minfadlaki."* Eitan conhecia aquela palavra. Os sudaneses que iam até a garagem a pronunciavam muitas vezes. Por favor. Sirkit respondia num árabe macio, melodioso. O som era tão agradável que só após um instante Eitan percebeu que ela estava recusando o pedido da mulher. E compreendeu isso quando a mulher se levantou e cuspiu no rosto de Sirkit.

Um rumor de espanto se espalhou pelo público. A saliva, branca e espumosa, atingira o arco do nariz de Sirkit e pingava em sua face. Quão miserável e ridículo é o aspecto de um rosto tão altivo quando gotas de saliva escorrem por ele. Mas, à medida que os segundos passavam e Sirkit continuava imóvel, Eitan era obrigado a reconhecer que aquele seu desamparo não era senão um sinal de majestade. Pois a cuspida, constatava, não lhe causara a menor mudança. Ela simplesmente continuou ali de pé, sem dizer nada. E quando a mulher cuspiu outra vez, direto no denso negro de seus olhos, Sirkit foi se lavar na pia. A mulher que cuspia se virou e notou a presença de Eitan. Seu rosto imediatamente mudou. "*Minfadlaki*, doutor. Sirkit quer dinheiro. Não tenho dinheiro." Já ia se ajoelhar de novo, aos pés dele, quando os eritreus que Sirkit tinha encarregado de manter a ordem foram até a mulher. Não precisaram tocá-la. Ela logo se levantou. Olhou com frieza para Sirkit, para os homens, que estavam tensos, para o público que acompanhava da porta. Tremendo de humilhação e de raiva, dirigiu-se a Eitan. "Para cada pancada que Assum lhe dava, Alá vai dar dez."

O último paciente saiu de lá às duas horas. E saiu capengando. Eitan o acompanhou com o olhar enquanto manquitolava com a perna enfaixada. Tinha repetido três vezes sobre o antibiótico, e não estava certo de que o outro compreendera. Chegara no dia anterior. Fala vagarosa, olhos embaçados. Talvez por causa da febre, por uma deficiência mental. Mas uma pessoa com deficiência mental não conseguiria escapar assim dos contrabandistas beduínos, cruzar a fronteira sem pagar nada a nenhum deles. Ele dissera a Sirkit que aquele arranhão na perna era de quando se arrastara por baixo de uma cerca dos egípcios. Eitan não sabia se era verdade. Nada do que ela dissera lhe parecera verdadeiro. A única coisa que sabia ao certo era que o aspecto da perna era horroroso. Despejou no rapaz meia tonelada de antibióticos — o que menos precisava agora era de mais uma cirurgia de emergência na garagem.

"Diga a ele que se não cuidar da infecção estará sujeito a perder a perna."

Sirkit traduziu e o rapaz caiu na gargalhada.

Ele disse que a perna vai ficar bem, que você não deve saber que os eritreus são campeões mundiais dos quinhentos metros.

Eitan notou um sorriso oculto, raro, de Sirkit para o rapaz. Como se compartilhassem uma piada que ele deixara escapar pela peneira da tradução.

"Campeões mundiais dos quinhentos metros?"
É o alcance dos fuzis dos egípcios. Quem não corre essa distância rápido o bastante não chega aqui.
Ela se levantou e acompanhou o rapaz até o lado de fora. O olho lunar os iluminava quando o rapaz tirou do bolso algumas notas de dinheiro e as passou a Sirkit. Eitan o viu se afastar. Sirkit tornou a entrar na garagem. Pegou um rodo e começou a esfregar o chão de cimento, dirigindo-se a Eitan só para lhe pedir que se afastasse um pouco, porque queria lavar ali. Ele a olhou enquanto limpava. Movimentos experientes, rápidos.
"Aquela mulher que esteve aqui antes..."
Sim?
"Ela disse que você leva dinheiro, que quem não paga não recebe tratamento."
E daí?
Ela continuou a limpar, com os mesmos movimentos do rodo. Nem mais depressa nem mais devagar. E Eitan de repente tomou consciência dos círculos claros em torno de seu pulso, e do cigarro que os tinha feito, lhe queimando a pele.
"Ela disse também que seu marido batia em você."
Sirkit arrastou a água para fora, as mãos fechadas em torno do cabo do rodo. Pegou um pano e o passou no chão já limpo até não haver nele uma gota d'água sequer. Dobrou o pano num perfeito quadrado.
E daí?

Depois que ele foi embora, ela tornou a limpar a garagem. Movimentos ritmados do rodo, medidos, como se estivesse remando em águas tranquilas. O lugar estava limpo, não havia dúvida. Mesmo assim limpou novamente o chão de cimento, esfregou com um pano a mesa de ferro enferrujada. O corpo trabalhava e a cabeça se acalmava, ou pelo menos tentava se acalmar, pois quando ficava parada por alguns segundos era atacada por tal inquietude que logo voltava a se movimentar por todo o lugar, para lá e para cá, para lá e para cá.

Ela nunca saberia o que teria acontecido se o jipe não tivesse surgido do nada naquela noite e o atropelado. Quantos socos ele ainda daria nela, e se um dia se ergueria para golpeá-lo de volta. E assim seria para sempre. Recebera sua vida de volta de outra pessoa, daquele médico, que não tivera intenção nenhuma de dá-la a ela.

Em seu pulso havia cinco círculos claros, e Sirkit se lembrava da pele queimando e do cheiro de tabaco que vinha dele na noite em que Assum os gravou em sua carne. Quando mergulha novamente o pano na água ela pensa que odeia aquela mulher que se ajoelhara no barracão naquela noite, esperando que ele acabasse, tanto quanto o odeia. Queria agarrá-la pelos cabelos, aquela vaca imbecil, erguê-la com força só para poder bater nela mais uma vez. Como é que você permitiu isso? Nem mesmo gritou. O médico é culpado de tê-lo atropelado, mas você, você é culpada de não tê-lo atropelado. De não ter feito nada.

Pôs o rodo num canto e saiu para pendurar o pano para secar. Sem dúvida, ela tinha se escondido da vida, e muito bem. Durante trinta e um anos se escondera da vida. E principalmente de seu marido, que preenchia o barracão inteiro e ultrapassava o telhado. Era grande como Deus, mas menos malvado do que Ele. Às vezes Assum se sentava no colchão, ela soltava o cabelo, e ele, com os dedos, soltava todos os nós. Delicadamente. Sem que doesse. Ela se sentava de costas para ele e fechava os olhos, e o marido desfazia os nós com os dedos, como antes soltara os nós da rede de pescar. Sabia desfazer os nós da rede sem rasgar um só, tão delicados eram seus dedos. Ela fechava os olhos e respirava. Fora do barracão as pessoas queimavam esterco. Os dedos de Assum cheiravam a fumo e peixe. Ele os passava pelos cabelos dela em todas as direções, até não restar um nó sequer. Então seu cabelo também cheirava a fumo e peixe. Às vezes ele continuava a passar os dedos no cabelo dela mesmo quando não havia mais nós a desatar. Passeava com eles para baixo e para cima, para cima e para baixo, em movimentos sinuosos, curvilíneos, como uma fileira de formigas, como o fluir de um rio, com uma suavidade que ela não consegue descrever agora, mas da qual se lembra de repente, na raiz do couro cabeludo. E aquele tempo todo enquanto os dedos dele passeavam em seu cabelo, o assobio passeava em seus lábios, só se interrompendo quando parava para cuspir no chão, mas logo recomeçava.

    O assobio, ele trouxe um dia consigo do mar. Disse que o tinha recebido dos peixes. Não parecia verossímil, mas Assum não era do tipo que se pode contestar. O assobio era agradável. A melodia também, diferente de tudo o que ela conhecia, e o modo como os lábios dele se contraíam quando assobiava, e como por um momento ele se parecia com o menino que talvez um dia tivesse sido, simpático e nem um pouco amedrontador.

    Quando foram embora da aldeia, ele levara consigo o assovio, mas não parecia ser um menino quando contraía os lábios. Parecia um homem cansado e raivoso. Após algumas semanas, o cheiro de peixe abandonou seus dedos. Os dois perceberam, mas nenhum deles falou. Sem o cheiro de peixe os dedos dele eram como um homem cuja sombra tivessem cortado. Tudo estava lá, mas algo importante faltava. Longe do mar, as mãos dele sufocavam no sol como os peixes sufocavam no chão do barracão. Continuou a fumar, mas parou de lhe desatar os nós com os dedos, e falava com ela o mínimo possível. Havia dias em que o assobio era a única coisa que lhe saía da boca. A mesma melodia, mas diferente. Mais lenta e empoeirada.

    Até a noite em que aquele beduíno dissera a ela que fosse até sua tenda. Ele passou pelo grupo de mulheres sentadas examinando uma por uma, lentamente, então lhe fez um sinal para que se levantasse. Já ia fazer aquilo quando ouviu o assobio de Assum. Mais rápido, forte, quase alegre. O beduíno virou-se surpreso para o grupo dos homens. Entre todos os rostos que olhavam para baixo, lá estava de pé seu marido, assobiando. O beduíno armou o fuzil e lhe disse que não se atrevesse. Assum parou de assobiar e disse: "Se você é homem, venha, vamos ver como você é sem o fuzil". O beduíno entregou o fuzil para um de seus amigos e disse: "Sem problema". Mas dava para ver em seus olhos que estava um pouco preocupado. Assum era uma cabeça e meia mais alto que ele, e apesar de tudo o que tinha acontecido desde que haviam deixado a aldeia, seus ombros ainda eram largos e grandes. Mesmo assim, o beduíno se preocupara em vão. Fazia dias que ninguém entre eles comia direito, e desde que o cheiro de peixe tinha ido embora, as mãos de Assum haviam ficado mais fracas. Ele já estava no chão antes que se passasse um minuto. O beduíno enfiou a cabeça dele bem fundo na areia e disse: "Agora vamos ver se você consegue assobiar". Depois chutou-o algumas vezes e o largou, e ela nunca saberá se o beduíno se lembrou dela àquela altura, se tivera a intenção de arrastá-la para a tenda ou se achou que já se divertira bastante por aquela noite, pois logo depois disso Assum assobiou novamente. Seu rosto estava cheio de areia e saía sangue de seus lábios. Era com dificuldade que contraía a boca para assobiar. O som saía entrecortado, disforme. Não era de modo algum um assobio. Mesmo assim ela identificou logo a melodia, e o beduíno também, porque daquela vez não se bastou com alguns chutes. Deixou que Assum se levantasse e tentasse dar um soco nele, então o encheu de pancada quando errou o alvo. Levou poucos minutos, mas para ele pareceu mais, e aparentemente para o beduíno também, pois quando por fim terminou (o rosto de Assum parecia uma maçaroca), ele enxugou as mãos na *galabia*, pegou o fuzil das mãos do amigo e foi embora.

Sirkit correu para o homem estendido no solo, que era seu marido. Enxugou-lhe o sangue dos lábios. Limpou-lhe a areia do rosto. Tencionava lhe beijar os dedos, com seu cheiro de fumo e sem cheiro de peixe, quando, com aqueles dedos, ele deu nela o soco mais forte que já levara. O soco a pegou direto na barriga. Ele já tinha lhe batido antes, mas nunca daquele jeito. Talvez porque daquela vez tivesse batido com um ímpeto especial. E talvez tivesse batido como sempre, mas os músculos dela não estavam preparados. Estavam relaxados e tranquilos, não contraídos de tanto medo. Quando o vira estendido ali, coberto de sangue e de areia, não sentira um pingo de medo. Correra para o marido não porque o temesse, mas porque estava preocupada com ele. Assum não vira medo nos olhos dela, e se assustara. Pois uma coisa é perder o cheiro do mar nos dedos, outra coisa é perder o medo nos olhos de sua mulher. E não fazia diferença que em vez do medo houvesse ternura em seus olhos. Ele não sabia o que fazer com ternura. Não sabia o que a ternura lhe dizia sobre si mesmo. O medo nos olhos dela lhe dizia que ele continuava a ser como antes, que nada havia mudado. A ternura dizia algo diferente, que ele não era capaz de entender. Nem queria. Coisas demais tinham mudado, ou se perdido. E ele precisava do medo dela. Para saber quem era.

Agora era ela quem estava estirada no solo, o rosto na areia. Assum estava de pé, e cuspia sangue. Ela olhou para ele e disse consigo mesma: Vaca imbecil, você acha que ele fez isso por você. Não foi por você. Ele não tem a menor ideia do que você sente quando um homem se enfia dentro de você com força e lhe rasga a carne. Foi por ele mesmo. Não quer que nenhum outro faça isso com a mulher *dele*. Ninguém, a não ser ele.

Fora da garagem a noite era redonda e silenciosa. As pedras estavam em seus lugares, o céu também, e eles não se tocavam. Na noite do assobio, Assum estava no chão e ela de pé, depois ela estava no chão e Assum de pé, e no meio da noite o beduíno veio, postou-se acima dela e disse: "Venha". Naquela noite ela estava de pé do lado de fora da garagem e sabia que, se quisesse, diria a seu médico "Venha", e ele viria logo. E se lhe dissesse para tratar dos doentes, ele trataria. E se lhe dissesse que pulasse numa perna só (como aquele rapaz na extremidade do acampamento lhes dissera uma vez, apontando o fuzil e dizendo: "É proibido vir até aqui, agora voltem pulando numa perna só"), o médico pularia numa perna só. Tudo isso ela sabia. Mas você nunca vai saber como seria se ele nunca o tivesse atingido naquela noite. Se algum dia conseguiria ir embora ou se continuaria com ele daquela maneira a vida inteira, de soco em soco. Como o silêncio do coração no intervalo entre uma pulsação e outra, assim parecia ser sua vida. E o fato de não estar parecendo ser assim agora é muito bom. Mas você nunca saberá, nunca saberá quanto dessa força vem de você e quanto vem do acaso.

Alguém do departamento o tinha procurado duas vezes, mas não havia nenhuma ligação de Liat, o que lhe pareceu estranho. Já começara a cismar se de fato aquela garota, a que morrera no dia anterior sobre a mesa na garagem, era a mesma Mona à qual sua mulher se referira. A possibilidade de que fosse outra o enchia de esperança. O telefonema do posto policial que ela atendera de manhã cedo poderia estar ligado a outro caso. Liat não dissera nada ao sair, e ele tentara ao máximo continuar dormindo. Em todo o caminho para casa flertou com a possibilidade que se apresentava à sua frente. Mona e o rapaz vivos e sadios. Quase ousou imaginar qual era seu aspecto, divertir-se um pouco com pensamentos sobre o amor proibido de duas crianças. Não era a mesma Mona. A cada momento que passava tinha menos dúvidas quanto àquilo. Liat teria ligado para lhe contar se aquela garota tivesse morrido. Pois aquele caso, o do eritreu, e o do rapaz e da moça recentemente acrescentados, era especial para ela.

Mas quando entrou em casa a encontrou sentada no sofá, com os olhos vermelhos. Ele soube imediatamente, e ficou com raiva de si mesmo por ter se permitido não saber. Tinha passado o percurso inteiro alimentando ilusões, contando a si mesmo histórias bonitas sobre uma moça e um rapaz montados num camelo indo em direção ao pôr do sol. Sentou-se ao lado de Liat, esperando por um instante que ela lhe contasse o que ele já sabia, preparando antecipadamente frases de consolo, um abraço, pontos a favor dela na discussão que com certeza acontecia agora em sua cabeça. Não é culpa sua, a morte da garota, não é culpa sua. E por isso não compreendeu no início porque, em vez de lhe contar sobre a morte da menina, ela cravou nele um par de olhos opacos e perguntou: "Onde você estava?".

"No meu turno."

"Não foi o que me disseram quando liguei para lá hoje para contar que aquela garota morreu." E antes que tivesse tempo de pensar no que dizer ela já se levantara, olhando para ele com hostilidade. "Eles me perguntaram como estavam os acessos de asma de Iheli, por causa dos quais você teve que sair mais cedo."

5

Já faz uma semana que Eitan e Liat não se falam. Palavras são ditas. Palavras são respondidas. O leite acabou e onde está a mochila de Iheli e vou levá-lo hoje para a escola. Às vezes os ombros se tocam quando os dois põem os filhos para dormir ou na hora de enxugá-los no banheiro. Liat põe a mesa para o jantar, Eitan leva a louça na pia. Liat põe os pratos na máquina, Eitan guarda os talheres no armário. Os dias vêm, os dias vão, e Eitan e Liat não se falam. E durante todo esse tempo a pia na cozinha de Eitan e Liat se enche e se esvazia, como a lua. Coisas são guardadas, coisas são retiradas. Um saquinho plástico fica cheio de lixo. Lixo é jogado na lata de lixo. A lata de lixo fica cheia de lixo. O lixo é carregado no caminhão de lixo. O caminhão se enche de lixo. O caminhão despeja sua carga no grande lixão do Neguev. O lixão do Neguev fica cheio de lixo. O lixo é enterrado nas profundezas do solo. O solo se enche de lixo. Fica cada vez mais cheio, e não há como esvaziá-lo, e a poeira sobe como um insulto, sobe e envolve a cidade de Beer Sheva, sobe e chega até Omer. Mas a pia na cozinha de Eitan e Liat brilha em sua limpeza, na brancura ofuscante do mármore. Faísca no escuro. Sua luz irrompe através da poeira, uma lua de mármore, que fica cheia e se esvazia no céu de aço inoxidável.

No fim ela o perdoou. Ele tornou a jurar que estava sozinho nas horas que passou fora do hospital. Ar, ele lhe disse, eu precisava de ar. Contou-lhe de suas incursões nas trilhas para jipes.

Dirigindo a esmo por caminhos de terra, noite após noite. Mas por que mentir, ela perguntou, por que não contar? Suas respostas eram gaguejantes, incompletas, mas não recendiam a perfume. Em seus olhos havia solidão, e não traição. E, quanto mais raiva tinha dele, mais sentia raiva de si mesma. O que ele tem aqui? Ela o arrastara quase à força. Poderia ter deixado que sustentasse sua posição em relação a Zakai, que fosse à imprensa. Talvez perdesse o emprego, mas seu orgulho, esse órgão interno invisível do qual depende a existência dos homens, teria sido mantido. Então ele entrava no jipe e dirigia. Horas. Noites. E talvez fosse melhor assim, pois o que ela teria feito se ele voltasse para casa com toda aquela frustração, a raiva pela mudança, a perda, o azedume? Nem mesmo os surtos de raiva de Iheli ela sabe aplacar, precisa de Eitan para isso, como lidaria com a humilhação de um homem de quarenta e um anos que pela primeira vez na vida se vê afastado, secundário?

Ela sabia que qualquer outra mulher há muito tempo teria começado a segui-lo. E sabia que logo ela, para quem seguir e investigar alguém é parte da rotina, nunca faria isso. Não estava disposta a olhar para ele com aqueles olhos, cheios de dúvida. A seguir atrás de indícios, de pegadas. Não estava disposta, pois se começasse com isso agora não tinha certeza de que poderia parar depois. No safári, no Quênia, depois de se casarem, o guia lhes dissera que um leão que tivesse experimentado uma vez a carne humana não ia mais querer caçar outra coisa. Talvez fosse apenas uma história que se conta a turistas, mas seus instintos de leoa lhe diziam que não havia tentação maior, nem caçada mais excitante, do que armar uma tocaia para o amante.

E, exatamente por isso, era proibido. Para que não sejam estirados à sua frente, dissecados, os intestinos a derramar seus segredos. É preciso guardar muito bem o limite da pele e o limite do conhecimento. É preciso lembrar que não é permitido tocar em tudo. E parar. Antes.

Mesmo assim, ela via coisas demais. Sabe que quando Itamar diz que o passeio da turma foi bom, na verdade está dizendo que não havia ninguém ao lado de quem pudesse se sentar. Ela enxerga isso no canto dos olhos, num leve inclinar de cabeça. E não diz a ele, para não embaraçá-lo, e não diz a Eitan, para não preocupá-lo. E talvez também espere que algum dia consiga não dizer a si mesma, consiga desligar esse raio X dentro de sua cabeça, que lhe mostra o que as pessoas têm dentro das malas e dentro da barriga.

É um negócio complicado, esse de enxergar. Pois olha só como se sente grande e forte quando remexe assim as pessoas, sem que elas percebam, e sem um mandato de busca. Como, quando na faculdade, bastava um olhar para saber quem estava grávida, não por causa do corpo, ainda achatado, mas pela mão protegendo o ventre. E depois, na pós-graduação, encontrando-se com as mesmas estudantes num jantar com os maridos, discernia como ia o casamento segundo a postura das mãos, se davam-se as mãos só ao chegar, numa demonstração momentânea, ou se continuavam assim depois. Sabe distinguir a diferença entre distanciamento por falta de segurança e distanciamento por soberba, entre uma tranquilidade artificial e a verdadeira serenidade, um flerte sadio e uma tentativa de sedução. Sabe e se restringe, lembrando sempre a advertência de sua avó: cuidado para que eles não misturem os olhares. Não tenha certeza de que está olhando para fora quando na verdade tudo que está vendo é o que você mesma tem por dentro.

Pois como é que poderia saber de fato sobre o passeio de Itamar? O assento vazio que ela pôs ao lado dele no ônibus talvez estivesse ocupado. Talvez ela tivesse confundido com outro assento, em outro ônibus, anos atrás. Um assento vazio a caminho de um dia de treinamento, na primeira semana em Maagan Michael. Ela olhava pela janela tentando se interessar pela paisagem, como se não se incomodasse com o fato de ninguém ter se sentado a seu lado. Mas dava para perceber que se incomodava. No canto dos olhos. Na leve inclinação de cabeça. No caminho de volta estava sentada ao lado de Sharon. Sete horas de exercícios em grupo tinham bastado para ela conquistar um cantinho. Mas se lembrava bem da viagem de ida, sempre lembrava. Pela janela passavam árvores e construções e cruzamentos. E ela olhava para elas a fim de não olhar para o grupo de crianças animadas dentro do ônibus. Olhava, dizendo: eis aí uma árvore, eis uma construção, eis um cruzamento. Mas na verdade estava dizendo: estou sozinha, sozinha, sozinha.

Você nunca sabe o que realmente se passa dentro da cabeça de uma pessoa. Mesmo assim pode tentar. Olhar com paciência pelas janelas da casa até uma lufada momentânea de vento afastar alguma cortina. E espiar. Completar em sua mente o que estiver faltando. Lembrando apenas que aquilo que você completou trouxe de si mesmo, e não de lá.

Não estava disposta a seguir Eitan, pois não estava disposta a espiar pela janela de sua própria casa. Não há forma mais certa de profanar uma casa. Não estava disposta a ver Eitan dessa maneira sem que ele soubesse. Seria como lhe roubar algo sem que ele sequer imaginasse. Ela então o interrogou muito bem sobre as mentiras que lhe contara, e tornou a perguntar sobre os lugares em que estivera. Mas não o seguiu nem o investigou. Protegeu-o bem de seus olhos de caçadora, protegendo também a si mesma.

E voltou a dormir com ele. Removeu numa noite a linha imaginária que dividia a cama ao meio e lhe estendeu a mão. Tornaram a dormir abraçados. Mas o sono dela era opaco e escasso, e os dias eram cobertos de uma espécie de bruma amarela. Havia algo que ele não lhe contara. A investigadora que nela habitava sabia disso, embora a mulher que havia nela tivesse optado por ignorar. Apenas uma vez Liat fraquejou. Três dias após terem se reconciliado, ele avisou que teria plantão.

Às oito e quinze ligou para dar boa-noite a Iheli e Itamar. Os meninos falaram com ele rapidamente e voltaram a assistir *A marcha dos pinguins*. Ela ficou sentada no sofá, diante de leões-marinhos e albatrozes, pensando que na verdade não tinha ideia de onde ele estava. A certeza absoluta que tivera durante doze anos de casamento — a certeza de que Eitan estava onde dizia que estava — tinha desmoronado como uma geleira imensa, de uma só vez. Ficou sentada na sala sem ouvir nada a não ser o rugir da dúvida. Um sem-número de possibilidades agitavam-se em sua cabeça. Ele poderia ter ligado de um hotel. De um carro. Do quarto de outra mulher. Poderia ter ligado de Tel Aviv. De Jerusalém. Da casa ao lado. Entre dois pontos só se pode traçar uma reta, mas entre duas pessoas pode ser traçada uma infinidade de mentiras e subterfúgios. De minuto a minuto ia evanescendo a possibilidade de que estivesse realmente onde lhe dissera estar — no plantão no hospital. Pensou em ligar para lá, mas sabia que não seria o bastante. Voz é uma coisa intangível demais. Ela precisava de um corpo. Precisava ver Eitan, em seu avental branco, com a barba por fazer, no lugar em que lhe dissera que estaria.

A estudante da casa em frente lhe disse que cuidaria das crianças por uma hora, sem problema. Liat lhe explicou como Iheli gostava do leite com achocolatado, deixou com ela o número de seu telefone e correu para o carro. A primeira ligação veio ainda antes de sair de Omer.

"Mãe?"
"Sim, Ita?"
"Onde você está?"
"Na estrada. Tive de sair por uma hora."
"Você vai voltar?"
"Claro, doçura."
Silêncio. Ele não tem o que dizer, mas ainda não está disposto a desligar. Talvez ela também prefira que não desligue,

que não a deixe sozinha no carro, com pensamentos negros esvoaçando acima dela como morcegos.
"Vai ver o papai?"
Ela quase freia no meio da estrada. Percebe de repente que talvez ele a enxergue tanto quanto ela o enxerga. E isso é tão perturbador que Liat se apressa em se acalmar e pensar que as crianças são assim mesmo, não percebem que a mãe e o pai têm existências separadas, para eles se a mãe está indo para algum lugar é para o pai, e se o pai liga para alguém no telefone é sempre para a mãe.
"Conversamos depois. Estou dirigindo."
Sabe que não respondeu à pergunta dele. Mas prefere não responder a mentir. Prefere educá-lo com perguntas que ficaram em aberto do que num mundo cheio de respostas falsas. E talvez só esteja usando um argumento educacional sensato para esconder o seu desamparo. Não tem muito tempo para pensar nisso, pois cinco minutos depois vem a ligação de Iheli.
"Mãe, você está aí?"
A mãe está lá, a pergunta é onde está Liat. Uma vez pensou que maternidade era uma coisa que se acrescenta a si mesma. Uma coisa grande, comprometedora, e mesmo assim algo que se acrescenta *a si mesma*, a quem se é. É assim que ela se apresenta às pessoas. Oi. Sou Liat. Mãe de dois filhos. Efetivamente, talvez ela precise dizer isso de maneira inversa. Oi, sou mãe de dois filhos. Liat. Faz tempo que a mãe de dois filhos a engoliu todinha. Liat é o que restou, o que foi expelido quando a mãe de dois filhos arrotou. E exatamente agora, nesta noite, ela tem de ser um pouco menos mãe e um pouco mais Liat. Decidida. Impulsiva. Prestando muita atenção nas vozes interiores e não nos sons lá fora.
"Estou aqui, Iheli, mas não posso falar agora. Peça a Neta para fazer um achocolatado para você."

Continuou dirigindo. Cinco minutos depois, veio a ligação de Neta. Liat já estava na entrada do Soroka, tentando encontrar uma vaga no estacionamento enquanto procurava explicar a uma garota de dezesseis anos frustrada como Iheli gostava de seu leite com chocolate.

"Você mexeu bem até dissolver?"

"Sim, mas ele não quer beber. Diz que não está gostoso."

E Liat já estava prestes a gritar "Como é que pode não estar gostoso, é o mesmo chocolate e o mesmo leite", mas sabia que Iheli não ia concordar em beber até que chegasse o último ingrediente obrigatório, o tempero secreto: a dedicação maternal absoluta a suas necessidades e seus desejos. Ele não ia concordar em beber até ela voltar para ficar com ele, e ela não voltaria para casa antes daquela visita ao hospital.

Então desligou. Inspiração profunda. Retocou o batom com ajuda do retrovisor. Talvez fosse ridículo se maquiar antes de uma incursão como aquela, mas para ela era importante estar preparada, para que a traição dele não a surpreendesse sem batom. Como sua avó, que tirava muito bem as sobrancelhas antes de toda visita à Receita Federal. Houve um tempo em que Liat achava isso cômico. Até um pouco enervante. Como se para o funcionário fosse importante ter ou não ter passado blush. Mas a avó continuava a se revestir cuidadosamente da armadura pouco antes de sair para a batalha da vez. Enchia a pálpebra de sombra azul, sabendo que quando uma mulher pequena está diante de algo grande tem de estar aprumada o máximo possível. E, de fato, um dia antes de sua última cirurgia, ela pediu a Liat que lhe tingisse os cabelos. Liat não compreendeu por quê. Para a neta, os cabelos brancos dela eram a coisa mais linda que existia. Mas a avó insistiu. "Que os médicos não pensem que sou velha. Vão ver o cabelo vermelho e vão batalhar ainda mais. A morte, também, vê o vermelho e logo se assusta, vê o branco e logo toma." No banheiro repugnante do hospital, debaixo do nariz dos enfermeiros, Liat tingiu o cabelo da avó. Suas mãos tremiam um pouco. Gotas vermelhas da tinta pingavam no chão. A avó disse: "Vão pensar que degolaram alguém aqui". E elas riram muito, riram quase até as lágrimas, apesar de não ser engraçado.

Agora, ela terminou de passar o batom e examinou seu aspecto no espelho. No final das contas, uma mulher bonita. Pegou o rímel e passou em movimentos enérgicos, eliminando assim qualquer possibilidade de lágrimas. Ela não seria uma daquelas mulheres aos prantos, com o rímel escorrendo em rios pretos e azuis. Sairia do carro bonita e produzida, e voltaria para ele bonita e produzida, independente do que descobrisse.

O vigia na entrada deu uma olhada rápida na sua bolsa. Ela foi em direção aos elevadores sabendo que não tinha a menor noção do que ia fazer quando chegasse lá. Entrar e procurar por ele? Seria muito fácil se ele estivesse lá, mas muito humilhante se não estivesse. Por outro lado, havia uma boa probabilidade de ter de falar com alguém. Por exemplo, se Eitan estivesse numa cirurgia.

Mas vai saber se ele está realmente numa cirurgia. Talvez estejam dando cobertura a ele. Todos. Talvez seja com alguma mulher do hospital que ele desapareça de vista assim, sob o segredo fraternal de médicos e enfermeiros. E como ambulâncias abrindo caminho com sirenes estridentes, em sua cabeça todos os outros pensamentos abriam caminho até não restar nada que bloqueasse as suspeitas de se lançar à frente.

E então, estacou de repente, no momento em que viu, pela porta do departamento, no outro lado da janela redonda de vidro, o rosto de seu homem. Ele não percebeu sua presença. Diante dele estava outro médico, e os dois olhavam para uma pilha de folhas que Eitan tinha na mão. Olhando de lado, de onde estava, ela via muito bem como ele estava cansado, exaurido, tenso, a mão esquerda no quadril, sustentando a lombar após só Deus sabe quantas horas de pé. Os ombros um pouco encurvados. O sorriso parou muito antes dos olhos. Havia algo tocante no homem que estava do outro lado da porta. Sua ingenuidade, saber que ele não tinha a menor ideia de que ela o observava naquele momento, que era testemunha de sua fraqueza no meio do plantão. Ele estava certo de que ela estava em casa com as crianças, e na verdade ela estava ali, diante dele, a uma distância de dez metros e de uma porta que é metade de vidro. Aquilo o deixava tão vulnerável que chegava a ser insuportável. Ela se virou e foi embora. No caminho para o carro, chorou. O rímel escorreu. O ruge sangrava no rosto. Quando chegou em casa enxugou as lágrimas antes de entrar. Retirou linhas pretas da maquiagem esfregando com gotas de saliva. Mais um instante e vai entrar na sala, sorrindo. Vai despachar a fleumática babá, dar a Iheli seu leite com achocolatado e lembrar a Itamar de ir dormir cedo. Vai se comportar como se nunca tivesse seguido os passos do marido. E tudo vai ficar muito bem, até ótimo, pois mesmo estando ansiosa por se enterrar debaixo do cobertor e chorar até a alma pela humilhação da mentira dele e pela vergonha da jornada dela, a verdade é que para uma mãe de dois filhos não existe isso de chorar até a alma. Para a mãe de dois filhos tudo está na mais perfeita ordem. Por isso esperou mais um minuto, até dois, e prometeu a si mesma que em toda a sua vida, toda a vida

   toda a vida

   não seguiria mais seu homem.

   Em vez disso, fez o que sempre fazia quando a casa se transformava num enigma insolúvel, e focou na solução dos enigmas exteriores. Desde que a garota beduína fora assassinada, dois jovens tinham apunhalado mortalmente outro jovem na entrada do foro. Cada um deles alegava que tinha sido o outro quem dera a facada, o que complicava a história. Um deles era um soldado de licença, e isso fez os jornais espumarem. Marginais podiam se esfaquear à vontade, mas soldados não.

Marciano a convocara para uma conversa e lhe dissera que deixava tudo a seu encargo, e ela dissera que tudo bem, mas não ia sair do caso do eritreu. Ele precisou de um momento para se lembrar do que ela estava falando. "O caso está encerrado", disse-lhe. "Para que cavoucar um caso de atropelamento e fuga que tem mais de dois meses?"

"O empregador do eritreu, Davidson, não para de ligar para mim. Ele está certo de que beduínos o atropelaram."

Marciano lhe disse que já não aguentava mais ouvir falar do eritreu e que já tinha problemas suficientes com os beduínos. Mas se era aquilo que ela queria fazer em seu tempo livre, depois de descobrir qual daqueles merdas apunhalara o cara na entrada do foro, podia ficar à vontade.

Aquilo fizera bem a ela, a resposta dele. O caso do eritreu havia muito tempo já não era mais um caso, ela precisava dele para o caso da garota beduína. Para que toda aquela história não fosse em vão. Estremeceu por um instante quando se lembrou do necrotério. A garota estava estendida lá, com sangue coagulado na barriga toda, e de repente Liat percebeu que os dedos dos pés estavam pintados. Com certeza tinha comprado o esmalte na estação rodoviária de Beer Sheva, em um dos balcões. Fora ao banheiro para passar, tirara os sapatos, esperara que secasse. Depois voltara para a aldeia, escondida. Ninguém sabia, além dela e de Ali. Olhou por mais instante para os dedos dos pés com esmalte vermelho e percebeu que se olhasse para eles por mais um momento seria capaz de vomitar. Então saiu de lá.

Sentada num banco fora do necrotério, voltou a dizer a si mesma que não tinha sido culpa dela. Ela insistira em mandar a menina para um abrigo para mulheres em perigo, sabia muito bem que era preciso ter cuidado naqueles casos. Por outro lado, como era difícil encontrar um abrigo daqueles quando se precisava. E havia a possibilidade de que a própria Mona tivesse ficado com saudades de casa, ligado para a mãe e dito onde estava.

Ela preferiu não participar do interrogatório de Ali. Marciano disse que era uma pena, talvez diante dela ele até concordasse em contar alguma coisa, mas não insistiu. Afinal de contas, ambos sabiam que não havia possibilidade de contar quem tinha esfaqueado sua namorada. Quando o levaram ao posto de polícia, Liat o viu através do vidro. Ele não olhou para ela. Em retrospecto, talvez não fosse ele. Outro beduíno, preso por crimes relacionados com tráfico ou posse de drogas. Ou comércio ilegal. Um olhar fortuito pelo vidro do escritório não era suficiente para uma identificação segura. E mesmo que o olhar não tivesse sido fortuito, mesmo que tivesse sido incrivelmente prolongado, ainda restava nela um resquício de dúvida. Por mais constrangedor que fosse, Liat tinha de reconhecer que eles lhe pareciam idênticos. Iguais. Era difícil distinguir o rosto do garoto de todos os rostos. E havia uma boa possibilidade de que se cruzasse com ele na rua dentro de dois meses, não o reconheceria, passaria por ele sem um cumprimento. Ou talvez acenasse, mas para outra pessoa. Para alguém que nunca tinha ficado com ela durante horas numa sala fechada, sem ceder, sem chorar à sua frente. Alguém que só se ligava ao garoto por serem os dois árabes, e por isso idênticos. Os dois despertando a mesma retração misturada com culpa. Primeiro retração, depois culpa. O rosto escuro deles, que na verdade se parece tanto com o rosto das pessoas com quem ela cresceu, e mesmo assim são diferentes. A raiva contida que ela enxerga em seus olhos, quer estejam rindo ou chorando ou caiando o prédio em frente. As roupas ocidentais que sempre parecem estranhas neles, que não lhes caem bem, jeans com um modelo esquisito, de árabe. Camisas sempre justas demais, ou coloridas demais, ou ordinárias demais. Sapatos que simplesmente não combinam. A marca odiosa do bigode. O cabelo preto, espesso. Não lhe é agradável pensar assim, no entanto é nisso que ela pensa. Que eles são menos inteligentes e mais odientos. Que são uns coitados porque perderam, e perigosos porque perderam, e mesmo que isso pareça paradoxal, na verdade não é. Como um cão que você encheu de pancada e de quem agora zomba, mas também de quem tem medo. Um cão árabe. E como perdia a calma com qualquer outro investigador do posto que falasse daquela maneira, mas na verdade com o que perdia a calma? Ele apenas dizia em voz alta o que ela se proibia de pensar. E toda a luta dela com Marciano para que a deixasse continuar investigando o caso do eritreu, só para ela saber que não era uma daquelas pessoas para as quais todos os negros eram a mesma coisa. Ou daquelas para as quais árabe bom é árabe morto e beduíno bom é beduíno na prisão. Ela era diferente. Mas no fim das contas não ia a uma piscina cheia de árabes, apesar de ser capaz de ter um chilique se alguém pusesse um cartaz proibindo a entrada deles. Era exatamente aquilo: ficar com raiva quando alguém discriminava árabes ou quando acontecia uma briga com fundo racial em Sachne. Mas saber que você mesma nunca irá a Sachne, pois nas férias vai para Mitspeh Haiamim. E lá não vão árabes nem marginais, todos vestem lindos roupões brancos cheirando a alfazema.

Prometeu a Marciano que a investigação sobre o eritreu não atrapalharia a história dos soldados e tratou de sair rapidamente do gabinete dele. Só faltava encarregá-la de mais um caso. Quando voltou para sua sala, fechou a porta e ligou para Davidson. Pediu que lhe contasse mais sobre os beduínos. Ele cooperou alegremente, disse que desde o acidente tinha notado que havia na região uma viva movimentação do clã de Abu Aid à noite. "Talvez valha a pena você fuçar por ali." Ela agradeceu. "Vou verificar isso." E desligou. Dois minutos depois já estava no carro de patrulha. Já não pensava em dedinhos esmaltados nem na aridez da cama de casal. Apenas agradecia a Deus pelos assassinatos e roubos e investigações que lhe permitiam se dedicar aos segredos dos outros em vez de cismar dos segredos dele.

6

Após aquela noite na tenda com a MARAVILHOSA HOSPITALI-DADE DOS HOMENS DO DESERTO, o pai de Sharaf não mais o levou para o trabalho. Demorou um tempo até ele voltar para lá sozinho. Mati ofereceu à família do garoto entrada grátis por toda a vida, contanto que não escrevessem sobre o que tinha havido em qualquer um daqueles sites. Também jurou que aquilo não era uma tentativa de ataque de fundo nacionalista e que não havia necessidade de chamar a polícia. Verdade que o filho do beduíno tinha pegado o pilão com o qual geralmente se demonstrava a moedura tradicional do café e batido com ele no olho do filho deles. Deixara um olho preto, mas não valia a pena perder tempo com aquilo. Não tinha sido intencional. Uma travessura de criança. Era para ser fingimento e por engano aconteceu de verdade.

 Naquela noite Mussa dirigiu para casa em silêncio, com Sharaf sentado a seu lado, ainda de *galabia*, pois com toda a confusão não tivera tempo de trocar de roupa. Pouco depois de saírem do kibutz, Mussa parou o utilitário a um lado da estrada e disse: "Agora me explique que diabos foi aquilo". Sharaf ficou calado. Estava muito claro o que tinha havido, e não via motivo algum para falar. Mussa bateu com as duas mãos no volante de um jeito muito parecido, e muito diferente, das batidas que tinha dado antes na *darbuka*. Ao fim de cada serão no kibutz voltava para a aldeia com cento e cinquenta shekels na mão, enrolados no punho fechado e quente. Agora estava de mãos vazias. Vazio era também o olhar do rapaz.

"Sharaf, essas pessoas são nossos hóspedes. Como é que você não teve vergonha e bateu em nossos hóspedes?"

"Nossos hóspedes? Aquela tenda não é sua, como podem ser nossos hóspedes?"

A mão de Mussa largou o volante e desceu no rosto de Sharaf, e por pior que tivesse sido foi também bom, pois veja só, o pai dele afinal não é um frouxo total. Ele não disse nada, e o pai não disse nada, e enquanto isso sua face começou a formigar do tabefe, e ele sentiu que todo o rosto estava quente. No silêncio que se formou nenhum dos dois percebeu a patrulha, por isso, quando de repente ouviram o alto-falante atrás deles, os dois pularam de um jeito que em outro dia qualquer seria considerado cômico.

"Saiam do veículo, por favor."

Sharaf e Mussa saíram do utilitário, e da patrulha saíram um policial e uma policial, e mesmo no escuro Sharaf viu que a policial era gorda e bonita. O policial os iluminou com a lanterna e viu o rosto vermelho de Sharaf, e o desenho da mão de Mussa estampado nele em toda a sua extensão, cinco dedos exatamente onde o tapa tinha aterrissado. Perguntou: "Você tem carteira de motorista?".

Mussa apressou-se a assentir. Foi até o utilitário e voltou com documentos, e o tempo todo o policial o repreendia por ter parado no acostamento e não em uma área destinada a estacionar, porque no acostamento era proibido parar a não ser em caso de emergência. Mussa dizia: sim, senhor, está claro, senhor, realmente sinto muito, senhor. Após alguns instantes o policial devolveu a Mussa sua carteira, depois de tê-la verificado eletronicamente, e disse: tudo bem, então, quem vocês estavam esperando?,

"Ninguém, senhor."

"Ora, vamos", disse a policial bonita e gorda. "Ninguém? Uma remessa, um carro roubado, o quê?"

Sharaf já estava abrindo a boca para responder quando o pai disse: Como assim, senhora? Não estávamos esperando por nada. E acrescentou um sorriso, o mesmo sorriso que exibira quando aquele garoto o provocara na tenda. Então, *Ial'la*, disse o guarda, vá embora antes que eu o multe por parar ilegalmente no acostamento, e Mussa apressou-se em entrar no utilitário e disse: sim, senhor, obrigado, senhor, e Sharaf entrou atrás dele e disse, bem baixinho: vai se foder, senhor.

7

Eritreia.
País no nordeste da África, no litoral do mar Vermelho. Sua soberania inclui as ilhas Dahlak e mais algumas ilhas menores.
Continente: África.
Língua oficial: tigrínia, árabe.
Capital: Asmara.
Sistema político: república presidencialista.
Chefe de Estado: presidente Isaias Afewerki.
Independência: 24 de maio de 1993.
Domínio anterior: Etiópia, Itália.
Área: 117600 km².
Superfície hídrica: desprezível.
População: 6 233 682 habitantes.
Renda per capita: $708.
Moeda: nakfa.
Classificação internacional: 170ª.
Prefixo de telefonia internacional: +291.
E havia também fotografias, em preto e branco e em cores. Um mapa detalhado, com divisões em regiões climáticas. Um resumo histórico que começava em 2500 a.C. Um relato da ligação com o Egito faraônico sob Hatshepsut, e da conquista pelo Império Otomano no século XVI. Havia um verbete mais amplo sobre o sistema de governo, e verbetes menos amplos sobre economia, geografia e direitos humanos. Eitan leu todos eles. Deteve-se nas fotografias. Repassou-as uma a uma. Um sítio

arqueológico no sul do país. A igreja ortodoxa na capital. Uma caravana de transporte de armas dos rebeldes. Aldeias. Homens. Mulheres. Crianças. Alguns olhando para a câmera, outros para os lados. Examinou-os longamente. Como se esperasse identificar, de repente, entre aquelas fisionomias, o rosto dela. E, se não fosse ela, pelo menos uma abertura. Uma janela. Ou até mesmo uma fresta. Algo pelo qual pudesse enfim entrar e compreender. Leu sobre a composição demográfica. Sobre os principais ramos de exportação. Lia sem saber exatamente o que estava procurando, e mesmo assim sabia que se fosse encontrar, encontraria ali. A moeda local. A renda mensal média. A temperatura máxima no mês de agosto. Se uma pessoa é modelada pela paisagem de sua pátria, então todos esses detalhes supostamente resultam em algo. Um retrato. O rosto de uma mulher que foi moldado a uma temperatura de quarenta e cinco graus à sombra e lavado numa precipitação média de onze milímetros de chuva por ano.

Já faz dez dias que ele a evita. Mantém distância da garagem. Agora, na tela do computador, um mapa ampliado da rota dos contrabandos, e ele tenta encontrar suas pegadas. Olha para o mapa: a Eritreia está em roxo. O Sudão e o Egito, em laranja. Israel, em azul. Linhas pretas e retas os separaram. Em algum momento ela pisou sobre uma dessas linhas. Ergueu a perna e passou do roxo para o laranja. Da terra laranja para a terra azul. A terra, de qualquer maneira, continuou marrom. Assim foi ao longo de todo o caminho. (E de onde ele sabe disso, afinal? Quantos quilômetros ela caminhou sobre a rocha calcária branca e quantos sobre argila vermelha, quando foi que seus pés enfrentaram o cascalho duro e quando lutaram contra dunas de areia? Ele não sabe. Não tem como saber. Pode contar quilômetros, mas não contar o que ela viu à beira da estrada.)

Distraidamente, passou a mão sobre a mesa. A superfície estava fresca, lisa. Nem um pingo de poeira. Mesmo assim algo naquele contato o perturbou, e não sabia por quê. Como se as pontas dos dedos sentissem quanta mentira havia naquela limpeza. Quanto enganação. Empurrou a cadeira para trás, olhou novamente para a mesa e não compreendeu. Pois tudo estava ali à sua frente para que tocasse. Nenhuma camada de sujeira o separava da coisa em si. (Mas não era verdade. Sempre há uma camada que se acumula ali no centro. É impossível eliminar de uma vez por todas aquela cortina de partículas, o véu que existe entre você e o outro. A poeira se insurge contra a mão que a quer limpar. Ainda antes de tê-la percebido. A poeira é insistente.)

    Por fim se levantou, desligou o computador. Poderia contemplar durante horas fotografias e mapas. Comparar a Wikipédia em hebraico com o verbete em inglês. Com os diabos, ele poderia recitar de cor o PIB nos últimos dez anos — e ainda assim não avançar um centímetro. Não importa o quanto leia e esclareça, nem que voe até lá numa excursão. Ele não a compreenderá. Está perdido numa equação que não será capaz de resolver. Uma realidade que escapa para além do verbete na tela do computador.

    Ele gostava de enciclopédias ainda antes de saber ler. Gostava da ideia de que duas prateleiras na biblioteca dos pais pudessem guardar dentro delas o conhecimento sobre tudo o que existe. Mesmo quando compreendeu que não era assim, ainda gostava de pensar que era só uma questão de quantidade de prateleiras. Bastaria haver lugar suficiente, e seria possível catalogar tudo. Minerais. Borboletas. Capitais. Séries de televisão. Tipos de ferros de passar. Tudo. Mesmo que nenhum cérebro humano seja capaz de conter todo esse conhecimento, ele existe — classificado, detalhado, compreensível. Assim como ninguém precisa pisar com os próprios pés em Plutão para calcular que sua distância do Sol é de cinco trilhões de quilômetros e que sua atmosfera é feita de nitrogênio e metano.

Porém aqui, com ela, deparou pela primeira vez com uma cerca além da qual seu conhecimento não ia. Verdade que muito tempo atrás tinha conquistado Plutão com a força do pensamento, com o poder de seu conhecimento, mas isso não o levou a conquistar sequer um fragmento mínimo dela. Ela lhe punha limites. Sua alteridade o deixava louco. Diante dela era ingênuo, burro, aquele que não sabe. Ela, e só ela, era senhora das coisas que havia na profundeza de seus olhos. Ele podia ler o quanto quisesse sobre a Eritreia, podia perambular por uma infinidade de sites, artigos, dissertações sobre eritreus. Porém *aquela* eritreia ele não conseguia compreender.

Apesar de às vezes achar que sim. Por exemplo, quando a viu numa noite arrastando um caixote com medicamentos na garagem e indo de encontro, sem querer, a um dos pés da mesa. Doeu muito, o rosto dela gritava aquilo. Uma pancadinha abominável, do tipo que não tem maiores consequências, mas faz a pessoa se contorcer de dor por algum tempo. Isso aconteceu bem na cara dos pacientes que aguardavam ser atendidos, e Eitan percebeu de repente que Sirkit não estava ligando para a pancada em si, e sim para o fato de ter acontecido diante de testemunhas. O que a embaraçava era levar uma pancada tão boba na frente de todos, e era inteligente o bastante para discernir, por trás das palavras de solidariedade dos outros, um leve tom de alegria pela desgraça alheia ("é engraçado levar uma pancada" ou "ainda bem que não foi comigo"). E então, diante dele, viu-a fazer exatamente o que ele teria feito naquela situação — fingir que estava tudo bem. Ela expulsou do rosto a expressão de dor. Aprumou-se. Respondeu com um sorriso tranquilizador às palavras de uma das mulheres que aguardavam. Depois saiu manquitolando de lá, tentando com todas as forças esconder que estava mancando. Ele a ficou observando com os olhos arregalados, como se tivesse encontrado de repente, no meio da rua, um dublê dele mesmo.

Um irmão gêmeo cuja existência desconhecia. Pois ele mesmo, quando caiu do pinheiro durante as férias, antes do ensino médio, e levou uma pancada nos testículos que quase o fez desmaiar, também tinha expulsado num instante a dor, diante de um monstro ainda maior — o medo de que alguém visse. O medo do embaraço era maior do que o medo da dor na virilha. O menino de doze anos que ele era então, a mulher de trinta que ela era hoje, os dois se retraíram do olhar zombeteiro mais do que se retraíram de toda dor física.

Houve outros momentos como esse. Digamos, quando percebeu que ela também olhava hipnotizada para o nascer de uma lua vermelha, através da porta da garagem. Momentos em que olhava para ela e pensava: ela é como eu. (Porém nunca "eu sou como ela".) Como quando descobriu as rosas que ela cultivava do lado de fora do trailer e voltou para a garagem emocionado até o fundo da alma. Mas então, lembrou a si mesmo, exatamente quando voltou para a garagem, descobriu o quanto ela não era igual a ele. Ela estava pronta para mandar embora aquela garota beduína. A África é um continente cruel, e um continente cruel faz nascer dentro dele pessoas cruéis. Selvagens. Ela estava disposta a deixar aquela beduína sangrar até morrer. Olhou para ela com os olhos mais frios do mundo. E você, uma voz rebelou-se de repente dentro de sua cabeça, você não estava disposto a deixar que alguém sangrasse até morrer? O que sabe sobre as contas não encerradas que ela tem com os beduínos? E novamente se apaga aquela sensação momentânea de parceria, e outra vez ele percebe o quanto ela não é como ele. A distância entre quem tem fome e quem está saciado é maior que a distância daqui à Lua.

Ele deixou o computador em cima da mesa e foi até a geladeira. Iogurte, granola, banana, maçã. Deixou tudo sobre o mármore e saiu para o jardim. A terra ainda estava úmida da chuva, tão rara, que tinha caído antes do amanhecer. Ele ignorou a grama, cuidadosamente aparada, semicerrou os olhos e se concentrou no aroma. Gostava do aroma. Não existe ninguém que não goste do aroma. Aspirou o milagre da chuva noturna e pensou que afinal ela não estava tão distante. Pois ele sabia, além de qualquer dúvida evidente, que as narinas dela se dilatavam de prazer com o cheiro de terra molhada de chuva. E se faziam aquilo com terra na chuva, então certamente com outras coisas também. Podiam compreender um ao outro. Ela tinha raiva dele, e ele compreendia por quê. E se a raiva dela lhe era compreensível, sinal de que podia imaginar como ele mesmo reagiria se estivesse em seus sapatos. (Em sua sandália? Em seus pés descalços?) E quando ela sorri, evento mais raro do que a chuva no deserto, ele compreende por quê. Ele é capaz de imaginá-la, e ela, de imaginá-lo, e como uma adivinhação se baseia sempre na alma de quem adivinha, as almas dos dois não podiam estar tão distantes assim.

Afinal, o que é que existe? Baço, pâncreas, fígado. Todos os corpos, basicamente, se parecem. Mas seria muito humilhante dizer tal coisa sobre a alma. Uma pessoa pode aceitar com facilidade a ideia de que seus pulmões funcionam da mesma maneira que os pulmões de outra pessoa. Mas não a de que seu amor, ou a perda dele, é igual ao de seu vizinho. Por um lado, tem razão. A humilhação ou o ciúme de um não é igual à humilhação ou ao ciúme de outro. Para um o ciúme é acirrado, para outro, atenuado, aqui a humilhação é benigna, ali é maligna. Por outro lado, apesar da diferença no formato e no tamanho, os órgãos internos são os mesmos. Ciúme. Cobiça. Paixão. Afeto. Culpa. Raiva. Humilhação. Ele não consegue descrever para si mesmo uma hora sequer na vida dessas pessoas da Eritreia, e mesmo assim consegue imaginar muito bem como vão reagir ante uma confiança que foi traída.

E é exatamente essa dicotomia que o atrai. O fato de que num momento ela lhe parece ser tão conhecida, uma variação dele mesmo. E um momento depois parece tão distante, um maravilhoso fenômeno da natureza com que ele depara pela primeira vez. Ela suscitou nele o mesmo encanto terrível de quando você vagueia por sua casa em horas tardias da noite, quando por um instante não está claro se há ou não uma presença do outro lado da cortina. A trivialidade mortal de sofá-tapete-televisão é subitamente arregaçada, e debaixo dela revela-se a casa com toda a sua estranheza. De repente, no escuro, já não está tão claro onde termina a parede e começa a porta, e se isso é mesmo uma mesa de jantar sobre seus quatro pés ou outra coisa.

Porém agora havia luz, e quando saiu do jardim e voltou para casa ele viu que ela era conhecida, conhecida, tão conhecida. E suspirou sem saber por quê. Afundou no desconforto do sofá, pôs os pés em cima da mesinha da sala. No outro lado da mesinha, o outro sofá. Simples e presente. Conhecido *ad nauseam*. No vão escuro debaixo dele não havia olhos brilhando. E nos cantos ocultos da casa havia apenas uma moeda perdida, ou um brinquedo esquecido. Ou um escorpião, que assusta até nosso âmago, mas que para a medicina atual não representa perigo. Eitan reclinou a cabeça para trás e fechou os olhos. Estava em sua casa, em Omer, e ali não havia perigo. Na concavidade do pescoço de Sirkit, em comparação, havia, e muito. Também na junção do braço com o antebraço. Entre a perna e a coxa. Na axila. Cantos côncavos cuja pele é quente e que exalam aroma. Se alguém olhasse pela janela naquela manhã pensaria: eis aí um homem cansado após um plantão noturno, com as pernas estendidas sobre a mesinha da sala, sem forças para ligar a televisão. Mas Eitan sabia que nunca estivera mais desperto. E estremeceu ao pensar que naquele momento, naquele momento específico, estaria disposto a pôr fogo em toda a casa.

8

Naqueles dias, para ela era mais fácil estar dentro d'água. Apesar do cheiro do cloro e dos cabelos e fragmentos de pele que flutuam diante dela, muito bem captados pelos óculos de proteção. À sua frente, um traseiro torneado num maiô Speedo, no qual parece reconhecer a vizinha do outro lado da rua. Na raia à direita, coxas gigantescas esperneiam na água em movimentos pesados, e, apesar de não identificar a pessoa, conhece o tipo. Educadora da igreja, de meia-idade, com maiô florido e touca combinando. E, no meio, Liat. De maiô preto, em movimentos ritmados, a respiração acalmando-a quase contra sua vontade. Tirar a cabeça da água, inspirar, mergulhar a cabeça, mover os braços. Deveria viver dentro d'água. Movimentos suaves, sem atrito, e veja como todos os pensamentos se anulam dentro desse frescor líquido. Vão se desprendendo dela, como os Band-Aids que ela está vendo no fundo da piscina. Band-Aids, crostas, cabelos, pensamentos, tudo afunda lentamente enquanto pessoas nadam lá em cima, com maiôs modeladores, com batidas de pernas, deixam cair, deixam soltar, e saem da água frescos e limpos, para os gramados do clube.

    O homem ficando calvo na raia da esquerda sai finalmente da água, e as mulheres reagem com um relaxamento coletivo dos músculos das pernas. Graças a Deus. É difícil nadar com liberdade quando meio metro atrás de você olhos estão, na maior tranquilidade, perscrutando potencialmente sua bunda. Agora poderão enfim mergulhar num nado autêntico, num total esquecimento aquático. Sozinha, dentro d'água, ela não é mãe de, funcionária de, mulher de, filha de. Nem mesmo nome tem, pois dentro da água não existem palavras nem nomes (quando era menina até gritavam seus nomes uns para os outros debaixo d'água, e também palavrões, mas ninguém ouvia a não ser que se falasse dentro da orelha do outro). A natação, mais do que um esporte, era uma sacudidela, um livramento. Quarenta minutos de puro corpo, dela por si mesma. Todos enalteciam seu estilo de vida saudável e como até mesmo nas semanas mais sobrecarregadas ela fazia questão de se exercitar. Mas o exercício não lhe interessava tanto quanto a ausência de toda conexão, a possibilidade de flutuar durante quarenta minutos sem estar conectada com nada. Nunca a preocupara o fato de a desconexão libertadora acontecer num recipiente de água de tamanho médio, uma bacia muito bem delimitada onde ela se movimentava, ida e volta, trinta vezes ou mais. Se alguém lhe propusesse que fosse nadar no mar, ficaria com medo. Preferia os Band-Aids e o cloro às verdadeiras profundezas, em que não dá para ver o ralo lá no fundo.

Três dias depois, Eitan e Liat estão sentados na beira de um precipício aguardando uma inundação que não vem. É inverno. O vento golpeia impiedosamente. Longe, lá embaixo, o mar Morto desaparece atrás de uma nuvem de poeira e de areia. Supostamente, deveria ser romântico. Quando falaram a respeito em casa, parecia romântico. Na verdade, era desesperador. A previsão anunciara a possibilidade de inundações no deserto da Judeia. Eles estavam sentados na sala e viam a chuva escorrer pelas vidraças. Dentro estava seco, seco demais. A última vez que as lajotas da sala tinham sido lavadas fora dez dias antes, quando a faxineira tinha ido fazer a limpeza. Eles continuaram a assistir à televisão mesmo quando o noticiário acabou e um homem de avental branco explicou a uma mulher bonita mas não muito sobre sabão em pó. Alguns minutos depois um apresentador de terno prometeu apresentações emocionantes, engraçadas, de arrebentar. Continuaram sentados. Para eles era oportuno se emocionar, ou rir, ou simplesmente zombar do desamparo de outras pessoas. A zombaria é material extremamente consolidador, se utilizada de modo adequado.

Mas quando terminou o programa, depois de quarenta minutos e de três visitas do homem de avental branco e da mulher bonita mas não muito, tudo estava exatamente como antes. Eles não se emocionaram, não riram nem se arrebentaram. Nem mesmo zombaram adequadamente. Nem ficaram com aquele enjoo que se tem quando se come demais, ou se vê televisão demais. O enjoo mediante o qual o corpo lhe diz que você ingeriu uma coisa ruim. Eles estavam exatamente como tinham estado antes do programa, o que quer dizer que o programa escorrera dentro deles como água por uma peneira, no programa de culinária que fora transmitido agora, ou como sangue por dezenas de furos de bala num corpo em outro canal de tevê. Esse momento, em si mesmo, se o congelassem, continha ao mesmo tempo centenas de possibilidades. Dezenas de canais. Um caleidoscópio infinito de ações e escolhas. Alguém fervia brócolis. Alguém enterrava um corpo numa densa floresta. Duas mulheres jogavam tênis. Dois homens discutiam política. Um locutor falava em árabe. Em alemão. Em inglês. Em russo. (Eitan sabia que não era o mesmo, mas a semelhança era tão grande, o mesmo terno, a mesma entonação, que ainda assim pensou se não seriam todos os locutores um homem só, poliglota, que cada mudada de canal transferia de um estúdio a outro.) Liat continuou a apertar botões no controle com devoção, sem desistir. Pois em algum lugar, com mais um aperto de botão, ou vinte mil, está aguardando um programa que vai salvar a noite. Alguém vai fazê-los rir, ou se emocionar, ou se arrebentar. Alguém, pelo menos, permitirá

que se unam com a cola da zombaria. Alguém vai lembrar a eles como falar um com o outro.
E de repente ela pensa que esse alguém talvez já tenha aparecido. Talvez seja o homem da previsão do tempo. Com seu sorriso arrogante e seu flerte fútil e eterno com a apresentadora. (Ela nunca vai transar com ele! Só está fingindo para as câmeras!) Existe apreensão quanto a inundações no deserto da Judeia, disse ele, amanhã estaremos aqui com fotografias. Esperará por eles no estúdio, de terno e maquiagem, tentando febrilmente achar algo picante para dizer à apresentadora no dia seguinte. Ele não verá as inundações e não nadará no verão num mar propício, e não irá correndo para as neves em Golan e no Hermon no inverno. Sua função é relatar as condições do tempo. Não experimentá-las. Porém o que impede os dois de ir caçar uma inundação? A uma hora e meia de viagem, rios destruídos vão transbordar. O deserto vai se derramar no mar. A água varre tudo. Se estiverem lá, talvez também seja varrido deles aquele peso, o silêncio que se solidifica em suas línguas. Cautelosamente, ela sugere isso a Eitan. A ideia ainda é tão frágil que basta um sopro de geada de seus olhos cinzentos para enterrá-la de vez. Mas os olhos dele até que se iluminam. Ideia genial, ele diz, será excelente.

Eles se voltaram um para o outro e começaram a planejar. Ainda não seguros o bastante quanto ao milagre daquela conversa que acontecia entre eles para ousar desligar a tevê. Desviaram o olhar dos brócolis salteados e fritos esperando não ter de voltar a eles. Deixariam as crianças de manhã na escola e iriam. Levariam uma toalha de piquenique e algumas frutas. Talvez parassem para comprar homus. Vestiriam roupas quentes. Levariam um mapa. Jornais. (Liat já começava a ficar tensa. Por que ele estava tão ansioso pelos jornais? O que aconteceria se, uma vez, fossem apenas os dois? Sem distrações. Sem as palavras de outras pessoas nas quais pudessem se refugiar.

Mas ela logo advertiu a si mesma que não dissesse nada, para não estragar aquela coisa delicada que finalmente começava a crescer entre eles.)

Quinze horas depois, um homem e uma mulher estão sentados à beira de um precipício esperando uma inundação que não vem. Já leram todos os jornais e comeram todas as frutas. Já dobraram a toalha e puseram no porta-malas. Quase voou com o vento. É inverno. Longe, lá embaixo, o mar Morto desapareceu atrás de uma nuvem de poeira e areia. Nadaram nele uma vez, nus, numa noite quente de julho. Ardeu terrivelmente, mas foi muito engraçado. Agora os dois pensam nisso, mas nenhum deles lembra ao outro. Quando vier a inundação, a adrenalina e a excitação farão seu corpos explodirem. A água vai descer das montanhas de Jerusalém, ganhando velocidade a cada metro percorrido, um ruído surdo vai se aproximar cada vez mais até eclodir de repente numa poderosa torrente. Ao lado de algo tão grande, todas as outras coisas parecem pequenas. Você sabe que poderia ser seu corpo ali na torrente, em vez da lata de conservas que ela arrasta assim. E essa ideia lhe provoca algo que é ao mesmo tempo elevação e apequenamento. Quando se contempla uma inundação, você é a inundação, e é então a maior pessoa do mundo. Mas isso não dura muito tempo, e logo, quando se contempla a inundação, você é apenas uma pessoa que contempla a inundação, e volta a ser muito pequeno, com uma percepção muito profunda de questões como proporcionalidade e humildade.

Mas quando se está esperando pela inundação e ela não vem, você não se sente grande e não percebe a proporcionalidade. Sente como se alguém estivesse rindo de você. O leito seco do rio Hatsatson continua seco, e sua respiração também, ela quer água, mas não diz. Pois para dizer o que você quer é preciso acreditar que alguém está ouvindo. Ou não vale a pena. Ou a humilhação machuca. E quando eles por fim entram no carro e voltam para Omer, é exatamente o que sentem. Humilhação. Como se alguém os tivesse ridicularizado. Feito com que acreditassem e depois ferrado com eles. Eles tinham corrido para ser como aqueles casais que madrugam espontaneamente e entram no carro para ver uma inundação. E, em vez disso, são como esses casais que viajam no carro em silêncio e ligam o rádio para que outra pessoa fale.

Quando estão próximos de Beer Sheva, ela desliga o rádio e propõem que parem para comprar homus. Eitan se apressa em concordar. Talvez ainda dê para salvar alguma coisa do dia. Mas então Davidson liga e pergunta se há alguma novidade quanto ao caso do eritreu, do atropelamento com fuga, talvez algum dos beduínos tivesse dito algo. Liat promete que vai verificar, e de repente pensa que talvez seja melhor voltar agora ao trabalho, assim só terá utilizado meio dia de licença. Sim, assim é melhor, ela decide, um pouco pesarosa, um pouco aliviada. Eitan diz que pena, e não tem certeza absoluta quanto a que estava se referindo.

Guy Davidson desligou o telefone após agradecer à investigadora Liat Green, que, aliás, em sua opinião, era uma mulher muito bonita. Expressou tal opinião ao homem que estava a seu lado. Disse a ele: "Não se preocupe, Rachmanov, essa babaca da polícia vai encontrar o merda que nos roubou a remessa".

O homem que se chamava Rachmanov disse: "Mas de que adianta? A remessa ela não vai nos devolver".

E Davidson disse: "O que foi perdido, perdido está. O importante é que não aconteça novamente. A pessoa que matou o eritreu poderá matar a seguinte também".

Rachmanov falou: "Diga, como é que Said não pegou a pessoa que fez isso, ele realmente não sabe qual dos primos quer foder com ele?".

Davidson deu de ombros e disse: "Vai saber, talvez tenha sido o próprio Said, diz que roubaram dele porque não quer pagar".
O rosto de Rachmanov ficou muito sério. "Se for isso, e se ela o pegar, ele vai foder com a gente."
O rosto de Davidson permaneceu calmo. "Se for isso, e ela o pegar, ele vai calar o bico. Posso complicar a vida dele muito mais do que ele pode complicar a minha."
O rosto de Rachmanov ainda estava sério, então Davidson disse: "Ora vamos, Rachmanov, você está com cara de quem está com dor de barriga". Rachmanov riu um pouco, um desses risos nervosos, e Davidson riu muito, um desses risos ursinos, e a eritreia que varria ao lado dele não riu nada, o que não pareceu estranho a ninguém, já que ela não sabia hebraico.
E quando acabou de varrer foi regar suas rosas, altivas e orgulhosas apesar do fustigante sol do deserto.

9

O homem à sua frente falava sem parar. Era muito religioso e muito gordo, duas qualidades que Eitan não apreciava em especial. Mas tinha uma alegria de vida que fazia com que os médicos ficassem um pouco mais com ele, mesmo quando terminavam o exame. Muitas vezes demoravam-se mais ante a vitalidade que ele irradiava, que talvez trouxesse debaixo do *shtreiml*.* "É de pelo de raposa original", garantiu a Eitan. "Comprei de um *chassid*** em Safed." Por baixo do pelo de raposa original, a cabeça do homem era totalmente calva, como uma pedra redonda sobre a qual derramaram muita água. No dia seguinte seria operado. Da porta do quarto o dr. Shakedi os observava. Menos de uma hora antes tinha ameaçado demitir Eitan. Fizera-o com insinuações, com delicadeza. Mesmo assim. "Você está vacilando", disse-lhe. "Vai embora cedo e chega tarde, e quando está aqui parece sempre cansado. Não pode continuar assim." Agora o professor o olhava enquanto ele conversava com o paciente religioso ortodoxo. Sirkit ligava para ele com insistência, o celular vibrando no bolso, junto à coxa. Não precisava olhar. Sabia que era ela. O professor Shakedi assentiu, com aprovação, quando ele deixou o leito do paciente e passou para o próximo.

---

* Espécie de chapéu de lã usado por judeus religiosos casados.
** Judeu seguidor das tradições do chassidismo, movimento religioso judaico que surgiu no século XVIII na Europa e que teve grande expressão na cidade de Safed.

Uma relação pessoal com todos os pacientes por trezentos segundos, contados no relógio.

"Dr. Green, sua esposa está ao telefone." A voz da enfermeira era inexpressiva, mas Eitan sabia discernir um olhar de reprovação por trás do rímel. O professor Shakedi o acompanhou com um olhar furioso quando deixou o leito do paciente para atender ao telefone. Reconheceu Sirkit ainda antes de ela falar, adivinhou sua presença do outro lado da linha.

"Falo com você à noite, querida", ele disse, e desligou.

Sob o olhar do dr. Shakedi, caminhou de volta para o leito do paciente. O chefe do departamento talvez estivesse pensando que fora por causa dele que desligara, para manter o emprego, mas já fazia algum tempo que aquilo não tinha a ver com manter seu emprego, mas com a casa dele. Com Liat, Iheli e Itamar, e com a clara compreensão de que, se aquela história não terminasse, ele poderia perdê-los. Já fazia duas semanas que evitava Sirkit. Primeiro disse que estava doente, depois mandou uma mensagem dizendo que estava a serviço como reservista. Depois simplesmente parou de atender. Ela ligava todo dia, às vezes repetidamente. Cada toque do celular lhe provocava aversão. (Mas haveria nele, também, alguma coisa, mesmo pequena, que o fazia ter saudades dela? Que o atraía àquela vigília noturna na garagem? Não, respondia com veemência. Claro que não. E acrescentava um ponto de exclamação para consolidar, além de qualquer dúvida, aquele seu não — não! Que não se infiltrasse nele aquela infiltrada, que não lhe transformasse o não em talvez. Ou, pior do que isso, em sim.)

Sabia que estava se pondo em perigo ao não atender. Sabia que ela poderia, com uma única conversa, destruí-lo e convertê-lo em pó. Mas ele não era capaz. Não conseguia. Era demais. Aquele momento humilhante no qual Liat lhe jogara na cara a mentira que lhe contara. E o fato de a mentira ter incluído Iheli, os supostos acessos de asma que ele imputara ao filho. Era desprezível. E era ainda mais desprezível o fato de ter se acostumado àquilo. De a mentira, como um suéter de lã que no início pinica, ter se tornado algo que ele se acostumara a vestir. A parecer confortável. Então tapou os ouvidos às ligações dela, ao canto das sereias que irrompia do telefone. Não ia atender. Não ia se afogar.

Não era algo racional. E sim, ela poderia ligar para a polícia, mas uma coisa ele sabia — ou pelo menos esperava saber: ela não faria aquilo. (E Zakai, em sua mente, já está zombando: porque ela cultiva rosas? Porque sua mão está ornada com queimaduras de cigarro, como se fossem um bracelete, e ornamentos obtidos com sofrimento são uma garantia de discrição? Se você queria mantê-la calada, deveria tê-la subornado, ou complicado a vida dela de modo a que tivesse algo a perder. No momento você está contando com a sorte. E isso, como sabe, é a pior coisa que um médico pode fazer.)

Porém, Eitan ignorava Zakai, assim como tinha ignorado o toque do telefone. Assim como ignorava o olhar avaliador do professor Shakedi, atrás de seu ombro. Sabia: ele não se baseava na sorte. Mas não compreendia que aquilo em que se baseava era muito mais perigoso — um pacto. Uma ligação entre duas pessoas.

Ele continuou a examinar o paciente, e o professor Shakedi continuou sua ronda. Duas horas mais tarde encontraram-se novamente, dessa vez na cerimônia de acender as velas no departamento. Eitan tinha na mão um sonho que já conhecera dias melhores, e olhava para ele atentamente. A alternativa seria olhar para o rosto de seus colegas de departamento, e daquilo ele não tinha a menor vontade. O sonho, em compensação, era algo fascinante. Um bloco de farinha viscoso e pegajoso, que teimava em sujar a pessoa de açúcar no momento em que cometia o erro de pegá-lo. E pensar que, quando criança, ele contava os dias que faltavam para a festa, devorava nacos de massa sem parar. Estava disposto a jurar que os sonhos então eram mais saborosos, mas era razoável supor que não fosse verdade. Os sonhos continuavam os mesmos. Fora ele quem mudara. Aprimorara seus gostos. Seu palato ficara mais sofisticado. Sua língua, mais refinada. Mas de que valia tudo isso se no final se via desprezando aquilo de que tanto gostava?

O professor Shakedi pediu a todos que fizessem silêncio, e Lea, a enfermeira-chefe, acendeu a chanuquiá. Era uma mulher grande, de cabelo ruivo, e os médicos do departamento tinham tanto medo dela quanto os doentes. Ela tinha a rara capacidade de deixar as pessoas desconfortáveis, como se tivessem acabado de fazer algo horrível e devessem obrigatoriamente compensar isso. Até mesmo o professor Shakedi baixava um pouco os olhos quando passava por ela. Quando terminou de acender as velas, ela começou a cantar "Maoz tsur", e ninguém ousou ficar calado. Depois anunciou o cânone "Mi imalel". Médicos fazendo contraponto com enfermeiros, pacientes com o pessoal de apoio. Homens com mulheres. Eitan cantava a plena voz, gritando mesmo. Ninguém poderia dizer que estava comprometendo o espírito do departamento. Depois, foram distribuídos piões de Chanuká, e um paciente tentou organizar um torneio. Lea já estava mergulhada em seu sonho (era recheado com doce de leite? Morango? O que se escondia lá entre as dobras da massa?), mas mesmo sem o temor que ela inspirava abdicaram do torneio ainda antes de começar. Eitan detestava aquele acender de velas no hospital, tentativa estéril de se comportarem como se tudo estivesse bem, maravilhoso mesmo, num lugar em que nada estava bem. Os números frios diziam que vinte por cento dos doentes que estavam ali não iam comemorar o Chanuká no ano seguinte. Não estava claro se eles mesmos compreendiam aquilo. Fora dito, claro, tudo era dito. Mas o fato de algo ser dito não queria dizer que fora assimilado.

Locais de trabalho gostam de comemorar essas festas. Não só hospitais. Escritórios de advocacia também, setores de prefeituras, seções em bancos. É uma oportunidade de ver o patrão cantar um pouco. Comer alguma coisa, fingir que são todos uma grande família. E se não família (já que ninguém é tolo o bastante para pensar que se trata disso), pelo menos amigos. Conhecidos. Não pode ser apenas um grupo de pessoas encerradas juntas atrás de paredes de concreto, com iluminação artificial, de manhã até muito tarde da noite. Não pode ser que passam a maior parte das horas em que estão acordados, a maior parte da vida útil, num lugar que, para falar a verdade, não desperta nada mais do que uma leve coceira no joelho, uma pontada de desconforto.

Novamente sentiu o telefone vibrar junto à coxa, e novamente ignorou. Meia hora antes tinha ligado para Liat, e ela pôs o telefone no viva-voz e o fez cumprir sua promessa de acenderem as velas com Iheli e Itamar. Pensou neles em casa, diante da chanuquiá, e isso só tornou a cerimônia no departamento ainda mais desprezível. Há coisas que se supõe que uma pessoa faça com quem lhe é verdadeiramente próximo. Do contrário se transformam num ritual vazio, não menos viscoso e pegajoso do que o sonho, que ele ainda tem na mão. Vai encontrar agora onde jogá-lo fora... (E o telefone, por quanto tempo poderá ignorá-lo?) Esperou até ver o professor Shakedi ir embora. Dois minutos depois saiu a dra. Hart. Ele ficou pensando se iam se dar ao trabalho de ir cada um em seu carro ou se abririam mão daquele cansativo esconde-esconde e simplesmente iriam juntos para onde vão. Seria interessante saber onde. Em Tel Aviv havia luxuosos quartos de hotel, casas de amigos que sabiam guardar segredo. Mas ali, no meio do deserto, o máximo que poderiam conseguir seria uma hospedagem beduína. (Não era verdade, mas a ideia conseguiu fazê-lo sorrir. A dra. Hart montada no professor Shakedi numa tenda feita de pelo de cabra. Os piolhos no colchão fazendo uma festa no corpo nu do chefe do departamento.) Esperou mais dez minutos, depois saiu de fininho. Junto ao elevador deparou com Wissotsky. O anestesista segurava um sonho gigantesco, que não tinha aspecto melhor do que aquele que o próprio Eitan tinha segurado um minuto atrás. "No Exército russo caçávamos perdizes com pedras como esta", ele disse, mostrando o sonho. "Você taca um desses na cabeça da ave e tem um jantar." Eitan não tinha muita certeza se Wissotsky estava ou não brincando. A expressão do anestesista era de total seriedade. O elevador chegou; Wissotsky olhou para o lado e jogou o sonho na lata de lixo num movimento rápido, que incorporava toda a repugnância que existe no mundo. Desceram em silêncio.

O estacionamento do Soroka já estava bastante deserto àquela hora. Eitan e Wissotsky caminharam lado a lado até os carros. No outro lado da rua um grupo de estudantes cantava canções de Chanuká a plenos pulmões. Eitan não conseguiu distinguir se estavam bêbedos ou simplesmente alegres. Wissotsky parou junto a seu carro. Eitan parou também. "Como vai seu filho?" Wissotsky pegou a chave e a enfiou na porta. "Respira sozinho, e é mais ou menos isso. Mas a loja concordou em me dar um desconto nas fraldas descartáveis." Wissotsky entrou no carro e fechou a porta. Acenou para Eitan. Foi um gesto pequeno, delicado, mas suscitou um alívio que o surpreendeu.

Antes de dar partida no jipe, ele ligou para Liat. Queria perguntar se já tinha posto as crianças para dormir. Talvez esperassem por ele. "Estão dormindo", ela lhe disse, "e saiba que não foi nada fácil. Estou andando aqui na ponta dos pés."

"Se é assim", ele disse, "melhor se despir e ir para a cama. Daqui a pouco estarei em casa."

Ela riu, mas ele sabia que na verdade não acreditava. Ele tampouco acreditava. Eles se diziam aquelas coisas, mas só raramente faziam acontecer. A maior parte do tempo era apenas um modo de se sentirem sexy. Uma espécie de jogo, que para dizer a verdade ele agora sentia ser um pouco artificial. Como se não fossem ele e Liat conversando, mas as pessoas que supostamente deveriam ser ele e Liat. Assim como os móveis que tinham comprado na Ikea sempre lhes pareceram estranhos depois de instalados em casa, como se tivessem saudades do quarto antigo deles, aquele do catálogo.

A placa na entrada de Omer o saudava com FELIZ CHANUKÁ. O jipe passou por uma lombada atrás da outra, como um navio rompendo as ondas. Ele parou o carro diante do alecrim e já ia sair quando percebeu de repente um vulto do outro lado da rua. (Depois pensou que a estivera esperando aquele tempo todo. Esperava por ela e não sabia disso. Senão, como seria possível ter percebido exatamente aquele vulto, numa rua cheia de vultos? Um casal em roupa de corrida ao longe. Um cão de rua. Latas de reciclagem aguardando, de boca aberta. E seu olhar saltara exatamente para lá, exatamente para o pescoço ereto, para aquele sentar relaxado. Para os olhos cuja brancura brilhava no escuro.)

"O que está fazendo aqui?"

Ela não respondeu. Não jogou nele todas a ligações que não atendera, os dias que tinham se passado sem que ele voltasse para ela. Devagar levantou-se da mureta de pedra sobre a qual estava sentada. Ficou quase tão alta quanto o próprio Eitan.

Vamos.

E quando ela disse aquilo ele soube de imediato que iria. O negro de seus olhos nunca tinha parecido mais lúcido. Ele irá, e se não for, ela seguirá em direção à casa, do outro lado da rua, e tocará a campainha. Iheli vai acordar de pronto. Seu sono é muito leve. Itamar talvez continue a dormir. Liat abrirá a porta de pijama, amaldiçoando intimamente os vizinhos que não sabem que já é tarde demais para pedir açúcar. Então verá Sirkit. E ela lhe contará tudo.

A caminho da garagem ficaram em silêncio. Pensou em arriscar um olhar para o perfil dela, mas era orgulhoso demais e estava zangado demais. Ela até que olhava às vezes para ele, lhe avaliando mentalmente a testa, o nariz. Não chegou a qualquer decisão. De uma coisa estava certa: ele parecia outro. Duas semanas são mais do que o bastante para se criar uma verdadeira brecha entre a lembrança de um rosto e o próprio rosto. Não uma grande diferença, afinal tinham sido só catorze dias. E mesmo assim criara-se um vazio que exigia uma ponte sobre ela. Diferenças sutis, mas reconhecíveis, entre aquele Eitan e este Eitan. A figura que ocupava sua mente era diferente da figura que agora ia a seu lado, de modo quase imperceptível, e apesar disso a incomodava. Sua lembrança dele era diferente. Difícil dizer em quê. Não que fosse antes mais bonito, ou que impressionasse menos. As diferenças não estavam nas proporções do nariz ou na linha de recuo dos cabelos. Realmente era difícil dizer. E, apesar disso, parecia haver nessas diferenças algum fator que lhes dava uma direção. E que a imagem que tinha em mente, se é que tinha uma inclinação, tendia para aquele que ela conhecia. Antes, parecia ser mais conhecido; agora, desconhecido. Antes os traços de seu rosto se consolidavam em certo significado, claro; agora, apresentavam-se a ela exatamente os mesmos traços, nariz, olhos, boca, sobrancelhas, mas eram vagos e estranhos. Sem ligação entre si.

Talvez sempre seja assim. Duas pessoas se encontram, e na verdade elas são quatro. Cada uma leva consigo a imagem da outra do jeito que se lembra dela. Um momento de decepção, quando aquela da qual nos lembramos é mais bonita do que aquela com quem nos encontramos agora. Um momento de espanto, quando a que encontramos nos impressiona muito mais do que a de quem nos lembramos. Uma fração de segundo em que nos despedimos, uns com alegria, outros com tristeza, da pessoa que tínhamos na cabeça. Alguém olha para um pai do qual antes tinha medo, uma pessoa amada da qual tinha saudades, um menino que costumava pôr no colo. E mesmo que tivesse se separado dele apenas ontem, já foi tempo suficiente para que o pai pareça de repente velho de dar raiva, o amado pareça insosso a ponto de incomodar, o menino pareça tão grande que é de espantar. E assim, ainda antes de o encontro acontecer, a pessoa à sua frente já deve desculpas por sua traição. Como ousou ser tão diferente de sua figura imaginária? E não se trata apenas de pessoas. Lugares também traem. É ridículo pensar que as colinas em torno da aldeia de Sirkit manteriam fidelidade a ela, conservariam o verde delas e não o largariam. O rosto das pessoas muda, e o rosto dos lugares também. Agora ela já se lembra dele diferente do que ele era. Em sua mente as cores eram mais fortes, e quanto mais ela se afasta, mais fortes elas ficam. E se alguma vez as coisas mudaram, será possível voltar, as colinas que em sua cabeça já se transformaram em montanhas serão de repente muito baixas, e ela terá de decidir entre as colinas que tem diante dos olhos ou as colinas que guardou na memória. E, se é assim, talvez seja melhor não voltar jamais.

Realmente, Sirkit olha para Eitan com um olhar de reprovação. Como é que você não apenas sumiu, mas também mudou, apesar de serem mudanças tão pequenas que é impossível mencioná-las, mas se pode senti-las? E ao lado da reprovação surge também a curiosidade, sobre quem é esse homem que está dirigindo ali, e por que parece ser diferente do homem do qual se lembra. E entre a reprovação e a curiosidade se insinua, numa fração de segundo, o pensamento quanto a se, assim como ele mudou para ela, ela também mudou para ele. O que pensou quando a viu? Embora na verdade ela saiba o que pensou. Leu no rosto dele, conhecido ou não. Primeiro se assustou. Depois teve raiva. (E, entre uma coisa e outra, num átimo talvez despercebido por ele, e por ela, alegrou-se.)

Ele continuou a dirigir, e ela desviou o olhar, pois viu que causava a ele desconforto. Em vez disso, olhou para fora. Em um dos sinais seu olhar se cruzou com o de um casal no carro ao lado. A rapidez com que os dois desviaram os olhos revelou que estavam falando dela. Deles. Um homem branco dirigindo um jipe ao lado de uma mulher negra. Um casal inter-racial saindo de férias. Diz a mulher no carro ao lado: é bom que existam casais assim. Responde-lhe o homem a seu lado: Apesar de a sociedade ser tão crítica, o que não é legal. E a mulher assente. O sinal abre, o carro foi abastecido com um assunto, e pode seguir seu caminho em paz. A mulher ao lado do motorista lança a Sirkit um sorriso de incentivo, e Sirkit sorri de volta e pensa: eles não sabem que ele não tem alternativa senão vir comigo. Pensam que é opção dele.

No jipe, Eitan vê o sorriso de Sirkit sem saber o motivo. Os sorrisos eram raros e não muito claros nela, e sempre o deixavam com a sensação de que algo lhe escapava. Acelerou o carro e tomou um desvio. Tantas vezes fora para a garagem àquela hora e nunca a estrada estivera tão movimentada. Era Chanuká, e muitos seguiam para uma ou outra pousada no deserto, ou talvez fossem tomar toda a estrada até Eilat. Pensou se algum deles tinha olhado para o jipe que seguia ao lado. Se algum deles vira um homem branco tendo ao lado uma mulher negra, e o que pensara. Quando tomou a estrada de terra que levava à garagem ficou contente de se livrar do mar de potenciais olhares da estrada principal. Mas quando ouviu o primeiro grito, virou-se para Sirkit, surpreso.

"Não vai me dizer que alguém está dando à luz lá."

Ela não precisou responder. Os gritos responderam em seu lugar. Não havia como se enganar ao ouvir aquele som. No decorrer do tempo Eitan tinha ouvido muitos tipos de gritos de dor, mas as parturientes tinham seu próprio grito. Talvez porque, além da dor, houvesse nele algo mais. Uma expectativa, talvez. Ou esperança. Ele não era sentimental. Tinha passado meses de seus estudos no departamento de obstetrícia. Sabia muito bem que setenta por cento das mulheres gritavam no meio do parto, que é a encarnação do inferno. A ternura maternal só vem depois da epidural. Às vezes a dor era tanta que elas não se lembravam onde estavam ou quem eram, só queriam que acabasse logo. Mas também então, até mesmo então, não era só um pesadelo. Não era como os gritos de pessoas cujas dores lhes vêm apenas do lado da morte. As dores da vida tinham outro som.

A mulher estava num canto da garagem, suada e ofegante. Sua barriga imensa se projetava debaixo do vestido de pano. Mais duas mulheres estavam a seu lado, com o olhar preocupado. Quando viram Sirkit começaram imediatamente a falar.

Estão dizendo que a bolsa estourou já faz tempo. Estão dizendo que o bebê já devia ter saído.

A mulher se virava de um lado para outro, juntando forças para a próxima contração. Quase não olhou para Eitan nem para Sirkit ou para as outras mulheres. Eitan lembrava-se daqueles olhos, cismadores. Tinha-os visto quando estudante, no departamento. O corpo inteiro voltava-se para dentro, o exterior tornava-se uma mistura confusa de imagens e sons. O problema é que não se lembrava de muito mais. Nos partos de Itamar e de Iheli seu papel fora de observador. Observou à parte quando Ami deu a Liat o tratamento mais pessoal que uma parturiente podia receber. Ele e Ami jogavam basquete juntos duas vezes por semana, e apesar de em algum momento Eitan ter ficado enfastiado com suas piadas idiotas e com as eternas discussões sobre política, ele sempre soubera que em ginecologistas tinha-se que investir no longo prazo. Mas agora Ami estava no hospital Ichilov, em Tel Aviv, e ele estava ali, no centro da garagem, com uma eritreia dando à luz.

"Qual é o nome dela?"

Samar.
Ele foi até a mulher e a chamou pelo nome. Chamou muitas vezes até ela olhar. E foi exatamente então, quando olhou para ele, que Eitan descobriu que na verdade estava um pouco contente de estar ali. (Pois não seria correto que uma mulher desse à luz daquele jeito, sozinha numa garagem, como um animal de trabalho em alguma fazenda distante. Quando na barriga dela havia um filhote humano que queria sair, e que ele sabia que poderia ajudar. Porque a comichão agradável da adrenalina já começava a acariciá-lo por dentro quando começou a se lembrar dos procedimentos do parto. Porque estava cansado de se sentir pequeno e culpado, e agora finalmente sentia-se grande e necessário. Porque Sirkit olhava para ele com aqueles olhos negros dela e lhe perguntava *o que fazer.*)

Levou menos tempo do que tinha imaginado. Talvez simplesmente tivesse se acostumado a se preparar para o pior possível. Mas seis horas depois já estava entre as duas coxas apartadas de Samar e gritava para ela "empurre, empurre". No meio do caminho tinha havido contrações e gritos e fezes e urina. Sangue e choro e perigo real para os tímpanos de todos os circundantes. No entanto, não se vira pensando em nada daquilo nem por um momento. Apesar de ter sido exatamente por causa daquele tipo de bagunça que optara por ser neurocirurgião. Ele gostava de ir ter com seus pacientes quando já estavam anestesiados. As pessoas tendiam a ser muito mais educadas e cooperativas após uma dose de propofol. E ali, em vez da brancura brilhante dos lençóis do departamento, via as manchas de ferrugem na mesa, que se recusavam a desaparecer não importava o quanto Sirkit as tivesse esfregado. Mas em cima daquela mesa enferrujada, naquele lugar imundo, ouviu, depois de seis horas, um novo gemido. Que já não saía da boca da mãe, e sim da nova boca, que havia um instante não estava ali e agora inalava com todas as forças. Inalava o ar frio do deserto nas cercanias de Beer Sheva, inalava a totalidade da noite na garagem abandonada, o suor do médico e das mulheres, os cheiros da mulher abandonada dos trailers. O bebê inalou e logo devolveu tudo no primeiro vagido, um grande grito de bebê que era todo espanto: para cá? Ele instruiu Sirkit a cortar o cordão umbilical e entregou o bebê à mãe. Samar estendeu para ele um par de braços cansados, desajeitados. Como uma boneca em cujas mãos alguém tivesse depositado uma boneca menor, imitando um bebê, pensou Eitan, ela o está segurando porque o puseram em seus braços. Mas depois de olhar para o menino a mulher de repente encheu-se de vitalidade. Ainda estava deitada, e ele ainda estava em seus braços, mas agora estava claro que o bebê não estava simplesmente em cima dela, mas que ela o estava segurando.

Eitan virou-se para Sirkit, para ver se ela também percebera a mudança, e ficou surpreso ao descobrir que não estava lá. Fez sinal às eritreias que ficassem de olho na mãe e saiu da garagem. Céu sem lua. Estrelas anônimas (elas tinham nomes, claro, mas Eitan começou a pensar por que nunca se dera ao trabalho de aprendê-los. As pessoas dão nome ao que lhes pertence. Seu cão, seu carro, seu filho. Quanta pretensão seria preciso ter para dar nomes àqueles pontos de luz?) Ele não a viu na área arenosa em torno da garagem, por isso continuou caminhando em direção à colina.

Ela estava sentada na areia, de costas para ele. Eitan pensou em sentar-se a seu lado, mas permaneceu de pé.

Foi tão terrível, disse ela, *tão terrível e tão belo.*

"Sim", disse ele. "Foi realmente terrível. E belo."

Ela virou-se para ele, e dava para ver que tinha chorado. Seus olhos negros estavam vermelhos. Ele quis abraçá-la, mas não tinha ideia de como se começa a abraçar uma mulher como Sirkit. Então simplesmente ficou ali de pé, olhando para ela, e de novo achou que era uma mulher bonita, e de novo soube que se passasse por ela na rua não lhe lançaria um olhar. Após alguns instantes começou a parecer estranho, ficar assim de pé a seu lado. "Acho que vou dormir um pouco", disse, "ela ainda está sangrando, vou ficar aqui esta noite para ficar de olho." Sirkit sorriu e disse que também ia dormir um pouco, e quando voltaram para a garagem, ela foi até o trailer e pegou dois colchões finos. Estenderam ambos no chão da garagem, Sirkit pôs o dela perto da mãe e Eitan colocou o seu no limiar da porta. "Boa noite", ele disse. *Boa noite*, ela respondeu. Mas ele não conseguiu dormir e, apesar de não se ouvir qualquer ruído na garagem escura, sabia que ela também não. Não depois de ter tido nas mãos aquela cabecinha redonda e a puxado para o mundo. Lembrou-se de novo dos olhos vermelhos dela fora da garagem. Emoção? Gratidão? Pena dos filhos que não tivera? Pena das crianças que deixara para trás? Não admira, pensou, que não ousara abraçá-la. Pois ela não tem corpo. O que ele sabe a respeito dessa mulher, que por mais de dois meses governou suas noites? Que foi casada com o homem que ele matou. Que esse homem batia nela. Que ela cultivava rosas. Que não tinha medo de sangue nem de pessoas. Que um eritreu espancado a chamou de anjo e que um beduíno abatido pela tristeza a chamou de diabo, e os dois estavam errados, tinham de estar errados. Pois anjos não existem e diabos não existem. Disso Eitan estava convencido. Existem pessoas. Essa mulher, deitada num colchão a alguns metros dele, é uma pessoa. Ela dorme. Ela come. Ela urina. Ela evacua. E de repente, sem que tivesse tempo para se opor a isso, viu em sua mente, com clareza total, essa mulher transando, e seu corpo reagiu a essa visão com uma ereção tão forte que ele perdeu a respiração.

Durante a noite inteira rugiram dentro dele leões. Ele se revirava de um lado para outro. Tentou pensar em Itamar, em Iheli, em Liat. Na escuridão da garagem, de repente, era-lhe admiravelmente claro o quanto ele corria risco de perder sua família. Não por causa de um acidente terrível na estrada, ou de um choque entre aviões numa noite de tempestade. Não por causa de um atentado terrorista. Por causa dele. Como acontece com todo mundo, com ele também, às vezes, em seus percursos noturnos para casa, ocorriam pensamentos secretos cheios de terror. O cérebro concebe um sem-número de acidentes possíveis, tragédias, sepultamentos. É feita a pergunta: como continuar depois disso?; e é dada a resposta: não se continua, é o fim. E quando o temor é grande demais, insuportável, alguém em sua mente acende a luz, faz parar o filme de horrores e diz: Acalme-se, só está sonhando acordado. Pensamentos erram. E o engraçado é que sempre, em todos esses pensamentos e imaginações, não lhe ocorria que isso poderia acontecer por causa dele. Que ele viveria sua vida sem Itamar e Iheli não por causa de algum terrorista malvado, ou um motorista bêbado, mas porque Liat ia tirá-los dele. Que palavras estranhas, como acordos para visitação, iam se tornar muito conhecidas. Por culpa dele. Porque ele não cuidou de sua família o bastante, e famílias são coisas frágeis.

E tinha jurado a si mesmo, muito antes de se casar, que não tocaria em outra mulher. Fantasiar é permitido, o olhar é livre, mas não ia, na vida, fazer algo que pusesse em risco o que tinha construído. Ele via os amigos de escola e de faculdade, os médicos do departamento. Sabia identificar de longe as traições, assim como sabia identificar uma pneumonia em suas fases iniciais. Os rostos que irradiam um segredo. O brilho novo da pele. Um andar sonhador. A postura relaxada. E depois de algumas semanas o olhar arredio no canto do olho. Uma rigidez acentuada no alto das costas. Herpes na boca, devido à tensão. Nenhuma transa valia aquilo. Nenhum entusiasmo momentâneo justificaria aquele momento em que você faz seus filhos se

sentarem no sofá da sala e diz: "Em primeiro lugar, é importante que saibam que sua mãe e eu amamos vocês".
Mas então como é que ele pensa nela tanto assim? Pensa nela, ele odeia admitir, mais do que pensa neles. Como é possível que nas semanas que se passaram desde que começara aquela chantagem, mais de uma vez se viu contando as horas que faltavam para ver essa mulher, quando deveria estar fazendo o máximo possível para vê-la o mínimo possível? E como foi que ela conseguiu prendê-lo assim, o que fez para que ele a quisesse desse jeito? Menos de quatro metros entre seu colchão e o dela, e o corpo dela pulsando em sua direção no escuro.

    E apesar de saber muito bem que é impossível enxergar alguma coisa na escuridão da garagem, vira-se no colchão para ficar de frente para ela, e abre os olhos. Escuridão total. Os olhos não enxergam nada, e exatamente por isso estão enxergando tudo. Pois eis aí o ombro redondo dela, que brilha para ele toda vez que ela se inclina para erguer alguma coisa, e o vestido desliza um pouco para um lado. Eis seu busto, finalmente livre da prisão dos vestidos de algodão, redondo e empinado e muito cheio. E eis seus lábios, seu rosto, suas coxas. E aqueles movimentos felinos, o de seu caminhar, que despertam nele um desejo adormecido, selvagem. O distanciamento e a força dela, e o fato de saber que nunca estará dentro dela mesmo se estiver dentro dela, tudo isso lhe instiga o sangue até quase fazer doer.

    Acalme-se, ele diz a si mesmo, acalme-se. Mas não se acalma, pelo contrário. Seu cérebro continua a formar mais e mais imagens de Sirkit, num detalhamento cada vez maior. Mesmo quando tenta apagar essas imagens pensando nos mecanismos cerebrais que as produzem (a hipófise fazendo horas extras, quanto a isso não há dúvida), elas ainda lhe aparecem, excitantes e nítidas. E quando ela finalmente ergueu o cobertor e foi se deitar a seu lado na longa mistura que é a noite, ele mergulhou no negro e azul dos seus cabelos, beijou os seus lábios calados, e não pensou em anjos nem em diabos. Tampouco em pessoas.

Ela não precisa olhar para saber que ele não está dormindo. Pode-se ouvir o desejo dele por ela em cada respiração pesada, em cada engolir ruidoso de saliva. O ar na garagem está pesado e trêmulo, assim como seu médico, pesado e trêmulo. E entre as pernas dela há uma doçura insuportável, quase dolorida, e no rosto algo pesado e trêmulo aguarda. Mas ela não irá até ele, exatamente como ele não vai se levantar e ir até ela. Menos de quatro metros entre o colchão dela e o dele, mas no caminho entre os dois há um grande deserto. E é bom que seja assim. Ela já atravessou desertos o bastante para saber que no outro lado nada a espera além de mais um deserto.

Ela então fechou os olhos, apesar de saber muito bem que não ia dormir, e quando ele finalmente ergueu o cobertor e foi se deitar a seu lado naquela longa mistura que era a noite, não havia deserto, e exatamente porque ele não foi e não se deitou, eles conseguiram por fim escapar do deserto, e exatamente por isso ela encontrou nele água doce.

10

Foi pouco depois do nascer do sol que Samar começou a gritar, e no primeiro momento Eitan estava certo de que os gritos vinham de seu comandante no Exército, com o qual sonhava. Um instante depois já estava desperto, e dois instantes depois já estava com o bebê, e sabia que estavam em apuros. A pele do bebê tinha uma coloração azul, repulsiva. O azul em si mesmo não era repulsivo. Pessoas compram lençóis com essa cor, e colchas. E pratos. Pessoas pagam muito dinheiro por passagens para viajar a países em que há praias ou lagos exatamente dessa cor. Mas não querem ver bebês com essa cor. Bebês devem ser rosados. A cor rosada é saudável. Rosa quer dizer um pulso normal, boa circulação sanguínea, oxigênio navegando no sangue como turistas num cruzeiro. E azul é o contrário. Mesmo sem saber por quê, mesmo quando não têm noção do que é hemoglobina, ainda assim sabem que azul é o contrário. Samar, por exemplo, sabia que algo estava errado com seu bebê quando abriu os olhos e viu que ele estava azul. Começou então a gritar. Simplesmente porque era a única coisa que poderia fazer. Quando o pai do bebê lhe ordenara que fosse arrumar a despensa, chegara por trás e a agarrara, também poderia ter gritado. Mas não o fizera. Sabia que gritos trariam consequências. E que as consequências tomariam muito tempo, e que aquilo que o pai do bebê queria fazer só tomaria alguns minutos. Não pensara nele então como o pai do bebê. Ainda não havia um bebê para que ele tivesse um pai. Mas quando o sêmen dele escorrera por sua coxa alguns minutos depois, ela esperava que aquilo tivesse sido tudo. Só que o sêmen daquele homem fizera exatamente como aquele homem — agarrara-a com força e não a largara. No início aquilo a deixara nervosa. Ainda mais nervosa do que aquele homem a fizera ficar. Pensou num bebê com a cara daquele homem dentro de sua barriga, empanturrando-se o tempo todo, empanturrando-se dela. Um bebê com a cara daquele homem estipulando quando ela tinha de ir ao banheiro, comer, vomitar. Aquilo a deixara tão nervosa que ficava dando socos na barriga com o punho fechado, mirando direto no rosto daquele homem, que crescia dentro dela. Mas, por mais que batesse nele, o bebê só crescia, e crescia mais, e quanto mais crescia, mais ela o odiava. Assim como o pau daquele homem — que no início, quando ele a agarrara, não estava duro, mas quando ele sentira que ela se contraíra, inflara de uma só vez —, o bebê crescia com o ódio dela.

Então um dia ela pegou um ferro comprido no depósito e o limpou muito bem. Depois deitou-se de costas e abriu as pernas, dizendo para si mesma: tenha calma, isso não vai durar muito. Já tinha introduzido a barra quando Sirkit abriu a porta do depósito e olhou para ela. Idiota, disse, sua vaca idiota. Você não compreende que tem dinheiro entre as pernas? Sirkit lhe disse que quando o bebê nascesse todos saberiam o que pai dele lhe tinha feito na despensa, e então ele teria de lhe dar dinheiro. Muito dinheiro, disse Sirkit. Sirkit ajudou-a a tirar o ferro e sorriu quando viu que não havia nele muito sangue. Disse que ninguém podia saber sobre o bebê, principalmente o pai dele. Disse que Samar precisava cuidar muito bem dele e alimentá-lo, como faziam com os porcos na aldeia. Cuidavam deles e os alimentavam apesar de serem feios e fedorentos, pois sabiam que no fim poderiam ganhar dinheiro com eles. Samar guardou segredo quanto ao bebê em seu ventre e cuidou muito bem dele, e o tempo todo pensava no porco que crescia em seu útero, muito liso e rosado. Quando começou a se mexer, pensava nos porquinhos na aldeia e em como eles fugiam das crianças quando elas corriam para cima deles para assustá-los, e isso a fazia rir. Já não pensava num porco grande e peludo. Pensava num porquinho fofo, pequeno, e tinha vergonha quando se lembrava de que quase fizera um espeto dele com aquele ferro.

Na noite em que a bolsa estourou ela de repente se assustou. O porquinho fofo e o pai do bebê se confundiram em sua cabeça, e ela não sabia qual dos dois estava prestes a sair de dentro dela. Depois as dores ficaram tão fortes que ela convenceu-se de que era o pai do bebê. O porquinho nunca ia machucá-la daquele jeito. O pai do bebê, assim como a machucara quando entrara nela, a estava machucando ao sair dela. Logo veria aquele rosto repugnante dele, e ninguém a impediria de lhe tapar a boca, como ele tapara a dela na despensa. Apesar de não ser necessário, pois ela não ia gritar.

Mas, quando o bebê finalmente saiu, não era em nada parecido com o pai. Nem com os porquinhos da aldeia. Se parecia com algo, era com um golfinho. Ela tinha visto um golfinho uma vez, mas se lembrava dele como uma pessoa se lembra da única vez em que tudo estava realmente bem. Seu pai remava para dentro do mar e ela estava sentada remendando os buracos na rede. O sol acabara de raiar, mas o mar estava quente como no meio do dia, e os sons do remo na água eram o único ruído que se ouvia. Sua cabeça estava dentro da rede, naqueles pequenos consertos que não iam durar muito, mas serviriam pelo momento, e então ela ouviu o silêncio. Isto é, ouviu que o remo já não batia na água, e como seu pai nunca parava de remar tão próximo à praia, ela ergueu a cabeça. O golfinho estava bem ao lado do barco. Era bonito. Era a coisa mais bonita que ela tinha visto até aquele dia, e apesar de só ter seis anos sabia que era a coisa mais bonita que veria em sua vida. As outras coisas bonitas seriam apenas reflexos parciais daquele golfinho. Ele nadava junto ao barco, e seu pai fez um sinal para que ela largasse a rede e fosse até ele. Então ele fez uma coisa que a fez esquecer o golfinho. Uma coisa realmente maravilhosa. Ele a ergueu com os dois braços e a segurou no ar, em cima da água. Isso para que pudesse ver melhor o golfinho. E para que o golfinho pudesse vê-la. Seu pai sabia que golfinhos e meninas não se encontravam com muita frequência. Mas ela não estava olhando para o golfinho. Olhava para seu pai segurando-a acima da água. Não durou muito tempo e não aconteceu de novo. Ele tornou a baixá-la. Ela continuou a coser a rede e ele continuou a remar, e o golfinho também.

    Quando Sirkit e o médico dela lhe entregaram o bebê, ela percebeu imediatamente que ele se parecia com o golfinho. Aquilo a alegrou. Fez com que a dor entre as pernas doesse um pouco menos. Ela contou seus dedos e pensou em como eram pequenos, então se lembrou dos dedos do pai do bebê, de como eles a tinham empurrado com força, e pensou que um dia tinham sido tão pequenos quanto. Sirkit levou o bebê e disse que ela precisava descansar. Não discutiu. Parecia ser uma boa ideia, descansar. E o bebê abriu os olhos por um momento, e eles não eram nada parecidos com os de seu pai, o que a tranquilizou. Mas pensou em todos os outros membros do corpo dele, e como era impossível saber agora como pareceriam depois. O nariz, digamos. Ou as orelhas. Sem falar na voz. Não sabia o que faria se ele tivesse a voz do pai. Mas não vai ter, ela se acalmou. Não vai ter. Pois a voz sai da boca, e na boca dele vai fluir meu leite.

    Com esse pensamento ela adormeceu, e quando acordou viu que a pele do bebê tinha uma coloração azul. E começou a gritar.

O bebê não estava morto, mas não parecia estar bem. A garagem não tinha condições de tratar crises respiratórias. Tampouco estava preparada para cuidar dos gritos de Samar. No Soroka, os enfermeiros tratavam de afastar os parentes no momento em que algo dava errado. Se as coisas se complicavam, chamavam o segurança. Talvez parecesse algo duro demais, ou impiedoso, mas um hospital não pode trabalhar com gritos. Isso assusta os outros pacientes. Tira a concentração dos médicos. Abaixa o moral na frente de combate contra a morte. Samar gritava e gritava, e Eitan já ia dizer a Sirkit que a tirasse de lá quando compreendeu que era ele mesmo quem precisava sair.

Ergueu o bebê nos braços, surpreso com a inconcebível leveza daquele pequeno corpo. Três passos e estava junto à porta, calculando qual seria o percurso mais rápido para o hospital.

Pare.

Ela estava diante dele, descalça, os cabelos desgrenhados. Em algum lugar de sua mente estavam gravados os contornos de seus mamilos debaixo da blusa. Aquela suavidade que seu corpo irradiava, o cheiro do sono que com certeza ela ainda exalava, tudo isso estava em total contradição com sua voz fria, metálica, quando lhe disse que ficasse onde estava.

Eles vão querer saber de onde você o trouxe. Chegarão até aqui.

"Vou inventar alguma coisa", ele berrou para ela, segurando o bebê com uma das mãos, procurando com a outra as chaves do jipe. "Não vou deixar que ele morra aqui."

Não vou permitir que um bebê derrube um hospital inteiro.

Ele achou finalmente a chave correta. O jipe soltou um grito alegre quando Eitan apertou o botão que o destrancava. Correu para lá, com ela atrás dele. Pela primeira vez desde que a conhecia, via Sirkit agitada. Não por causa do bebê e de sua pele azul, mas porque compreendera que ele decidira desobedecê-la. *Vou à polícia. Se você continuar, vou à polícia.*

Ele a olhou por um instante. O bastante para saber que falava sério. Fechou a porta do jipe e partiu.

A estrada para Beer Sheva estava vazia àquela hora. Dirigiu na velocidade mais alta possível. Ficou falando com o bebê. Disse-lhe para aguentar. Prometeu que tudo ia ficar bem. Manteve-o informado de quantos quilômetros faltavam até Soroka. Garantiu que já estavam perto. Dizia: "mais um pouquinho, mais um pouquinho".

O bebê estava no banco traseiro, na cadeirinha de segurança de Iheli, que Eitan tinha deitado e fixado com as correias, e que, evidentemente, era grande demais. Não havia motivo real para pôr o bebê ali. Poderia tê-lo posto no colo. Talvez isso fosse até mesmo mais lógico, porque poderia ver exatamente o que estava acontecendo com ele. Mas entrou em ação seu reflexo como pai — bebês vão atrás, com o cinto de segurança. De outro jeito seria irresponsável. E ei-lo agora, um homem de quarenta e um anos, falando com um bebê que está no banco traseiro. E o bebê não responde, afinal é um bebê, um bebê azul.

Sete quilômetros até Beer Sheva, e a voz de Eitan se eleva e vira um grito. Vai ficar tudo bem, berrou para o banco traseiro, vai ficar tudo muito bem. Logo estaremos lá. Compreendeu então que havia vários minutos evitava olhar para ele. Falava com ele, fazia promessas, às vezes implorava, mas não olhava para ele. Ajustou o retrovisor e olhou para o banco traseiro.

A cinco quilômetros de Beer Sheva parou o carro. Não sabia dizer havia quantos minutos corria em vão, fazendo promessas a um bebê morto.

São sete e meia da manhã e Eitan ainda não voltou do departamento. Liat andava pela sala, tirando poeira invisível de almofadas e sofás, arrumando o que estava sem dúvida arrumado.

Sua avó saberia o que fazer. Sua avó ia olhá-lo nos olhos por dez segundos e tomar uma decisão. Mas sua avó já não estava lá havia três anos. Quatro, contando o ano seguinte ao enfarte, antes de morrer. Tinha enfartado logo após a cirurgia e desde então não abrira os olhos. Só ficava deitada em seu leito de hospital, com os olhos fechados. Vai saber se estava mesmo lá. E daí que respirava? Sua avó era campeã mundial em fingir que estava em casa quando na verdade não estava. Por causa dos ladrões, disse a Liat, para que não pensem que não tem ninguém em casa e entrem. Deixava luzes acesas, o rádio em volume alto — e saía. Talvez tivesse sido assim também aquele ano, no hospital. Todos os médicos e enfermeiros mediam os sinais vitais, como um ladrão ouvindo o que se passa no outro lado da porta, e fazia tempo que ela já tinha ido embora.

Aquilo era bem da avó, lidar com eles assim. Durante anos tinha escondido de todos que havia um problema. Não revelara a ninguém que estava doente. Escondera muito bem. Escondera até mesmo da morte. Ela tinha se esquecido dela. Como a faxineira que promete vir e esquece, e a casa fica uma bagunça durante toda a semana. A morte, assim como uma mulher com Alzheimer, sabe que marcou de encontrar com alguém, mas não se lembra quem é, não lembra onde, e vagueia confusa pelas ruas. E no caminho encontra outra avó, mas não a avó dela.

Finalmente se encontraram. Quase por acaso. Uma pneumonia que contraiu quando estava deitada de olhos fechados no hospital acabou com ela em menos de uma semana. Restou apenas Liat para olhar a borra do café, e não via nada. Agora tentava outra vez: preparara um café e olhava atentamente para a borra. Talvez, por acaso, lá estivesse escrito onde estava o homem dela. Poderia ligar para o hospital. Perguntar se estava lá. Tentar identificar, ao telefone, os delicados tons de voz da mentira. O risinho de uma secretária na recepção. Ou ao

contrário: um silêncio surpreso, constrangido. Ou a voz alta, artificial, de uma enfermeira. Sabem onde ele está e não lhe dizem. Os médicos, os residentes, todo o hospital com certeza está rindo dela pelas costas.
Pôs o café na pia e chamou as crianças. Elas vieram logo, prontas. Itamar tinha vestido Iheli e agora estavam os dois diante dela, prontos para partir. Fez mal a ela, vê-los assim vestidos. Olhou para seus sapatos e soube: eles sabiam que havia algo errado. Itamar tinha amarrado o cadarço de Iheli e o irmão deixara, sem chorar ou criar problemas. Crianças, supostamente, choram e criam problemas e não veem nada a não ser elas mesmas. Se vêm no momento em que você as chama, perfeitamente vestidas, a situação é mesmo grave.

Ele olhou para eles no momento em que saíam de casa. Iheli com seu chapéu de cachorro. Itamar com a mochila do futebol, embora ele nem goste de futebol, as crianças nunca o deixam jogar. Liat com o cabelo preso num coque, e dava para ver a corrente que a avó lhe dera de casamento e que desde então não saía de seu pescoço. A família dele estava saindo de casa e Eitan olhava para eles enquanto atravessavam o caminho de acesso. Majestosa sem saber. Inocente sem pensar nisso. Perfeita, em sua ignorância.

Itamar divisou-o primeiro e acenou. Iheli, que como sempre acompanhava cada movimento do irmão, foi o segundo a ver. Largou a mão de Liat e correu para ele em passinhos miúdos.

"Pai!" Eitan ergue-o com os dois braços, espantando-se com seu peso. O menino ficou mais pesado, ou eu fiquei mais fraco. Quando tornou a baixá-lo, Liat já estava junto ao carro dela.

"*Ial'la*, meninos, temos que ir."

A voz dela soou leve e alegre. Um iceberg leve e alegre. Eitan se perguntou se apenas ele percebera, ou as crianças também. "Quero que meu pai me leve", exclamou Iheli. "Quero ir de jipe!"

"Papai está cansado, disse ela, "não dormiu a noite inteira." Vai confiar em Édipo. O pirralho já esqueceu quem deu banho nele, trocou suas fraldas e o amamentou. E lá está ele correndo para o jipe do pai, direto para os braços do inimigo. Eitan com certeza está nas alturas. Mais um ponto para ele nessa batalha não declarada, na sangria silenciosa — quem eles amam mais. Mas para sua surpresa ele rejeitou o tributo. "Hoje não, Iheli, vá com a mamãe." Talvez esteja realmente cansado. Talvez quisesse sinalizar a ela uma conciliação. Seja como for, seria preciso muito mais para convencer Iheli. Ele correu para o jipe e entrou pela porta do motorista, que estava aberta. Esgueirou-se por cima do câmbio aterrissou em sua cadeirinha de segurança. Liat sorriu, contra a própria vontade. Macaquinho determinado como ele só. Mas Eitan não sorriu. Quando o corpo de Iheli tocou no assento, ele ficou subitamente pálido. Seus lábios tremeram.

"Iheli, levanta daí."

Apenas uma vez ela o ouvira falar naquele tom. Anos antes, no deserto da Judeia, em um de seus primeiros passeios. Era meio de semana, e no rio Mishmar não havia vivalma, por isso tinham se permitido transar junto à cisterna. O sexo foi longo, lento, porque mal se conheciam e estavam muito atraídos um pelo outro, e também porque, como mal se conheciam, queriam impressionar um ao outro. Ela estava por cima quando sentiu todo o corpo dele se contrair e pensou que tinha gozado. "Não se mexa." A voz dele estava estranha, gelada. Ela não se mexeu. Estava certa de que se tratava de algum ponto orgástico na anatomia masculina. Só após um momento Liat viu a cobra. Era pequena e negra e estava muito perto. Por algum tempo, dez segundos, um minuto, cinco. Não se mexeram. A língua da cobra movia-se para dentro e para fora para dentro e para fora, quase como dizendo a eles: vi o para dentro e para fora de vocês, agora vejam o meu. E em certo momento ela parou, saiu de lá rastejando. Eles a seguiram com o olhar, nus e tensos. Depois disso não foi mais possível transar, e ficar nus no leito do rio era de repente estranho. Vestiram--se e seguiram seu caminho, tentando rir um pouco daquilo, e quando voltaram do passeio não tornaram a mencionar a cobra.

Quando Eitan mandou Iheli se levantar, algo dentro dela identificou aquele tom de voz. Tem alguma coisa no jipe, uma cobra, ou um escorpião. Uma coisa ruim. Ela apressou-se a olhar para dentro e não viu nada. A cadeirinha infantil. Alguns brinquedos. Caixas vazias de pizza. Não era possível que Eitan estivesse tão tenso devido a caixas de pizza.

"Iheli, eu lhe disse para não sentar aí, saia!"

A voz de Eitan virou um grito. Ela já o tinha ouvido gritar, mas nunca assim. Seus gritos eram sempre breves, objetivos. Quando Itamar correra para o meio da rua em frente à casa em Guivataim. Quando os enfermeiros em Tel Hashomer deitaram sua avó no corredor. Como se tivesse examinado as possibilidades e, ao compreender que não havia alternativa, gritara. Mas aquele grito era diferente. Iheli começou a chorar. Itamar também tinha lágrimas nos olhos. Ao cabo de um instante Eitan se ajoelhou diante da criança em prantos. "Sinto muito. Papai sente muito." Mas Iheli não se acalmou, ao contrário. A ideia de que um grito assim pode realmente acontecer sem qualquer justificativa tinha em si algo mais assustador do que a possibilidade de que fora algo em seu comportamento que o tinha causado.

Liat olhou para o relógio. Ia chegar atrasada na escola, com um menino aos prantos. As outras mães iam perguntar "Manhã difícil?", num tom solidário por baixo do qual se discerne a alegria com a desgraça alheia, como a celulite visível nos maiôs justos que elas vestiam no clube. Ela ia sorrir e dizer

"Acontece", e não deixar que percebessem que fazia mais de um mês que seu homem sumia durante as noites e ela não sabia para onde. Quando pensou naquilo ficou tão nervosa que foi até o jipe e pegou Iheli nos braços.

"Venham, meninos, para não nos atrasarmos."

Sua voz soou alegre e calma, mas a voz estava mentindo. Ela sabia. Eitan sabia. Até mesmo Itamar e Iheli sabiam. Iheli parou de chorar, estava quieto nos braços dela, olhando para o pai. Itamar, ao contrário, não olhava para o pai. Nem para ela. Focava um formigueiro ali ao lado, que a um primeiro olhar dava a impressão de desordem, mas na verdade era admiravelmente ordenado. As formigas têm regras, e elas as cumprem. Se você conhecer bem o bastante as regras das formigas, pode saber exatamente o que farão. Por algum motivo, com adultos não funciona assim.

"Entre no carro, querido."

Itamar parou de olhar para o formigueiro e seguiu em direção ao Toyota. Eitan o acompanhou com o olhar. Queria chamá-lo, mas não valia a pena. Não ia fazê-los entrar no carro. Seus filhos não iam se aproximar do jipe, do bebê azul. Estremeceu ao lembrar o montinho de areia a cinco quilômetros de Beer Sheva. Teria de levar o carro para uma limpeza geral. Talvez vendê-lo. A cadeirinha tinha de ir embora, aquilo era claro. Não ia conseguir ver Iheli sentado no mesmo lugar onde estivera sentado... a coisa. (Pois era aquilo. Uma coisa. Não uma pessoa. Ainda não chegara a ser uma pessoa. Quando ele parou o jipe nem sequer se parecia com um boneco. Mas tinha cinco dedos em cada mão, o que o deixou arrasado. Os dedos o deixavam arrasado.)

O Toyota de Liat saiu da garagem e se afastou no declive da rua. Ele acenou para os meninos. Eles acenaram de volta, no banco traseiro. Ao ver aquilo, permitiu-se pensar que talvez tudo ficasse bem. Crianças são mais resistentes do que se pensa. Seus ossos são mais flexíveis do que os dos adultos. A evolução fez isso para protegê-los das pancadas que receberiam.

O carro desapareceu no final da curva. Por um instante ainda estava lá, Liat ao volante, Itamar e Iheli acenando, e no instante seguinte já não. Eles continuavam a existir, claro, continuavam a se movimentar num espaço que ficava além de seu campo visual. Até pouco tempo antes Itamar tinha dúvidas quanto àquilo. "Quando vamos dormir", ele lhe dissera uma vez, "como é que sabemos que as coisas no mundo não começam a se mover? A árvore no quintal, ou a caixa de correio, como sabemos que ainda estão lá?"

"Porque estão lá", respondera Eitan, e sabia que na verdade aquilo não era resposta. Fora do quarto de Itamar o esperava uma pia cheia de louça, e os pratos sujos não deixavam muito lugar para tópicos filosóficos.

"Mas, pai, se você não está vendo, não sabe se estão lá."

Mesmo assim, eles estão lá. Liat e Iheli e Itamar. Não desaparecem quando você não os vê. Não podem desaparecer. Estão nos registros do serviço público de saúde, nos arquivos do Ministério do Interior, nos computadores da Previdência Social. Há pessoas que os conhecem. Há pessoas que os estão vendo neste momento. O chefe, a professora na escola, o vendedor na mercearia. E eles também, o chefe e a professora e o vendedor, estão registrados. E pessoas os conhecem. E assim eles validam uns a existência dos outros, em cumprimentos, em cartas registradas, em documentos e em olhares. E se um deles desaparecesse, alguém entre essas pessoas perceberia. E, se não elas, então as instituições oficiais. Levaria mais algum tempo, mas no final algum computador daria o alarme sobre um imposto predial que não foi pago, dívidas insolventes, um menino que não tem comparecido no primeiro ano. O mundo não permite que desapareçam.

Mas há também as outras pessoas. Você as vê, mas não sabe que estão lá. Em relação a elas Itamar tem razão: feche os olhos e desapareçam. Nem é preciso fechar os olhos. Vão desaparecer de qualquer maneira. São só uma rápida impressão na retina, nada mais do que isso. O bebê azul, por exemplo. Não está nos registros. Nem sua mãe. Pessoas comuns não os conhecem. Pessoas reais, como essas que estão registradas nas instituições, como essas que pessoas reais conhecem, não sabem nada a respeito do bebê azul e da mãe dele. E assim o bebê azul e a mãe dele podem sumir do mundo sem que ninguém perceba.

E ainda tinha de contar para a mãe. A barriga de Eitan contraiu-se quando pensou naquilo. O bebê azul debaixo daquele montinho de areia, e a eritreia na garagem não sabia de nada. Ou talvez soubesse, com esse sentido que as mães têm, como sua mãe soubera de Iuval. Ela acordara de manhã e gritara para o pai dele que desligasse o rádio, embora desde que a operação militar havia começado tudo o que as pessoas faziam era ouvir o rádio. Talvez pensassem que a fala incessante dos locutores, dos comentaristas, dos entrevistados que de repente tinham ouvido um estouro, com todas aquelas palavras, de algum modo os protegiam. Uma muralha invisível de avaliações da situação e de previsões que nenhum projétil poderia atravessar. Mas naquela manhã a mãe lhe dissera que desligasse o rádio, e na sala fez-se subitamente silêncio. Após tantos dias de barulho, tinha sido estranho. Até mesmo desagradável. O pai e ele tinham trocado um olhar que dizia: cuidado, ela está nervosa. "Senta, Ruti'le, vou te trazer um café", dissera o pai.

Ela nunca tomou aquele café. Quando o pai dele o levou — num copo de vidro, com adoçante —, ela já estava no quintal pendurando a roupa. Dez anos antes eles tinham comprado uma secadora grande, de fabricação alemã, mas depois de usá-la duas vezes ela dissera que havia sido um erro. "Talvez seque a roupa, mas não faz parar o zumbido na cabeça." A mãe tinha toda uma teoria sobre o zumbido na cabeça, dizia que a única maneira de fazê-lo parar era trabalhar com as mãos. Iuval desenvolvera uma fórmula que permitia prever quantos pratos ela teria de lavar para se acalmar de uma briga média. "Riam, podem rir, ela costumava lhes dizer, mas isso com certeza é melhor do que os amendoins e as sementinhas que vocês devoram quando estão nervosos." Sementes de girassol eram o calmante principal dos homens da família. Um saquinho pequeno antes da prova final do ensino médio. Um saco grande depois de terminar com uma namorada. Três quilos durante a *shivá* de vovô David, pai do pai dele. Os dois tinham as sementes, ela tinha a louça e a roupa, e às vezes, em dias realmente difíceis, o gigantesco armário da roupa de cama também, roupa que era toda dobrada, de cima a baixo, nos dias da *shivá*, e novamente dobrada, de cima a baixo, nos dias que se seguiam. A secadora nova continuou no banheiro, branca e reluzente. Seu pai não deixou jogar fora uma coisa que custara tanto dinheiro, e talvez também tivesse algum prazer em olhar às vezes para ela e soltar um suspiro de modo que sua mãe ouvisse muito bem. Lentamente, começaram a depositar coisas em cima dela. Sabão em pó. Amaciante. Um monte de pregadores. Espuma de barbear. O elefante branco virou mais uma prateleira, e pelo visto continuaria assim se Iuval não tivesse voltado de sua primeira semana como recruta no Exército avisando que ia pôr a roupa na secadora ("Disseram que podem nos convocar a qualquer momento, preciso que fique pronta rápido"). Sua mãe protestou um pouco, mas por fim concordou. Um pouco porque aquilo tinha sua lógica. Principalmente porque tratava-se de Iuval. Ela sempre concordava quando se tratava de Iuval. Eitan tivera de ameaçar fugir de casa para ir com amigos para Eilat, no ensino médio, mas Iuval eles levaram à rodoviária. Quando Eitan queria se esquivar das excursões da escola no último ano, tinha de falsificar atestados médicos, mas quando aconteceu com Iuval sua mãe simplesmente telefonou para a escola e disse que o filho não estava se sentindo bem. Quando viu com que facilidade ela oferecia o carro a Iuval nas sextas-feiras, Eitan não conseguiu mais ficar calado. Tinha levado meio ano para receber dela as chaves do Suzuki para sair à noite. A mãe ficou surpresa. Pediu desculpas. Tentou explicar que era um caso clássico de irmão mais velho e irmão mais novo. Também acontecera com ela e tia Noomi: tudo o que ela tivera de derramar sangue para conseguir, Noomi recebera numa bandeja de prata. Mas Eitan sabia que era mais do que aquilo. Em Iuval havia algo que fazia com que as pessoas lhe dissessem "sim" ainda antes de ele pedir. Eitan às vezes achava que identificava um pouco daquela qualidade em Iheli. As professoras gostavam de seu caçula. Os vendedores também. Bastava ele olhar para alguma coisa — uma bala, um brinquedo — e logo uma mão se estendia para dar a ele. E não porque fosse especialmente bonito. Era engraçadinho, sem dúvida, mas não um daqueles meninos de propaganda. Só era dotado daquela qualidade evasiva que faz o mundo assentir a tudo. Eitan não tinha aquilo. Nem Itamar. Claro que as professoras e os vendedores davam coisas a seu primogênito também. Mas quando ele pedia. Depois que pagava. Após Eitan ter chamado a atenção deles para o fato de que aquele menino, tão quietinho, ainda não tinha recebido o que queria.

Aquela capacidade que Iheli tinha o surpreendia. Talvez porque não pensasse que tal qualidade estivesse oculta em um de seus genes, a qualidade de encantar, que era tão característica de Iuval. (Na verdade, por que não? Assim como Eitan tinha herdado os olhos claros e Iuval os castanhos, e o mais novo reclamava com os pais que aquilo não era justo, por que Eitan recebeu os azuis e eu esta porcaria de castanhos?, tanto o incomodava o fato de ser, em alguma coisa, pior. E Eitan lhe disse: seu

boboca, pare de matar as aulas de biologia e aprenda que mesmo que seus olhos sejam castanhos no seu DNA ainda se esconde o azul da mamãe, e talvez seus filhos tenham olhos azuis. Iuval riu e falou: ótimo, estou disposto a me satisfazer com isso. Mas não sabia que teria de se satisfazer com muito menos, com dezenove anos, cinco meses e dois dias, e nenhum menino recebeu seu nome em sua homenagem, pois Eitan não quis fazer de seus filhos um memorial para outras crianças, e seus pais compreenderam aquilo, embora não compreendessem quase nada mais.)
    Não se lembrava da Iuval como bebê. Tinha apenas três anos quando ele nasceu, e levou tempo até compreender que Iheli se parecia com ele. Sua mãe percebeu isso primeiro, mas ele achava que era porque ela via Iuval em toda parte. Mas quando Iheli cresceu um pouco, Eitan começou a concordar. Não só por causa daquela sua franqueza e de sua positividade, mas também no franzir do nariz quando estava nervoso, cópia perfeita da cara de Iuval depois de uma derrota do Macabi Haifa. Era divertido ver aqueles lampejos de Iuval, mas também estranho. E mais estranho ainda era olhar para Itamar e Iheli e sentir que precisava proteger seu primogênito daquele encanto do irmão caçula. Protegê-lo muito bem do que poderia ser tirado e do que poderia ser dado. E agora Liat não compreende como ele não admira Iheli o bastante, todo o bairro fica de queixo caído com ele, e você só com esses seus sorrisos contidos. O que dirá a ela, que ele guarda os sorrisos para o outro menino, esse com quem ninguém fica de queixo caído? E o que ele pensa, que sorrisos são recursos limitados? E, se no caso dos pais de Eitan eram de fato recursos limitados, qual é a ligação com esse seu filho, qual é a ligação de Iheli com o assentimento que a cabeça faz automaticamente diante dele, com aquele "sim" de Iuval?
    E havia também o outro medo, mágico, do qual é proibido falar. O medo de que, assim como Iuval, um dia o mundo fosse se fartar para sempre de todo aquele "sim", e subitamente

viesse um "não" gigantesco, absoluto, de fogo amigo, com todo um pelotão atirando (por engano! por engano!) nesse irmão bem-sucedido, o preferido. Havia uma parte dele que tinha ciúme de Iheli, de seu filho mais novo, e Eitan odiava tal parte de si. Mas havia também uma parte que temia por Iheli, que queria protegê-lo do ciúme dos outros. Talvez fosse o que Jacó sentiu quando viu José saindo ao campo com seus irmãos, aqueles que logo depois iam jogá-lo num buraco. E Eitan compreendia tão bem aqueles irmãos, com suas roupas simples, ficando loucos diante daquela luxuosa túnica de muitas cores. Talvez por isso sempre cuidara, até mesmo nos aniversários, de dar presentes para os dois. Que nunca nenhum deles abrisse um embrulho farfalhante enquanto o outro olhava de mãos vazias. E não compreendeu que não fora por causa da túnica que eles jogaram aquele rapaz no buraco, mas por causa da expressão no rosto do pai quando a vestia nele. Presentes podem se dividir equitativamente, mas olhares não.

Naquela manhã em que foram contar sobre Iuval, a mãe foi para o quintal com a bacia cheia de roupa lavada. Havia roupa de cama, toalhas, roupas de Eitan e de seu pai ali, mas ela procurou entre as peças molhadas até tirar de lá o jeans que Iuval tinha vestido no sábado. Sacudiu o jeans e o alisou muito bem, depois o pendurou primeiro. Pendurou-o com firmeza, com uma determinação de quem estabelece um fato — um homem não está morto quando sua calça é pendurada no varal para secar. Ela até pendurou mais algumas blusas antes de chegarem os enviados do oficial da cidade. Não precisaram bater à porta. Ela já os vira do quintal. Entraram na casa com ela, pela porta dos fundos. Direto para a cozinha. Eitan lembrava o gosto do cereal de milho na boca no momento em que a mãe entrou com dois homens fardados e começou a chorar.

Mas ela não parecia estar surpresa. Pelo contrário. Como se alguma coisa dentro dela esperasse por aquilo desde a manhã.

Eitan lembrou-se de uma descrição que lera no jornal sobre o tsunami na Tailândia. Sobre como as pessoas estavam na praia, olhando as ondas que chegavam. Viam-nas chegar, de longe, viam-nas se aproximando deles. Parte delas tentou fugir, mas havia também as que sabiam que não ia adiantar, que a água ia alcançá-las de qualquer maneira. Então simplesmente ficaram lá, e esperaram, talvez até pendurando roupa.

Sua mãe soube antes mesmo de eles virem, e talvez a eritreia da garagem já soubesse. Pelo menos adivinhasse. Mas, ainda que soubesse, seu corpo não sabia. Seu corpo continuaria a produzir leite para um bebê que não viria. A hipófise vai secretar prolactina. A prolactina alertará o colostro. Eitan lembrou como na noite anterior, muito antes de o bebê nascer, o vestido da eritreia já estava cheio de leite. Duas manchas redondas e escuras, uma sobre cada seio, que iam se alargando a cada hora. O corpo dela pingava. Sirkit sugeriu que o tirasse. De qualquer maneira vai doer, então por que somar a isso esse desconforto do pano grudado nos seios? Mas a mulher não quis. Talvez com vergonha dele. Já era bem embaraçoso que a estivesse olhando entre as pernas, pelo menos o busto ela poderia guardar para si mesma. E talvez nem sequer se incomodasse com o leite que dela escorria, manchando o vestido. Talvez até se alegrasse com o fato de que um pano que supostamente deve esconder também revela. A lacuna entre a pele e o algodão se reduz, e em vez de uma cobertura há uma espécie de abertura simples. O corpo se expressa com liberdade total e avisa: estou cheio. Estou cheio de vida a ponto de estourar.

Pensar no leite o estava deixando louco. Aquele vestido, as manchas redondas nele que aumentavam cada vez mais, não conseguia ter tal coisa diante dos olhos. Entrou em casa e lavou o rosto na pia do banheiro, depois entrou no quarto de Iheli, deitou na colcha de robôs e adormeceu. Bonequinhos representando soldados guardariam seu sono. Um tanque de brinquedo sobre o tapete era bastante para que nada cruzasse a soleira da porta. Eitan deitou-se de lado e dormiu, e não se virou uma única vez.

Ela não sabia se era sono ou desmaio, mas ficou contente quando Samar finalmente fechou os olhos e parou de gritar. Enxugou-lhe o suor da testa, ajeitou o cobertor e esfregou com a mão o lençol que antes estivera debaixo dela e agora estava cheio de sangue. Esfregou-o durante muito tempo, esfregava e lavava e lavava novamente, mas não conseguia limpá-lo. Olhou o telefone mais uma vez, talvez ele tivesse ligado, mas não havia mensagem alguma. Não que precisasse de uma mensagem dele para saber. Ela tinha visto o bebê. Sabia o que significava aquela cor. E, ao contrário de Samar e de Eitan, não tapara os ouvidos quando a morte chegara e batera à porta. Sabia que entraria de qualquer maneira. Mesmo assim, esperava. Decidiu lavar mais uma vez o lençol. Esfregou e lavou. Ajeitou de novo o cobertor sobre Samar, que dormia. Varreu o chão da garagem. Arrumou os frascos de remédio. Um, dois, três bebês, e agora o quarto, e claro que faz diferença não ser o bebê dela, mas mesmo assim.

Ele não está ligando. Talvez ainda esteja lutando pelo bebê lá no hospital deles. Talvez nunca tenham chegado até lá. Talvez ele tivesse conseguido fazer algo que mudara o processo claro, inequívoco, de esvaziamento da vida no rosto do menino. E talvez não lhe pareça tão urgente dar notícias, e ela mesma não sabia por que lhe era tão urgente saber. Esperar é uma coisa que ela sabe fazer muito bem. Domina os segredos de ficar sentada, em silêncio, esperando o que for. A presença absoluta do pensamento e do sentimento, até que outra pessoa venha e decida. "Vamos", e ela vai. "Voltamos", e ela volta. "Levantamos", e ela levanta. E agora, como sempre, ela precisa esperar. Ver o que dirá o médico. E, se não disser nada, tudo bem também. Ele não telefona, ela compreende com o silêncio que o bebê morreu. No pequeno silêncio compreende o grande silêncio, o final, de pulmões que não respiram mais. E se está com raiva dele por algum motivo, não é por causa do bebê, isso realmente não é culpa dele. É por causa da simplicidade insuportável com que se reverteram entre eles os papéis. Ela espera, e ele determina; ele é o dono do tempo e é ela quem está sentada à margem, esfregando um lençol que nunca mais ficará limpo, esperando.

II

Ele acordou gritando. Viu que só dormira duas horas, mas tinha a impressão de terem sido muito mais. Ligou imediatamente para Sirkit. A voz estava um pouco trêmula quando lhe contou sobre o bebê, mas não se incomodou com isso. É de supor que sua voz fique trêmula quando se conta uma coisa dessas. Mesmo sendo você um médico. A voz de Sirkit não ficou trêmula. Eitan não esperava outra coisa. Quase esquecera as lágrimas em seus olhos quando fora se encontrar com ela após o parto. Agora a odiava mais do que nunca. Pois tinha de culpar alguém pelo que acontecera. Bebês não morrem por nada. É preciso haver um motivo. Que alguém ferre com tudo. Essa transformação química em que um nervo se transforma em raiva alivia o corpo e aquieta a alma. E Sirkit tentara detê-lo quando saía com o bebê. Fizera ameaças. Desperdiçara segundos preciosos. (Segundos que não teriam alterado nada, mas mesmo assim se agarrou a eles. No quarto de Iheli, entre os lençóis com robôs e os soldados de brinquedo, descobriu novamente como era bom dividir o mundo entre bons e maus.)

Ela pediu que ele fosse examinar a mãe, ainda estava sangrando, e ele disse que sim, mas primeiro tinha de tomar um banho. Dentro d'água, envolto na espuma de um sabonete com aroma de castanhas e chá verde, lia o rótulo do xampu. Essência à base de plantas. Água de fontes naturais traziam as flores e as essências direto do campo. Quem escrevia aquelas coisas? Quem as lia? Saiu do banho e se enxugou, então se sentou mais uma vez na cama de Iheli. E se deitou. Fechou os olhos. Esperou por aquele momento em que vem o último pensamento, depois do qual abre-se apenas um espaço infinito de sono pesado. O último sinal da espaçonave antes de se perder finalmente no desconhecido. Mas daquela vez não adiantaram os soldados nem os robôs. Revirou-se muitas vezes. Suou. Os lençóis pinicavam e o colchão era pequeno demais. Nem assim se levantou. Por fim adormeceu. Uma hora depois acordou gritando.

O sangramento da mulher não o deixou preocupado. Considerando a situação, era completamente normal. O que o incomodava era o olhar. Até nos momentos mais difíceis do parto, mesmo quando ela quase desmaiou, ainda brilhava em Samar uma centelha distante, no negror dos olhos. Agora eles estavam vazios. Ele os viu e estremeceu.

"Diga a ela que terá de ficar deitada aqui por algum tempo. Dois dias, pelo menos." Sirkit traduziu as palavras para Samar. A mulher não olhou para ela enquanto falava, mas quando terminou balançou a cabeça, negando.

Ela tem de voltar para o restaurante. Não pode sumir por tanto tempo.

"Então que alguém vá explicar ao patrão que ela acabou de dar à luz. Ele viu que ela estava grávida."

Rápida troca de olhares entre Sirkit e a mulher deitada sobre o colchão. Silêncio. O olhar de Eitan foi para a pilha de roupas amontoadas no chão. Saias e xales que despiu assim que chegou, numerosos demais para o clima reinante. "Mesmo assim", disse, "ela fica aqui."

Sirkit traduziu o que dissera o médico e acrescentou palavras suas. Samar sacudiu a cabeça negativamente e pensou: não vou mais dar atenção a ela. Fiz isso uma vez e vejam o que aconteceu. Durante nove meses o bebê dele cresceu em meu ventre, lançou raízes no meu coração, ramificações no meu peito. Há cinco dias que estou pingando leite como um jarro que se rachou. E agora quem sabe onde está esse menino, o golfinho que surgiu à minha frente por instante e então desapareceu? Anos antes, naquela manhã no barco com seu pai, pensou que o golfinho simbolizava algo. Uma mensagem oculta do mundo. Pensou que durante toda a vida, se trabalhasse duro o bastante, se continuasse a cerzir os buracos na rede, surgiriam às vezes criaturas maravilhosas como essa, apareceriam por um instante, fora do alcance de um toque, mas ao alcance da vista. Deixarão que ela as admire, mesmo que de longe, e então mergulharão novamente, e tudo o que restará será um oceano cinzento e o trabalho duro. Será possível fazer esse trabalho caso se saiba que uma vez a cada período o mar vai se abrir em dois e no meio haverá algo realmente bonito. Mas desde aquele golfinho não houve mais golfinhos. O mar não se abriu em dois, e até os peixes comuns deixaram de vir. Já não valia a pena cerzir a rede. Ela saía da água vazia, todas as vezes. Seu ventre agora também estava vazio, como antes de o bebê chegar, mas diferente. Somente a pia no restaurante estava sempre cheia. E enchia, enchia, enchia. Restos de comida que ela não conhecia, que as pessoas comiam muito, ou pouco, ou talvez nem comessem, então se levantavam, iam embora e deixavam no prato. O pai do bebê não se incomodava que se deixasse ou não comida no prato. Só queria que o restaurante estivesse cheio. E para aquilo era preciso ter banheiros limpos, uma cozinha que trabalhasse rápido e uma despensa arrumada. Ela tinha estado muito tempo nos banheiros e na cozinha durante os últimos meses, mas à despensa ele não a levara mais depois *daquela* vez. Levara outras garotas, mas não ela. Sirkit lhe dissera que ela tinha de esconder muito bem o bebê enquanto ele ainda estava na barriga, mas o pai do bebê de qualquer maneira não olhava para ela, então não fora tão complicado. Mas desde a noite anterior ela não comparecia ao trabalho, e naquilo já devia prestar atenção. As outras garotas tinham prometido que trabalhariam duro por ela, mas mesmo assim. Samar passou os olhos pela garagem. Não podia ficar ali, e sabia daquilo. Então esperou um momento em que Sirkit e o médico dela estivessem ausentes, levou uma perna trêmula até o chão, depois mais uma perna, e ficou de pé, descalça, sobre o piso de cimento. O frio do chão percorreu seu corpo, dos calcanhares até o topo da cabeça. A dor entre as pernas ainda dormia, sem perceber que tinha se levantado, que se esgueirava para fora. Mas quando deu um passo à frente despertou subitamente e a envolveu antes que conseguisse fugir, agarrou-a numa torquês de ferro incandescente. A escuridão da garagem ficou de repente pontilhada de cores fulgurantes, e Samar pensou que ia desmaiar. Não desmaiou, mas manchas violeta e azuis continuaram a brilhar em seus olhos, e entre elas apareceu de repente o rosto do pai do bebê. Ela disse a si mesma que estava tudo bem, as manchas iam logo sumir e com elas aquele rosto também, mas após um instante o violeta e o azul realmente desapareceram, e o pai do bebê ainda estava lá.

Davidson examinou a garagem com olhos pasmos. Tinha suas próprias ideias sobre com o que depararia ao entrar lá, mas nenhuma se aproximava daquilo. Já fazia alguns dias que farejava os eritreus, depois que Rachmanov lhe dissera que havia ali uma movimentação noturna. No início, pensara que eram os beduínos que tinham roubado a remessa e procuravam mais, mas só idiotas fariam tal coisa. Depois pensou que era a turma de Said, até ligou para ele para dizer que desse o fora de seu território, e que se estivesse com sua remessa já a teria devolvido. Said disse que não enviara ninguém para procurar a remessa. Quem tinha de procurá-la era o próprio Davidson. Fora ele quem a havia perdido. Said disse: "Não se preocupe, sou um homem paciente. Mas é melhor começar a pensar como vai devolver a grana, porque não me parece que vai achar a remessa". Após a conversa Davidson ficou tão nervoso que resolveu fechar o restaurante mais cedo e mandou todos os empregados para os trailers. Eles foram, mas havia algo em seus olhos que permaneceu com ele mesmo depois que ficou sozinho. Segredo. Havia ali algum segredo. Quis imediatamente segui-los, mas disse a si mesmo que seria preferível esperar. No dia seguinte olhou atentamente para eles quando chegaram, e percebeu que duas funcionárias estavam faltando. Samar e aquela com os olhos grandes. Aquilo não o agradou nada. Procurou-as nos trailers e não as encontrou, em seguida deu uma volta com o utilitário e não viu nada, então divisou a garagem abandonada do kibutz e o jipe vermelho estacionado na porta. Parecia que quem tinha roubado a remessa fora idiota o bastante para voltar.

Hesitou quanto a se devia ligar para Rachmanov, mas levava sua arma consigo e estava nervoso como nunca. A última coisa que esperava ver eram prateleiras com remédios, luvas cirúrgicas e uma mesa de ferro convertida em mesa de tratamento médico. E Samar, que olhava para ele com olhos esbugalhados como as galinhas no galinheiro do kibutz antes de serem abatidas.

Alguém como Davidson.
    Costuma-se pensar que no passado deve ter havido um momento de escolha.
    Por exemplo, numa encruzilhada.
    Um caminho segue à direita. Outro, à esquerda. Se for para a direita, escolherá o mal. Se for para a esquerda, o bem. As direções em si mesmas não fazem diferença, o importante é a

encruzilhada, isto é, a existência de um momento no qual um homem está diante de dois caminhos opostos, claros, e escolhe um deles em detrimento do outro. É claro que, naquele momento ele não sabe, necessariamente, que se for para a direita vai acabar no mal absoluto, e se for para a esquerda levará a um estado de graça. Mas sabe que está numa encruzilhada. Sabe que está fazendo uma opção. E quando no fim chegar aonde vai chegar, dentro de muitos dias ou muitos quilômetros, poderá olhar para trás e localizar o momento em que tudo começou. Poderá dizer *lá*. Isso aconteceu *lá*.

Se não for uma encruzilhada, se não forem dois caminhos claramente definidos, se não for perdição e redenção, filhos da luz e filhos da escuridão, se não for nada disso, então serão trilhas de cabras. Quem já caminhou no deserto sabe. Contornos fugidios que não têm começo nem fim, e a caminhada neles é fortuita como o vento. Não têm direção nem o que os direcione, e levam às vezes a uma fonte oculta e às vezes a um íngreme precipício. E às vezes tanto a uma coisa quanto à outra, e às vezes a nenhuma delas. Mapas excelentes mostram com clareza as encruzilhadas e os caminhos pavimentados. Uma pessoa começa a atravessar no ponto A e chega ao ponto B. Também sabe que se começasse em C chegaria, sem dúvida alguma, em D. Pois um vem depois do outro, pois aquele é o começo deste. Mas, nos caminhos das cabras, a pessoa começa a andar e não sabe aonde vai chegar. Mesmo depois de chegar, é impossível saber como isso aconteceu. De modo que não estão nos mapas nem nos livros, embora sua incidência efetiva seja muito maior do que a das encruzilhadas claras. O mundo está cheio de caminhos de cabras dos quais ninguém fala.

Um caminho pavimentado supostamente leva, por exemplo, do Davidson homem-feito ao Davidson menino. Pois é claro que um homem que assedia mulheres nos umbrais da despensa assediou alguma outra coisa em sua juventude.

Maltratou filhotes de gato, digamos, ou despejou sua raiva sobre meninos da turma. Homens maus foram jovens maus, e ainda antes disso meninos que foram alvo de maldades. É possível mapear. Pode-se investigar. Do lado paterno ou materno, percorrer lenta e metodicamente a árvore genealógica até chegar à raiz do mal. O pequeno Davidson, pode-se olhá-lo nos olhos e identificar. Um pingo de sangue num copo de leite. Quem seguir seu rastro chegará no fim a gotas de sangue na calcinha da eritreia. Contestar isso significa queimar todos os mapas. Acabar de uma vez por todas com a noção de que caminhos levam a algum lugar, e não simplesmente acontecem. Isso é impossível, por isso é preciso que haja um momento de escolha. É preciso haver uma encruzilhada, e uma decisão.

Mas o que fazer se ele nunca maltratou filhotes de gato nem bateu em outras crianças mais do que é comum? O que fazer se não bateram nele, pelo menos não de modo excepcional? Nunca despertou nele um instinto do mal, por isso não poderia nem superá-lo nem se dedicar a ele. Levou a vida completamente adormecido. Um cochilar que se transformou em seu modo de vida. Quando podia pegar alguma coisa, pegava. Quando não podia, tentava pegar assim mesmo. Não por cobiça, mas por hábito. Começou a vender drogas pouco depois do serviço militar. Todos usavam, alguém teria de vender. Quem lhe propôs o trabalho era, ele mesmo, um garoto, mas então lhe pareceu ser muito grande. Era de Beer Sheva, e o pessoal do kibutz o chamava de B.S. Falavam mal dele pelas costas, mas na frente o respeitavam. Quando Davidson começou a vender para ele, respeitaram-no também, o que foi legal. Mas o grande barato era mesmo o dinheiro. Poder comprar o que quisesse. Comer onde quisesse. Depois de alguns anos já tinha o bastante para comprar o restaurante. Gostava de ver pessoas comendo. Até os mais cabotinos e arrogantes, os que paravam para comer a caminho do festival de jazz em

Eilat, quando estavam mastigando, eram apenas, cada um deles, mais um animal. Ele estivera em restaurantes em Tel Aviv, sabia que lá se comia de outra maneira. Com a boca fechada. Olhando em volta. Com pensamentos inteligentes. Mas em seu restaurante eles chegavam após duas horas e meia de viagem. Estavam cansados, com fome, e pensavam que ninguém os olhava. Ele os via devorar os frangos, despedaçá-los nos dentes com a boca untada com o tempero da salada. Ele os via atacar uma torta de chocolate que fora aquecida no micro-ondas sem deixar gorjeta para a garçonete que, de qualquer maneira, nunca mais veriam.

Gostava de seu trabalho, mas quando aquele sujeito de Beershevalhe propôs passar por ele as remessas de droga, não precisou pensar muito. O restaurante ainda ficava cheio, os eritreus lhe poupavam custos desnecessários, mas a verdade era que começava a ficar entediado. Aquela sua sonolência ursina, que fizera dele um bebê dócil e um aluno quieto e um marido perfeitamente razoável, envolvia-o como pneus de gordura na cintura. Raras vezes a gordura era atravessada por uma centelha de vontade verdadeira, de paixão real. Mesmo quando se curvava sobre as mulheres na escuridão da despensa não sentia, na maioria das vezes, nada a não ser uma pequena marola num oceano de tédio. Na mesma medida podia estender a mão para um dos petiscos na prateleira, em vez de para a bunda que se lhe revelava. Tudo estava lá, aguardando que ele mordiscasse.

Pensou que as remessas despertariam algo nele, e quanto a isso realmente tinha razão. Desde que desapareceu o pacote que tinha enviado com o eritreu, seus sentidos ficaram mais agudos. Se acordasse um dia e descobrisse que o restaurante tinha pegado fogo, cenário que Said havia insinuado em uma de suas últimas conversas, claro que ia se sentir mais vivo do que nunca. Mas mesmo agora sentia-se mais do que vivo, mais até do que gostaria. Pois o tinham enganado todo o tempo, sem dúvida o tinham enganado. Os remédios, as ataduras, os produtos que tinha em seu depósito — as duas eritreias tinham montado com eles uma enfermaria de refugiados no quintal dos fundos. Ele, que sempre cuidara de não chamar a atenção, e conseguira, estava agora no meio de uma rota ilegal de imigrantes. Só Deus sabia quantos tinham conseguido passar por ali, e quem sabia o que iam contar quando fossem pegos pela Polícia de Imigração? Aquilo o deixou furioso, e ainda mais furioso o deixou o olhar daquela mulher, que agora, subitamente, lembrou que se chamava Sirkit. Um olhar insolente. Um olhar de bazófia a suas custas. Ela estava à sua frente, segurando um caixote que trouxera de fora, e olhava para ele como se olha para alguém que entrou em sua casa sem permissão. E aquela era a casa *dele*, com os diabos, o território *dele*.

Samar estava mais perto, por isso levou a primeira bofetada. Ele não pretendia fazer mais do que aquilo. Uma nela, uma em Sirkit, e uma ligação telefônica para aquela putinha da polícia, para que visse o que era ser um bom cidadão. Mas, quando lhe deu a bofetada, Samar agarrou sua mão e a mordeu com toda a força, com uma força que ele nunca sonhou que ela tivesse, apesar de todas as horas que passara vendo pessoas mastigando. Tentou livrar-se dela, mas não conseguiu. Agarrou-a pelos cabelos com toda a força, mas ela mordia mais e mais, e, com o que lhe restava de raciocínio lúcido, ele se espantou que aquela mulher tão magra fosse capaz de fazer aquilo. Largou seu cabelo, que não o levara a lugar algum, e começou a bater em sua barriga. Aquilo funcionou. No terceiro golpe ela largou sua mão e se dobrou no chão. Ele curvou-se sobre ela com a intenção de continuar a bater com a mão sadia. Sabia que em algum momento teria de parar, seria impossível levá-la à polícia com marcas destacadas demais, mas naquele momento simplesmente não conseguiu.

Deixa ela em paz.
Se largou Samar por um momento não foi pela ordem que recebeu, mas pelo espanto por ela ter ousado dizer aquilo. Ainda mais em hebraico. Quem acreditaria que aquela garota tranquila tivesse aprendido a língua. Ele deu mais um soco em Samar e se preparou para dar uma lição à outra também, quando de repente sentiu uma coisa fria atravessar sua barriga, camadas e camadas de gordura e sonolência, até o cerne.

Eitan estava fechando o porta-malas quando ouviu o barulho da queda. Tinha tirado de lá um casaco para Samar. Fazia frio demais para os cobertores finos que havia na garagem, e o anoraque que usava nos exercícios de reservista lhe pareceu uma boa solução. Mais um pedaço de sua vida anterior se encaixava, como que por acaso, naquela sua vida, diferente. Debaixo do anoraque descobrira uma antiga garrafa de vinho, da época em que ainda acreditava poder surpreender Liat com um piquenique espontâneo. Gostava de pensar que era uma dessas pessoas que sempre têm uma garrafa de vinho no porta-malas, pronta para uma comemoração. Havia também alguns brinquedos de Iheli. Livros de Itamar. Carvão para um churrasco que não ia acontecer. Meses antes, se lhe perguntassem, diria que seu porta-malas estava cheio de lixo. Mas agora sabia que não se tratava de lixo, e sim de um tesouro. Uma cápsula do tempo na traseira do carro, e ele não sabia.

Fechou o porta-malas com uma mão, segurando o casaco na outra, e então ouviu o barulho. Pesado e abafado. Largou o casaco e correu para dentro, esperando encontrar Samar desmaiada no chão. Ela realmente estava lá, no chão da garagem, mas não era a única. Um homem grande de calça jeans estava estirado perto dela, com uma faca enfiada na barriga. Samar segurava a própria barriga, e se levantou, tremendo. O homem continuou estirado.

12

A terra não quis recebê-lo de volta, aquele homem imundo. Fez-se dura como pedra. Duas semanas antes tinha chovido e a terra ficara macia e lisa, como o intestino de uma ovelha. Mas agora estava dura, dura mesmo, e Sirkit ficou com raiva por ela não estar ajudando, mas também compreendia sua indisposição a deixar que empurrassem para dentro dela aquele homem imundo. Tesfa e Yasu cavavam como loucos, com aquelas colheres enormes que Samar tinha arranjado. Tinham sangue nas mãos de tanto cavar, e Sirkit pensou que, considerando que eram homens, até que estavam se saindo bem. Faziam o que era necessário, não falavam muito e não batiam em ninguém, a menos que lhes pedissem. Talvez tivessem ficado surpresos quando ela os chamara até a garagem e lhes mostrara o sujeito estirado ali, mas não haviam dito nada. Demoraram um pouco quando ela lhes pediu que o erguessem, como se não tivessem certeza de que o homem não se levantaria de repente e lhes diria gritando que deveriam estar lavando o restaurante. Mas afinal de contas era um homem branco morto, e eles eram negros e estavam vivos, por isso, após um momento, curvaram-se e o ergueram, sem muita delicadeza. E houve mais um momento, quando viram seu rosto, em que Sirkit notou que os rapazes hesitavam. Os olhos do morto estavam abertos, e o azul deles olhava para um lado numa vesguice estranha. Tesfa e Yasu olharam na direção daquele olhar, e nada viram, mas era estranho ver o patrão deles vesgo. Nunca tinham olhado diretamente nos olhos dele. Agora podiam olhar o quanto quisessem, o que os deixou um pouco confusos. Mas logo se lembraram de que um homem morto é um homem morto, e olhos abertos assim, que não enxergam nada, eles já conheciam muito bem do deserto e do acampamento dos beduínos. Cavaram durante quase três horas, e no fim já não se importavam com os olhos do homem morto, ou com seus pés gigantescos, que no início tanto os fascinara. Só queriam que ele entrasse logo lá dentro, para que pudessem devolver ao solo toda a terra, cobrir bem e ir dormir. Ela continuou ali depois que foram embora. O homem imundo estava debaixo da terra e ela estava em cima, uma sensação boa. Ficou contente por eles terem conseguido finalmente enterrá-lo. Já estava como medo de que tivessem de cortá-lo em pedaços. Era horrível, quando se fazia isso. No acampamento dos beduínos ela viu cortarem a orelha de pessoas e fotografarem para que as famílias se assustassem e enviassem dinheiro. Não levava muito tempo, cortar uma orelha, mas com ossos com certeza seria diferente. Não sabia se Tesfa e Yasu conseguiriam enfrentar aquilo. Quanto a ela mesma não tinha a menor dúvida. O médico, no entanto, ficara chocado quando vira o que acontecera. Foi quase *cômico* olhar para a cara dele. Ele não acreditava que ela era capaz de fazer uma coisa daquelas. Ela também não, até o segundo em que acontecera. Depois, parecera uma coisa lógica, quase necessária.

    Ela disse ao médico que fosse embora. Disse-lhe que, se ele não contasse nada, ela não contaria. Agora cada um deles tinha seu próprio morto. Ninguém devia nada a ninguém. Apenas o silêncio. Mas ele assim mesmo perguntou quem era o homem. Insistiu em saber. Ela não respondeu. Não era segredo dela, o que o morto tinha feito. Era de Samar. Ao cabo de alguns instantes, ele pareceu compreender. Não era bobo, aquele seu médico. Ele viu o rosto de Samar e as pancadas que o homem imundo lhe aplicara. E tinha visto a cor do bebê quando nascera.

Houve um momento de silêncio, e então o médico saiu e voltou com o anoraque. Por um instante, ela pensou que ele também ia ficar. Apesar de não ser mais obrigado. Ele pôs o casaco sobre Samar, cujo corpo todo tremia, depois se virou para Sirkit e a encarou. O homem imundo estava estirado entre eles e não havia nada a dizer a respeito. O médico olhou para ele, e para a faca que ela lhe enfiara na barriga. Depois se virou e saiu.

E agora ela tinha de sair correndo dali. Pegar tudo o que era dela, o que não era pouco, e dar o fora. Afastou-se da terra debaixo da qual estava o homem imundo e começou a caminhar de volta para o trailer. No caminho, passou pela garagem. Duas noites antes nascera ali um bebê. Na manhã seguinte ele morrera. Depois um homem fora morto ali. E o médico fora embora. Agora a garagem estava deserta, como na noite em que ela a tinha descoberto. Apressou os passos.

Antes de entrar no trailer parou para regar as roseiras. Pensou em levá-las consigo, mas seria idiotice. Samar ia cuidar delas, ou algum dos outros. Ou simplesmente iam fenecer ali. Não seriam as primeiras. Nenhum som vinha de dentro, o que era bom. Não teria agora forças para a conversa interminável do grupo de faxineiros após um dia de trabalho. Abriu a porta e acendeu a luz.

Sobre os colchões estavam sentados três beduínos.

Apesar de tudo que houve na noite da MARAVILHOSA HOSPITALIDADE DOS HOMENS DO DESERTO, quando o sol nasceu sobre a aldeia na manhã seguinte, o pai de Sharaf serviu café preto num copo e foi acordar o filho. Entrou no barracão e encostou o copo nas narinas dele, para que inalasse. Sharaf inalou. Mas não se levantou.

Alguns dias depois Sharaf começou a trabalhar com Said. Seu pai não sabia. Duas semanas depois Mussa voltou a trabalhar no kibutz e disse a Mati que valorizava muito tudo o que fazia por ele. Mati disse: "Não tem problema, Mussa, você e eu somos família". Continuou voltando de lá toda noite com cento e cinquenta shekels enrolados na mão, e quando voltava estava tão cansado — humilhação é uma coisa muito desgastante — que nem sequer percebia que Sharaf se esgueirava e saía no meio da noite. Said o estava esperando em sua nova BMW, atrás da colina. A princípio Said não quis que ele trouxesse Mohanad também, disse que ele fazia muito barulho, mas quando um dia Mohanad veio com um fuzil que tinha roubado de um soldado que evacuava na rodoviária de Beer Sheva, Said decidiu lhe dar uma oportunidade. Depois que Sharaf e Mohanad amedrontaram todos os lavadores de louça da cidade e os convenceram de que lhes convinha pagar a Said também, e não só às gangues de Rahat, Said ficou realmente satisfeito. "Agora posso confiar a vocês trabalho de gente grande."

O trabalho de gente grande se revelou a pior noite da vida deles. Nove horas no ponto de encontro, não muito longe do entroncamento de Telalim, tremendo de frio em casacos finos demais e mortos de tédio, pois Said jurara que se falassem um com o outro cortaria o pau deles. Vai saber se não haveria uma emboscada dos investigadores. Nem uma só palavra. Não se mexer. Nem mesmo urinar. Para Sharaf não foi difícil, estava acostumado a conter o xixi nas manhãs em que ficava esperando o pai. Mas Mohanad ficou enlouquecido. Sharaf o ouvia gemer à medida que as horas iam passando, suando apesar do frio. Talvez esperasse eliminar a urina através do suor e liberar a bexiga daquele sofrimento.

O sol já começara a nascer quando Mohanad rompeu o silêncio e grunhiu numa voz rouca, sofrida: "É isso aí, Sharaf. Ele não vai vir".

"Quem não vai vir?"

"Ele não vai vir. Saiu o sol. Não tem eritreu. Vamos embora."

"Mas e quanto à remessa? O que vamos dizer a Said?"

"Vamos dizer a Said que esperamos a noite toda e não chegou nenhuma remessa."

"Ele vai matar a gente."

"A gente? Se for para matar alguém, vai ser o eritreu. Temos de dar o fora daqui antes que amanheça e alguém passe e se pergunte o que estamos fazendo aqui."

Eles bateram em retirada, depois de Mohanad urinar por três minutos. Quando Sharaf chegou em casa, seu pai já estava sentado no lado de fora tomando café. Não perguntou onde ele tinha estado e não lhe ofereceu café. Nem sequer olhou para ele. Sharaf, que estava cansado, com sede e ainda sentia o frio da noite dentro dele, até queria de repente sentar ao lado do pai e beber um café quente, mas entrou, deitou no colchão e não despertou até que já passava muito das duas.

Depois de acordar, eles contataram Said e lhe disseram que ninguém tinha ido entregar a remessa. Ele gritou: "Como, vocês têm certeza?". Então disse que ia verificar o que tinha acontecido e desligou. Nas semanas que se seguiram não os chamou mais. Disse que acreditava neles, família é família, mas assim mesmo não queria que se envolvessem em seu negócio. Talvez pensasse que eles atraíam o azar. Já estavam quase começando a trabalhar como lavadores de pratos no restaurante do posto de combustível em Beit Kama quando de repente ele ligou, quase dois meses depois, e pediu que fossem conversar com a mulher do eritreu.

Ele ainda tremia quando o jipe passou da estrada de terra para a rodovia, e por um momento pensou que talvez precisasse parar no acostamento e se acalmar antes de continuar dirigindo. Mas a vontade de se afastar de lá era mais forte. Quatro quilômetros mais para leste, um homem estava estirado no chão com uma faca enfiada na barriga. Quando ele pensou nisso, suas mãos começaram a tremer novamente. Não que não tivesse visto pessoas mortas antes. Mas daquela vez era diferente. Porque ela *tivera a intenção* de matá-lo. Quanto àquilo não tinha dúvida. Nos olhos dela não havia um pingo de pânico depois que acontecera. Talvez até mesmo houvesse um grito de desafio: eis aí o que fiz. O que tem a dizer? Ele não tinha nada a dizer. O homem estirado no chão havia arrebentado Samar de pancada antes de cair, e Eitan tinha uma ideia bastante razoável do que havia acontecido antes. Pensar sobre o estupro o deixou nauseado, mas foi honesto o bastante para reconhecer que a náusea que sentia só indiretamente tinha a ver com Samar. Em primeiro lugar estava pensando nele mesmo. Ele não devia ter visto aquilo. Não devia saber daquilo. Era como se alguém tivesse deixado o esgoto aberto e a merda subisse e inundasse toda a rua. A merda está sempre lá, todo mundo sabe. Mas não na sua cara, não diante dos seus olhos. Eitan teve aquela mesma sensação de quando uma vez entrou num toalete público e descobriu que alguém havia evacuado e não dera a descarga. Muito nojo, um pouco de curiosidade e principalmente raiva da pessoa, que cagara e exibira a merda de forma pública, impossível de evitar. Era terrível o que o homem fizera a Samar, mas a merda não era dele. Eitan não devia ter aberto a porta e deparado com ela. Não que não quisesse que cuidassem do caso. Estava disposto a investir dinheiro e deixar que gastassem recursos públicos, estava disposto a votar em alguém que assumisse o compromisso de que algo do tipo não ia acontecer. Mas não queria que lhe empurrassem aquilo na cara.

    Sabia que aquilo não tinha lógica, era até mesmo infantil. Mas não achava que sua posição em relação àquilo fosse diferente a de qualquer outra pessoa. (E talvez, afinal, ele tivesse um tipo próprio de alergia a olhares proibidos, a momentos em que o olho bate em algo que não deveria encontrar. Por exemplo, a casa em Haifa, dez horas da noite, quando ele tinha seis ou sete anos, a idade não importa. O que importa são as vozes atrás da porta. Sussurros abafados, que fazem suas pernas saírem da cama. Já é grande o bastante para saber que são seus pais que estão na sala, por isso atravessa sem problemas o corredor escuro, mais dois passos e estará lá, na luz, descobrindo finalmente a explicação para aquelas vozes estranhas. Então para, gelado, e compreende que as pessoas na sala não são seus pais. Parecem com seus pais, talvez, mas não são eles. Pois os olhos daquela mulher estão vermelhos, e sua mãe não chora nunca, e a boca daquela mulher está retorcida de raiva, como a cara dos malvados nos desenhos animados. Porque o homem está sentado com as mãos na cabeça, e isso faz parecer que ele está muito muito cansado, e seu pai tinha tirado uma soneca no meio do dia. E as pessoas que se pareciam com os pais dele cochichavam um para o outro coisas terríveis, que Eitan não compreendia e não queria compreender. Bastava o tom. Trocavam sussurros, como duas cobras num filme sobre a natureza. Deu a volta sem que o vissem e voltou para a cama, então deixou que o acordassem pela manhã como se tudo estivesse bem. Mas nunca esqueceu as pessoas que viu naquela noite. Já era grande demais para pensar que um encantamento transformara seus pais em monstros, e a hipótese de que fossem extraterrestres parecia muito improvável. A única possibilidade era de que se tratassem mesmo de seus pais. E que os pais da noite são muito diferentes, o contrário mesmo, dos pais do dia. Por isso, nas noites seguintes, pediu que fechassem muito bem a porta, e se precisava ir ao banheiro verificava antes, prestando atenção, longamente, se na sala não havia sussurros.)

    Um pouco além do entroncamento de Telalim a náusea foi substituída por algo cuja natureza, no início, ele não soube definir. Um alívio. Pois na verdade, quando pensou melhor, deu-se conta de que era um homem livre. Ela mesma o tinha dito. Compreendera imediatamente, ainda antes dele, que o

equilíbrio de forças tinha mudado, e que não havia volta. Não eram mais um chantageado e uma chantagista, e sim duas pessoas em pé de igualdade. Cada um com seu morto. Ele pensou novamente no homem estirado no chão da garagem. De repente pensou se tinha ousado tocar nela também. Surpreendeu-se ao descobrir que a simples ideia lhe causava um arrepio de raiva. Logo se tranquilizou pensando que não, não podia ser. Ele a conhecia bem. E irrompeu num riso zombeteiro. Ele a conhecia bem?
Nem a si mesmo ele conhecia. Dois meses antes tinha atropelado um homem e seguido seu caminho. Não sabia antes que ia atropelar, e não sabia que ia seguir seu caminho, e não sabia que ia fazer todas as coisas que acabara fazendo. E ela, talvez ela também, até aquele momento, tivesse sido outra pessoa. Uma Sirkit que ele não era capaz de descrever ou mesmo imaginar. Aquela majestosa tranquilidade, a fortaleza gelada. Talvez tivessem nascido ali. Naquele momento. Não existiam antes e não existiriam de outra maneira. (Mas algo precisava ter havido, algum núcleo de origem. Nele também, nela também. Por outro lado, talvez pudesse passar uma vida inteira sem que algo brotasse daquele núcleo. Vetores silenciosos.)
Aquilo não mudava nada. Ele estava a caminho de casa. Não haveria mais tratamentos médicos na garagem. Conversas telefônicas. Visitas súbitas dela em sua casa. Haveria Liat e Iheli e Itamar. Trabalho. Não haveria noites não dormidas nem assobios. E de repente, depois da náusea e do alívio, começou a se manifestar outro sentimento, não totalmente claro. E antes de ter chegado a senti-lo todo, já se apressou a dirigir o jipe para a entrada do shopping, numa firme decisão: ia chegar em casa com pizza, de surpresa. Uma pizza grande, tamanho família. Com cogumelos. E azeitonas. E um daqueles brinquedos de plástico, para as crianças.

No caminho ao encontro da eritreia, Sharaf sentou-se ao lado de Hisham, pensando no revólver que o outro levava no bolso da calça. Já tinha visto fuzis algumas vezes, Mohanad até permitiu que desse um tiro com o que roubara daquele soldado, mas o revólver de Hisham era de outro departamento. Pequeno, elegante, como se via nos filmes americanos. Antes de saírem, Mohanad pedira a Hisham para segurar o revólver, mas ele rira na cara dele e dissera: Você está achando o quê? Said me mandou cuidar de dois bebês". Mohanad não disse nada, mas Sharaf sabia que estava furioso. Ele mesmo também estava. Durante todo o percurso de carro ficou brincando com seu canivete, abrindo e fechando, para que Hisham visse que, se ele tinha um revólver e uma carteira que lhe permitia dirigir um carro na estrada, Sharaf tinha sua própria arma. Não importava se até agora a única coisa que tinha cortado com aquele canivete eram cascas de laranja. Hisham não sabia daquilo. A eritreia não sabia daquilo. Ele ia assustá-la, e ela lhes contaria o que eles queriam saber, e até mesmo Hisham teria de reconhecer e dizer a Said que aqueles bebês sabiam trabalhar tão bem quanto adultos.

 Esperaram muito tempo por ela, pela eritreia. Tinham pensado que voltaria ao meio-dia e já era quase noite. Estavam nervosos e cansados. Hisham sabia que a patrulha noturna no entroncamento de Telalim chegaria por volta das seis. O que queria dizer que iam pará-los. Abrir o porta-malas. Revistar o carro. Fazer perguntas. Sabia que os policiais iam atazaná-los um pouco e depois os deixariam ir. Ainda teriam mais carros de beduínos para deter. Eles seriam liberados logo. Não discutem, ficam sentados em silêncio, só respondendo quando lhes perguntam, olhando para o asfalto, e não para os olhos. Mas os jovens nos outros carros, eles ainda não sabem. Ficam ofendidos e falam alto. Por que está me prendendo, por que não eles, só porque sou árabe? Por que está revirando o carro, por que está falando comigo assim? Não percebem que isso só vai fazer com que demore mais. Os jovens ficam com raiva. Não é justo. "Justo" é uma palavra de judeus. No fim deixam eles irem embora também, e eles voltam para o carro, arrumam tudo mais ou menos e continuam a viagem. Saem da estrada bonita, asfaltada, para uma estrada de terra pela qual chegam aos barracões. Gritam para suas mães ligarem o gerador, porque não estão enxergando nada.

Às vezes, durante a noite, um dos jovens sugere que voltem para o entroncamento, para atirar pedras na patrulha. Talvez incendiá-la. Os outros dizem que se acalme. Isso só vai dar problema. Ele se cala. Não é apenas sua honra que está ferida, é outra coisa. Mas de manhã se levanta e torna a sair. Para o shopping de Beer Sheva, que está precisando de um segurança. Para a cafeteria da universidade, que precisa de um faxineiro. Para a tenda de hospitalidade beduína que o kibutz abriu para turistas, porque talvez precisem de alguém que saiba montar um camelo. Às vezes fica cheio de tudo isso, e procura se há alguma outra coisa que seja capaz de fazer. Antes de mais nada verificam se ele parou de atirar pedras nas patrulhas. Quando a raiva dele irrompe dessa maneira, ele não chega a lugar nenhum. O fogo nos olhos tem que virar gelo para que possa fazer alguma coisa com aquilo. Ao verem que ele se comporta bem, começam a lhe dar coisas. No início, coisas pequenas, como esperar uma remessa no entroncamento de Kastinia. Depois, coisas maiores. Por exemplo, esclarecer com os eritreus se algum deles estava perto do homem que foi morto com o pacote de Said. Descobrir que ele era casado. Ir ver como está a mulher.

Quando ela chegou, já era tarde. Aquilo os deixara nervosos antes mesmo de a conversa começar, e o comportamento da mulher só os fez ficar ainda mais nervosos. Hisham já tinha aberto a boca para falar quando Sharaf interveio — esses jovens não têm um pingo de respeito —, perguntando à mulher se ela estava com o marido naquela noite em que a remessa tinha desaparecido. Ela disse que não. Seu árabe era diferente, difícil de entender, mas assim mesmo ficou claro que ela não estava ligando para eles. Olhava-os nos olhos quando falava, e continuou a olhá-los nos olhos quando Mohanad disse que ela estava mentindo e lhe deu uma bofetada. Aquilo já era demais. Não era lógico que eles soubessem baixar os olhos diante dos policiais e a mulher olhasse para eles como lhe aprouvesse. Cada um tem de saber quando é proibido olhar para outra pessoa no rosto. Para os animais essa regra é bem clara, quem conhece cães sabe disso. Não se olha para quem é mais forte que você. Caso contrário, é como se você não soubesse que o outro é mais forte. Então ele tem de explicar isso a você.

Sharaf levantou-se e sacou o canivete. Não tinha a intenção de fazer algo com ele, só mostrá-lo àquela mulher e curtir por um momento o medo nos olhos dela. Mas não havia medo ali, o que o deixou confuso. Ela olhou para a faca e para o rosto dele, e por um instante algo no olhar dela lembrou a ele dos olhos de Tamam, a professora que ainda não se casara, o que o fez hesitar. Mas no instante seguinte surgiu no canto da boca da mulher um sorriso abominável, o mesmo sorriso daquele garoto na tenda da MARAVILHOSA HOSPITALIDADE DOS HOMENS DO DESERTO. Aquela mulher olhou para a faca e olhou para ele e disse sem palavras: Isso é tudo que você tem, garoto? E, antes que soubesse o que estava fazendo, já se aproximou dela, tomou seu queixo na mão como imaginara tantas vezes que faria com o queixo de Tamam, mas, em vez de beijá-la, como imaginou que beijaria a professora, em vez de enfiar a língua entre seus lábios, enfiou a ponta da faca na pele macia sob a orelha dela, e estremeceu tanto quanto ela quando uma grande gota de sangue, a primeira, escorreu do corte.

13

A pizza ainda estava quente quando chegou em casa. O cheiro o deixara louco no jipe, mas jurara que ia se conter. Queria que abrissem todos juntos. Abriu a porta, equilibrando milagrosamente a enorme caixa e duas garrafas de coca-cola, gritou duas vezes "Quem quer pizza", e só então compreendeu que a casa estava vazia. Os casacos deles não estavam lá. Nem os guarda-chuvas. Tinha sua lógica. Se haviam ido jantar na casa de amigos, precisariam deles. Mas o sr. Urso tampouco estava lá, o que era estranho. Iheli não ia dormir sem ele. O sr. Urso passava o dia na sala, diante da tevê, vendo programas especiais para ursos. À noite Iheli o levava para dormir com ele, desafiando mais uma vez os limites da paciência de Eitan, que alegava que já deveriam ter lavado aquela coisa. Liat e Iheli defendiam o sr. Urso com veemência. Cada um por seus próprios motivos. Iheli dizia que o sr. Urso detestava água e jurava que se o pusessem para lavar ele mesmo entraria na máquina para tirá-lo de lá. Liat concordava que após um ano e meio sendo arrastado de um aposento para outro o boneco parecia mais um trapo do que um urso, mas disse que psicologicamente era muito importante que o menino tivesse algo só dele. "Não pretendo tirar o urso dele", disse Eitan, "só não quero que fique imundo." "Se você o puser para lavar, vai deixar de ser ele mesmo", disse Liat. "As coisas parecem ser diferentes depois de lavadas. Têm um cheiro diferente. Não é a mesma coisa." Eitan tentou protestar, mas a união de forças de um menino de três anos com sua esposa era demais para ele. O sr. Urso continuou a passar o dia no sofá da sala e a noite na cama de Iheli, imundo como sempre. Só que agora ele não estava lá. O sofá estava vazio. Eitan foi até o quarto das crianças. Talvez Iheli o tivesse posto para dormir mais cedo. Mas lá verificou que o roubo dos brinquedos continuava: não só o sr. Urso, também os dois soldados de plástico que estavam sempre em cima da cama, implacáveis e decididos em sua guerra com a escuridão, tinham abandonado sua posição de guarda.

Ele teimou em acreditar que estava tudo bem. Já iam voltar. Foi até a cozinha e pôs na geladeira as garrafas de coca-cola. No outro lado da porta branca as verduras estavam impecavelmente arrumadas. Fechou a porta e examinou o calendário anual, preso com um ímã. Não, não havia nenhum evento da classe de Itamar naquele dia. Nem da turma de Iheli. Nenhuma festividade agrícola, nenhum aniversário. Então onde estavam eles?

Distraidamente, passou os olhos pela porta da geladeira. O calendário. Uma lista de compras. Um casa inteira expressa em dados secos e concretos. Liat sempre quis acrescentar fotos, desenhos, mas ele se opôs. Disse-lhe que gostava de sua geladeira prática e objetiva. E não lhe contou sobre a geladeira na casa dos pais, como se vingaram deles todos os bilhetes e desenhos depois que Iuval morreu. Como, antes, sua mãe colocava recados engraçados na porta da geladeira. Poemas também. Recortava dos suplementos literários e deixava na porta, entre listas de compras e convites de casamento. As listas iam sendo substituídas. Os casamentos também. Mas os bilhetes e os poemas ficavam onde estavam. Uma semana depois de Iuval morrer, o queijo cottage ainda estava lá dentro. O prazo de validade venceu no dia de sua morte. Todos perceberam isso, mas ninguém disse nada. Os poemas na geladeira mantiveram suas palavras exatamente como eram antes. Nenhuma vírgula achou por bem sair dali só porque uma vez houvera naquela casa mais uma alma que agora não havia mais. As rimas tampouco mudaram. Mas ao fim de todo poema reinava um silêncio que antes não estava lá.

Duas semanas depois sua mãe pôs na prateleira um queijo novo. Mas os produtores de laticínios continuavam a contar seus dias. O iogurte durava trinta dias. O queijo amarelo foi fabricado no dia do aniversário dele. Uma caixa de leite longa vida ostentava a data da baixa no Exército, que não aconteceria. E havia também datas de vencimento que não tinham ligação com ele. Apenas datas. Sete de abril, por exemplo, ou 24 de dezembro. Datas que para eles não significavam nada, em troca de: já se passaram dois meses e uma semana, ou se passou um ano e dez dias, ou daqui a duas semanas e meia seria o aniversário dele.

Eitan afastou-se subitamente da geladeira, como se, caso ficasse mais um minuto lá, todas as datas do calendário iam se apagar diante dele. Foi correndo para o banheiro. No copo havia uma escova de dentes solitária. Sua orfandade dizia tudo. Ele ligou para Liat, oscilando entre preocupação e raiva. Ela não era de drama, motivo pelo qual ele estava assustado agora. Ela atendeu após sete toques, e algo no tom de sua voz lhe disse que ficara olhando longamente para o telefone antes de finalmente se decidir.

"Onde você está?"

"Onde você está?"

"Em casa. Com uma pizza."

E duas garrafas de coca-cola, mas isso ele não disse, pois a implausibilidade da situação começava a deixá-lo paralisado. Não podia ser que agora, quando tudo se resolvera de alguma forma distorcida, quando enfim saíra da garagem para não voltar mais, exatamente agora tivessem sumido o sr. Urso e dois soldadinhos e três escovas de dentes.

Quando Liat falou com ele, a voz dela soou como pedra. Após a explosão de Eitan com Iheli naquela manhã, ela ligara para o departamento a fim de falar com ele. Estava furiosa com seu desaparecimento na noite anterior, mas estava claro para ela que tinham de conversar. "E a enfermeira disse que você estava doente", ela falou, "que tinha ficado em casa." Liat se calou. Não lhe contou que desligara o telefone com a mão trêmula e fora para casa, largando tudo. Dissera a Marciano que não estava se sentindo bem. E não estava mentindo. Realmente não se sentia bem. Sentira enjoo durante todo o percurso para casa. Quando abriu a porta e entrou, encontrou o que achara que ia encontrar, ou seja, não encontrou ninguém, e a náusea já era tão grande que ela pensou que fosse vomitar.

Ela não vomitou. Voltou para o escritório e disse a Marciano que estava se sentindo melhor. Uma hora e meia depois chegou o resultado da autópsia do eritreu. Foram encontrados sinais de droga em seu corpo. Marciano ainda pensou, no início, que ele agia sozinho, mas Liat soube imediatamente que era um portador de Davidson. O humanitarismo do obstinado homem não era senão simples ganância. Alguém tinha matado o mensageiro de Davidson, que queria que ela o encontrasse para ele. A descoberta deveria animá-la, mas estava tudo, menos animada. Sentia-se principalmente cansada. Pediu a Marciano que enviasse dois agentes disfarçados ao restaurante de Davidson para dar uma olhada por lá naquela noite. Ao sair, percebeu o olhar hostil dos detetives. A última coisa que eles queriam fazer numa quinta-feira à noite era ficar de tocaia em algum buraco na rodovia 40. Nas quintas à noite o nariz já sente o cheiro do fim se semana, como se fosse uma chalá no forno. Você quer chegar em casa cedo. Quer que já seja sexta-feira. Não quer que uma investigadora recém-chegada lhe empurre para uma tocaia, com uma vassourada na bunda.

Ela ignorou os olhares e foi para casa. A caminho, ligou para a mãe. Ignorou a surpresa na voz dela quando perguntou se poderia ir dormir lá com as crianças. Ignorou as perguntas explícitas quando disse que talvez quisesse dormir lá no dia seguinte também. Sua mãe não era dessas que ficam esperando em silêncio, com um olhar sereno que diz "se quiser, pode me contar". Com a avó era diferente. Mas a avó descansava agora no cemitério de Hadera. E sua mãe, afinal, não era uma alternativa tão ruim assim. Quando Liat chegou lá com as crianças, a casa estava muito bem-arrumada, como ela nunca vira. Havia flores na mesa, frango empanado e sua mãe tinha acabado de preparar uma quiche. Liat pensou que sua mãe estava parecendo alguém numa entrevista de trabalho, esforçando-se para ser aceita para trabalhar como avó, pois do trabalho de mãe já tinha sido dispensada havia tempo.

Itamar e Iheli no início ficaram confusos, mas logo começaram a brincar. Liat e Aviva tomaram conta deles. Era quase a única coisa que podiam fazer juntas. Aviva tentou fazer perguntas e Liat disse: "Chega, mãe, você está vendo como estou esgotada". Uma hora depois Itamar e Iheli pararam de explorar a casa e se sentaram diante da televisão. Foi bom, porque tanto Liat quanto Aviva estavam começando a se cansar das corridas deles, mas também foi problemático, pois não há por que vigiar as crianças enquanto assistem à tevê, e é preciso achar algo sobre o que falar. Estaria tudo bem se a comida já estivesse pronta. Quando a boca está cheia de frango e quiche de couve-flor o silêncio passa a ser legítimo. Mas a quiche acabara de entrar no forno.

"Sabe o que não fazemos há muitos anos?"

Liat ergueu para a mãe os olhos interrogativos.

"Não olhamos seu álbum de fotos."

E antes que ela tivesse tempo de protestar, Aviva pulou do sofá e pegou um álbum desgastado da prateleira superior da estante. Num instante estava de volta e se sentou, permitindo-se chegar mais perto de Liat, insinuando-se para ela com o pretexto do álbum. "Meu Deus, veja como você está fofa aqui."

"Quantos anos acha que eu tenho aí?"
"Uns seis. Sim, olha só o bolo na foto de baixo. Eu ainda fazia em formato de número." Liat inclinou-se para a frente, sobre o álbum. "Eu me lembro de que você fazia assim. Nunca ficava gostoso, só a cobertura." A mãe deu uma risada na qual se diluía a ofensa. "Mas olha como você está linda aqui, com esse vestido amarelo. Parece uma princesa." Liat estendeu a mão para o álbum e retirou a foto. "Não se parece em nada comigo."
Uma menina de vestido amarelo tapando as orelhas. Atrás dela, uma bexiga cor-de-rosa. A menina olha para algo que está fora da fotografia. O vestido tem franjas. A gola é bordada. Os cabelos dela estão meticulosamente penteados. Um pouco mais além, desfocada, há uma parede branca de tijolos. Cotovelos pontudos. Braços magros. Mãos gorduchas.
"Que coisa triste. Veja como tapo os ouvidos."
"Do que está falando?", pergunta Aviva. "Você está arrumando o cabelo. Até hoje você faz isso, quando prende os cachos para atrás da orelha."
"Não é verdade, mãe, estou tapando os ouvidos. Olhe bem."
"Estou olhando."
"E?"
Não era um relaxamento nostálgico o que estava havendo no sofá. Era outra coisa, sem nome mas muito presente.
"Se isso é tão importante para você, está bem, você está tapando as orelhas. Embora a meu ver esteja arrumando o cabelo. Por que uma menina de seis anos ia querer tapar as orelhas na sua festa de aniversário?"
"Talvez estivesse cheia de ouvir os pais brigando."
"Seu pai e eu nunca brigamos na sua frente."
"Então talvez estivesse cheia de ouvir vocês calados."
O cheiro da quiche de couve-flor encheu a sala. Aviva pegou o álbum e continuou a folhear. "Veja aqui como você sorri. Está vendo, Liat? Aqui você está sorrindo."

Liat olhou para a foto. Não havia qualquer motivo para enraivecê-la tanto, afinal. Uma ofensa antiga, sem nome, agora mexia com as profundezas do seu estômago. "Mas é tão característico que logo na primeira foto do álbum, em vez de olhar para a frente e sorrir como uma menina normal eu esteja olhando para o lado e tapando as orelhas. Tão característico, ainda mais com esse olhar triste."
"Como é que você tem tanta certeza de que é um olhar triste? Para mim parece ser o intervalo entre um sorriso e outro. Por acaso fotografaram você entre sorrisos, e não durante um."
"E você não acha que isso simboliza algo?"
"Por que para você tudo sempre é um símbolo de outra coisa? Explique para mim, por que se ater exatamente a esta foto, e não a outras?" Liat não respondeu, e após um momento a mãe desistiu da pergunta e a levou para longe, como se afasta o prato com os castiçais na sexta-feira à noite para que a vela não caia de repente e incendeie toda a casa.

Liat tornou a olhar para a foto. Eis aí uma menina arrumando o cabelo enquanto olha para o bolo de aniversário. Eis uma menina tapando as orelhas, isolando-se do mundo já aos seis anos de idade. "Venha, meu bem", disse a mãe, "a quiche vai queimar."

Mesmo assim, algo em Liat se recusava a acreditar. Apesar das mentiras que se acumularam uma sobre as outras, apesar das noites que passara sozinha, e do que lhe dissera a funcionária quando ligara para o departamento. Apesar do estranho comportamento dele, das manhãs em que ficara calado e desligado e das noites em que voltara evasivo e culpado, e da explosão de fúria terrível e inexplicável com as crianças junto ao carro. Havia algo nele que dizia que não podia ser. Que Eitan não fazia aquelas coisas. Fora por isso que o escolhera, Era estável. Altivo. Dela. E desde o início Liat o examinara. Examinara muito bem, e só quando tinha certeza de que ele realmente estava apaixonado por ela, de que era louco por ela, deu a si mesma uma licença excepcional para se ligar a ele. E mesmo aquela licença não tinha renovação automática. Continuara a investigar a maneira como ele olhava para ela a cada ano, e a prestar muita atenção nos "Te amo" dele, atenta a qualquer desafinação subliminar. Durante três anos ela o testou assim, e só então lhe disse que podia pedi-la em casamento. Ele se arrebentara de tanto rir. "É exatamente por causa desse seu cinismo que eu te amo", disse Eitan. Mas algo nele tinha compreendido, pois o fato é que quando realmente a pediu em casamento, dois meses depois, disse que teria feito aquilo muito antes se não tivesse medo de que ela pudesse recusar.

Então o que, afinal, teria acontecido? Ela se perguntara aquilo durante todo o percurso de Omer até Or Akiba. As crianças estavam sentadas no banco de trás, curiosas e excitadas com a viagem inesperada, e ela lhes falava com voz serena e consigo mesma com voz trêmula, dizendo: não sei, juro que não sei. E havia ainda muitas coisas que não sabia. Não sabia o que ia fazer quando ele voltasse para casa e ligasse para ela. Não sabia se ia exigir que ele deixasse a casa imediatamente ou deixar que dormisse algumas noites no sofá. Se ia explicar às crianças que papai e mamãe haviam tido uma briguinha ou se ia se comportar como se fosse tudo parte de uma excursão espontânea de fim de semana. Quando fechou o álbum e sentou-se à mesa diante da quiche de couve-flor queimada nas pontas, pensou que não era possível que aquela fosse sua vida. Alguém se confundira e ela acordara de manhã na vida de outra pessoa. Essa pessoa também tem dois filhos, trabalha na polícia e tem um caso não resolvido e uma ruga acima do lábio superior direito. Mas, diferentemente dela, tem um marido que a trai. A outra pessoa foi tola o bastante para construir uma vida nas encostas de um vulcão. Não examinou as condições do terreno antes, não verificou se não haveria uma cratera expelindo fumaça. Coitadinha dela. De verdade.

Às oito e quinze o telefone tocou. Ela e a mãe estavam assistindo à tevê com as crianças, comendo bureca e olhando para uma sucessão interminável de testes de seleção. Testes para programas culinários, testes para programas de dança, testes para apresentador de testes para programas de canto. Pensou em mudar de canal, mas estava sem forças, e na verdade não ia fazer diferença. Ficou sentada no ambiente pesado e aquecido do apartamento, espremida no sofá entre a mãe e seus próprios filhos, a televisão gritando como um coro grego, então decidiu que iria dormir cedo.

Mas às oito e quinze Eitan ligou, e para seu pesar ainda estava desperta demais para deixar passar. Ela esperou sete toques antes de atender. Olhando para o visor que exibia piscando o nome dele: Tani.

Finalmente atendeu, não por causa dele. Por causa de Itamar. O menino lançara ao telefone um olhar vago. Não podia ler de onde estava o nome de quem telefonava, mas certamente era capaz de adivinhar. Um menino de sete anos não precisa ver a mãe ignorando o pai.

"Onde você está?"

Ela se permitiu sentir prazer com a surpresa que havia na voz dele. Com o susto dele. Eitan não esperava voltar para uma casa vazia. Ela aguardou um pouco e devolveu a pergunta, embora soubesse muito bem como ele ia responder.

"Onde você está?"

"Em casa. Com uma pizza."

Ela então explicou a ele. Devagar. O que tinham dito quando ligara para o departamento, procurando-o. O que encontrara quando voltara para casa. O que decidira fazer. E ele ouvia do outro lado, respirando pesadamente, como se o ar pesasse mais do que era capaz de carregar. Quando ela terminou de falar, ele continuou calado, e Liat pensou como todo relacionamento nasce no silêncio e termina no silêncio. O silêncio de antes da primeira palavra e o silêncio depois da última. Pensou se agora estava começando a fase das últimas palavras. Então ele disse "Estou a caminho", e desligou. E ela tornou a sentar no sofá, ignorando os olhares de Itamar e de sua mãe, sorrindo para Iheli, que adormecia. Depois disso, o tempo passou lentamente. Iheli adormeceu e ela o levou para o quarto que sua mãe arrumara para as crianças. Tinha sido o quarto de sua avó, e ainda se sentia seu perfume. Água de rosas e mais alguma coisa. Fora o aroma, tudo no quarto estava diferente, e Liat pensou que se fosse possível empacotar o aroma também e doar para a Wizo, sua mãe com certeza teria feito isso. Quando Liat viu pela primeira vez o que sua mãe tinha feito com o quarto, houvera uma briga gigantesca. Não exatamente uma briga: Liat gritava e chorava e a mãe ouvia em silêncio. Em geral não era do tipo que ouvia em silêncio, mas daquela vez não gritou de volta nem começou a chorar também, apenas ficou sentada e esperou Liat terminar, então lhe disse que era o que a avó queria. "Ela me fez jurar, na manhã em que foi internada, que se morresse eu ia empacotar tudo e dar para a Organização Internacional das Mulheres Sionistas. Esperamos bastante." Agora, ao entrar no quarto com Iheli nos braços, Liat inalou o aroma do perfume até bem fundo nos pulmões. Podia sentir a presença da avó no quarto. Por entre as sombras sua imagem formou-se diante dela, fina e frágil como um passarinho, deitada na cama, debaixo das cobertas. Quando Liat era menina, esgueirava-se para o quarto dela à noite, uma vez a pretexto de trovões, outra vez a pretexto de um pesadelo, até a avó lhe dizer que parasse de inventar motivos e simplesmente fosse quando quisesse. Sua avó erguia um pouco o cobertor e Liat se espremia a seu lado, inalando o perfume de água de rosas e mais alguma coisa. A frequência foi diminuindo com o tempo, e quando estava no ensino médio Liat só foi para a cama da avó duas vezes:

na véspera do exame final de matemática, quando não conseguiu dormir, e depois de ter dormido com Kfir, porque estava sentindo dor. Mas, mesmo quando ficava em seu quarto, continuava sabendo que no cômodo ao lado estava deitada uma mulher frágil como um passarinho, o que a deixava tranquila. (Era estranho que nunca, nunca mesmo, a imaginara diferente, mais jovem. E ao contrário da maioria das crianças não tinha vontade alguma de olhar fotos de juventude da avó, para saber como era quando menina. Para que não aparecesse de repente, em lugar da benévola avó, outra mulher. Uma mulher que poderia ser mesquinha, que poderia ser humilhada. Uma mulher que poderia ser cobiçosa, ou afrontosa. Uma mulher que zombava de sua filha, ou que era cruel com seus vizinhos. Uma mulher que subsiste do mundo à sua frente. A avó era um bastião no coração de Or Akiba. Um lugar seguro feito de concreto armado. E, para que um lugar assim seja seguro, não pode haver cantos escuros. Por isso Liat não perguntava, não sabia e não queria saber. Deixava sua curiosidade no limiar da porta e entrava.)

Iheli revirou-se no sono. Liat continuou olhando para o amontoado de sombras que era gentil o bastante para personificar sua avó. Como seria possível conceber que na vida, na vida, *na vida*, não deitaria mais naquela cama? E aquele cheiro, de água de rosas e mais alguma coisa, quanto tempo até que ele também começasse a evanescer? Talvez fosse o motivo pelo qual sua avó tinha exigido que dessem tudo, de um golpe só, como a pancada que dava na cabeça das carpas que comprava para a refeição do Shabat, explicando para a chocada Liat que assim doía menos. Liat lembrou-se de repente de como, após o enterro, eles tinham voltado para casa e descoberto que a escova de dentes dela estava de pé, ereta e orgulhosa, no copo. E suas roupas estavam muito bem dobradas no armário. As meias também. Quem é que dobra meias? Sua avó dobrava.

Dobrava até a roupa de baixo. Dobrava toalhas de mesa, papéis, dobrava cupons fiscais. Dedos de mãos ágeis repartiam o mundo em quadrados e os enfiavam no armário. Para sua avó, tudo tinha seu lugar, e tudo era dobrado. Uma revolta tranquila mas decidida de uma mulher contra o mundo inteiro. Lá fora havia bagunça, e guerras, e ventos secos e quentes, e tempestades. Mas aquilo não cruzava a soleira da porta. Uma simples porta com rede mantinha do lado de fora os mosquitos, as moscas e o mundo. E, dentro, uma ordem exemplar. A vida meticulosamente dobrada. Vidros de pepino em conserva arrumados em fileiras, prontos para o combate. E com que rapidez e apetite os comeram, quase sem perceber. Com que desperdício os abocanharam, um após o outro, até sua mãe aparecer pálida da cozinha e dizer: é o último.

Eles o passaram a um prato de porcelana e o levaram respeitosamente para a varanda. Lá ficou, úmido, molhado, como um feto. Esperaram até que a última visita fosse embora e o dividiram em três — entre a mãe, Liat e o tio Nissim. Mastigaram devagar, e sabiam que aquele sabor que agora lhes preenchia a boca e fazia cócegas na língua era o último. Definitivamente o último. E que sua boca, em toda a vida, nunca estivera tão vazia e tão cheia como naquele momento.

Durante toda a *shivá* como que uma graça descera sobre a casa. Eles se tratavam com uma gentileza que não sabiam existir neles. Perdoavam um ao outro com a mesma facilidade com que, em dias normais, se enfureciam uns com os outros.

À noite, depois que o último visitante balbuciava a fórmula habitual "e que não tenham mais tristezas", percorriam a casa em silêncio. Aos poucos se reuniam no quarto dela. Ilusão perversa — parecia estar como antes. Mas os quadros na parede já começavam a entortar, o tapete persa esgarçava, as letras nos livros desapareciam. E todas as roupas dobradas arregaçavam as mangas e subiam ao céu, num bater de asas de algodão e naftalina. Um bando de calcinhas brancas, e a seu lado uma revoada de meias pretas, andorinhas de lã, e depois delas deslizam os xales, bordados e espetaculares, aves maravilhosas desaparecendo no horizonte. Ou ao menos assim deveria ser, pois não há nada mais abominável que um objeto que sobrevive a seu dono.

Mas eles não desapareceram, os objetos. Continuaram dobrados, como antes. E se no início queriam entrar no quarto e abraçá-los, aos poucos foram lhes ficando hostis. Pois foram inflando até que não restava na casa lugar para nada além dos próprios objetos. Liat não sabia identificar o momento em que o abraço se tornou apego. Quando o quarto de sua avó se transformou de um lugar vivo e pulsante num cadáver mumificado. Na rua Ben Iehuda 56, segundo andar, o tempo está congelado com um aroma de água de rosas. Mas não existe lugar mais morto do que um museu, e não existe nada mais vivo do que uma lembrança fresca, que queima a garganta como áraque.

E agora ela queria entrar no quarto e quebrar um prato. Intencionalmente. Ligar o rádio no volume máximo. Ouvir os anúncios. Catar uma por uma as sementes de gergelim das burecas, jogar no chão. E esperar. E, se ela não vier, se ela realmente não vier, talvez então compreenda que era verdade, ela de fato não está aqui. Que Liat pode peidar sonoramente, declarar que nas próximas eleições vai votar no Merets, o partido de esquerda. Pode dizer "foda-se" sem que uma mão de passarinho lhe dê uma pancadinha na mão com o adendo de "veja como você fala!". Pode fazer o que quiser, sem reprimendas. Sem elogios. Sem. Já não precisa ser uma boa neta. Porque, se não tem avó, não tem neta. Tem Liat. Sozinha.

O quarto estava escuro e morno; a respiração de Iheli, lenta e tranquila. As sombras envolviam Liat num algodão negro, e a saudade, que no início era aguda de fazer doer, ia ganhando um caráter de acalento. Ela pousou a cabeça ao lado da cabeça de Iheli, inspirou a plenos pulmões o cheiro de seu xampu. Por que é impossível que ele sempre cheire assim, até quando crescer? Ela podia se conformar com a mudança em sua voz, com o fato de que um dia seria mais alto que ela, até mesmo com o fato de que um dia ia amar outra mulher que não ela. Concordaria com tudo se pelo menos lhe deixassem aquele cheiro, aquela doçura infantil. Já se podia imaginar caminhando com ele no supermercado, um adolescente cheio de espinhas e desdém, parando diante de um estande para cheirar o que uma vez tinha sido seu xampu de bebê. Ele ia censurá-la: "Mãe, o que está fazendo?". E ela ia se apressar em fechar a tampa e seguir adiante, pensando no que teria acontecido com o menino que tivera.

O menino que um dia seria um adolescente dormia agora num colchão no quarto da avó dela. E Liat, que tinha começado a se esgueirar para aquele quarto quanto tinha a idade dele, estava deitada agora a seu lado lhe acariciando os cabelos com sua mão de adulta. Em outro colchão, em outro quarto, três anos antes, sua avó estava deitada, de olhos fechados. Dez dedos estendidos que não acariciavam nada e não pediam nada. Na última visita ao hospital, Liat pintou as unhas da avó com um esmalte muito vermelho, o mesmo que uma vez a tinha envergonhado, e que as garotas de Maagan Michael chamavam de "esmalte de doidivanas". Sua avó estava deitada, seu magnífico cabelo espraiava-se em volta da cabeça, suas unhas vermelhas como morangos. Agora, no quarto às escuras, o tempo se libertava das correntes da lógica. Tudo era possível. O relógio antigo ainda estava lá e tiquetaqueava num canto, mas seus ponteiros andavam cegos no escuro. Talvez para a frente, talvez para trás. Só se sabe o tempo quando se olha para ele. No escuro não pode ser visto, portanto não existe. No escuro as coisas podem se mover, misturar o futuro com o passado e com o presente, passar os anos de um lado para outro, como nos truques de baralho. Eis aí Iheli com três anos e cheiro de bebê. Eis Iheli com dezessete e seu desdém juvenil. Eis Liat com cinco anos, com quinze, com trinta e cinco. Eis sua avó com seus cabelos negros, com seus cabelos brancos, ruivos, e só as unhas sempre vermelhas.

Quando acordou, Eitan estava de pé, sob o umbral da porta. No corredor atrás dele brilhava a luz azulada que vinha da televisão na sala. Na escuridão do quarto, via com dificuldade seu rosto. Ele não falou, quase não se mexia, e sua figura parecia ser mais uma das imagens ilusórias que aquele quarto sabia formar tão bem. Mas ela *sabia* que ele viria. Por isso não se surpreendeu quando de fato apareceu.

Como sabia que ele viria, seria de esperar que soubesse também o que lhe dizer quando chegasse. O trânsito entre Omer e Or Akiba deixava bastante espaço para pensar. Assim como as longas horas junto à mesa da sala. Mesmo assim, quando acordou e olhou para ele, não lhe ocorreu nada que pudesse dizer. Tudo o que quisera jogar sobre ele havia muito tinha se evaporado. Não que quisesse manter um silêncio dramático. Simplesmente não tinha o que dizer. "Você mentiu para mim." "Onde estava quando disse ao hospital que estava doente?" Palavras ridículas. Supérfluas. Palavras de mulheres em filmes ruins. Nas casas vizinhas.

Ela o viu se inclinar para a frente, pigarrear. Parecia que tinha a intenção de falar primeiro. Ela olhou para ele com real curiosidade. Que coelho gordo seria capaz de tirar de sua cartola?

"Tuli..."

Aquilo já a deixou furiosa, furiosa de verdade, pois como ousava chamá-la de "Tuli"? Como ousava usar o diminutivo, privado, o nome *deles*, num momento em que tudo o que tinham havia desmoronado à uma hora da tarde, quando ela chegara em casa e a encontrara vazia?

Ele viu que ela se retraía. Quando dormira, ela abrira os braços, confiantes, e agora os recolhera sobre o corpo. Seus olhos castanhos o avaliaram no escuro, então se desviaram dele. Aquilo o assustou. O desvio do olhar estava além da sinalização hostil de "Não quero conversar". Ela parou de olhar para ele como um homem para de olhar para um acidente na estrada. No início não se consegue evitar, e então chega aquele momento em que se passou dos limites, e de repente se olha para o outro lado e se segue adiante, e não se olha para trás uma vez sequer. Porque de qualquer maneira não se pode fazer nada.

Ele deveria ter lhe dito naquela noite. Entrado em casa e contado a ela. Atropelei um homem, Tul. Um eritreu. Lesão cortical de grande amplitude. Eu o deixei lá. Da sala de Aviva chegavam os sons alegres de anúncios na tevê. Alguém falava sobre a grande vantagem de produtos integrais. Ela teria ouvido Eitan, naquela noite. Agora, era duvidoso que ouvisse. (Mas será que realmente teria ouvido? E que tipo de atenção lhe daria? Teria conseguido se abstrair, mesmo que por um momento, da divisão clara que fazia entre o bem e o mal? Teria conseguido deixar de lado por um momento sua eterna obsessão de que tudo fosse sempre correto, que era ainda maior do que a dele? Pois aquela coisa que se colocava entre os dois tinha mãe também, não somente pai. Para um segredo como aquele era preciso haver duas pessoas. Uma que não queria contar e uma que na verdade não ia querer ouvir.) E havia mais uma possibilidade, não muito agradável. A de que não fora por causa das enxurradas de críticas que receberia dela que ele se calara naquela noite. Não fora devido ao discurso em reprimenda que sabia que ela faria, ou os olhares de canto de olho decepcionados e condescendentes que o esperariam. Mas porque ele sabia que se ela mesma atropelasse um eritreu nunca fugiria. Não por causa de sua obsessão pelo correto. Por ser quem era. Não era alguém capaz de fazer uma coisa daquelas. Ele, constatara, era.

Eitan não tinha a menor intenção de contar a verdade a Liat. A verdade era complicada demais, imunda demais, coberta de sangue e de fragmentos de cérebro. Por outro lado, não podia, absolutamente, deixar as coisas como estavam, sem dizer nada. Tal privilégio era reservado a homens que chegavam em casa em horas normais. Homens que não tinham ficado ausentes noites inteiras, que não haviam sido pegos numa série vergonhosa de inverdades e falsos detalhes. Liat nunca o perdoará se mantiver o silêncio, mas certamente não o perdoará se disser a verdade. Num mundo com possibilidades ruins, a mentira desponta como o sol. Enche tudo de cor.

Chantagem envolvendo negligência médica. Foi a melhor coisa que conseguiu imaginar, e considerando as circunstâncias não era nada mau. A mulher de um homem que ele operou. Ele morreu, ela o ameaçava com um processo. Não chegara às vias de fato, mas se chegasse sem dúvida Eitan estaria perdido. Nas últimas semanas tentara encontrar-se com ela, convencê-la a desistir daquilo. Era uma mulher de meia-idade, maluca, ligava para ele nas horas mais impróprias, exigindo vê-lo. Fazia discursos ameaçadores, alucinados. Mas naquele, depois de chamá-lo para uma conversa urgente, dissera que ia desistir do processo. Rasgara na frente dele o documento acusatório. Ia voltar para a família, na África do Sul. Ele não havia contado ainda porque não queria deixá-la preocupada. Talvez também estivesse com medo de decepcioná-la.

Era aquilo. A mentira estava lá fora, escorregadia e brilhante como um hipopótamo saindo do rio. Gigantesco. Quase monstruoso. Nascera dentro dele de uma vez só, enorme e completo, como Atena saindo da cabeça de Zeus. Agora que estava do lado de fora, Eitan podia testá-la. Uma inteireza monolítica, esplêndida. Harmonia total entre todos os detalhes.

E o mais importante: um profundo autoconvencimento interior da validade de pelo menos parte dos fatos. Um estreitamento completo do campo visual com relação aos outros fatos. Enquanto falava, Eitan não via diferença entre negligência médica durante uma cirurgia e o atropelamento do eritreu. Afinal de contas, as duas coisas tinham acontecido quando estava no trabalho, as duas por erro dele. E a chantagem, no cerne da história, não era diferente da chantagem que de fato ocorrera. Também o final feliz era idêntico. E a vergonha.

Havia também diferenças, claro. Negligência médica era uma questão embaraçosa, até mesmo vergonhosa, porém a culpa de um médico que erra em seu trabalho não é a mesma de um médico que atropela alguém e o abandona. O primeiro é passível de demissão, e nada mais, o segundo com certeza irá para a prisão. E havia uma lacuna muito grande entre uma mulher maluca de meia-idade e aquela mulher esguia, alta, cujos olhos de veludo ainda brilhavam em sua lembrança. Mas Eitan ignorou as diferenças. Tinha de ignorar, assim como um piloto de um 747 conduz o avião de modo a não se chocar com nenhum obstáculo na pista de decolagem. A mentira não poderá decolar se não for assim. Liat ficou sentada com as mãos recolhidas, olhando para ele, enquanto Eitan empurrava seu hipopótamo ao longo da pista, para se alçar aos céus. De uma forma distorcida foi lindo.

"Pai? Você está aqui?"

Iheli ergueu a cabeça sonolenta. Eitan calou-se. Ainda não sabia se seu hipopótamo tinha finalmente decolado, e caso tivesse, se ia se manter no ar ou se estatelar no solo. Liat voltou a olhar para ele, o que era um bom sinal. Já não parecia alguém que topara com ele num efêmero acaso no elevador. Mas ainda não conseguia avaliar o que expressava seu olhar. O quarto estava escuro demais, e ele estava tenso demais para perceber indícios sutis. Na maioria das vezes sabia identificar muito bem um rápido pestanejar de impaciência, o contrair desconfiado das costas. Tinha aprendido o rosto dela durante quinze anos. Mas agora estava todo concentrado na mentira, qualquer distração poderia redundar em desastre, como um malabarista que deixa cair de uma só vez todas as garrafas. As palavras de Iheli foram uma daquelas distrações, pois mesmo se conseguisse contar a abominável mentira a sua mulher, não estava disposto a aceitar que chegasse também aos ouvidos de seu filho mais novo. Por isso, calou-se, e um momento depois, quando Iheli repetiu a pergunta, respondeu: "Sim, vim botar você para dormir". Agora sentia-se completamente à vontade, pois sabia que não estava mentindo. Ele realmente viera para botá-lo para dormir. Também ia levar Itamar, que adormecera no sofá da sala, para a cama logo mais. Ia botá-los para dormir e cobri-los muito bem, e de manhã levaria todos de volta para casa. Para a vida deles. Aquela maluca, de meia-idade ou não, não ia mais aparecer.

Iheli lhe fez um sinal com a mão para que se aproximasse. Um gesto autoritário, que não admitia recusa. Liat se afastou para o lado, abrindo espaço para Eitan. Mesmo que tivesse pensado em mandá-lo ir embora e voltar no dia seguinte, a exigência do filho de três anos era mais forte que a sua. Não ia expulsar o pai na frente do filho. Eitan hesitou um instante antes de se sentar, perscrutando o rosto de Liat e aguardando permissão. Ela assentiu sem dizer nada. Ele sentou-se ao lado dela, passou uma mão nos cachos de seda de Iheli, aos quais devia aquela permissão surpreendente para se sentar. Iheli pediu que lhe cantasse uma música, e ele cantou baixinho algo sobre duas meninas e um guarda-chuva, e sorriu quando Iheli exigiu peremptoriamente: "Mamãe também! Cantem juntos!". Eles cantaram juntos. Era cômico, ridículo ou triste, dependendo de como terminaria tudo. Se no dia seguinte voltassem para casa juntos, poderiam um dia rir da noite em que haviam cantado músicas infantis em duas vozes, como se tomados por um demônio. Se Liat continuasse zangada, o cantar ia se tornar como que uma estátua grotesca: mãe e pai e filho cantando a caminho do rabinato. Eitan não sabia qual das duas hipóteses era a correta. Liat também não. Iheli segurava as mãos dos dois naquela sua clarividência infantil, com força, sem largar. Seis canções depois, o telefone de Eitan tocou. Ele e Liat tinham terminado o "lá-lá-lá" da segunda música de um disco infantil. Iheli estava deitado entre os dois, deliciado. Nunca tinham atendido a seus caprichos com tal dedicação. Os dois juntos, cantando acima de sua cabeça, sem ninguém dizer que já é tarde, que agora chega. Eles cantavam para ele adormecer e cantavam para adormecer a culpa deles, pois lhe tinham dito que estava tudo bem quando nada estava bem. Liat ouvia Eitan, sua voz de baixo desafinando um pouco, e pensava: em algum momento o nosso filho vai adormecer e então nossos problemas vão começar. Mas pensava também que quem cantava daquele jeito para o filho não podia ser um mentiroso. Mas aquilo não era exato, pois as pessoas são capazes de cantar músicas encantadoras para seus filhos e contar mentiras horríveis para outras pessoas, às vezes para os mesmos filhos. Liat sabia daquilo, embora no momento não tivesse a menor vontade de saber. Tinha vontade de acreditar nele. Ignorar o esforço que percebera na voz de Eitan quando falava, esforço que conhecia de suas incontáveis horas na sala de interrogatório. Afinal de contas, contar uma história que não corresponde à realidade é algo que desafina muito. A não ser com muito treino. É preciso inventar detalhes, sincronizar os fatos, fechar buracos. Nunca se compreende como a realidade é complexa até tentar criar uma realidade alternativa. Mas apesar de tudo havia algo naquilo que ele contou, algo que o afastava do terreno da mentira absoluta. Uma liga de um metal nobre com outro tipo de metal. Tantos por cento de verdade e tantos por cento de mentira, derretidos juntos numa só solução. Quem poderia saber?

Mas ela poderia. Não tinha dúvida de que conseguiria. Uma conversinha telefônica com a viúva maluca. Com menos do que aquilo não ia se conciliar. Confirmaria que era realmente viúva, maluca, de meia-idade e a caminho da África do Sul. Se todas as respostas fossem corretas, seria possível começar a reconstruir. Devagar, com cuidado, sem tirar imediatamente a espada do pescoço. Mas se ele arregalar os olhos, assustado, quando ela exigir ter aquela conversa, pouco depois que aquele menininho cacheado adormecer na cama, se lhe negar, ela se livrará dele ainda naquela noite.

A ligação telefônica surpreendeu a ambos. O toque interrompeu a canção noturna que entoavam juntos para Iheli. Calaram-se. Eitan percebeu muito claramente o olhar de Liat. Queria deixar passar aquela ligação. Deixá-la afundar num poço de esquecimento. Mas não podia. Não era capaz. Pois havia uma mulher no outro lado da linha que tinha de falar com ele. Ele compreendeu aquilo na urgência do toque, que não parava. Iheli se revirou no colchão, meio adormecido. Exatamente por causa daqueles seus cachos macios, da roupa de cama de algodão limpa, exatamente por causa deles, Eitan tinha de verificar se o mundo no outro lado do telefone ainda existia, se era possível que continuasse a existir enquanto o mundo dele existia também.

Sussurrou a Liat que tinha de atender. O olhar de censura dela o acompanhou quando saiu do quarto. No corredor ouviu Samar cochichar num inglês capenga: *"Sirkit need doctor. Sirkit very very bad. Need doctor".* Ele não disse nada. O que poderia dizer? Desligou o telefone e após uma ligeira hesitação o pôs no silencioso. Voltou para o quarto de Iheli. Tentou cantar "Trovões e relâmpagos", mas o trovão ficou travado na garganta e o relâmpago explodiu no estômago. *Sirkit need doctor. Very very bad.*

14

Por que está voltando para lá?

Se existe uma resposta, que se formula com dez palavras, ou com dez mil, que começa com "porque" e termina com "por isso", uma em que as coisas começam no ponto A e têm de terminar no ponto B, se há uma resposta assim, Eitan Green não sabe qual é. Quinta-feira à noite, e a estrada de Or Akiba a Beer Sheva está árida e deserta. Às vezes surge numa encruzilhada escura o rosto de um menino russo entre buquês de flores à venda. Eitan não desacelera, só se encolhe mais em seu casaco num gesto habitual, apesar de a temperatura do carro continuar a mesma. E após vinte ou trinta minutos, mais uma encruzilhada, mais um menino, e novamente ele ajeita o casaco sem pensar nisso, sem pensar.

Pergunta a si mesmo por que está voltando, e não sabe. Os postos de combustíveis brilham nos lados da estrada em tons de amarelo e laranja, como um incêndio controlado. Talvez esteja voltando agora porque não ficou então, naquela noite. Talvez esteja voltando por causa dela. E talvez não volte, pegue o próximo desvio e retorne direto a Or Akiba.

Mas não. Continua a viagem. E quando as luzes de Kiriat Gat desaparecem atrás dele, Eitan pensa que é a primeira vez desde que aquilo aconteceu que faz algo porque *escolheu* fazer, e não porque é obrigado. De um modo estranho, isso o faz se sentir bem.

Mas quando tomou a entrada para Beer Sheva já se sentia diferente. Ligou o rádio e logo depois desligou. Após alguns minutos ligou novamente, desligou, então se enervou e tornou a ligar, daquela vez deixando ligado apesar de muito rapidamente ter querido desligar de novo. No noticiário estavam falando de possíveis inundações nas montanhas do Neguev. Depois passaram a irradiar as músicas alegres das noites de quinta-feira. Música para festas. Eitan pensou em quantas seriam as pessoas que ouviam agora no carro música de festas das quais não participavam. Não que o incomodasse, mas era preferível a pensar em por que estava voltando para lá. Já havia passado o entroncamento de Shoket quando pensou de repente que estava voltando para procurar quem ele tinha sido e perdido. Ele o tinha perdido naquela noite em que atropelara o eritreu. Na verdade o tinha perdido muito, muito antes, mas naquela noite descobrira que o perdera. O menino que ao ver pela primeira vez um sem-teto na rua irrompera em tal choro que sua avó, que estava lá, até hoje o lembrava daquilo. Quando foi que parara de cravar olhos espantados nos sem--teto e começou a evitar os olhares deles a qualquer preço? Em que momento deixara de parar ao ver um homem jogado no meio da rua e começara, em vez disso, a aumentar o ritmo de sua caminhada?

    Mesmo assim, não é só por causa daquele menino que ele está voltando. Não é só para encontrá-lo. Não menos importante: era para mostrá-lo *a ela*. Ficar diante dela e dizer: voltei. E não porque você ordenou. Ela vai ficar chocada, pensou, num estado de choque absoluto, e se surpreendeu ao descobrir quanto prazer tirava da imagem daquele momento, da volta. (Ele não se perguntou se voltaria se ela não fosse bonita, se não fosse sua serenidade gelada, limítrofe da indiferença, se não fosse, a seus olhos, majestosa, única, uma rainha africana com um osso humano enfiado nos cabelos.)

    Quando se aproximou do cruzamento de Telalim suas mãos começaram a suar, como as de Itamar na véspera de um ditado na classe. Ele já tinha decorado todas as palavras, ensaiado, treinado uma vez com a mãe e uma vez com o pai. Mesmo assim, quando foi para a cama começaram a correr pelas mãos rios de suor. Eitan lhe disse que estava tudo bem, que era a maneira de seu corpo drenar a pressão, mas Itamar não se convenceu, ficou indignado que o corpo fizesse uma coisa daquelas sem que ele tivesse ordenado, sem levá-lo em consideração. Ao enxugar as mãos no volante, Eitan lembrou-se de seu primogênito e pensou se era justa aquela bronca da alma no corpo, naquele menino indisciplinado que tremia e suava, empalidecia e corava, sempre na hora errada, sempre quando deveria estar fazendo outra coisa.

Entrou com o jipe na estrada de terra que levava à garagem. Tentou lembrar quantas vezes tinha feito aquilo, e não conseguiu. Mas sentiu a segurança de seus dedos no volante, o modo como o corpo se lembrava do lugar. Aqui um buraco, ali uma depressão em um lado do caminho, aqui é melhor tender para a direita, ali é melhor ficar à esquerda. Sabia o caminho de cor, mesmo que só agora se desse conta. E de repente pensou na casa em Haifa, que apesar de já fazer anos que ele a chamava de "casa dos meus pais" continuava insistindo em ser a casa dele. Alguns anos antes, durante uma tempestade de inverno, ele, Liat e as crianças estavam lá, num jantar de sexta-feira à noite, quando houve uma queda de luz. A escuridão era total. Pegajosa e espessa. Iheli ainda era muito bebê para ter medo, mas Itamar segurou sua mão e não largou. Sua mãe pediu que ele fosse buscar velas, e no primeiro momento Eitan quis lhe responder que fosse ela mesma, que chance ele tinha de achar alguma coisa naquela escuridão, numa casa na qual fazia anos que não dormia? Mas seus pais já estavam numa idade em que era temerário ficar sozinho no escuro, e ele se levantou e começou a tatear o caminho. Pareceu-lhe incrível como era fácil. Ali estava a parede da sala de jantar. Esgueirando-se ao longo dela chegava-se à parede da cozinha. Um excelente posto de observação dele e de Iuval para descobrir de uma vez por todas onde ficava o esconderijo do chocolate. Na parede da cozinha era preciso ter cuidado, o pesado armário ainda estava lá, abominável como sempre, esperando que desse uma topada nele com o dedinho do pé. Não sabia que se lembrava daquilo, mas estava tudo lá, na segunda prateleira, bem fundo atrás do serviço de chá que só saía nas ocasiões festivas, e que na verdade nunca mais tinham visto depois da *shivá*. Voltou com as velas e pouco depois a energia retornou, e novamente podia dizer a si mesmo que aquela não era sua casa, que ele tinha construído para si outra, onde não se sentia de fora. Mas ainda se lembrava de como o corpo o guiara no escuro com total segurança, e pensou se alguma vez poderia se movimentar assim em outra casa.

E agora estava claro que não só a casa de Haifa lhe ficara gravada assim na lembrança. Aquele caminho também estava tatuado em seus neurônios. Dois meses e meio antes não sabia que ele existia, e agora dirigia nele como se o tivesse feito desde sempre. Falta menos de um quilômetro para chegar e ele ainda não sabe por que está voltando, e talvez isso seja lógico, pois tampouco sabe realmente por que foi para lá antes. Talvez a questão de por que está voltando seja afinal a irmã menor daquela grande questão, a de por que não tinha parado. E por que já faz semanas que a está evitando, e por que não consegue parar de dar voltas em torno dela, aonde quer que vá. E talvez não exista nenhum motivo para ele não ter parado. Não foi porque o outro era negro e ele era branco. Não foi por causa de Liat. Nem por causa das crianças. Talvez nunca venha a saber por quê. E tudo o que lhe resta fazer é voltar e perguntar. É sua expiação.

Tinham quebrado o nariz dela, dois dentes e duas costelas, e deixado um grande hematoma roxo e brilhante no olho esquerdo. O rosto dela parecia agora uma máscara que se despedaçara. Sirkit estava deitada no colchão, de olhos fechados, e respirava lentamente por entre as costelas quebradas e expirava lentamente por entre os dentes quebrados. Não abriu os olhos quando Eitan entrou, não demonstrou qualquer sinal de que tinha ciência de sua presença mesmo quando ele se curvou a seu lado e lhe tomou o pulso. Eitan olhou para ela com olhos muito abertos, pois apesar de já ter visto muitos rostos naquele estado, e muitos rostos em pior estado, nunca acreditara que veria assim *aquele* rosto.

E ainda assim, mesmo agora, entre os fragmentos daquele rosto, num reconhecimento confuso, preservava-se nela aquela mesma nobreza que o perturbara desde o início. E seus lábios silenciosos pareciam muito mais silenciosos. De certa maneira ainda era atrevida, desafiadora, ainda tinha a capacidade de tirá-lo do sério com sua postura de quem espera. Pois de repente compreendeu que ela realmente estava esperando. Não estava dormindo, não estava desmaiada, estava lá deitada de olhos fechados, à espera (e não compreendeu que não era de provocação aquela espera, de zombaria, mas da clara consciência de que se abrisse os olhos agora faria o que não tinha feito antes e não faria depois: irromperia a chorar).

"Quem fez isso?" As palavras saíram de sua boca secas e tranquilas, e ele se surpreendeu ao descobrir quão dura era sua voz. Afinal, não fora até aqui para ser duro. Não deixara a mulher e os filhos e a sogra numa casa em Or Akiba só para chegar ali seco e frio. Era exatamente o contrário. Queria ajudar, apoiar, ter pena dela. Queria que abrisse os olhos e o visse de modo diferente. Ou visse nele outra pessoa. E eis que, sem sequer começar a compreender por quê, de novo estava com raiva dela. E ela devia ter percebido, pois quando abriu os olhos não havia neles nem sombra das lágrimas que lá estavam um minuto antes. Terra arrasada. Tudo fora absorvido pelas pupilas negras sem deixar sinal. O olho esquerdo estava meio fechado devido ao soco, mas o direito olhava corretamente e enxergava bem. O médico dela voltara cheio de perguntas. Ele precisava que tudo estivesse bem-ordenado. Ela quase começou a rir, mas se controlou. Que culpa tem ele de que precise que tudo esteja ordenado, explicado? Que culpa tem por não saber o que fazer com histórias que não têm ordem nem explicação, histórias que vêm como tempestades de areia e também passam como elas? Poeira que migra de um país a outro. Ele não é capaz de compreender a história dela assim como não é capaz de comer a comida que ela comia na África, ou beber a água que ela bebia na África. Pois o estômago dele ia se revirar. Pois o corpo dele não é feito para essas coisas que existem entre eles. Ela portanto se cala, e ele também se cala, e a cada momento a raiva vai tomando conta dele. Essa mulher insolente, soberba. Ele veio até aqui, deixou tudo e veio, só para descobrir que uma esfinge quebrada ainda é uma esfinge.

Eitan se entrincheirou no silêncio dele e Sirkit se entrincheirou no silêncio dela. E as trincheiras iam ficando mais altas, mais um pouco e ambos sumiriam atrás delas, cada um desaparecendo do olhar do outro, não fosse uma gota de sangue que de repente escorreu da orelha dela.

Eitan a percebeu, e teve medo. Ainda não a tinha examinado, ainda não sabia qual era a profundidade das lesões. Aquela gota podia muito bem ser a mensageira de uma catástrofe. Fissura no crânio. Hemorragia cortical. A pressão intracraniana sobe cada vez mais e o cérebro, como última saída antes do colapso, drena os fluidos pelas orelhas. O roteiro terrível se passou em alguns instantes em sua cabeça, até perceber um corte na orelha. De lá vinha o sangue, não do cérebro. Mas tinha de verificar. Curvou-se sobre ela para ver melhor e levou a mão à sua orelha. Delicadamente. Sem pedir, sem explicar. Ela estremeceu. Talvez de dor. Talvez de ternura. De qualquer modo, seu olhar mudou no mesmo instante. Já não

havia nela sinal de insolência ou soberba, e nenhum traço da esfinge. (E não se pode descartar a possibilidade de que desde o início não houvesse nada disso, que as pessoas só encontram a liberdade na medida em que a procuram, e que mesmo uma verdadeira esfinge arquearia as costas dengosa como um gatinho se alguém ousasse se aproximar dela e acariciá-la.)
"Dói?"
Sim.

Ela respondeu com tal simplicidade, com tal aceitação, que Eitan sentiu toda a raiva que se acumulara nele desde o instante em que entrara ali se transformar em raiva deles. De quem fora até ali e desmontara aquela mulher de tanto bater nela. Começou a desinfetar as feridas. Viu como ela se contraía. Pensou em dizer "Já vai terminar", mas se conteve. Como é que sabe que já vai terminar? Você nem sabe por que isso começou. Já vai terminar é o que se diz para crianças com um arranhão no joelho, a alguém levemente ferido num acidente de motocicleta que chega ao pronto-socorro. Mas o que dizer para esta mulher, que está deitada aqui olhando para você com olhos tão negros que a escuridão lá fora parece iluminada se comparada com eles?

Ficou, pois, em silêncio. Daquela vez, outro silêncio. E exatamente porque percebeu que aquele silêncio era diferente do silêncio de antes, que não era exigente nem interrogativo, ela começou a contar. Disse que tinham sido três homens, que esperavam por ela no trailer para perguntar por Assum, e quando não respondera, ficaram irritados. Começou a descrever o que tinham feito com ela, e como, mas aparentemente aquilo foi demais para o médico, pois ele a interrompeu com uma pergunta emocionada, "Mas por quê?", e não viu que ela se contraía novamente, ainda mais do que quando lhe aplicara o antisséptico, e continuou perguntando: "Como é que fazem uma coisa dessas?".

Ela então riu na frente dele pela primeira vez. Em voz alta, de boca aberta, apesar de todo movimento do rosto causar pontadas de dor. Riu e riu, e viu no rosto dele como estava surpreso, depois confuso, depois com raiva, depois preocupado. Com certeza achava que o riso era uma sequela do que os beduínos tinham feito. Histeria, um toque de desvario. E não sabia que não era por causa dos beduínos que ela ria, mas por causa dele. Na verdade, talvez não por causa dele, mas por causa dela. Que boba que você é, como pôde pensar que ele entenderia?

Eles sabiam por que tinham vindo, ela lhe disse. *Assum deveria transferir uma remessa naquela noite. E pensavam que eu sabia onde tinha ido parar.* Quando ele continuou a olhar para ela com olhos perplexos, sem compreender, olhos de um cão bondoso que deparou com uma situação que não se coaduna com a guarda de ovelhas, ela acrescentou: *E eles estavam certos.*

"Remessa?"

É assim que vocês falam, não?

"De... drogas?"

Ela de novo irrompeu a rir, mas daquela vez não tão alto, e com a boca não tão aberta, devido às pontadas de dor em seu próprio rosto e à expressão no rosto dele. Já o havia visto com raiva e até furioso, nervoso e sorridente, atraído e entusiasmado, mas nunca o tinha visto decepcionado. E a decepção dele a revoltou mais do que tudo até então. Mais do que *aquela* noite. Como ele se atreve a se decepcionar com ela? Como se atreve a esperar que ela seja diferente?

"O que você esperava fazer com isso?"

Ela deu de ombros e disse: *Vender.*

Ele se levantou e ficou lá, acima dela, agitado. Andou de um lado para outro por toda a garagem, sacudindo a cabeça em sinal de negação numa discussão interior que ela não ouvia, mas poderia perfeitamente adivinhar. "Tem noção do que implica

essa venda?", irrompeu de repente. "Sabe o quanto pode se complicar com isso? Sabe como é que se faz tal coisa? Precisa de muita gente, precisa..."
Tem muita gente que me deve favores.
Ele estacou no meio de um passo e olhou para ela. Aquela bruxa sabia muito bem o que estava fazendo. Cada corte que fora desinfetado. Cada ferida que fora tratada. Rostos cheios de gratidão de dezenas de eritreus e sudaneses. Campeões do mundo nos quinhentos metros. Sob o comando dela.
Quis repreendê-la, mas ela riu pela terceira vez. Devia saber que ele a preferia batida do que batendo. Seu médico gosta de pessoas santas, não importa o quanto pisem nelas. Isso só as torna mais santas. E ela não tem a menor intenção de ser santa. Quer ser quem pisa. E, pelo visto, no céu também querem que ela pise um pouco, pois veja, trouxeram essa remessa direto para as suas mãos, e trouxeram esse médico também direto para as suas mãos. E agora, se o médico quiser, pode ir embora. Mas a remessa fica com ela, não importa quantos dentes lhe quebrem na boca.
Eitan olhava para ela, calado. Ao cabo de um instante viu mais uma gota de sangue escorrer do corte embaixo da orelha. Mas não se curvou sobre ela. Não tocou nela. Para que não grudasse nele aquele negror dela. Aquela contaminação. Ela está errada, ele pensou. Não a queria santa. Só a queria humana (e não pensou por um momento que há casos em que o humanismo é um privilégio).
O sangue, que antes o fizera ter pena dela, parecia ser agora um estratagema barato. Mais uma manipulação numa cadeia interminável. Agora estava disposto a acreditar que nunca tinha atropelado aquele homem. Que todo o acidente não fora mais do que uma encenação enganosa, uma ilusão feita de sangue e pavor sob a regência daquela bruxa de nariz quebrado. A possibilidade lhe pareceu muito mais provável em comparação com

a outra possibilidade concreta, a silenciada: a de que a chantagem, se de fato existia, fora feita gradualmente. Que a mulher diante dele não tinha planejado nada. Não tecera tramas secretas. Só optara, em cada entroncamento de estrada, pela possibilidade que lhe parecera a mais viável. Quando foi a sua casa pela primeira vez, muitos dias antes, só queria ver seu rosto. Olhar bem para aqueles olhos e verificar se o rosto de seu marido ficara gravado nas pupilas dele um instante antes do choque. Mas quando ele abriu a porta, ela não viu nada além de um grande pânico, e de repente compreendeu que aquilo podia perfeitamente ser trocado por dinheiro. Disse a ele que fosse até a garagem e voltou para o trailer, e em todo o trajeto seu cérebro estava branco e arejado, como farinha. Quando chegou, todos já sabiam sobre Assum, e ela precisou demonstrar surpresa o melhor que pôde. Ninguém perguntou sobre a remessa. Ninguém sabia, a não ser aquele homem imundo. E o homem imundo não sabia que ela tinha estado lá na noite anterior. Ia de um lado para outro no restaurante, parecendo nervoso, e não falava com ninguém. Ela entrou no trailer e se sentou em seu colchão. Após algum tempo começaram a lhe perguntar por que não estava chorando. No início, com muita delicadeza. Depois, com menos. Aquilo os deixava nervosos, o fato de ela não demonstrar que estava triste. Principalmente os homens. Um homem precisa saber que sua mulher vai chorar quando ele morrer. Tinha tantas maneiras de alguém se ferrar ali. De sede. De fome. De uma surra dos beduínos. De balas disparadas por egípcios. Agora, também de automóveis israelenses. Você tem de saber que se alguma coisa lhe acontecer uma mulher vai tratar de extrair algumas lágrimas do maldito olho. Mas os olhos de Sirkit permaneceram secos e abertos, e com esses olhos ela viu, duas horas mais tarde, o novo rapaz que veio da fronteira.

Eles o deitaram no colchão ao lado dela e saltitaram em volta da ferida dele durante toda a tarde. Havia ali, além de uma sincera preocupação, também uma medida nada desprezível de desafio à mulher no colchão ao lado. Sua recusa a chorar transformava sua tragédia, de uma perda comum, num enigma particular. Os olhos secos dela eram mais do que uma ofensa a seu marido. Era uma ofensa a eles também. Ela os estava privando do prazer de consolar outra pessoa. Assim mesmo, em determinado momento, deixaram de lado o homem ferido da fronteira. Com todo o respeito a mãos feridas, as pessoas tinham de voltar ao trabalho. Ele continuou ali, deitado de olhos fechados. De vez em quando gemia de dor. Os olhos de Sirkit percorriam o braço ferido em todas as direções. A infecção era abjeta de se ver, e ao mesmo tempo fascinante. As pessoas que examinaram as feridas antes disseram que os egípcios tinham começado a passar um veneno nas cercas. Não havia outra explicação para um corte tão abominável. Bobagem, ela pensou, como se os egípcios se incomodassem com eles o bastante para se dar ao trabalho de envená-los. O braço dele estava assim porque é isso que acontece com uma ferida que não é tratada.

Foi então que resolveu levá-lo com ela para encontrar o médico. Ainda não tinha pensado em dinheiro, nem mesmo na criação daquele hospital ilegal. Simplesmente sabia que não ia conseguir dormir à noite se o homem continuasse a gemer daquela maneira. Talvez também quisesse se sentir bondosa e piedosa. Talvez *fosse* bondosa e piedosa. Pelo menos naquele momento, antes de tudo se complicar.

Naquela mesma noite, na garagem, compreendeu o poder que tinha nas mãos. No pacote que o médico tirou do bolso havia mais notas do que tinha visto em toda a sua vida, e os olhos dele lhe diziam que, se ela exigisse, haveria mais, muito mais. Ela não exigiu. Ordenou que entrasse na garagem e cuidasse daquele rapaz, e enquanto isso seu cérebro trabalhou tão rápido que chegou a doer. Pouco antes de o médico entrar, o rapaz propôs lhe dar dinheiro. No início ela não compreendeu o que ele queria, pensou que a febre falava por ele. Mas ele tornou a dizer que por um médico de verdade pagaria muito dinheiro. E lentamente ela captou que não passara pela cabeça dele a ideia de que o ajudaria de graça. Antes de contestá-lo, ela se conteve.

Quando tinha seis anos de idade, ela ganhara uma gansa. Seu pai a tinha trazido do vilarejo numa manhã especialmente amarela. Na aldeia deles só havia galinhas macilentas e doentes, e aquela sua nova ave, com suas penas brancas e belas, parecia ser a coisa mais limpa do mundo. Eles a puseram no quintal, e Sirkit ia visitá-la a cada poucas horas. Abria o portão para lhe dar grãos, acariciar suas penas brancas e medir qual das duas era mais alta. Na maioria das vezes era Sirkit, mas quando a gansa se excitava, punha-se em cima das patas, abria as asas e esticava o pescoço de modo que a ponta do bico ficava um centímetro inteiro acima da menina. Era impressionante. Alguns meses depois Sirkit já era mais alta do que a gansa, mas ainda ia visitá-la todo dia, e talvez até a amasse mais agora que era menor do que ela.

Certa manhã os homens penduraram bandeiras comemorativas e o pai disse à mãe que na noite seguinte iam comer a gansa. Ela não disse nada, seu pai não era alguém com quem se pudesse discutir, mas à noite levantou e se esgueirou para o quintal. Ia abrir o portão e deixá-la fugir. Pela manhã ia pôr a culpa em ladrões. Talvez acreditassem nela. Talvez suspeitassem que tivesse sido displicente e lhe batessem um pouco. Assim ou assado, as penas brancas ficariam onde estavam. Ela abraçou a gansa e lhe deu um beijo de despedida. Espantou-se com a eficácia com que as penas absorviam suas lágrimas. Desatou a corda que impedia a gansa de voar, deixou o portão aberto e voltou para dormir. Como ficou perplexa quando voltou pela manhã e deparou com a ave bicando calmamente no lugar em que a tinha posto. O portão estava aberto, a corda desatada, mas a gansa nem sequer tinha considerado fugir. Foi uma ideia que não passou pelo cérebro da gansa, simplesmente porque gansos não fazem coisas assim. As penas brancas foram arrancadas pouco tempo depois, quando o frescor da manhã ainda reinava no ar como uma promessa vã.

O homem que veio da fronteira continuou a falar de dinheiro, e ela começou a pensar se deveria recusar, dizendo que ele estava enganado. Nem sequer tinha considerado pedir alguma coisa a ele. Simplesmente porque pessoas não fazem coisas assim. Mesmo quando lhes abrem o portão. Mesmo quando lhes desatam a corda. Mesmo quando é possível ouvir, no quintal ao lado, o rumor da fogueira que foi acesa para assar sua carne.

Ainda não tinha decidido, mas na mesma noite disse ao médico, quando ele terminou, que voltasse. E ficou tão furiosa com a expressão de recusa em seu rosto que acrescentou, sem que o tivesse planejado, um breve discurso sobre as pessoas dela e suas necessidades. Aquilo a fez se sentir bem, enfrentá-lo assim, apesar de saber muito bem que se ele lhe perguntasse quem eram essas "pessoas dela" não saberia responder. O que fizera com que se tornassem "dela"? O que fizera com que ela fosse deles? O fato de estarem juntos na fila para água no acampamento dos beduínos? De rasparem juntos restos de gordura dos pratos nas cozinhas? De examinarem os olhos uns dos outros a fim de ver para quais mortos se vertem lágrimas e para quais não? Eles eram de aldeias distintas, de tribos distintas, de caminhos distintos. Se tinham algo em comum era o nome com que outros os chamavam, o nome de quem tem cor diferente. O que, afinal, ela devia a eles, fora o som metálico, chacoalhante, das correntes que os prendiam uns aos outros na jornada? Imigrar é deixar um lugar em benefício de outro lugar, com o lugar que você deixa preso a seus tornozelos por elos de aço. Se para uma pessoa é difícil migrar, é só porque é difícil andar pelo mundo quando um país inteiro está preso em seus tornozelos, arrastando-se atrás de você aonde quer que vá.

Naquela noite, quando acabou de falar com o médico lá fora e tornou a entrar na garagem, o homem que viera da fronteira estava sentado na mesa olhando para ela. Seus ombros eram largos e grandes, e de certo modo, apesar do caminho que percorrera, ainda estavam eretos. Ocorreu-lhe que ficar com ele sozinha, tarde da noite, poderia ser perigoso. Mas quando olhou em seus olhos viu ali uma coisa que não imaginara ser possível haver nos olhos de um homem que olha para uma mulher. O medo de alguém que olha para uma pessoa mais forte. Seus ombros largos e sua estatura não eram páreo para a ferida em seu braço, que agora estava limpa e desinfetada debaixo da atadura branca e pura como as penas daquela gansa. O homem levou a mão ao bolso e tirou uma cédula amarrotada. Se tinha havido um momento em que ela pensara em lhe dizer que deixasse seu dinheiro no bolso, passou quando sua pele se arrepiou pela primeira vez diante do temor que havia nos olhos dele.

Nos dias que se seguiram as pessoas começaram a olhar para ela de modo diferente. E quando passaram a olhar de modo diferente, ela começou também a ficar diferente. No caminhar e na postura, até no cheiro de seu corpo havia algo diferente. A mudança no caminhar e na postura dava para ver, mas ninguém notou o cheiro. Desde que o médico atropelara Assum ninguém chegou perto dela o bastante para senti-lo. Depois que o médico atropelara Assum, ninguém chegara perto demais dela. Olhavam-na de longe, falavam com ela de longe. Aquela distância tinha um nome: respeito. O medo que as pessoas sentiam a envolvia como se fosse um perfume, ele mergulhava naquele olhar de submissão deles como numa banheira de leite. Um estranho não compreenderia aquilo. Eitan certamente não. Medo, respeito e submissão não eram palavras com as quais ele se ocupasse, porque sua existência era, para ele, óbvia. Da mesma forma que as pessoas não prestam atenção no milagroso fluxo da corrente elétrica nas fiações das casas, até o momento em que esse fluxo é interrompido.

Ao fim de cada noite na garagem, quando ia para o trailer cansada e exausta, Sirkit se detinha para regar a roseira. Na escuridão da noite que se esvaía, o cheiro das flores era forte, quase místico. Cuidava de não inspirar muito fundo. Dois terços dos pulmões era o bastante, mais poderia embriagar. Fazer esquecer os outros cheiros. E sempre é preciso lembrar que mesmo sendo uma inspiração toda de rosas, a próxima poderá ser toda de alguma outra coisa. Ou nem ser. Mesmo um arbusto que está aqui agora facilmente poderá ser levado dentro de uma semana. Vai secar, fenecer ou ser arrancado inteiro e levado para outra terra, e só o solo aberto e perplexo vai revelar que ali talvez tenha havido alguma coisa antes, uma completude que fora espoliada. As rosas se estendiam na direção do céu, e debaixo da terra as raízes se estendiam também, mas não para o céu, para outra coisa, atraídas por uma verdade úmida e lamacenta de cuja existência o céu do deserto não tinha a menor noção. Acima das raízes, abaixo das rosas, havia um pacote feito por mãos humanas. Formigas passavam apressadas por suas paredes externas. Excreções úmidas esfregavam-se em seus cantos. Vermes cegos deparavam com ele em seu caminho e tratavam de escavar outro caminho. E o pacote silencia. Três quilogramas de pó branco em cuidadosa embalagem, alheio à umidade, ao mofo, à ira dos vermes e às investigações dos humanos. As rosas se estendem para o céu e as raízes se enroscam no solo, e o pacote está lá silencioso, como fazem os pacotes, e para ele tanto faz ficar ali para sempre ou ser extraído e ter suas entranhas dissecadas.

Ao final das noites que passava na garagem, Sirkit se detinha junto ao arbusto, regava a roseira, pensava no pacote que tinha sob seus pés. Muito dinheiro. Talvez demais. Talvez tivesse errado ao não levá-lo, naquela mesma noite, para Davidson. Se tinha um plano definido quando cavara o solo sob a roseira, ele era vago até para ela mesma. Já era quase aurora quando decidiu que o buraco que tinha cavado era fundo o bastante. O corpo tremia todo, mas as mãos estavam firmes. Depositou o pacote no buraco e ele ficou deitado ali, gorducho e sereno como um bebê. E aquele bebê, como todo bebê, teria de esperar para ver no que ia se desenvolver. Mesmo se nunca mais voltasse a se ajoelhar junto ao arbusto, mesmo se nunca mais cavasse para retirar o que pusera no fundo da terra, aquela graça ainda estaria reservada a ela — saber onde estava algo que todos procuravam.

Passaram-se dias, e com eles também as noites na garagem. As rosas continuaram a se estender em direção ao céu, e a cada dia o estender era mais ousado, mais atrevido. Agora já não se curvavam à lua e ao sol. Seu olhar era altivo. E, se as rosas se permitiam aquilo, não era de admirar que as raízes também ficassem luxuriosas. Mergulhando profundamente, mais fundo, longe das rosas, mais longe, e Sirkit regava e prestava atenção, ouvindo como o pacote, que até então estava tranquilo como um bebê adormecido e de boa índole, também começava a se retorcer. E, se o pacote se retorcia, Sirkit se retorcia também. Deitada no colchão revirando-se quando devia dormir. Tentando resolver se devia ousar, isto é, procurar compradores. Nomear vendedores. Sacudir de uma vez por todas a poeira da mulher que era e descobrir debaixo dela sua cota de malha reluzente, majestosa. Nas horas em que se retorcia vinham e se juntavam em torno de seu colchão montes de conhecidos. A mãe, o pai, pessoas da aldeia, as crianças mortas, a gansa toda feita de penas brancas, esplendorosas. Ela não as expulsava. Pelo contrário, era em meio a toda a tagarelice e todo o espanto que conseguia adormecer. E depois sonhos brancos, poeirentos, a assolavam.

Nas manhãs ela ficava nervosa e exausta. Saía tropegamente do trailer e olhava para o arbusto. Do interior da terra, do emaranhado das raízes, da tessitura úmida de vermes e excreções, seu pacote lhe entoava uma canção. A cada noite que passava o perfume das rosas ficava mais denso. Agora todos falavam dele. Mesmo quando fechavam a porta do trailer ele se esgueirava pelas frestas. Assombrava os sonhos das pessoas. Aquilo poderia até ser simpático se não fosse tão agressivo. O arbusto exigia que reconhecessem sua presença, obrigando a inalar todo o seu perfume. Se você tinha a oportunidade de levar tudo, que não ousasse se contentar com menos. Senão, seria uma tola, exatamente como aquela gansa, com o portão aberto e a corda desatada, as penas sendo arrancadas uma a uma ainda antes do meio-dia.

Por fim, os beduínos foram até ela. Talvez tivessem perguntado sobre Assum no restaurante, e alguém apontara para ela, dizendo: é a mulher dele. Talvez alguém lhes tivesse dito por iniciativa própria. Não faltavam pessoas para delatar se as convencessem de que há um porquê. Na verdade não fazia diferença. O que fazia diferença era que tinham vindo, e lhe quebraram o nariz e dois dentes e duas costelas, e deixaram um hematoma roxo e brilhante no olho esquerdo. Mas através do nariz quebrado ela ainda sentia o perfume das rosas. Na verdade, o perfume estava agora mais forte do que antes. Sua fragrância só se esvaiu na garagem, quando o médico chegou e expulsou as rosas com o forte cheiro de antisséptico. Ele o passou no nariz fraturado. Em torno do olhos. No corte debaixo da orelha. Ardia no rosto, e, mais do que aquilo, ardia no pacote, mas tudo passou quando lhe contou sobre a remessa. A decepção dele a revoltou tanto que agora nada ardia, e ela queria urgentemente que ele fosse embora.

Para Eitan também era urgente ir embora. Por isso levantou-se e saiu. A simplicidade de seus passos o animou. Acabou o chão da garagem. Começa o chão de terra do deserto. Aí está o jipe. Em cada movimento de seus músculos, uma liberdade inebriante. Ir embora e não vê-la mais. Nunca mais. Abriu a porta. Pôs o cinto de segurança. Em seu cérebro havia um agradável vazio. Nenhum pensamento passou por ele enquanto conduzia o carro pela estrada de terra, exceto, talvez, a estranha e persistente presença da mancha roxa no olho esquerdo de Sirkit. Uma mão que ele não conhecia acertara naquele olho um soco preciso. Vasos sanguíneos estouraram. Capilares se romperam. Por trás da pele delicada se espalhou o fluido escuro, uma taça de vinho derramada numa toalha bordada. E exatamente aquele olho, fechado, o acompanha quando gira o volante. O que haveria ali, atrás da cortina de veludo arriada? Se houvesse lágrimas ou arrependimento, se houvesse pontos de interrogação, se houvesse pelo menos uma possibilidade de compaixão, certamente estariam lá. E por um instante solitário ele se permite erguer a cortina de veludo roxa e olhar para ele, para o olho fechado dela. O que ele enxerga ali, o que *lhe parece* estar enxergando, faz Eitan estremecer.

Após um longo momento, ele desviou o olhar. Com raiva, quase furioso. Estava sendo novamente sugado. Ligou o aquecimento, embora não fosse necessário. Ligou o rádio, apesar de tampouco ser necessário. Respirou a plenos pulmões um ar mecanizado e condicionado. Ouviu com toda a atenção duas músicas mecanizadas. Mais um instante e chegará na estrada principal. Uma cantora, não tinha certeza de seu nome, gemia que eles pertenciam um ao outro. Prestou muita atenção. Estava disposto a acreditar. Mas na segunda música já ficou claro para ele que nem a própria cantora acreditava. Sua voz era metálica e oca, e Eitan pensou que ela não ia reconhecer o amor nem se o próprio lhe desse um soco no olho esquerdo.

Mudou para uma estação na qual as cantoras sabiam do que estavam falando quando cantavam. "Amor, preciso de você." Era Billie Holiday, e ele acreditava nela como não acreditava em nenhuma outra. Talvez porque tivesse morrido havia muito tempo, e o amor dela já não era algo que se pudesse medir, apenas cantar sobre. Músicas antigas sobre histórias antigas. Era daquilo que precisava agora. A história daquela noite também seria um dia uma história antiga. Era, sem dúvida, um pensamento capaz de acalmar.

Junto à estrada, um utilitário em mau estado passou pelo jipe. Saiu da via asfaltada exatamente quando Eitan ia entrar nela, e o fez com tal selvageria que ele chegou a ficar espantado com o fato de não ter havido uma colisão. Desde que atropelara o eritreu não se considerava nenhum grande exemplo de direção segura, mas ficou perplexo que o motorista não tivesse se desculpado. O utilitário seguiu adiante pela estrada de terra, e Eitan balbuciou para si mesmo: "Esses beduínos malucos". Preparou-se para entrar na estrada. De repente estacou, paralisado. Pelo retrovisor acompanhava o utilitário que se afastava. A trezentos metros dali a estrada de terra que levava à garagem se bifurcava na estrada de terra que levava ao kibutz. Ele rezou para que o utilitário fosse em direção ao kibutz, embora a voz gelada em sua cabeça estivesse certa de que não iria. O carro chegou à bifurcação e continuou, direto para a garagem, na maior velocidade que as condições do terreno pedregoso e as do veículo em mau estado permitiam. Estão indo para terminar o que começaram. Vão arrancar dela a remessa, ou vão matá-la, ou arrancar dela a remessa e matá-la.

Girou o volante ainda antes de perceber que o estava fazendo, e em todo o percurso por atalhos até a garagem não pensou uma só vez no que estava fazendo. Se tivesse pensado, não seria capaz. Teria parado e pensado, e ponderado, e hesitado, e sofrido, e entrado em conflito, e se debatido, e filosofado — e enquanto isso as pessoas que tinham quebrado as costelas e dois dentes de Sirkit teriam quebrado as outras coisas suscetíveis de ser quebradas (como médico, estava plenamente ciente da multiplicidade de possibilidades). Seu caminho era mais rápido, e não tinha dúvida de que chegaria a tempo. A única questão que o atormentava era o que aconteceria depois. Não tinha conseguido planejar nada além de entrar lá, levar Sirkit para o jipe e dar o fora o mais rápido possível. Não era um plano especialmente sofisticado, mas era o melhor que conseguia imaginar, e em muitos sentidos não era nada ruim.

Parou o jipe com um ranger agudo dos freios na porta traseira da garagem e correu para dentro. Ela estava deitada onde a deixara. O olho esquerdo estava mais inchado e mais roxo do que antes, e o direito olhou para ele com tal espanto e perplexidade que Eitan, se tivesse tempo, ficaria com certeza alegre com aquilo. Mas não tinha tempo, então berrou para ela: "Eles estão vindo, levante-se!". E imediatamente curvou-se para erguê-la ele mesmo. Ela não se opôs. Talvez tivesse compreendido o que ele queria, e talvez simplesmente estivesse surpresa demais para protestar. Ele a carregou até a porta o mais rápido que pôde e compreendeu que o fato de ter chegado primeiro não significava que conseguiria sair antes de eles chegarem. Ouviu-se um rumor de corrida e de gritos em árabe fora da garagem. Estavam cercados.

Eles não pareciam ser pessoas más. Sua fisionomia era perfeitamente normal. Eram muito diferentes um do outro, como é de esperar que as pessoas sejam — aqui um queixo pontudo, ali um queixo largo, os olhos deste afundados, os daquele salientes —, todos compartilhando aquela dimensão universal que fazia com que pertencessem à família dos seres humanos. O rapaz que bloqueou a entrada traseira da garagem lembrava a Eitan, na aparência, seu comandante no curso de enfermagem, só que mais jovem. E o homem que bloqueou a entrada dianteira parecia com o guarda da entrada do shopping de Neguev (e talvez fosse realmente ele). Havia naquilo algo de surpreendente, pelo menos para Eitan. Após a furiosa corrida de automóveis esperava deparar com algo mais impressionante. Mais atemorizante. Braços musculosos, sobrancelhas espessas, um olhar cheio de ódio que conhecia da figura dos sabotadores na televisão. Os dois jovens à sua frente, e o outro que chegou correndo alguns segundos depois, lembravam, mais do que tudo, três colegiais que chegavam atrasados à aula, ofegantes e estressados.

Mas carregavam uma arma, o que mudava o quadro. E quando o rapaz que lembrava o comandante no curso de enfermagem tirou do bolso um canivete (e o fez com a facilidade de quem pega uma caneta para assinar um recibo), Eitan compreendeu que estavam realmente em apuros. Pois aquelas pessoas, que não pareciam ser más, pareciam ser pessoas que trabalhavam. E o trabalho delas era conseguir a remessa, e, pelo visto, liquidar quem tentara passá-los para trás. E esse alguém, a julgar por aquilo a que certamente os três tinham chegado em seu processo mental, era Sirkit. E ele.

O homem que parecia o guarda da entrada do shopping gritou algo em árabe, e os outros dois começaram a revistar a garagem. Eitan pensou em quanto tempo havia decorrido desde que entrara aqui e mandara embora Samar e os dois eritreus que vigiavam Sirkit, e qual seria a possibilidade de que algum deles voltasse para verificar como ela estava. Não que pudessem fazer alguma coisa, com aquela arma que o beduíno apontava para a cara dos dois. O beduíno lhe fez um sinal para que largasse Sirkit, e ele a baixou com delicadeza ao chão, sem ter certeza de que conseguiria ficar de pé. Ela conseguiu, mas seu corpo tremia com o esforço, e talvez com o medo também.

O homem que parecia com o guarda do shopping percebeu e riu. Disse alguma coisa ao colega mais novo, o que tinha o canivete, e o outro riu também. Talvez, afinal, fossem pessoas más. E talvez aquela fosse a reação de qualquer pessoa que finalmente pegasse alguém que tinha fugido dela durante muito tempo, alguém que a tivesse roubado e complicado sua vida e feito com que seu chefe gritasse com ela tão alto a ponto de ensurdecer.

O jovem que parecia o comandante no curso de enfermagem perguntou a Eitan onde estava a remessa. Quase não tinha sotaque, e Eitan se lembrou de que, no evento de confraternização entre oficiais e soldados no curso de enfermagem, o comandante fizera imitações de árabe espetaculares.

"Não sei."

Adivinhou o soco antes de recebê-lo. Mas não estava preparado para sua potência. A última vez que levara uma surra fora em algum momento no nono ano. Já tinha esquecido o gosto do sangue na boca e a explosão da dor em muitos pequenos fragmentos. Quase desabou no chão de cimento, mas se equilibrou no último momento. Tentou abrir o olho esquerdo e descobriu que não conseguia, talvez fosse o beduíno que tinha estourado o rosto de Sirkit, apontando sempre para o mesmo olho. E agora eram gêmeos de soco, o rosto dele e o dela, diferentes em tudo, mas idênticos quanto ao hematoma arroxeado no olho esquerdo, e talvez também na fratura do nariz.

"Onde está a remessa?"

Eitan não respondeu. Não que quisesse bancar o durão. Realmente não sabia o que dizer. A única pessoa que poderia dizer alguma coisa estava agora a seu lado. Mal se sustentando de pé, mas calada como gente grande. Eitan pensou se era aquela serenidade perturbada dela ou um orgulho desvairado, do tipo que a fazia preferir morrer ali a dar a eles o que queriam.

Não era serenidade nem orgulho. Ela se calava porque sabia que se dissesse onde estava a remessa, eles iam matá-los. Ou pelo menos iam matar Eitan. Ninguém ia acreditar que fora ela quem fizera aquilo tudo. Era burra demais. Negra demais. Mulher demais. O médico dela estava a seu lado e limpava com a mão o sangue que começava a escorrer do nariz. Seus gestos eram hesitantes, confusos. Ele sem dúvida era mais hábil quando limpava o sangue dos outros. O homem com a arma acendeu um cigarro e disse: "Temos tempo". Fez um sinal para o rapaz com o canivete, que foi até Eitan e lhe deu mais um soco. Sirkit quis desviar os olhos, mas se obrigou a continuar olhando. Era o mínimo que devia a ele.

Eitan já estava no chão. Parecia ser pequeno, era incrível como parecia ser pequeno. Por isso ela não acreditou quando ele se aprumou de repente e disse ao homem com a arma que ia lhe dar a remessa. O homem com a arma pareceu ficar satisfeito. Deu mais uma tragada no cigarro, só para mostrar a Eitan e a Sirkit que não estava pressionado, que tinha tempo, depois disse a Eitan: "*Ial'la, habibi.* Onde está?". Eitan levantou-se do chão cautelosamente. Ela olhou para ele quando caminhou em direção à porta. Não podia ser que soubesse das rosas, então que diabos estava fazendo? Acompanhou-o com o olhar quando ele se deteve ao lado da caixa que continha o equipamento médico. O beduíno com a arma avançou passo a passo. "Sem besteira, sim?" "Sem besteira", respondeu o médico dela. "Eu escondi aqui, dentro do balão." Ele tirou da caixa o balão de oxigênio. Sirkit olhou para ele, espantada. Pelo jeito, bastavam dois socos para um homem branco perder totalmente a razão. A menos que não a tivessem informado que balões de oxigênio sabiam atirar.

Eles sabiam atirar, constatou-se. Pois quando Eitan disse "Só vou abri-lo" e apontou o balão direto para o rosto do homem com a arma, o oxigênio puro entrou em contato com o cigarro dele como se fosse pólvora. Foi só um instante, mas o bastante para queimar metade do lábio do homem com a arma e todo o bigode acima dele, e seria muito mais se ele não tivesse largado a arma e começado a dar tapinhas no rosto. O jovem com o canivete correu para ele, a fim de ajudá-lo a apagar o fogo. Naquele sentido, realmente não eram pessoas más. Eram solidários e tudo o mais. Em outros sentidos, seria muito conveniente que Eitan e Sirkit começassem a correr. Então eles começaram. Mas não estavam sozinhos. O homem com a arma continuou a se contorcer de dor no chão, mas os outros dois fizeram uma rápida avaliação das prioridades e seguiram atrás dos fugitivos. O jovem com o canivete deteve-se um momento para pegar a arma do colega. Aquilo o atrasou no curto prazo, mas abriu muito mais possibilidades no longo prazo. Quando chegaram lá fora, os dois fugitivos já estavam no jipe, a meio caminho da fuga. Para o rapaz com o canivete e a arma de fogo era muito claro como Said ia reagir se aqueles dois fugissem de novo sem dar sinal da remessa, depois de tantos esforços investidos em pegá-los. Sabia que a fúria de Said teria de ser descarregada em alguém, e que sem aqueles dois era de supor que seria nele. Sabia que não tinha alternativa senão se postar diante do jipe, apontar a arma direto na cara daquele maníaco e da piranha eritreia, e atirar.

A bala estilhaçou o para-brisa dianteiro ao entrar e o traseiro ao sair. Não atingiu nada no caminho, mas o projétil passou tão perto da orelha de Eitan que seu assobio foi realmente insuportável. Sirkit gritou. Ou talvez tivesse sido ele. Não estava certo. Exatamente como não estivera certo quanto ao oxigênio, alguns minutos antes. Sim, ele tinha visto na aula de química, como todo mundo, o que acontece quando se aproxima oxigênio puro de um cigarro, e guardara para a prova palavras como "explosivo" e "inflamável", mas havia uma boa diferença entre as páginas brancas da prova e aquele homem com uma arma na mão. A principal diferença era que a prova não atirava em você caso errasse. Por outro lado, havia uma boa possibilidade de que o homem com a arma ia atirar em você de qualquer maneira, e sendo assim não havia motivo para não tentar. Quando se curvou para pegar o balão de oxigênio, ele sentiu que Sirkit o acompanhava com o olhar e rezou para que se aquilo desse certo ela fosse esperta o bastante para correr imediatamente para fora. Claro que era. Na verdade, começara a correr ainda antes dele. Não fosse aquilo ele talvez tivesse ficado lá, perplexo com seu próprio sucesso, como um estudante que descobre, para sua surpresa, que tirou nove numa prova na qual estava certo de ter fracassado. Mas ela começou a correr, e numa fração de segundo ele começou a correr atrás, e dois instantes depois já estavam em seu encalço o jovem que se parecia com seu comandante no curso de enfermagem e mais um, que certamente também se parecia com alguém, embora alguém que Eitan não conhecia.

Ele entrou no jipe e tentou se lançar à frente, e conseguiria se o jovem com a arma não se pusesse diante dele e começasse a atirar. O primeiro tiro penetrou o para-brisa dianteiro e saiu pelo traseiro, deixando-o com uma questão nebulosa quanto à origem do grito de terror no jipe. O segundo tiro atingiu o assento para crianças, no banco traseiro, deixando atrás de si cheiro de plástico queimado. O beduíno melhorou a postura para o terceiro tiro. Eitan olhou-o nos olhos e arrancou para a frente.

O choque só estremeceu um pouco o jipe, mas aos ouvidos de Eitan o impacto entre o corpo e o para-choque foi estrondoso como o de uma bomba atômica. Ele conhecia aquele barulho. Lembrava-se muito bem *daquela* noite, da última vez em que seu jipe fora de encontro ao que até um momento antes tinha sido uma criatura humana viva. Sabia o que veria se saísse do jipe. E, daquela vez, não fora sem querer.

O que difere aquela noite desta noite? Nas duas noites uma lua gigantesca brilha no céu. Talvez até a mesma lua. E nas duas noites ressoou no jipe um grito agudo, gutural. Antes, de Janis Joplin, agora, de Sirkit, ou dele, ou um grito combinado — EitanSirkit, SirkitEitan. Naquela noite ele estava sozinho e ela estava sozinha, e nesta noite estão juntos. E pelo visto também estavam prestes a morrer juntos, pois o jipe, depois de atingir o beduíno, continuou e foi de encontro à barreira de concreto na entrada da garagem. Eitan freou. Sirkit gritou. O jipe rodou sobre seu próprio eixo e parou em frente aos dois beduínos restantes.

O que mais quis naquele momento foi tomar a mão dela na sua. Mas lhe pareceu um gesto de desespero, sentimental. Assim dispôs-se a morrer com a mão solta, sem dedos se apertando, contanto que não parecesse desespero, muito menos sentimental. Aplicou autocensura até mesmo ali, naquele último momento, porque não o abandonou o temor de que, se estendesse a mão para o mundo, ela permaneceria vazia.

Pelo para-brisa estilhaçado Sirkit olhava para os dois beduínos restantes. Se conseguisse arrancar um dos cacos de vidro, poderia ao menos tentar causar algum dano. Não tinha ideia de quão devastador podia ser um pedaço de vidro estilhaçado, mas estava claro que as mãos furiosas de dois homens conseguiriam tirá-lo da mão dela muito rapidamente. Mesmo assim, não poderia ficar ali sentada esperando para ver o que iam decidir fazer com ela. Tinha esperado nos acampamentos no Sinai. Tinha esperado no deserto, na aldeia. Tinha esperado bastante. Só sentia pena do médico dela, sentado ao volante, todo pálido, a coisa mais branca que ela já vira. Ele olhava para os beduínos com uma espécie de letargia silenciosa, e Sirkit pensou na baleia que uma vez foi dar na praia depois de uma das grandes tempestades de inverno. As correntes e as ondas a deviam ter confundido, e ela acabara se vendo na areia em vez de nadando na água. Os homens da aldeia saíram para empurrá-la de volta para o mar, e as mulheres e crianças saíram para ver. A baleia ficou estendida ali, imensa e exausta, com seus olhos olhando para eles como se fossem a coisa mais estranha que tinham visto na vida. A baleia simplesmente não acreditava que existissem criaturas assim, um universo paralelo ao dela, tão diferente. Pois o mundo dela era azul e limpo, e o mundo deles era sujo e marrom, e ninguém ficou surpreso quando alguns dias depois o corpo voltou à praia. Fora demais para ela, dois mundos ao mesmo tempo. Já não conseguia voltar. E agora o médico dela estava sentado no jipe vermelho dele, que a envolvia com seu agradável ar-condicionado, sua agradável música, seus assentos tão agradáveis que poderiam servir de cama. Um jipe vermelho que lhe permitia chegar do ponto A ao ponto B sem pensar nem por um momento em todos os pontos que existiam pelo caminho, e nas pessoas à margem. E aquele jipe, aquela maravilhosa máquina de entretenimento, quebrou. O vidro dianteiro se foi. Da mesma forma, o traseiro. O choque com a barreira de concreto acabou com o capô também, e vai saber com o que mais. E o mais grave de tudo: através do vidro dianteiro quebrado, o mundo verdadeiro era agora terrivelmente real.

Real era também o ódio nos olhos do rapaz à sua frente. Tinha acabado de enxugar nas calças o sangue da cabeça esmagada de seu colega. Real era também a fúria do homem com o lábio queimado pelo jato de oxigênio que Eitan lhe dirigira. A dor em seu rosto era enorme, mas a raiva era maior. Fora a raiva que o obrigara a se levantar do chão da garagem, capengar para fora e ver o jipe atingir o colega que tinha a arma na mão. Agora tornava a empunhar a arma. No jipe diante dele estavam juntos o homem e a mulher que eles tinham sido enviados para matar. E se antes havia encarado a missão com indiferença, agora a assumia com uma profunda obrigação, quase religiosa.

Do assento do jipe Eitan viu os beduínos se aproximarem dele. Queria pensar em Itamar, em Iheli, em Liat, mas a única figura que lhe veio à cabeça foi sua mãe, pendurando a roupa no quintal quando alguém abriu o portão. "Você não está falando sério", ia lhe dizer. Sempre reagia daquele modo a notícias que a surpreendiam. "Você não está falando sério", dissera quando o marido, espontaneamente, comprara no aniversário dois bilhetes de avião para a Grécia. "Você não está falando sério", dissera aos homens que tinham ido lhe dar a notícia sobre Iuval. Como se entre ela e as palavras que lhe estavam sendo ditas houvesse sempre uma pequena muralha de incredulidade, "Você não está falando sério", que os que traziam as notícias tinham de escalar para entrar lá dentro e dizer que sim, estavam falando muito sério.

O beduíno gritou alguma coisa em árabe e apontou a arma para ele. Eitan pensou se devia fechar os olhos. E então ouviu a sirene, e no primeiro momento quis dizer também "Você não está falando sério", pois há um limite para quantas oscilações entre a vida e a morte um ser humano pode suportar numa única noite. Os beduínos trocaram gritos em árabe e começaram a correr, e Eitan e Sirkit se entreolharam sem a menor noção do que fazer. Não que houvesse muita coisa a ser feita — as viaturas de patrulha disfarçadas surgiram do outro lado da curva e pararam diante deles num ranger de freios. O barulho das sirenes era agora ensurdecedor. Três detetives saltaram para fora e começaram a perseguir os beduínos. Três outros cercaram o jipe e gritaram: "Mãos ao alto".

Eles então ergueram as mãos para o alto.

15

Ele não sabia há quanto tempo estava na cela da prisão. O relógio no fim do corredor mostrava dez para as três, mas os ponteiros estavam empacados no três e no dez e não saíam de lá, então não dava para saber quanto tempo havia se passado. Eitan se perguntou se alguém teria sabotado o relógio de propósito. Quando rompe em você a percepção do tempo, outras coisas podem se romper também. Histórias que servem de cobertura, por exemplo. Mas nenhum dos detidos na delegacia parecia ser importante a ponto de sabotarem o relógio por sua causa. Havia dois jovens de rosto bexiguento cheirando a álcool, um viciado muito amistoso que perguntava repetidamente a Eitan se ele tinha um cigarro, e um rapaz russo com cabelo moicano que não parava de xingar. Imaginou-os esperando por uma enfermeira na recepção do departamento, no Soroka. Aquilo fez tudo parecer mais simpático, principalmente porque obscurecia o fato de que daquela vez não estava olhando de fora do grupo de pessoas à espera. Era uma delas. Nas horas que tinham se passado desde que chegara, ninguém lhe perguntara por que estava ali. Ninguém tentara entabular uma conversa. Naquele sentido, todos eram muito educados, como pessoas que vão ao teatro.

 Os doentes no Soroka até que conversavam muito entre si. Talvez isso os ajudasse a aliviar a tensão. Reclamavam juntos da máquina que engolia moedas e se recusava a retornar café. Um reclamava com o outro do médico antipático ou do enfermeiro desleixado. Trocavam nomes de rabinos e cabalistas, terapeutas holísticos e acupunturistas. Na verdade estavam dispostos a falar sobre tudo — desde política até sudoku —, contanto que não ficassem sentados num banco à espera, ouvindo os passos da morte no chão de linóleo. Nos corredores do Soroka havia pessoas admiravelmente amistosas, mais do que jamais tinham sido. Como ovelhas que se comprimem umas contra as outras numa noite fria, juntando um corpo trêmulo a outro corpo trêmulo, os doentes se juntam em suas conversas. Enquanto ali, na cela da prisão, cuidavam de ficar cada um na sua. Nem olhares eles trocavam.

Contra sua própria vontade, Eitan lembrou-se das primeiras horas na base militar de recepção e triagem. Sua mãe, seu pai e Iuval já foram embora. Graças a Deus, ele já não sabia o que fazer com eles. Não sabia o que o constrangia mais, os abraços emocionados da mãe ou as másculas batidinhas no ombro do pai. Por fim conseguiu convencê-los a ir embora. ("Pode levar horas até o ônibus chegar. Não vale a pena ficar pastando aqui.") A mãe enfiou um sanduíche em sua mão, deu-lhe um último abraço, e foi embora. Pão sírio, homus, pepino. Como na excursão anual, como na colônia de férias no verão. Ficou sentado no banco com o sanduíche, não queria comê-lo, não queria pô-lo na mochila, e de repente percebeu que não era o único. Nos bancos à sua volta espalhavam-se dezenas de rapazes de sua idade, segurando um sanduíche, um bolo, um recipiente de plástico e um garfo. E ninguém estava comendo. Mesmo quem já dera uma mordida o fazia sem muita vontade, hesitante. E o mais importante: sem olhar para os outros, sem falar com eles. Porque falar significa dar início àquilo, três anos de farda cáqui. Falar significa reconhecer "Estou aqui, isso está acontecendo de verdade". E mesmo quem queria, e tinha esperado, e se preparado, e até quem estava impaciente e contava os dias que faltavam, mesmo aqueles param um instante, segurando o sanduíche de casa na mão que logo aprenderá a segurar um fuzil, e esperam.

Eitan estava na cela da prisão, e esperava. Olhava para o relógio que marcava dez para as três e não falava com ninguém. O jovem com o cabelo moicano parou de xingar e começou a cantarolar uma música em russo. Era bonita, aquela música. Delicada. Fez Eitan se perguntar o que o rapaz estava fazendo ali. Talvez fosse mais fácil do que se perguntar o que *ele próprio* estava fazendo ali. Alice entrara na toca do coelho. Ali Baba se metera na caverna. Mas ele só estava indo para casa ao fim de um dia de trabalho. Como chegara de repente a um País das Maravilhas escuro e distorcido, com três pessoas mortas e um bebê azul? Duas pessoas ele mesmo matara, uma sem querer e outra intencionalmente, e no meio daquilo tudo eritreus baleados, cortados, sangrando, e armas, e facas, e uma remessa tida como desaparecida. E tudo à luz de uma lua imensa, branca, que talvez nem fosse a lua, e sim o planeta de onde ele viera, de onde fora arrebatado para aquela história de terror, onde supostamente deveria dirigir para casa naquela noite sem atropelar ninguém. Ir dormir e acordar como de costume. Como de costume.

A segunda possibilidade invadiu o corpo de Eitan em ondas, uma poderosa maré cheia de "o que teria acontecido se...?". Se ele simplesmente tivesse voltado para casa naquela noite. Terminado o trabalho e ido direto para casa, beijado Iheli e Itamar, deitado ao lado de Liat. A imagem estava tão clara, tão nítida, que era quase inadmissível que não tivesse acontecido. Ele não tinha ido para casa, tinha ido *para lá*. E agora *lá* ia engoli-lo, na verdade já o tinha engolido, e só lhe restava mastigá-lo até o fim e cuspir os ossos.

O rapaz de cabelo moicano continuou a cantarolar. O viciado adormeceu com a cabeça encostada na parede. Os dois jovens com o rosto marcado cheiravam menos a álcool e mais a pânico. O suor tinha outro cheiro numa cela de prisão. Eitan sentiu tal cheiro vindo dos dois rapazes e sabia que eles sentiam o dele. Tentou lembrar se já tinha suado daquele jeito, diante dos beduínos, e não conseguiu. Mas sabia que naquele confronto ele havia sido todo adrenalina, e agora a adrenalina tinha se dissipado dando lugar à expectativa. Antes estivera diante de uma ameaça real, exterior, e agora estava diante de todas as ameaças e cenários que era capaz de imaginar. O rosto de sua mãe. A decepção de seu pai. Os olhares de censura de Liat. As deprimentes visitas de Itamar e Iheli à prisão. Sem imaginar o rosto dos pacientes, dos enfermeiros, dos colegas médicos, dos chefes de departamentos. Do professor Zakai.

O professor Zakai. Como Eitan ficara chocado quando descobrira que o eminente professor, além de literatura russa e de vinho, gostava de gordos envelopes com dinheiro. Como se revoltara quando ficara patente que os colecionava com a mesma devoção com que colecionava piões de Chanuká antigos. E como gostava daqueles piões. Ele os arrumava lindamente em seu gabinete na universidade, e repreendia a faxineira etíope por cada pequena mudança em sua posição, por menor que fosse. Lá estavam eles, na mesa de vidro de tamanho monstruoso, e Zakai obrigava todo estudante que lá entrava a apostar em qual face cairia antes de fazê-lo girar. "O que diz o senhor? Vai cair com o *nun* ou com o *guimel* para cima? O *hei* ou o *peh*?"* Aos estudantes aquilo não importava, só queriam contestar a nota que tinham tirado na prova, mas para Zakai fazia muita diferença. "Apostar em milagres. Foi o que os judeus fizeram desde o exílio até hoje. E é o que todo médico faz, mesmo que não reconheça." Do ponto de vista de

---

* O pião das festas de Chanuká tem um corpo central com quatro faces, contendo uma letra cada: *nun* (n), *guimel* (g), *hei* (h) e *peh* (p), iniciais de *"nes gadol haiá pó"* (aqui houve um grande milagre).

Zakai, todos os médicos eram apostadores. Talvez por isso para ele os envelopes com dinheiro pareciam ser tão lógicos. E talvez fosse muito mais simples: ele tratava melhor de quem pagava mais. Um princípio econômico básico que imperava sobre tudo. Eitan não consideraria tratar de eritreus durante noites inteiras sem receber dinheiro se Sirkit não pagasse por aquilo com seu silêncio.

Nada disso faz diferença agora, mas assim mesmo ele pensa a respeito. São dez para as três, eternamente dez para as três, e o cérebro de Eitan começa a se cansar. Os pensamentos saltavam de assunto em assunto numa interminável troca de canais. A alternativa era ficar num só lugar, o que não era possível. Por isso pensava em Zakai, no professor Shakedi, na música que o rapaz com cabelo moicano cantarolava, e na série televisiva cujos capítulos tinham sido transmitidos havia pouco tempo. Estava disposto a pensar em tudo, contanto que não pensasse no momento em que deixaria de ser dez para as três.

Finalmente veio alguém e abriu a porta. Eitan ficou pensando se o guarda olhara para ele com curiosidade antes de levá-lo para a sala de interrogatório ou se fora apenas ilusão, fruto da imaginação. O viciado continuava a dormir quando ele saiu da cela, mas o rapaz com o cabelo moicano parou de cantar por um momento, no que talvez fosse uma saudação. Os dois jovens de rosto bexiguento tinham sido retirados fazia tempo, embora o cheiro de seu suor ainda impregnasse o ar. Após três esquinas no corredor o esperava o inspetor-chefe Marciano. Ele sabia que se tratava dele pela insígnia em sua blusa, mas não só. Também pelas imitações que Liat fazia, que como sempre eram muito precisas. E porque sabia que o comandante do posto de polícia ia querer falar com ele pessoalmente. Afinal, não era todo dia que se tinha como suspeito de assassinato alguém que também é casado com uma investigadora de escol.

O relógio na sala de Marciano não achava que eram dez para as três. Mostrava oito e meia da manhã, e Eitan acreditou nele. Acreditou muito menos no sorriso amigável no rosto de Marciano, ou no surpreendente e desajeitado aperto de mão, quando se sentou na cadeira.

"Sinto muito por ter esperado tanto tempo. Tenho um investigador interrogando a eritreia, dois com os beduínos e uma investigadora que ontem foi mais cedo para casa porque não estava se sentindo bem." O sorriso espreitava no canto da boca de Marciano como um gato gordo, e Eitan entendeu que a quarta investigadora não era outra senão sua mulher. Marciano estava se deliciando com toda aquela história.

"Vamos começar com a versão da eritreia e dos beduínos?"

Eitan permaneceu calado. A animação de Marciano começava a deixá-lo nervoso. As diferenças entre as versões de Sirkit e dos beduínos eram a seu ver desprezíveis, mais alguns meses de prisão para uns ou para outros. No monte de ruínas de sua vida anterior, aquilo realmente não mudava muito. Afinal de contas, havia ali duas pessoas mortas. E as duas atingidas pelo jipe dele.

"Os beduínos dizem que você é o rei das drogas na região sul. Que eliminou o mensageiro deles, roubou a remessa e liquidou todos que tentaram reavê-la. Guy Davidson, por quem passavam as remessas, está desaparecido há vinte e seis horas. Eles supõem que seja você o culpado. Sharaf Abu Aid morreu duas horas atrás no Soroka. Nesse caso eles viram com os próprios olhos que a culpa foi sua. O que posso lhe dizer? A julgar pelo que dizem essas pessoas, você é mais devastador do que Saladino."

Marciano se calou. Estava imensamente contente consigo mesmo pela menção a Saladino. Eitan estava disposto a apostar numa pós-graduação em história de Israel, sem defesa de tese, que aumentava o salário de Marciano em algumas centenas de shekels por mês. Inspetores da polícia estavam fazendo aquilo aos montes. Mas não sabia por que pensava agora nas pretensões acadêmicas de Marciano, ou em seu salário. Desde que entrara ali seu cérebro vagueava pelos becos mais distantes. Pensamentos sem saída. Caminhos sinuosos. E afinal tudo era na verdade terrivelmente simples: o que tinha sido segredo estava descoberto, à luz do sol. Se ainda não haviam informado a Liat, ao hospital, à mídia, era uma questão de tempo.

E, apesar daquilo, estava curioso para saber o que exatamente lhes dissera Sirkit. Pois havia diferença entre matar intencionalmente uma pessoa ou matar duas. Ele tinha atropelado Assum sem querer e fugira, enquanto tinha atropelado o beduíno intencionalmente. ("Porém, senhoras e senhores, ele não tinha alternativa!", ia exclamar o advogado de defesa. "Foi legítima defesa!" Os jurados iam assentir, pois é isso que os jurados fazem nas séries televisivas, mas o juiz na corte de Beer Sheva não ia. Ia lhe perguntar quando soubera da remessa de drogas. Por que não informara às autoridades em seguida. Por que não chamara a polícia quando vira Sirkit junto ao corpo do homem que devia ser Davidson. Por que fugira naquela noite após atropelar o eritreu. O juiz ia perguntar e Eitan ia ficar calado, pois as respostas que lhe ocorriam eram todas erradas. Como se tivesse estudado a vida toda e decorado uma tabuada errada, mentirosa, e todas as multiplicações que fazia estivessem erradas desde a base. Outra matemática; em vez de geometria plana, geometria da cova, do buraco. Das dunas de areia. Como explicar aquilo a quem não via a lua gigantesca sobre o deserto?)

Mariano recostou-se na cadeira. "Ela é especial, a eritreia. No início, pensei que íamos precisar de um intérprete para ela, mas seu hebraico é melhor do que o dos beduínos. Você já viu algo assim?" Eitan balançou a cabeça em negativa. Nunca tinha visto. "Talento para línguas. Há pessoas assim. Meu avô, por exemplo, sabia xingar em nove línguas diferentes e pedir café quente, fervendo, em outras cinco." Eitan olhou para Marciano. O comandante do posto policial ou era um estrategista sofisticado, ou falava qualquer coisa. Sem dúvida era uma maneira muito esquisita de arrancar uma confissão. (Talvez, pensou Eitan de repente, ele não precise de uma confissão. Ele tem Sirkit, tem os beduínos. Na verdade não precisa de mim.) Marciano enviesou o olhar para ele, atrás de dois retratos emoldurados dos filhos em uma piscina. Eitan se perguntou se Liat também tinha posto sobre sua mesa o retrato das crianças. Estranho que ele nada soubesse quanto àquilo. Por outro lado, talvez fosse lógico, considerando o tanto de coisa que ela não sabia sobre ele.

Os filhos de Marciano sorriam para a câmera em roupas de banho e com picolés, e dava para ver na fisionomia deles que não tinham a menor noção do que o pai fazia. Se soubessem que passava horas em sua sala na companhia de assassinos, ladrões, traficantes e pedófilos, talvez o sorriso deles fosse menos amplo. Que diabos, por que exibir o rosto deles para toda a escória que a sociedade israelense é capaz de produzir? Só para transmitir ao mundo que pode se reproduzir? Que seus genes estão presente na superfície da terra, chapinhando nas piscinas do clube? Os retratos não eram para Marciano um tépido lembrete do ambiente íntimo que o esperava em casa no fim de um dia de trabalho. Eitan sabia daquilo, pois estavam voltados para fora. Não era Marciano quem os contemplava, e sim os visitantes. Marciano conhecia o rosto de seus filhos — e queria que os outros conhecessem também. Com aquilo, conheceriam a ele mesmo. Um membro estabelecido da sociedade. Um homem da lei e da ordem. De confissões assinadas e de horas de dormir pontuais. Sete e vinte, todos na cama. Sem mais conversa.

"Vou lhe dizer a verdade, Eitan. Essa história não me agrada. Sei que para você é uma espécie de trabalho sagrado,

Hipócrates e tudo mais. Mas não é possível que todos venham para cá e obtenham tratamento médico. Se oferecermos isso assim de graça, logo metade da África estará a caminho."

O comandante do posto policial lançou a Eitan um olhar sério e compreensivo. Eitan olhou para ele como quem não está entendendo nada.

"Não me entenda mal", disse Marciano, "valorizo o que você fez. Não é todo médico que estaria disposto a ir assim, como voluntário, em seu tempo livre, para cuidar de imigrantes ilegais. Isso é o que se chama de um coração judaico. Mas, de tanto sermos misericordiosos, veja onde fomos parar. Sem mencionar que às vezes essas coisas se complicam, como aconteceu aqui. Se não tivéssemos uma viatura de patrulha disfarçada junto ao restaurante de Davidson, esses caras iam acabar com vocês lá na garagem. O que você acha, que iam parar para verificar se é um traficante ou Janush Korchak? Esses sujeitos, no momento em que resolvem pôr você na mira, não fazem perguntas. Se você não tivesse atropelado esse Habu Aied, ele ia esburacar sua cara. Pensa que não sei disso? Ora, até a eritreia sabe, e sem meus doze anos de estudo."

Marciano continuou a falar por alguns minutos. Desculpou-se pela noite na prisão, que decerto tinha sido difícil, e explicou que realmente não tivera alternativa. "É verdade que a eritreia livrou sua cara já no primeiro momento e que a turma da investigação encontrou na área todas as evidências de que na garagem funciona uma enfermaria, exatamente como ela disse, porém, doutor, de qualquer modo você atropelou e matou alguém, e o fato de esse alguém estar com uma arma e ser um desgraçado de um traficante de merda ainda não quer dizer que posso tirar você do posto na mesma noite. Não ficaria bem. Mas agora, depois de termos esclarecido tudo e com testemunhos assinados e evidências em sacos de plástico, você pode voltar para casa, tomar um banho, e ir dormir como gente.

Marciano levantou-se da cadeira para acompanhar Eitan até a porta, no caminho bronqueou com todos os jornalistas que o assediavam, com os eritreus, com os beduínos. Disse a Eitan: "Prepare-se, eles vão procurar você. Não é todo dia que cai no colo deles uma história dessas. Tratamento médico secreto, drogas, assassinato, tudo junto. Se você quiser falar com eles, à vontade. Não estamos dizendo nada. O caso está sendo investigado. Ainda temos de achar esse Davidson que atropelou o eritreu e ficou com a remessa. Precisamos encontrar o cara. Vamos dizer que sua mulher vai trabalhar duro esta semana. Se quer saber minha opinião, tudo isso é coisa dos beduínos. Toda essa história, quadrilha contra quadrilha. Num país que se preza você sabe o que fariam com eles".

Ele se calou. Talvez esperando uma resposta. Eitan lançava um olhar vazio para a sala, indiferente ao silêncio de Marciano, como estivera até um momento antes indiferente à sua fala. Em sua mente havia um único e isolado pensamento: ela não o denunciara. Os outros pensamentos estavam obscurecidos. Liat, Iheli, Itamar. O trabalho. A mídia. Tudo o aguardava no escuro, quando uma lua gigantesca brilhava em sua mente: Ela não o denunciara. Fizera dele um herói.

De certa forma ela se sente agora uma idiota. A mulher mais idiota do mundo. Sente-se tão idiota que chega a doer fisicamente, a idiotice, dói entre os ombros e embaixo das costas, de um lado da barriga e nas têmporas. (Embora talvez não seja a idiotice que lhe dói, tampouco a humilhação, mas a viagem tresloucada de Or Akiba até Beer Sheva, duas horas e quinze sem interrupção, com os músculos contraídos e pensamentos à toda.) Liat estava no corredor do posto policial massageando os ombros lentamente, como se fosse a única coisa a incomodá-la naquele momento. Como se não fosse seu marido quem estivesse sentado ali, atrás da porta no fim do corredor.

Massageava os ombros e sabia que atrás dela Tchita e Rachmanov a olhavam, Esti, a telefonista, e Amsalam, da patrulha. Mesmo que não estejam agora lá, olhando, estão olhando. Todos sabem. Desde o comandante do posto até o último dos prisioneiros. Todos veem o que ela não viu. O que estava bem diante dela, e Liat não percebeu.

Marciano ligou às três da manhã. Ela atendeu logo. Não precisou acordar. Estava esperando o telefonema. Depois tudo aconteceu muito depressa. Acordou a mãe e pediu que cuidasse de Itamar e de Iheli. Entrou no carro e lembrou a si mesma de que uma investigadora de escol pode se complicar se for pega dirigindo acima da velocidade máxima. Dirigiu durante duas horas e quinze minutos até Beer Sheva sem parar uma única vez, durante todo o percurso se perguntando como podia ser. Duas pessoas vivem na mesma casa. Dormem uma ao lado da outra. Entram uma na outra. Tomam banho uma depois da outra. Cozinham, comem, põem filhos para dormir, passam uma para a outra o controle remoto, o sal, um rolo de papel higiênico. E todo esse tempo, na realidade, não vivem juntas. Não vivem nem mesmo em paralelo. Viveram separadas o tempo todo, e ela nem tinha noção disso.

Duas horas e quinze minutos sem interrupção, e ainda não conseguia juntar as pontas. O que ele estava fazendo lá, no meio da noite, entre quadrilhas de beduínos e remessas de drogas? Que diabos fora procurar ali? O espanto dela é tão grande que nem deixa espaço para a raiva. Um imenso e inflado ponto de interrogação apaga totalmente o rosto do homem que era seu marido. Seu nome — Eitan Green — de repente está fora de sua casa, fora de todas as lembranças comuns, como na primeira vez em que se encontrou com ele, quando não conhecia nada dele a não ser seu rosto, e seu nome era então um recipiente vazio esperando ser preenchido. Eitan Green, um estranho.

Até Liat chegar ao posto, Marciano já sabia o que tinha havido lá, e lhe contou tudo. Mas aquilo só deixou tudo ainda mais complicado. Ela leu os depoimentos dos beduínos. O interrogatório da eritreia. Trancou-se em sua sala (o corredor estava muito exposto a olhares perscrutadores) e repassou novamente todo o material. Alguma coisa não se encaixava.

"Você se importaria se eu entrasse lá por um momento para falar com a eritreia?"

"Pensei que quisesse falar com seu marido. Ele está secando lá na cela."

Liat falava com Marciano pelo intercomunicador, e sentiu a barriga se contrair toda. Ainda bem que ligara, em vez de ir até sua sala. É melhor receber um soco no plexo solar sentada.

"Vou falar com a eritreia."

"Quando eu estiver falando com seu marido, devo dizer que ele está liberado?" Marciano parecia estar se divertido muito, e Liat pensou que talvez ele realmente não entendesse. Talvez não fossem alegria com a desgraça alheia, socos no plexo solar, zombaria. Talvez ele de fato pensasse que não era importante. Uma briguinha simples, meio cômica. Um conflito de série de comédia entre um homem e uma mulher. O marido faz uma coisa e não conta para a mulher, a mulher diz "Ah, é assim?", dá-lhe uma bronca em casa e no fim tudo se arranja

"Não o libere ainda." Ela desligou antes que ele dissesse algo mais. Antes que insinuasse um sorriso "Alguém se complicou", ou propusesse com uma piscadela que quando fosse encontrá-lo levasse um par de algemas. Antes que tivesse tempo para pensar se não haveria ali mais do que um jogo de força, uma pequena e miserável vingança de uma mulher miserável e pequena que não sabia de nada.

A eritreia olhou para Lia quando ela abriu a porta. Seu rosto tinha um aspecto terrível. Um hematoma inchado no olho esquerdo. Um nariz sem dúvida quebrado.

"Olá, Sikrit."

Sirkit.

A eritreia olhava para ela em silêncio. Liat a examinou bem. Fora da sala de interrogatório não ousava olhar daquele modo para as pessoas. Um olhar aberto, sem qualquer sinal de vergonha. Sem esconder nada, direto, sem desviar os olhos quando a pessoa à frente percebe que está sendo olhada. Ali dentro não havia necessidade alguma de cortesia. A pessoa que passa na rua tem o direito de exigir que a olhem de relance. Discretamente. Com uma duração que não faça seu rosto corar nem seus joelhos coçarem. Mas uma pessoa sentada na sala de interrogatório teve seu direito confiscado. Por isso ela se permitiu se refestelar na cadeira e fazer uma meticulosa varredura no rosto da eritreia. Lentamente, sem se apressar, com a pachorra de quem tem todo o tempo do mundo.

Após alguns instantes a eritreia desviou o olhar. Liat não se surpreendeu. Acontecia com a maioria das pessoas. Não só os pequenos criminosos, os grandes também baixavam os olhos para o chão depois de, no máximo, um minuto. Ou olhavam para outro canto da sala. Os mais atrevidos olhavam para seu busto, de propósito. Mas a eritreia não olhou para o chão nem para outro canto da sala. Tampouco para seu busto. Ela fechou os olhos.

"Sikrit? Está tudo bem?"

Só depois de falar percebeu que tinha errado novamente o nome dela. Daquela vez a eritreia não a corrigiu. Talvez não tivesse percebido. Talvez tivesse descartado a possibilidade de que alguém conseguisse pronunciá-lo como tinha de ser.

Tudo bem.

Seus olhos permaneceram fechados, e Liat não sabia se deveria ter pena daquela eritreia cujo rosto fora massacrado, deixar que dormisse um pouco porque estava realmente acabada ou insistir e perguntar o que tinha vindo perguntar. (Não pensou nem por um instante que olhos podem estar fechados não só por cansaço, mas também por desafio. Não lhe ocorreu que uma mulher como aquela fosse capaz de desafiar.)

Mesmo assim, perguntou. Pediu à eritreia que repetisse sua versão. Ouviu o que tinha lido na transcrição do interrogatório: como Davidson exigira que o marido da eritreia servisse de avião numa remessa. Como na manhã seguinte fora encontrado seu corpo sem a remessa. Como os beduínos tinham espancado a mulher sem piedade, pois achavam que talvez ela soubesse de alguma coisa sobre o bando que o tinha matado e ficado com a remessa.

"Mas e o médico?", Liat perguntou. "Como ele se envolveu nisso?"

A eritreia calou-se de repente e abriu os olhos, que até então estavam fechados. Como se sentisse que aquela pergunta era diferente das anteriores feitas pela investigadora. Liat esperou um momento e tornou a perguntar. Lenta e calmamente, com a maior serenidade que conseguiu mobilizar.

"Onde entra o médico?"

Ele estava passeando uma noite no jipe e viu que precisávamos de ajuda. Quis ajudar.

Ela lhe fez mais algumas perguntas e recebeu mais algumas respostas, todas idênticas às da transcrição do interrogatório e condizentes com as evidências. Havia uma enfermaria naquela garagem, e quem a tinha operado fora seu marido. Liat não tinha mais o que fazer naquela sala, e ainda assim não conseguia sair. Ainda não. Examinou novamente o rosto da eritreia. Um nariz quebrado. Um hematoma no olho esquerdo. Debaixo da orelha uma mancha de sangue coagulado. Antes de os beduínos os terem surpreendido, Eitan fora tratar daquelas lesões. Tinha deixado a cama de Iheli, dirigido durante duas horas e quinze minutos, e chegara. Só um anjo faria uma coisa daquelas. (Mas seu homem não era um anjo. Então o que houvera ali? Ela não permitira que ele fosse um herói denunciando Zakai e ele decidira agir como um herói nas sombras?) Talvez sim. Ela de repente se apruma. Talvez tenha sido exatamente isso o que aconteceu. E já sentiu a tensão nos ombros se amainar um pouco, e a dor num lado da barriga. Sentiu que seu corpo se livrava da contrição das dúvidas, distendia-se. Ela ia relaxando à medida que a história ia ficando mais clara, entregando-se ao alívio a cada novo passo: ele se sentira culpado pelo silêncio que lhe fora imposto quanto aos subornos de Zakai. Queria uma expiação. Aquilo combinava com sua inflexível moralidade. Com seu ego ferido. E com o fato de não ter lhe contado. Ela teria impedido Eitan. Por ser ilegal. E perigoso. Como foi se meter com os refugiados? E de repente também ficou claro por que ele se interessara tanto pela investigação da morte do eritreu. Porque aquelas pessoas não eram para Eitan notícias no jornal. Ele as conhecia. Ele as estava ajudando.

Ainda sentia ódio dele. Ainda estava disposta a pendurá-lo de cabeça para baixo. Ainda pretendia não falar com ele por muitos dias. Até mesmo semanas. Mas, quando saiu da sala de interrogatório, seguida pela eritreia, sabia que devia um agradecimento àquela mulher negra pela ruína que era seu rosto. Um nariz quebrado. Um hematoma no olho esquerdo. Uma mancha de sangue debaixo da orelha. Eitan tinha tratado tudo aquilo. Seu marido.

E novamente ele não era um estranho para ela.

16

Não muito longe do centro de detenção para refugiados, ele parou o jipe e comprou um picolé. O posto de combustível estava cheio de famílias a caminho do passeio de fim de semana. Algumas pessoas olharam para ele com a testa franzida, tentando se lembrar de onde conheciam aquele rosto. Um menino perguntou se ele tinha a ver com o Festigal.* Ele quase disse que sim, mas desistiu. Quando estava no meio do picolé, uma mulher com um carrinho foi até ele e disse: "Você é o médico que ajudou os refugiados. Vi seu retrato no jornal". Ela continuou: "Foi bonito, o que você fez. Este país precisa de mais pessoas como você". Ele agradeceu. Parecia que ela estava esperando por aquilo. Mais pessoas foram até eles. Perguntaram à mulher o que Eitan tinha feito. Ela lhes contou. O menino que havia perguntado se ele tinha a ver com o Festigal ficou ouvindo, depois perguntou se ele daria um autógrafo para sua coleção. "Mas eu não sou um cantor", disse Eitan. "Eu sei", disse o menino com ar desapontado, "mas você estava no jornal." Algumas pessoas começaram a discutir entre elas. Não é possível que a África inteira venha para cá. De tanta compaixão o país vai acabar. As pessoas que diziam aquilo olhavam para Eitan. Pareciam estar esperando que ele dissesse alguma coisa. A mulher com o carrinho respondeu. Ela também olhava para

---

* Show anual de música e dança para crianças, apresentado no Chanuká.

Eitan. Talvez também esperando que dissesse alguma coisa. Ele terminou o picolé e entrou no jipe.

Na entrada do centro, foi recebido por um representante da direção. Um rapaz alegre, de vinte e sete anos, que ia se casar na semana seguinte e não parava de enviar mensagens a seus amigos. Parecia um menino fantasiado de guarda. "Estão todos no pátio agora", disse, "vou levar você até lá." Enquanto passavam pelas cercas altas o rapaz falava sobre os problemas do salão de eventos onde seria realizado o casamento. "Acredite, eu não sabia que existem no mundo tantas cores de guardanapos." Eles se detiveram diante de um grande pátio, cheio de mulheres. "Bem, o portão está aberto. Você a vê? Porque para mim todas parecem ser idênticas."

Eitan entrou e percorreu com o olhar o pátio lotado. Elas realmente pareciam ser idênticas. Os mesmos rostos escuros, apagados. A mesma expressão de um tédio indiferente, relaxado. Cada uma delas podia ser Sirkit. Olhos negros. Cabelos pretos. Nariz achatado. Eritreias negras refugiadas. Idênticas. Para ele, parecia um rebanho de ovelhas. Ou de vacas. Alguns anos antes, quando Spencer Tunick chegou ao país para produzir uma de suas fotos de nudez em massa, Eitan viu o resultado e ficou chocado. No jornal falou-se da libertação do corpo da ditadura da magreza, da conversão de pornografia em intimidade. Mas ele olhara os corpos nus, o desfile de mamilos, os umbigos e os pelos das genitálias, e pensava que algo fora roubado daquelas pessoas. Não o recato, aquilo nunca o tinha incomodado. Se cada um tivesse sido fotografado nu sozinho, sua retração cessaria. Mas quando via todos reunidos — um amontoado de corpos juntos, apinhados — sentia como se todo o resquício de individualidade os tivesse deixado, como se as pequenas diferenças que faziam com que cada um deles fosse quem era se apequenassem ante a grande massa de carne, idêntica. As mulheres à sua frente não estavam nuas, mas as

condições idênticas e o espaço reduzido as despiam de sua individualidade e faziam delas uma essência só: eritreidade. Não havia importância alguma na generosidade de uma ou na maldade de outra, em um senso de humor ou em um acanhamento fora do comum. Eram eritreias à espera da expulsão, e ele era um israelense olhando para elas.
(Mas uma aqui provocou alguma coisa em você. Havia uma cujo corpo, cujo corpo específico, o perseguiu em seus sonhos. Havia uma, chamada Sirkit, cuja voz era fria, gelada, e cuja pele era macia como o veludo. Você a odiava e a amava, e agora ela está à sua frente e você não é capaz de distingui-la.)
Após alguns momentos ele a viu, e no início não compreendeu que a tinha visto. Estava encostada na cerca com um grupo de mulheres, o longo cabelo enrolado no topo da cabeça. Por um instante seu olhar passou por ela como passara por todas as outras, e no instante seguinte se deteve numa. Ele conhecia aquele olhar. Conhecia aquele corpo. O corpo dela. Os pés em sandálias de dedo, feitas de plástico. A pelve em uma calça larga e disformes. Blusa azul com o dístico NETIVOT SHELI, "meus caminhos", que a mulher que a veste não sabe ler. Seu corpo. Dedos com unhas roídas agarrados à cerca. Ele não sabia que ela roía as unhas. Talvez tivesse começado ali, talvez houvesse sinais daquilo o tempo todo, debaixo de seu nariz, e ele não percebera. Prova retumbante de que nem mesmo Lilit era mais do que uma pessoa. Diziam que ela era um demônio porque estava acordada quando mulheres honestas dormiam em suas camas, porque montava num homem em vez de ser montada por ele. Porque raptava bebês. E todo aquele tempo, revela-se, ela roía as unhas. Sem perceber, Eitan mexeu nas suas. Limpas, meticulosamente aparadas. Crescendo num ritmo médio de quatro centímetros por ano. (Não só as dele, todas as unhas. Quatro centímetros por ano em média. Por um momento é capaz de vê-los, todos os que estão naquele

lugar, as dezenas de mulheres negras, o guarda russo na entrada, o carcereiro que está prestes a se casar, até sua futura mulher. Todos num ritmo de quatro centímetros por ano.)
Ela ainda não o tinha visto. Ele ficou ali, examinando-a. Quem é ela quando acha que não a estou olhando? Quando não sou culpado no que tange a ela nem a estou desejando? Quem é ela por si mesma, como era um momento antes de eu chegar, como será depois que eu for embora?

As mulheres em torno de Sirkit falavam, e ela talvez estivesse ouvindo, ou talvez só estivesse olhando para fora, além da cerca. A qualquer momento surgirá do deserto um enorme tigre, saltará sobre o concreto e o arame farpado e pousará a seus pés. As outras mulheres vão gritar, o guarda russo vai fugir, mas ela vai estender a mão e acariciar a testa listrada. O tigre vai gorgolejar, concordando. Vai lamber as faces dela, como um cãozinho. Ela vai montar em suas costas e o tigre novamente dará um grande salto, e eles vão desaparecer em disparada.

Por causa do tigre ele a reconhecera. Por causa dele a distinguira entre todas as outras. Muitas mulheres olhavam para além da cerca naquela manhã. Mas só uma conjurava um tigre com seu olhar. E Eitan quase se entristeceu, porque, em lugar de um animal predador, ia lhe oferecer um pobre sucedâneo, ele mesmo, e saltar por cima de cercas não sabia (e, se soubesse, saltaria?). Eitan percorreu a cerca com o olhar. Arame farpado e trançado dividia o mundo em quadrinhos. Lá fora o deserto, o céu no horizonte, todo recortado em quadrados iguais, de grades de ferro.

Desviou o olhar da cerca e viu que já fazia alguns minutos que ela estava olhando para ele. Aquilo lhe causou desconforto. Uma coisa é olhar para Sirkit sem que ela saiba, outra coisa é Sirkit olhar para você. Não importa se o olhar é crítico ou amistoso. Generoso ou sentencioso. Pelo simples fato de ser um olhar, ele já eleva e rebaixa. Quem olha e quem é olhado. Quem apalpa com os olhos e quem é apalpado. Sirkit estava olhando para ele sem que a percebesse, sinal de que estava próxima a ele sem que soubesse, estava dentro dele e não lhe tinha revelado. E também naquela noite, a primeira, tinha olhado para ele sem que a percebesse. Absorvida na noite, noturna, Lilit. Só graças àquele olhar, o primeiro, ela tomou posse dele. E só graças a tal posse ele começou a olhar para ela também. E ainda não tinha visto as unhas roídas.

Ela se afastou da cerca e caminhou até ele. As outras mulheres a acompanharam com o olhar. De repente Eitan tomou muita, muita consciência do suor que se acumulava em suas axilas.

Você veio me visitar.

Ele assentiu. Tudo o que queria dizer a ela, todas as palavras que tinham preenchido o jipe no caminho até ali, tudo desapareceu quando se viu diante dela, como se fosse um menino repreendido. Mas por trás do menino repreendido estava o desenhista de retrato falado. E ele aproveitou cada instante para repassar as linhas do rosto dela, decorá-las bem, para que não desaparecessem no mar de anos como tinham desaparecido antes, naquele mar de anos. Nariz. Boca. Testa. Olhos. Sirkit.

E de repente percebeu que ela também o estava registrando. Nariz. Boca. Testa. Olhos. Eitan. O médico dela. Já o tinha gravado na mente uma vez. Naquela noite, em que atropelara Assum. Estava estirada na areia depois de um abominável soco na barriga. Assum era bom naqueles socos. Se você o irritasse ao meio-dia, não bateria imediatamente. Esperava com paciência. Uma hora, duas, um dia. E então, quando você pensava que havia passado, quando o ar lhe entrava nos pulmões já sem aquele cheiro de medo, ele dava o soco. Rápido e seco. Nunca falava quando o fazia. Não gritava e não explicava. Dava o soco e seguia adiante, como se bate numa vaca que deu um coice ou numa cabra que insiste em se afastar do rebanho. Sem emoção, simplesmente porque é necessário.

Naquela noite ela estava estirada na areia e pensava "Um dia eu mato ele", como fariam as vacas se tivessem juízo. Mas sabia que não ia fazer aquilo, assim como as vacas e as cabras não fazem. Às vezes os touros erguiam a cabeça, ou os cães. Esses animais têm orgulho. Por isso atiram pedras em sua cabeça, se é um cão, ou lhe cortam o pescoço, se é um touro. Não desperdiçam com eles uma bala, é cara demais.

Naquela noite, Assum estava com a remessa na mão e lhe disse: "Levante-se de uma vez, estamos atrasados". Então o carro surgiu do nada e o atropelou. No primeiro momento Sirkit pensou que tinha sido por causa dela, porque seu ódio era tão vermelho que extravasara e se transformara num jipe vermelho a cem quilômetros por hora. Mas então do jipe vermelho saiu um homem branco, e ela olhou muito bem para o rosto dele. Viu o medo em seu rosto quando compreendeu o que tinha atropelado, e o asco em seu rosto quando pôs os lábios nos de Assum. Ainda antes de ele se levantar e fugir, ela sabia que ia se levantar e fugir. Tinha visto aquilo também em seu rosto. O que a deixou realmente nervosa. Não por causa de Assum. Não verteu uma lágrima sequer por Assum. Por causa do homem, que entrou no jipe e passou a mão no rosto como se tentasse afastar um sonho ruim, sem entender que ele era o sonho ruim de outra pessoa. "As vacas hoje me deixaram louco", costumava dizer o pai dela, "minhas mãos estão doendo de tanto que bati nelas."

Um minuto depois o jipe já não estava lá. Ela se levantou. A lua no céu era a mais bonita que já tinha visto. Redonda e cheia. Ele ainda respirava, seu marido. Os olhos a fitaram, maus. Não tinha deixado que ela urinasse antes de saírem. Queria que fossem logo. Ela não sabia para onde, mas compreendera que Davidson tinha lhe dado uma missão, e que ele ia se valer daquilo para lhe dar um tapa, ou socá-la, sem que ouvissem. Os trailers estavam apinhados demais para surras ou gemidos, mas

Davidson lhe dera um pretexto para ir bem longe. Ela correu atrás dele pela areia apesar de ter de urinar, até que ele se virou e lhe deu aquele soco abominável, sem dizer nada, e um instante depois o jipe o atingiu. Agora ela baixou a calcinha e postou-se acima dele. Um jato quente e dourado verteu dela, escorreu por suas coxas até os olhos malvados lá embaixo. A urina que se acumulara durante horas irrompeu, livre. Um fluxo agradável, prazeroso. E a lua lá em cima admiravelmente bela.

Depois ela notou a carteira perdida, perto do lugar em que o homem se ajoelhara. Seu retrato no documento de identidade: sério, seguro. O contrário absoluto do homem que estivera ali alguns minutos antes, que saíra do jipe com as pernas trôpegas. Olhou bem para o retrato. Naquela noite aprendeu a reconhecer seu rosto. Em seu sorriso, em sua raiva, em seu entusiasmo de cientista e em seu moralismo branco. Mas nos dias que passara ali, atrás da cerca, o rosto dele tinha se embaçado em sua lembrança. Não só ele. Toda a garagem. A mesa de tratamento. As pessoas que esperavam na fila. Foram desaparecendo, pois não valia a pena se lembrar delas. Era preciso pensar em outras coisas. Por exemplo, olhar bem para os guardas e descobrir com qual deles deitar. Qual dos mais velhos e pesadões, ou dos jovens ainda com espinhas no rosto. Já notara alguns olhando para ela. Avaliando seios, apreciando a bunda, dizendo uns para os outros: "Aquela ali até que é bonita, não?". Mas era necessário mais do que olhares, era preciso um corpo pesado deitado em cima dela, um rosto marcado que se contorcesse no momento em que terminasse, para que ela possa pronunciar a única palavra capaz de tirá-la daqui: estupro. Por menos não se fazem concessões aqui. Por menos eles ainda são capazes de enviar alguém para lá. E embora tenha saudades de sua aldeia, e mais ainda do mar que fica junto a ela, está claro que para lá, para a terra das crianças mortas, não voltará. Só é preciso olhar muito bem, achar o guarda certo.

Depois haverá um julgamento, e quando terminar eles não vão ter coragem de mandá-la embora. Ela vai ficar e terá novos filhos no lugar dos que teve. E esses filhos serão iguais em tudo aos filhos de antes, fora o fato de que estarão vivos e os de antes, não. Um dos novos filhos será uma menina. Ela vai pentear seu cabelo e fazer tranças. O cabelo da filha de antes não chegou a um comprimento que permitisse fazer tranças. A nova menina atingirá uma idade em que poderá conversar com ela como se fosse grande. Como se fosse gente. Nenhum dos filhos anteriores dela chegou a uma idade em que se fala com eles como se fossem gente. Imane e Miriam ainda falavam a língua dos bebês quando adoeceram, e Gritum já falava a língua dos grandes, mas não compreendia de verdade, tanto que não parou quando aquele soldado o mandou parar. Os novos filhos não saberão jamais o que precisou fazer para tê-los. Serão orgulhosos e tolos. Não como as mulheres daqui, as espertas, que compreendem como o mundo funciona e por isso não têm um pingo de orgulho. Não como ela.

Sirkit não esperou que o tigre saltasse sobre a cerca para o centro de detenção. O tigre já estava dentro, numa tocaia silenciosa, observando. E talvez não fosse um tigre, e sim uma antílope sonhadora, maluca, que insiste o tempo todo em ser algo que não é. Ela não sabia e não queria saber. Pensamentos assim só podem ser prejudiciais. Se o pássaro perguntasse como é que consegue voar, cairia na mesma hora. Assim respondia sua mãe a cada pergunta, menos as mais simples. Você poderia, por exemplo, perguntar onde estava a farinha, e teria uma resposta. Mas se perguntasse por que os soldados tinham levado toda a farinha, ela responderia que se o peixe perguntasse como era possível respirar dentro d'água, ele asfixiaria. Ela então parou de fazer perguntas e fez o que faziam os pássaros e os peixes: foi em frente. Da aldeia para o deserto, do deserto para a fronteira, da fronteira para outro deserto que na realidade era o mesmo deserto, mas alguém traçara uma linha e chamara de Egito. Do deserto do Egito para os beduínos do Egito, e a lembrança deles tem de passar bem rapidamente, sem parar, pois se parar, não vai conseguir continuar em frente. E dos beduínos do Egito para esta terra, onde as pessoas são brancas e as estradas são largas e as casas têm telhados vermelhos com uma estranha inclinação. Aqui ela parou. Daqui não vai sair. Se for preciso ficar todo dia junto à cerca olhando para os guardas, vai ficar e olhar. Cedo ou tarde vai perceber aquela centelha escura nos olhos. Sempre está lá, a centelha. Só precisa saber olhar.

E de repente o médico dela aparece, do nada. E ela quase tinha se esquecido dele. Ou ao menos gostaria de pensar que o tinha esquecido. E no primeiro momento quis ir para cima dele aos socos, aos tapas. Gritar que fosse embora daqui, o que tinha vindo fazer? Pois se estava aqui, não era só na cabeça dela. Aquelas coisas que sentiu, que descartou, talvez tenham realmente acontecido. Talvez tenham corrido entre eles águas escuras e pesadas durante esse tempo todo, apesar de não falarem sobre elas.

Ela olhou para ele, plantado entre as mulheres negras, um barco à vela branco em águas escuras (o barco à vela de Assum, pensou de repente, e lembrou como o acompanhava com o olhar quando se afastava em direção ao mar, e como se decepcionava quando voltava e aparecia com os outros barcos, porque não tinha afundado). Ao cabo de um instante notou que seu médico estava de fato à sua frente, mas não olhava para ela. Pensava, naquele momento, em outras coisas. Talvez em sua mulher, nos filhos. Engraçado, ela nem mesmo sabe se ele tem filhas ou filhos. Se já experimentou alguma vez fazer de uma mecha de cabelos uma trança. Se ainda tinham uma idade em que ele podia erguê-los nos braços ou se caminhavam a seu lado, eretos. Uma coisa ela sabia: eram tolos e orgulhosos. Como ele.

Agora finalmente ele estava olhando para ela com seu olhar cinzento. Ela caminhou até ele, e ele ficou parado.
Você veio me visitar.
"Sim."
Ele então se calou. Ela também. Seu cérebro de repente ficou vazio, como aquele poço junto à aldeia, no qual um dia simplesmente não havia água. O silêncio cresceu e engrossou como um elefante a se inflar, atingindo proporções enormes. Por fim ele disse "Eu queria lhe agradecer", e enquanto dizia já se arrependia, pois o quê? Ele devia algum agradecimento àquela mulher? Poderia ter morrido naquela noite. Uma bala no alvo e tudo acabaria de modo totalmente diferente. Ela ouviu seu agradecimento e pensou que se ele quisesse, poderia lutar por ela. Enviar cartas, telefonar, dar socos nas mesas. Quando pessoas como ele dão socos nas mesas, o mundo presta atenção. Mas elas não fazem isso. A pancada pode doer, pode causar dano às articulações. E de repente soube que ele não veio para lhe agradecer, e certamente não para libertá-la. Veio para se despedir. Com um olhar triste, com um aceno de mãos, com a esperança, cuja natureza está oculta dele mesmo, de não vê-la nunca mais. Veio fechar essa história obscura, que perturbou sua tranquilidade e ameaçou sua família, até mesmo sua vida. E por mais que essa história obscura o tenha perturbado, ela também o fascinou, seduziu, excitou, nas profundezas da alma, como acontece com as histórias obscuras. E agora basta. Histórias têm de terminar. A vida tem de continuar em seu rumo tranquilo e seguro. Mesmo que ele esteja olhando para ela, seus olhos acariciando as linhas de seu rosto, mesmo que se possa ver como ele abre em sua memória espaço para a imagem dela, ele afinal não quer mais do que um retrato na parede. Uma lembrança para evocar. E continuar em frente. Como os pássaros e os peixes. Porque ele também, se parar por muito tempo, se perguntar por quê, vai cair e se asfixiar.

Está tudo bem.
Duas pessoas estão uma diante da outra e não têm nada a dizer. A mulher usa sandálias de dedo, calças muito largas para ela, uma blusa escrito MEUS CAMINHOS. O homem, de jeans, regata e tênis com palmilha ortopédica do free shop. As palavras que foram ditas entre eles e as que poderiam ter sido ditas tornam-se supérfluas de repente.

Quinze minutos depois, quando o jipe vermelho tomou a estrada para Omer, Eitan Green cuidou de manter a velocidade permitida. Então, afinal, um homem levanta-se de manhã e sai de casa e descobre que a Terra voltou a seu curso normal. Ele diz à sua mulher "Nos vemos à noite", e realmente vão se ver à noite. Ao vendedor na mercearia ele diz "Até logo", e sabe que vai reencontrá-lo amanhã, e sabe que os tomates, mesmo que seu preço aumente dezenas de vezes, estarão sempre ao alcance de sua mão. Como é belo o planeta em seu movimento correto. Como é bom girar junto com ele. Esquecer que alguma vez houve outro movimento. Que haver outro movimento é sempre uma possibilidade.

© Ayelet Gundar-Goshen
Publicado mediante acordo com The Institute for
the Translation of Hebrew Literature.

Todos os direitos desta edição reservados à Todavia.

Grafia atualizada segundo o Acordo Ortográfico da Língua
Portuguesa de 1990, que entrou em vigor no Brasil em 2009.

capa
Elisa v. Randow
composição
Jussara Fino
preparação
Lígia Azevedo
revisão
Jane Pessoa
Tomoe Moroizumi

Dados Internacionais de Catalogação na Publicação (CIP)
— —
Gundar-Goshen, Ayelet (1982-)
Despertar os leões: Ayelet Gundar-Goshen
Título original: *Leahir Arayot*
Tradução: Paulo Geiger
São Paulo: Todavia, 1ª ed., 2020
368 páginas

ISBN 978-65-80309-96-2

1. Literatura israelense 2. Romance 3. Ficção contemporânea
I. Geiger, Paulo II. Título

CDD 892.436
— —
Índice para catálogo sistemático:
1. Literatura israelense: Romance 892.436

todavia
Rua Luís Anhaia, 44
05433.020 São Paulo SP
T. 55 11. 3094 0500
www.todavialivros.com.br

fonte
Register*
papel
Munken print cream
80 g/m²
impressão
Ipsis